TRAQUES

Du même auteur

dans la même collection

Nom de code : Witch
Double détente
Du fond des ténèbres
La Colline des chagrins
Une dernière chance pour Rebus

Pour l'éditeur, le principe est d'utiliser des papiers composés de fibres naturelles, renouvelables, recyclables et fabriquées à partir de bois issus de forêts qui adoptent un système d'aménagement durable.

En outre, l'éditeur attend de ses fournisseurs de papier qu'ils s'inscrivent dans une démarche de certification environnementale reconnue.

www.lemasque.com

Ian Rankin

TRAQUES

Traduit de l'anglais (Écosse) par Daniel Lemoine

ÉDITIONS DU MASQUE
17, rue Jacob 75006 Paris

Titre original

Blood Hunt

publié par Headline Book Publishing (Londres)
sous le pseudonyme de Jack Harvey

Ouvrage publié sous la direction de
Marie-Caroline Aubert

ISBN 978-2-7024-8027-4

À Kit

Tu portais alors ta cendre à la montagne :
veux-tu aujourd'hui porter ton feu dans la vallée ?
Ne crains-tu pas le châtiment des incendiaires ?

Nietzsche, *Ainsi parlait Zarathoustra*[1]

1. Traduction de Henri Albert, Mercure de France, 1901.

Première partie

SANG

1

Il se tenait au bord de l'abîme, en fixait les profondeurs.

Il ne ressentait pas grand-chose, seulement la brûlure de ses poumons, une douleur humide à l'arrière des jambes. Il savait que fixer n'est jamais à sens unique. Que c'est réciproque. D'accord, pensa-t-il, cesse de fixer, finis-en une fois pour toutes maintenant. La chute, pensa-t-il... ce n'est pas la chute qui tue, c'est le sol qui se trouve à son terme. C'est la pesanteur, l'attraction fatale de la planète. Il y avait de l'eau au fond du ravin, la marée montante, la mer qui bouillonnait contre les parois verticales. Il entendait l'eau mais, dans la faible lumière du jour déclinant, c'était à peine s'il la voyait.

Il prit enfin une profonde inspiration et recula, étira sa colonne vertébrale. Il restait une heure d'ici le crépuscule : pas beaucoup de temps. Ils ne le trouveraient plus, dorénavant. Il avait eu de la veine, environ soixante-quinze minutes auparavant, mais il estimait avoir droit à un coup de chance par mission.

Au moins, maintenant, ses poursuivants étaient silencieux. Ils ne criaient plus d'ordres irréfléchis, l'air doux, immobile, portant leurs mots jusqu'à l'endroit où, couché, il écoutait. Ils s'étaient répartis en patrouilles de deux hommes : c'était au moins un bon point. Il se demanda qui en avait eu l'idée. Ils savaient à présent que le temps jouait contre eux, savaient aussi qu'ils étaient fatigués, qu'ils avaient froid et faim. Ils renonceraient avant lui.

C'était l'avantage qu'il avait sur eux. Pas un avantage physique – quelques-uns d'entre eux étaient plus jeunes que lui, en meilleure forme et plus forts –, mais psychologique. Il n'est pas d'avantage plus décisif.

Il leva la tête et écouta, huma les fougères mouillées, les petits boutons ternes des fleurs, l'air chargé d'ozone. Les nuages d'orage, au loin, s'en allaient. Une fois de plus, une pluie torrentielle avait balayé la lande. Il n'y a pas pire, pour le moral, qu'être périodiquement trempé. Leur moral, pas le sien. Ils étaient à plus d'un kilomètre et demi de lui. Ils n'étaient pas proches. Aucun d'entre eux, aujourd'hui, ne verserait son sang.

Il se reprit. Excès d'assurance. Il fallait éviter. La partie la plus dangereuse de toutes les missions, absolument toutes les missions, est la fin... les dernières heures, minutes, ou même secondes. L'esprit commence à se laisser aller et le corps, fatigué, également. On commet des erreurs. Il secoua vigoureusement la tête, sentit la douleur dans ses épaules. Il portait trente-cinq kilos, ce qui n'aurait été rien cinq ou dix ans plus tôt – il avait porté le double aux Malouines ; des membres du SAS en mission, pendant la guerre du Golfe, avaient transporté davantage –, mais il transbahutait le sac à dos Bergen depuis maintenant trente-six heures et il était mouillé et lourd.

Il se remit en route après avoir regardé sa carte, marcha à reculons dans la boue, décrivant parfois des cercles et repassant sur ses empreintes. Il était fier de cette confusion... une confusion que ses poursuivants ne remarqueraient probablement même pas. Peut-être avaient-ils pris le chemin du retour. Mais il ne faisait pas cela pour eux. Il le faisait pour lui. Il n'en doutait pas un instant.

Il remonta, le dos au sol, enfonçant les talons dans l'humus, son Bergen sur la poitrine. Près du sommet de la colline, il s'arrêta, écouta et entendit un bruit qu'il lui fut extrêmement facile d'identifier : papier déchiré puis froissé. La boule argentée atterrit près de lui puis s'immobilisa. Il n'entendit aucun bruit de pas, ni progression ni retraite... et pas de conversation. Une sentinelle, donc ; un guetteur solitaire. Peut-être un élément d'un poste d'observation, ce qui signifierait deux hommes. Ils s'étaient, après tout, divisés en patrouilles de deux. Il entendit le claquement de la barre de chocolat cassant en deux. Il fut convaincu qu'il était confronté à un homme seul ; son compagnon devait être en reconnaissance.

Avec la fin du jour toute proche, il était tentant de capturer un prisonnier, un otage. Mais il comprit que ce n'était tentant que parce qu'il était fatigué. Excès d'assurance, une nouvelle fois. Il tentait d'échapper à l'ennemi, pas de l'affronter. Mais s'il traînait des pieds en gagnant le surplomb, si le bout de ses chaussures déclenchait une cascade de terre, si des yeux s'intéressaient à ce qu'il y avait en bas... L'arme était prête.

Il se tassa sur l'humus et l'herbe, perçut l'humidité sur son dos. Pour ne plus y penser, il effectua une petite vérification mentale, s'assura qu'il était prêt à tout.

Il l'était.

Un soupir, en haut, à trois mètres à peine. Puis :

– Ras le bol !

Et des pas traînants qui s'éloignèrent, une gorge qu'on éclaircit, un crachat projeté sur le sol. Mauvais points, pensa-t-il... des traces à la disposition d'un poursuivant : du phlegme, du papier d'aluminium. Des propos à haute voix, en plus. De très mauvais points.

À une époque, pensa-t-il, il n'y a pas si longtemps, je me serais approché de toi par-derrière et j'aurais plongé mon poignard dans ta gorge. Je ne l'aurais pas tranchée – la gorge est plus résistante que l'on ne croit. Souvent, la trancher ne suffit pas, il faut infliger un maximum de dégâts en un minimum de temps et, surtout, il faut détruire le pharynx. Donc on enfonce la pointe de la dague dans la gorge et on la fait tourner.

Nom de Dieu.

Il faisait parfois ce cauchemar. Pas tellement souvent, ces derniers temps. Il s'inquiétait parce qu'il ne rêvait pas de Joan et d'Allan. Il ne rêvait jamais d'eux, pourtant ils étaient toute sa vie... ils étaient son salut.

Il se demanda où était l'autre homme, celui que l'amateur de chocolat allait rejoindre. Il ne fallait en aucun cas que ce salaud tombe par hasard sur lui, couché, exposé, le sac à dos sur la poitrine et l'empêchant de se servir efficacement de son arme.

Redescendre ou franchir la crête ? Il se donna une minute supplémentaire puis rampa jusqu'en haut et jeta un coup d'œil. Campagne, une cuvette semblable à une soucoupe géante ; et, à cent mètres, s'éloignant d'un pas lourd, l'amateur de chocolat. Il reconnut le jeune homme, même de dos, même dans cette lumière et malgré la distance. Il reconnut sa masse efficace, qui ne comportait pas beaucoup de graisse. Un regard rapide sur la carte confirma qu'il regagnait la base ennemie. Il ne cherchait personne. Il voulait simplement être à l'intérieur, avec une tasse de liquide chaud. Il en avait assez.

Un dernier regard sur la carte, qu'il mémorisa. Bientôt il ferait trop noir pour la lire et utiliser une torche ; même le faisceau le plus fin est dangereux. Si dangereux que c'était *verboten* pendant la plupart des missions, sauf dans les situations d'urgence les plus graves.

Il suivit l'amateur de chocolat en restant à distance. Au bout d'un moment, il vit un homme maigre et de haute taille le rejoindre. Ils discutèrent à voix basse, tendant les bras dans diverses directions, comme des girouettes sous l'effet du vent. Ensemble, ils prirent le chemin du camp, sans se rendre compte que l'homme qu'ils étaient censés capturer à tout prix les surveillait.

Finalement, le « camp » lui-même apparut : deux Land Rover vert olive, dont le toit avait autrefois été blanc. Trois hommes s'y trouvaient déjà, autour d'une bouilloire posée sur un Camping-Gaz. Ils dansaient d'un pied sur l'autre et regardaient leur montre.

Il connaissait très bien le terrain désormais et décida d'approcher. Cela l'obligerait à parcourir trois kilomètres, à gagner le côté opposé du camp, où la végétation était plus dense. Il se mit en route, courbé, rampant quand c'était nécessaire. Une autre patrouille de deux hommes rentra et passa à cent mètres de lui. Il se fondit dans le décor. Ils n'étaient plus vraiment concentrés... ils étaient trop près du camp, ne se méfiaient de rien. La période la plus dangereuse.

À un moment donné, quelqu'un cria :

– Montrez-vous ! Montrez-vous !

Puis il y eut des rires, qui étaient empreints d'une vague gêne. Ils auraient été bien plus embarrassés s'il était entré dans le camp, son arme braquée sur eux.

Il se tenait désormais à l'endroit qu'il avait choisi, séparé du feu de camp et des hommes par les véhicules. Ils n'avaient pas posté de gardes ; ils n'avaient rien fait. Excès d'assurance. Il posa son sac à dos par terre et se mit à ramper en direction de leur position. Il connaissait son objectif. Il ramperait sous une des Land Rover et braquerait son arme sur eux, qui seraient en train de boire leur thé. Puis il dirait bonsoir.

– Bonsoir.

Une voix derrière lui, au-dessus de lui. Une voix de femme, amusée, ce qui était parfaitement son droit. Il se tourna sur le dos et la regarda, fixa l'arme dans sa main. De l'autre, elle tenait son sac à dos. Elle secoua la tête.

– Des traces, dit-elle.

Elle faisait allusion au Bergen qu'il n'avait pas tenté de cacher. Elle jeta un coup d'œil sur sa montre. C'était un modèle d'homme comportant un chronomètre.

– Trente-six heures et trois minutes, dit-elle. Tu as failli ne pas y arriver.

Ils étaient assez près des Land Rover pour que sa voix soit entendue. Les hommes en tenue de camouflage contournèrent l'arrière des voitures pour voir ce qui se passait. Il se leva et se tourna vers eux, fixa l'amateur de chocolat.

– Des traces, dit-il en lançant la boulette de papier argenté.

Elle tomba dans la tasse en fer-blanc du jeune homme, flotta sur son thé.

Ils ne pouvaient prendre le chemin du retour tant que tout le monde n'aurait pas regagné le camp. Enfin, les derniers retardataires arrivèrent en boitillant. L'un d'eux, un concessionnaire automobile, s'était tordu la cheville et ses deux amis, dont un professeur d'éducation physique aux pieds couverts d'ampoules parce qu'il ne portait pas des chaussettes adaptées à ses chaussures presque neuves, le soutenaient.

– Je crois que j'ai attrapé une pneumonie, dit le professeur de gymnastique.

Il regarda l'homme qu'ils avaient tenté de capturer pendant une journée et demie. Dix contre lui dans une zone de quinze kilomètres carrés dont il n'avait pas le droit de sortir. Il ôta sa ceinture, toujours la dernière chose dont il se débarrassait. Elle contenait son kit de survie, un poignard, une trousse de premiers soins, une gourde d'eau et des barres de chocolat. L'homme aux ampoules avança en boitant, toucha son bras puis sa poitrine.

– Comment se fait-il que vous ne soyez pas aussi trempé que nous ? demanda-t-il, vexé. Il n'y a pas d'abri dans le coin, pratiquement pas d'arbres. Vous avez triché, Reeve ?

Gordon Reeve dévisagea l'homme.

– Je n'ai jamais besoin de tricher, monsieur Matthews.

Il se tourna vers les autres.

– Est-ce que quelqu'un sait comment j'ai fait pour que mes vêtements restent secs ?

Personne ne répondit, et il reprit :

– Essayez de réfléchir autrement. Comment peut-on garder ses vêtements secs quand on n'a rien pour les couvrir ?

Ils ne répondirent pas davantage. Reeve se tourna vers sa femme.

– Explique-leur, Joan.

Elle avait posé son sac à dos contre une Land Rover et s'était assise dessus. Elle sourit à Reeve.

– On les ôte, dit-elle.

Reeve, tourné vers les hommes, hocha la tête.

– On les ôte et on les met dans son sac à dos. On laisse faire la pluie et, quand elle cesse, on sèche et on remet ses vêtements secs. On a eu froid, on a été mouillé et on a passé un mauvais moment mais, ensuite, on est sec. Une dernière leçon, messieurs.

Il prit une tasse par terre, y versa du thé, ajouta :

– À propos, vous avez été merdiques. Absolument merdiques.

Ils regagnèrent la maison en vue du débriefing. Les Reeve avaient transformé les écuries en annexe comportant une salle équipée d'une douzaine de douches, un vestiaire avec des armoires métalliques où les hommes pouvaient ranger leurs vêtements civils ainsi que tout le fourbi de la vie qu'ils abandonnaient pour soixante-douze heures, un gymnase et une petite salle de conférences.

C'était dans la salle de conférences que Reeve dispensait l'essentiel de l'enseignement initial. Pas la formation physique – cela se déroulait dans le gymnase ou dehors, dans la cour et la campagne avoisinante – mais les autres leçons, les démonstrations et les explications. Il y avait un moniteur et un magnétoscope, un projecteur de diapositives, des tableaux, des cartes et des schémas, une grande table ovale et une douzaine de chaises fonctionnelles. Il n'y avait pas de cendriers ; il était interdit de fumer à l'intérieur. Fumer, comme Reeve le rappelait à chaque groupe, est mauvais pour la santé. Il ne parlait pas du cancer du poumon, il parlait des traces.

Après la douche, les hommes enfilèrent leurs vêtements civils et gagnèrent la salle de conférences. Une bouteille de whisky était posée sur la table, mais personne n'en boirait avant la fin du débriefing... et il n'y en aurait qu'un verre par personne, puisqu'ils rentreraient presque tous chez eux en voiture après dîner. Joan Reeve, dans la cuisine, s'assurait que le four avait fait son œuvre. Allan avait mis la table puis effectué un repli stratégique jusqu'à sa chambre, où il s'était remis à jouer sur son ordinateur.

Quand ils furent tous assis, Gordon Reeve gagna le tableau et y écrivit sept fois la lettre P à la craie verte.

– Les sept P, messieurs. Ni les sept nains, ni les sept mercenaires, ni les sept lunes de Jupiter. Je ne pourrais pas dire comment s'appelaient les sept nains, comment s'appelaient les sept mercenaires et, aussi sûr que la merde colle au cul, je ne pourrais pas dire comment s'appellent les sept lunes de Jupiter. Mais je peux nommer les sept P. Le pouvez-vous ?

Ils s'agitèrent sur leurs chaises, proposèrent des mots. Quand ils en donnaient un qui convenait, Reeve l'écrivait au tableau.

– Performance, dit-il en l'écrivant. Préparation... Pitoyable... Parfait...

Il s'aperçut qu'ils ne s'en sortaient pas, tourna le dos au tableau et dit :

– Une planification et une préparation parfaites préviennent une performance proprement pitoyable. Je pourrai ajouter un huitième P, aujourd'hui : Procédure. Vous étiez complètement désorganisés. Un jeune scout pieds nus et aveugle de naissance aurait pu vous échapper pendant ces dernières trente-six heures. Un éléphant à la recherche du cimetière aurait pu vous échapper. Les connes de l'équipe britannique de concours complet et leurs chevaux auraient pu vous en donner pour votre argent. Maintenant, le moment est venu d'analyser avec précision les causes du désastre.

Ils échangèrent des regards tristes, ses prisonniers. Ils n'étaient pas près de dîner.

Après le repas et les au revoir, après avoir raccompagné les hommes jusqu'à leurs voitures, les avoir renvoyés à leur vie réelle en agitant la main, Reeve gagna l'étage dans l'intention de convaincre Allan qu'il était l'heure de dormir.

Allan avait douze ans et était « studieux ». Mais, dans son cas, le terme s'appliquait aux ordinateurs, aux jeux sur ordinateur et aux vidéos. Reeve acceptait parfaitement que son fils ne soit pas attiré par le grand air. Ses amis croyaient que Reeve aurait peut-être préféré un fils tout en muscles, fort au football ou au rugby. Ses amis se trompaient. Allan était un joli garçon, en plus, avec une peau couleur de glace à la fraise et du duvet de pêche sur les joues. Il avait de courts cheveux blonds qui bouclaient sur la nuque et des yeux d'un bleu profond. Il ressemblait à sa mère, tout le monde le disait.

Il était couché, apparemment endormi, quand Reeve ouvrit la porte. La pièce était encore tiède, parce que l'ordinateur y avait fonctionné. Reeve posa la main sur le moniteur... il était chaud. Il souleva le couvercle de l'unité centrale, constata qu'elle était toujours allumée. Reeve sourit, poussa la souris et l'écran s'éclaira. Un jeu était sur Pause.

Il gagna le lit, marchant sur des revues et des bandes dessinées. Le garçon ne bougea pas quand il s'assit sur le lit. Sa respiration était profonde et régulière ; trop profonde, trop régulière.

Reeve se releva :

– D'accord, mon gars, mais fini de jouer, d'accord ?

Il ouvrait la porte quand Allan s'assit, souriant.

Reeve, sur le seuil, lui rendit son sourire.

– Dors... sinon.

– Oui, papa.

– Tu progresses dans ce jeu ?

– Je le battrai, tu verras. Oncle James m'envoie toujours des jeux trop difficiles.

L'oncle James était le frère de Reeve, un journaliste. Il travaillait aux États-Unis et avait envoyé deux jeux sur ordinateur à Allan, à titre de cadeau d'anniversaire et de Noël, et avec retard. C'était typique de James ; les enfants lui pardonnaient toujours sa distraction, parce qu'il se rattrapait à peu près une fois l'an.

– Je pourrais peut-être t'aider.

– Je me débrouillerai, répondit Allan avec détermination. Il y a une étape que je ne parviens pas à dépasser mais ensuite, ça ira.

Reeve hocha la tête.

– Et tes devoirs, ils sont faits ?

– Oui. Maman a vérifié cet après-midi.

– Et tu détestes toujours Billy ?

Allan grimaça.

– Je hais Billy.

Reeve hocha une nouvelle fois la tête.

– Qui est ton meilleur ami actuellement ?

Allan haussa les épaules.

– Dors maintenant, dit son père avant de fermer la porte.

Il resta immobile dans le couloir, guetta le crissement de pas sur le papier quand Allan se lèverait et gagnerait l'ordinateur. Mais il n'entendit rien. Il resta un peu plus longtemps, les yeux fixés sur le couloir. Joan, en bas, regardait la télévision. Dans la cuisine, le lave-vaisselle fonctionnait. C'est chez moi, pensa-t-il. C'est ma maison. C'est ici que je suis heureux. Mais une partie de lui était toujours accroupie sous la pluie tandis qu'une patrouille passait tout près...

Au rez-de-chaussée, il prépara deux tasses de café instantané et gagna le séjour. La maison avait autrefois été une ferme : deux pièces et un grenier auquel on accédait par une échelle. Reeve imaginait que, pendant l'hiver, le fermier faisait entrer les animaux à l'intérieur, les tenant au chaud et se servant d'eux comme chauffage central. L'endroit était inhabité depuis huit ans quand ils l'avaient acheté. Joan avait vu le potentiel de la maison et Reeve le potentiel de son isolement. Ils étaient près de la civilisation, mais ils étaient tranquilles.

Il avait fallu du temps pour choisir cette région. Les Scottish Borders auraient fourni de meilleurs moyens de communication ; les clients venant de Londres auraient pu effectuer le trajet en une demi-journée. Mais Reeve avait finalement opté pour l'île de South Uist. Il y avait passé des vacances quand il était enfant, et n'avait jamais vraiment oublié l'endroit. Quand il avait persuadé Joan de l'y accompagner, il avait prétendu que ce n'était que pour quelques jours de congé, mais en réalité il avait déjà pris la mesure de la région. Il y avait quelques villages à proximité ; mais, pour l'essentiel, il n'y avait rien. Cela plaisait à Reeve. Il aimait la nature sauvage et les collines. Il aimait l'isolement.

Presque tous ses clients venaient d'Angleterre et voyager ne les gênait pas. Pour eux, cela faisait partie de l'ensemble de l'expérience. Toutes sortes de gens étaient intéressés : des amateurs de grand air à la recherche de quelque chose de plus, des obsédés de l'apocalypse se préparant à l'effondrement ultime, des gardes du corps en cours de formation, des masochistes ordinaires. Reeve proposait un entraînement intensif destiné en partie aux amateurs de grand air et en partie aux survivalistes. Son but, leur disait-il dès le départ, consistait à les amener à utiliser leurs instincts ainsi que toutes les compétences qu'ils seraient susceptibles d'acquérir. Il leur apprenait à survivre aussi bien au bureau qu'au sommet d'une montagne battue par un vent froid. Il leur apprenait à survivre.

La dernière épreuve était la poursuite. Ce n'était pas une situation où il était impossible aux soldats du week-end de gagner. S'ils prévoyaient, préparaient et collaboraient, ils pouvaient facilement trouver Gordon dans le temps imparti. S'ils se référaient à leurs cartes, se donnaient un chef, se divisaient en groupes de deux et quadrillaient systématiquement le terrain, il était impossible que Reeve leur échappe. La zone n'était pas très étendue et ne recelait que très peu de cachettes. Peu importait qu'ils ne le trouvent pas du moment qu'ils en tirent la leçon, qu'ils comprennent qu'ils l'auraient localisé s'ils s'y étaient pris convenablement.

L'amateur de chocolat serait un jour garde du corps. Il croyait probablement que, pour exercer ce métier, il suffisait d'être robuste et de ne jamais avoir perdu son permis de conduire ; une sorte de chauffeur musclé. Il avait beaucoup à apprendre. Reeve connaissait des gardes du corps appartenant au gratin de la profession : internationaux, politiques. Certains avaient fait partie des Forces spéciales en même temps que lui. Barre de Chocolat avait beaucoup de chemin à parcourir.

Il ne disait jamais aux clients qu'il avait été membre du SAS. Il leur disait qu'il avait été dans l'infanterie et mentionnait quelques-unes de ses campagnes : l'Irlande du Nord, les Malouines... Il n'entrait jamais dans les détails, alors qu'ils insistaient souvent. Comme il le disait, tout cela n'était pas important ; c'était le passé. Juste des histoires... des histoires qu'il ne racontait jamais.

Il faisait chaud dans le séjour. Joan, assise sur le canapé, pourvoyait aux besoins immédiats de Bakounine, le chat, et ils regardaient tous les deux la télévision. Elle sourit en prenant la tasse que Gordon lui tendait. Bakounine le regarda d'un sale œil, parce qu'il avait osé interrompre la séance de caresses. Reeve effectua un repli tactique et se laissa tomber dans son fauteuil préféré. Il regarda la pièce. Joan s'était chargée de la décoration, avait fait un excellent travail, comme d'habitude. C'est ça un foyer, se dit-il. C'est bien.

– Tu t'es laissé aller aujourd'hui, dit-elle.

– Merci pour le compliment.

– Je ne savais pas que c'était mon boulot.

Avait-elle envie d'une dispute ? Il n'en avait, quant à lui, pas la moindre envie. Il se concentra sur son café.

– Tu as obtenu tous les chèques ? demanda-t-elle, toujours sans le regarder.

– Ils sont dans le tiroir.

– Dans la caisse ?

– Dans le tiroir, répéta-t-il.

Il ne sentait pas le goût du café.

– Tu leur as donné leurs factures ?

– Oui.

Elle n'ajouta rien, et il fit de même, mais elle était une fois de plus parvenue à le déstabiliser. Cela lui était très facile. Il était formé pour affronter la plupart des choses, mais pas ça. Joan aurait été formidable pour conduire des interrogatoires.

C'est mon foyer, pensa-t-il.

Puis le téléphone sonna.

2

L'immeuble de la Co-World Chemicals se trouvait au centre de San Diego, au carrefour de B Street et de Fifth Avenue. De ce fait, il était à environ vingt-cinq kilomètres de la frontière du Mexique, beaucoup trop près de celle-ci au goût d'Alfred Dulwater. De son point de vue, l'endroit était pratiquement un pays étranger. Il savait en outre que le Gaslamp Quarter commençait quelques blocs au sud de l'immeuble de la CWC et, même si la municipalité avait rénové ce quartier et le présentait aux touristes comme « historique », il était toujours aussi plein de mendiants et de sans-abri que de restaurants trop chers et de boutiques de souvenirs.

Dulwater était originaire de Denver. Enfant, il avait tracé deux diagonales sur une carte des États-Unis, la première de Seattle à Miami et la deuxième de Boston à San

Diego. Ce faisant, il était parvenu à se démontrer que Denver, Colorado, était pratiquement le centre du pays. D'accord, Topeka était en réalité plus proche de l'intersection des deux lignes, mais Denver aussi en était près.

Cependant, il n'habitait plus Denver. Le cabinet d'enquêtes privé pour lequel il travaillait – dont il était en réalité le directeur adjoint le plus récemment embauché – était basé à Washington. L'idée que les gens se font des détectives privés est celle que présente habituellement la fiction : des hommes crasseux, fumant à la chaîne, en planque dans une chambre de motel. Mais la société de Dulwater, Alliance Investigative, n'était pas ainsi. Son nom même évoquait davantage une compagnie d'assurances qu'une officine minable. Alliance était une grosse entreprise prospère et ne travaillait que pour des clients importants, principalement des multinationales telles que la Co-World Chemicals. Travailler pour la CWC ne gênait pas du tout Dulwater, même si ce dont il était chargé semblait trivial, mais il n'appréciait pas que Kosigin le fasse venir à San Diego. En général un service de messagerie de confiance se chargeait de transmettre les rapports. Il était tout à fait exceptionnel qu'un client exige que le rapport lui soit remis par un directeur adjoint ; dans le cas présent, il ne s'agissait pas d'un rapport, mais de plusieurs, qui nécessitaient plusieurs séjours en Californie du Sud... une décision ridicule, sur le plan économique, puisque le sujet vivait et travaillait dans la région. Cela obligeait Dulwater à prendre l'avion, rencontrer son équipe d'enquêteurs, lire leurs rapports puis les emporter à San Diego comme s'il était un simple facteur.

Cependant, Kosigin payait. Et le vieux Allerdyce, à Alliance, disait que celui qui paie est roi. Du moins pour une journée.

Allerdyce s'intéressait de près à cette enquête. Kosigin s'était apparemment adressé directement à lui et lui avait demandé de se charger de l'affaire. Il s'agissait d'une simple surveillance accompagnée d'une biographie et de coupures de presse. Ils devaient rechercher la même chose que d'habitude... les saletés cachées sous les ongles du passé du sujet – mais ils devaient également enquêter sur ses activités professionnelles quotidiennes.

Ce qui, vraiment, comme Dulwater l'avait suggéré à M. Allerdyce, n'était pas digne d'eux ; ils enquêtaient généralement sur les entreprises. Mais Allerdyce, assis derrière son énorme bureau en chêne, avait eu une moue songeuse puis avait agité les doigts, écartant l'objection. Et maintenant, il voulait lui aussi que Dulwater lui fasse un rapport. Dulwater n'était pas stupide ; il comprit que s'il donnait satisfaction au vieillard, faisait du bon boulot et tenait sa langue, il aurait peut-être de l'avancement. Et l'avancement était sa raison de vivre.

Il n'y avait apparemment pas un seul employé mexicain dans l'immeuble de la CWC. Le portier, le vigile qui vérifia l'identité de Dulwater et l'homme de ménage qui astiquait les barres en cuivre du mur, entre les quatre ascenseurs, étaient tous des Blancs. Cela plaisait à Dulwater. Cela avait de la classe. Et l'air conditionné aussi lui faisait plaisir. À San Diego, il fait chaud ou très chaud ; c'est comme ça toute l'année, sauf quand il fait vraiment très chaud. Mais il y a la brise marine, il faut le reconnaître. Ce n'est pas une chaleur lourde, étouffante. Elle aurait été tout à fait agréable si Dulwater n'avait pas été engoncé dans un costume trois pièces bleu en laine et n'avait pas porté une cravate qui lui serrait le cou. Ce fichu costume et la chemise étaient naguère à sa taille... mais il avait grossi ces derniers temps, depuis qu'une blessure au genou l'avait contraint à renoncer à la torture hebdomadaire du squash.

Il y avait un gymnase dans l'immeuble de la CWC. Il se trouvait sur le niveau situé sous le hall d'entrée et au-dessus du parking. Dulwater n'était jamais descendu jusque-là, mais il était allé tout en haut, et il y retournait. Le vigile l'accompagna jusqu'à l'ascenseur, fit tourner sa clé dans la serrure et appuya sur le bouton du quatorzième étage. On ne pouvait pas se contenter d'appuyer sur le bouton, on avait aussi besoin de la clé, comme dans certains hôtels où Dulwater était descendu, ceux qui avaient un penthouse et des étages réservés aux clients de marque. Les portes se fermèrent et il s'efforça de cesser de paraître nerveux. Kosigin n'était pas le plus gros poisson de la multinationale ; il était peut-être numéro cinq ou six aux États-Unis, c'est-à-dire sept ou huit dans le monde. Mais il était jeune et arrogant et Dulwater n'aimait pas son attitude. Dans une autre vie, il l'aurait assommé d'un coup de poing et lui aurait balancé un shoot dans la région lombaire pour faire bonne mesure.

Mais c'étaient les affaires et Kosigin était roi pendant la durée de la rencontre. Les portes s'ouvrirent et Dulwater s'engagea sur l'épaisse moquette du quatorzième étage silencieux. Il y avait une réception sur laquelle ne donnaient que trois portes. Chacune permettait d'accéder à un bureau, tous les bureaux faisaient plusieurs dizaines de mètres carrés et ne ressemblaient pas du tout à des bureaux ; ils évoquaient davantage des temples. La secrétaire, qu'on qualifiait en réalité d'assistante personnelle, lui sourit.

– Bonjour, monsieur Dulwater.

Elle prononçait toujours Dull-water[1] alors qu'il avait dit, lors de sa première visite, que c'était dou-latter. En réalité sa famille, à Denver, disait également dull-water, mais Alfred n'aimait pas cette prononciation, tout comme il avait détesté les blagues et les surnoms à l'école et à l'université. Quand il était parti pour Washington, il avait décidé de rejeter dull-water et de devenir dou-latter. Il aimait dou-latter. Ça avait de la classe.

– M. Kosigin sera là dans cinq minutes. Si vous voulez attendre à l'intérieur...

Dulwater acquiesça et gagna la porte du bureau de Kosigin, que la secrétaire ouvrit grâce à un bouton situé sous sa table de travail. Puis il entra.

C'était une autre chose. Il avait regardé le nom de Kosigin et pensé koss-iguine, comme ce type, en Union soviétique, dans les années cinquante... ou soixante ? Mais on prononçait kosigin, en un seul souffle, toutes les lettres brèves et dures. Le bureau de Kosigin avait une dureté assortie à son nom et à sa personnalité. Les œuvres d'art elles-mêmes semblaient rudes et brutales : les tableaux

1. Littéralement : eau terne ou eau stupide. *(Toutes les notes sont du traducteur.)*

regorgeaient d'objets découpés au carré, de formes géométriques aux couleurs ternes ; les sculptures évoquaient des personnes défigurées ou des objets restés trop près d'une source de chaleur. Et même la vue, qui aurait dû être fantastique, était bizarrement plus dure, plus cruelle qu'elle ne le méritait. On ne voyait pas véritablement le bord de mer ; d'autres immeubles, plus hauts, s'interposaient. Il crut apercevoir le Marriott, brillant, entre deux des bâtiments du centre, mais, compte tenu du reflet de la lumière sur la façade, il pouvait s'agir de n'importe quel immeuble.

Fidèle à sa formation d'enquêteur, Dulwater ne consacra pas beaucoup de temps à la vue et gagna le bureau de Kosigin, simplement pour voir ce qu'il y avait dessus. La réponse fut aussi décevante que de coutume : pratiquement rien. C'était un meuble ancien, travaillé, peut-être français, aux pieds incurvés, qui semblaient incapables de supporter le moindre poids. Il était très long mais étroit et n'allait pas avec le fauteuil de Kosigin, un modèle pivotant ordinaire, rouge, à accoudoirs en plastique noir. Dulwater eut l'impression que Kosigin travaillait vraiment ailleurs. Sur le bureau il y avait un sous-main, un plumier avec des stylos et une petite lampe d'architecte. Ç'aurait pu être le bureau d'un étudiant ; le bureau de n'importe qui.

Il regarda le reste de la pièce. Il y avait une grande étendue de parquet nu entre lui et le coin salon. Celui-ci comportait un canapé et deux fauteuils en cuir froissé noir, un grand cabinet à alcools bien approvisionné sur lequel se trouvaient une carafe vide et des verres en cristal, et deux postes de télévision, l'un d'eux étant apparemment allumé en permanence. Il était réglé sur C-Span sans le son.

Contre un des murs, de hauts placards en bois, fermés à clé, qui n'étaient jamais ouverts en présence de Dulwater. Il ne savait pas s'ils étaient vides ou pleins, s'ils contenaient les dossiers de Kosigin ou sa collection de chaussures. Merde, peut-être s'agissait-il de portes secrètes donnant sur d'autres bureaux. Cela n'avait pas beaucoup d'importance. Ce qui comptait était que Kosigin le faisait attendre. Il posa son attaché-case – rigide, noir mat, presque impossible à ouvrir sans les deux clés, fournies par Alliance – sur la table basse, près de la télé allumée, et s'assit sur le canapé. Pas de télécommande en vue, mais il localisa le panneau des réglages sur le devant du poste, ouvrit le volet et passa d'une chaîne à l'autre. Il tomba sur un hommage aux Rolling Stones et il s'appuya contre le dossier du canapé et regarda, sans prendre la peine d'activer le son.

Il s'interrogea une fois de plus sur la surveillance. Une société comme la CWC, un des géants mondiaux de la chimie, pouvait sûrement rémunérer des agents chargés de la sécurité, et le faisait sans doute. Pourquoi Kosigin ne leur avait-il pas confié ce boulot minable ? Et pourquoi le vieil Allerdyce s'y intéressait-il de si près ? Il ne craignait pas que Dulwater déconne ; il le lui avait affirmé. Alors pourquoi ? Qu'est-ce que ce John Reeve, ce connard d'Anglais aux habitudes personnelles ennuyeuses et au boulot nomade, avait de spécial ? Cela ne regardait pas Dulwater, comme avait dit M. Allerdyce. Quelle phrase avait-il employée ? « Nous sommes le moyen, pas la fin. » C'était impressionnant quand il le disait, mais qu'est-ce que ça signifiait ?

Il gagna une des fenêtres et regarda la rue. Un bloc en direction du sud, un trolleybus orange et vert passa, sur son itinéraire touristique, un des trolleys de la vieille ville entrant presque en collision avec lui. Il espéra que les touristes auraient l'intelligence de ne pas descendre au Gaslamp.

– Monsieur Dulwater.

Il n'avait pas entendu la porte s'ouvrir mais constata, quand il se retourna, que Kosigin était à mi-chemin de son bureau. Cependant il ne regardait pas Dulwater ; il regardait la télé et l'attaché-case. Théoriquement, Dulwater ne devait pas se séparer de l'attaché-case. Aller aux toilettes devenait de ce fait une expérience intéressante, mais telles étaient les instructions explicites. Dulwater alla chercher l'attaché-case. Quand il parvint au bureau, Kosigin avait déverrouillé puis ouvert un tiroir et en avait sorti une télécommande. Il la braqua sur le téléviseur, qu'il régla à nouveau sur la chaîne d'origine. Dulwater faillit s'excuser mais ne le fit pas. Les excuses affaiblissent. En outre, qu'avait-il fait de mal ?

Il s'assit en face de Kosigin, le regarda remettre la télécommande dans le tiroir et le verrouiller à nouveau avec une clé qu'il glissa dans la poche de son gilet. Pendant quelques secondes, il ne vit que le sommet du crâne de Kosigin, son épaisse chevelure poivre et sel, bouclée et luxuriante. Peut-être la teignait-il ainsi pour paraître plus âgé. Quand Kosigin leva la tête, il ressembla presque à un adolescent aux joues éclatantes et saines, aux yeux brillants, sans la moindre ride. Sa cravate en soie bordeaux miroitait. Puis il mit ses lunettes à monture métallique et se transforma une nouvelle fois. Il n'avait pas besoin de durcir son visage, les lunettes s'en chargeaient. Et sa voix... une voix d'autorité pure.

– Allons-y, monsieur Dulwater.

C'était à cet instant que Dulwater devait déverrouiller l'attaché-case. Il sortit une clé de la poche de sa veste et ôta sa chaussure gauche afin de récupérer la deuxième clé, qui était collée sur le talon de sa chaussette. L'attaché-case résistait au feu, aux bombes et aux tentatives d'ouverture ; si on essayait de l'ouvrir sans les deux clés, un petit dispositif incendiaire détruisait son contenu. Dulwater déverrouilla facilement l'attaché-case, Kosigin évitant son regard en attendant qu'il pose le dossier sur son bureau. Lors de leur première rencontre, Dulwater avait tendu le dossier et Kosigin était resté aussi immobile qu'un mannequin jusqu'au moment où Dulwater avait compris ce qu'on attendait de lui : Kosigin refusait tout contact avec l'enquêteur, même par le truchement d'une chemise cartonnée. Dulwater posa donc le dossier sur le bureau et, dès qu'il eut éloigné sa main, Kosigin l'approcha légèrement de lui, l'ouvrit, feuilleta les documents qu'il contenait.

Le rapport était épais cette fois : recherches sur le passé, biographies d'amis, de collègues, de membres de la famille. Réunir ces informations avait pris des centaines d'heures et nécessité le recours à des enquêteurs étrangers. Il était absolument complet.

– Merci, Dulwater.

Et voilà... pas de bavardage, pas de verre, même pas un regard. Alfred Dulwater fut congédié.

Après le départ de l'enquêteur, Kosigin alla s'installer confortablement, avec le dossier, dans un des fauteuils en cuir. Il jetait un coup d'œil sur l'écran chaque fois qu'il tournait une feuille, mais n'avait à part cela d'yeux que pour le rapport. Il n'aimait pas Dulwater – c'était un colosse dénué d'intelligence – mais il devait admettre que le cabinet d'Allerdyce faisait parfaitement son travail.

Il relut le rapport, y consacra le temps nécessaire. Il ne fallait pas qu'il prenne la mauvaise décision, c'était une affaire très grave. James Reeve, le journaliste, était devenu plus qu'une épine dans le pied de la CWC, et ne tenait pas compte des avertissements. On avait essayé l'argent, les menaces, y compris physiques. Mais le journaliste était stupide ou trop sûr de lui.

Kosigin lut une troisième fois la bio mise à jour. Plusieurs choses attirèrent son attention : un mariage manqué qui avait entraîné de l'acrimonie et des dettes, un problème d'alcool, un flirt avec les stupéfiants... amphés et coke, plus l'herbe ; mais presque tout le monde, en Californie, fumait de l'herbe... plusieurs relations sans lendemain depuis la rupture du mariage. Pas d'enfants. Et maintenant, une enquête qui n'aboutissait à rien... une situation qui pourrait bien briser Reeve. Il y avait un frère, mais personne d'important. Et pas d'amis puissants, pas de véritables alliés.

Il sonna Alexis et lui demanda de lui apporter un décaféiné, avec un pour cent de lait. Puis il sortit son carnet d'adresses à couverture de cuir et appela Los Angeles.

– C'est moi. Dans combien de temps pouvez-vous être ici ?

3

James Reeve se réveilla ce matin-là avec l'appréhension habituelle.

Il s'était vraiment cuité, la veille au soir, mais cela n'avait rien d'exceptionnel. Au cours de sa vie, il s'était fait éjecter de très nombreux bars à coups de pied dans le derrière. Sa chambre de motel lui parut étrangère jusqu'au moment où il aperçut la grosse valise – sa valise – dont le contenu débordait sur la moquette vert olive. Oui, c'était un spectacle familier, pas de problème. Il avait vu cette valise telle quelle dans tous les États-Unis, toute l'Europe et tout l'Extrême-Orient. Elle avait probablement plus voyagé que l'essentiel de la population du monde.

Il mit deux bonnes minutes à atteindre la salle de bains, parce qu'un vertige le força à s'asseoir au bout du lit pendant quelques instants, à fermer les yeux à cause de la migraine et des éclairs blancs. C'était une chose que les anciens combattants du Vietnam devaient connaître : d'énormes explosions de phosphore sur la fixité trouble des yeux.

Je ne supporte pas l'alcool, se dit-il en prenant sa première cigarette, certain que c'était une erreur à l'instant où il fit le geste, la glissa entre ses lèvres, l'alluma et avala la fumée.

Ensuite, il faillit se retrouver par terre. Nom de Dieu, ça faisait mal et ça avait un goût dégueulasse. Mais c'était une nécessité. Une addiction, tout bêtement, comme l'alcool. Il y avait des hommes qui supportaient l'alcool ; ils avaient une forte stature qui absorbait la boisson et un cerveau qui refusait d'envisager la gueule de bois. Mais lui était grand et mince... et, nom de Dieu, il connaissait les gueules de bois. Il estimait que son foie devait être désormais à peu près aussi gros qu'une tête de mouton. Il était surprenant qu'il n'ait pas poussé ses autres organes, ne les ait pas projetés en touche. Il aimait boire mais détestait être ivre. Et naturellement, quand l'ivresse commençait, toutes ses défenses tombaient et il continuait de boire. C'était un problème. C'était assurément un problème.

Alors pourquoi buvait-il ?

– Je bois donc je suis, conclut-il en se levant une nouvelle fois.

Il sourit malgré la douleur. Peut-être son frère aurait-il apprécié sa philosophie. Ou peut-être n'était-ce pas la bonne philosophie. Il n'avait jamais compris Gordon, absolument jamais. Il croyait – non, merde, il savait – que Gordon avait appartenu au SAS ou à une autre des unités quasi secrètes de l'armée. Il en était certain, tout comme il était certain que la salle de bains se trouvait encore à trois cents mètres. Peut-être devrais-je ramper, pensa-t-il, peut-être tout serait-il plus facile si je me mettais à quatre pattes, si je revenais à la nature, communiais avec mes frères animaux. Merde, je suis en Californie, l'idée pourrait prendre. Toutes les autres idées avaient pris. On pouvait faire du tai-chi en mangeant son chili ou envoyer ses enfants dans une crèche satanique. Tous les cinglés du monde semblaient avoir atterri ici avec leur Idée Unique, une chose susceptible de transformer la vie et de décoller. On trouverait au moins un gogo, un disciple facile à duper.

Je suis journaliste, pensa-t-il. Je persuade. En un rien de temps, je pourrais convaincre tout Beverley Hills de marcher à quatre pattes, de parler aux chiens et aux chats. Ce que je ne peux pas faire, pour le moment, c'est trouver le chemin de la salle de bains.

Il était trempé de sueur quand il arriva enfin aux toilettes, la transpiration refroidissant sur son dos et son front tandis qu'il vomissait dans la cuvette. Il se redressa péniblement et s'assit, appuya la tête contre la porcelaine fraîche du lavabo. Il se sentit un peu mieux, son rythme cardiaque ralentissant, et il commença même d'envisager la journée, son ordre du jour, ce qui devait être fait. Notamment téléphoner à Eddie. Ensuite, il tenterait une nouvelle fois de faire parler le chimiste. Mais il fallait d'abord qu'il téléphone à Eddie.

Il se leva et fixa le miroir. Il était presque entièrement couvert de dentifrice séché. Une femme qu'il avait amenée ici quelques nuits auparavant lui avait laissé un message. Elle était partie quand il s'était levé. Il avait péniblement gagné la salle de bains et s'était appuyé contre le lavabo, avait posé la tête contre le miroir frais. Quand il s'était redressé, il s'était aperçu qu'il avait effacé le message, qu'il y avait des traînées rouges et blanches de dentifrice sur ses cheveux.

De retour dans la chambre, il constata qu'il avait branché le portable dans la soirée, qu'il avait été prévoyant : la batterie serait complètement chargée. Il ne pouvait pas vivre sans son ordinateur portable. Certaines personnes avaient un chat, le prenaient sur leurs genoux et le caressaient, lui, il avait son portable. C'était comme une thérapie : il le prenait, se mettait à taper, et tous ses soucis s'évaporaient. Ça semblait stupide, quand il le disait aux gens, mais ça lui donnait l'impression d'être immortel ; il écrivait, ce qu'il écrivait serait un jour publié et ce qui était publié devenait immortel. Les gens le gardaient, le mettaient en lieu sûr, le conservaient pour s'y référer plus tard, le lisaient, le dévoraient, le classaient, le transféraient sur d'autres supports tels que les microfiches ou les CD-ROM. Son portable était un remède à la gueule de bois, une panacée. C'était peut-être pour cette raison que Co-World Chemicals ne lui faisait pas peur. Peut-être.

Assis sur le plancher de la chambre, il relut ses notes récentes. L'affaire prenait forme... du moins l'espérait-il. Il y avait beaucoup de spéculations, des choses, comme dirait n'importe quel rédacteur en chef, qui n'avaient que la peau sur les os. Et il voudrait dire par là qu'il était nécessaire de les valider. Il fallait que les gens témoignent officiellement. Merde, même officieusement suffirait pour le moment. Il pourrait toujours convaincre un rédac-chef d'écouter des propos officieux. Ensuite, peut-être ce dernier ferait-il établir un chèque qui lui permettrait de consolider ses finances déclinantes.

Seul problème : il était le débiteur de Giles Gulliver, à Londres, et ce salaud refusait de lui avancer à nouveau de l'argent sans avoir vu un article qu'il pourrait publier. Un problème insoluble. Il avait besoin de davantage d'argent pour pouvoir donner cet article à Giles. Donc il cherchait maintenant un produit dérivé, quelque chose qu'il pourrait vendre ailleurs. Bon sang, il avait pris contact avec des rédacteurs en chef de revues touristiques, proposé des papiers sur San Diego, la frontière, Tijuana, La Jolla. Il ferait le zoo et Sea World s'ils voulaient ! Mais ils ne voulaient rien. Ils connaissaient sa réputation. Connaissaient plusieurs de ses réputations. Ils savaient qu'il ne respectait pas les délais et qu'il n'écrivait pas de petits articles de voyage qu'on peut lire le dimanche devant les corn flakes et le café. De toute façon, ce n'était pas du journalisme... c'était du remplissage, un prétexte à la publicité, et c'était exactement ce qu'il avait dit aux rédacteurs en chef des revues touristiques. Et aussi qu'ils pouvaient aller se faire mettre.

Donc l'argent filait à toute vitesse et il en était réduit aux motels à bon marché où on ne faisait les chambres qu'une fois par semaine, où on lésinait sur les serviettes de toilette. Il fallait qu'il travaille plus vite. Ou bien qu'il accepte l'argent de la CWC, rembourse Giles et parte en vacances avec le reste. Ainsi, tout le monde serait content. Peut-être même serait-il content, lui aussi. Mais ça ne marchait pas comme ça. Il y avait un article et s'il ne l'écrivait pas, ça le tracasserait pendant des mois, des années même. Comme le jour où il avait dû renoncer à l'affaire Faslane. Il travaillait pour un journal de Londres à l'époque, et le propriétaire avait dit au rédacteur en chef de le persuader d'abandonner. Il s'était emporté, avait démissionné, puis décidé qu'il ne voulait pas démissionner... et ils l'avaient viré. Il s'était remis à travailler sur l'affaire, en indépendant, mais n'avait pas pu aller plus loin et personne n'avait voulu publier ce qu'il avait, hormis *Private Eye*, qui lui avait accordé une demi-page dans les profondeurs de la revue.

Dieu bénisse le quatrième pouvoir !

Il alluma une autre cigarette puis prit le téléphone posé sur la table de nuit.

Autrefois, il aurait vécu au Hyatt, au Holiday Inn, peut-être même au Marriott. Mais les temps avaient changé et James Reeve aussi. Il était plus dur maintenant ; plus dur dans les deux sens. Il ne donnait plus de gros pourboires (quand il en donnait, ce type de *Reservoir Dogs* avait raison) et il était moins agréable. Les pauvres ne peuvent pas se permettre d'être agréables ; ils sont trop occupés à tenir le coup.

Le téléphone d'Eddie sonna et sonna et Reeve le laissa faire jusqu'au moment où on décrocha.

– Qu'est-ce qu'il y a ? Qu'est-ce qu'il y a ?

– Bonjour, monsieur, dit gentiment Reeve, de la fumée sortant de son nez, c'est le réveil par téléphone que vous avez demandé.

Il y eut des gémissements et de violentes quintes de toux au bout du fil. Il est agréable de constater qu'on n'est pas seul dans son malheur.

– Ordure, sale foutu putain de merdeux, quintessence de connard.

– Qu'est-ce que c'est ? fit Reeve. SOS injures ?

Eddie Cantona s'étrangla en tentant de parler, rire et allumer une cigarette en même temps.

– Quel est le programme ? demanda-t-il finalement.

– Passe me prendre. Je trouverai quelque chose.

– Trente minutes, d'accord ?

– Disons une demi-heure.

James Reeve raccrocha. Il aimait bien Eddie, l'aimait beaucoup. Ils s'étaient rencontrés dans un bar du Gaslamp. Le bar était de style western, servait des côtes de porc et des steaks. On mangeait autour d'une longue table en bois brut, ou à de petites tables en bois brut et, au bar, on versait la bière à la pression dans des *Mason jars*. C'était une affectation, et cela signifiait qu'on n'avait pas beaucoup de bière... mais c'était de la bonne bière, presque aussi savoureuse et foncée qu'en Angleterre.

Reeve était entré dans le bar frais et sombre après une promenade stérile et torride au soleil ; et il avait bu trop de bière trop vite. Il avait engagé la conversation avec son voisin, qui avait déclaré s'appeler Eddie Cantona. Reeve avait commencé par dire qu'il y avait un footballeur qui s'appelait Cantona, puis avait dû expliquer qu'il ne s'agissait pas de football américain et que le joueur était français.

– C'est un nom espagnol, avait insisté Eddie.

Et c'en était bien un, compte tenu de la façon dont il le prononçait, transformant la syllabe du milieu en « tou » et allongeant le nom... alors que les commentateurs anglais tentaient de le réduire à deux syllabes au plus.

À partir de là, la conversation ne pouvait que s'améliorer et ce fut ce qui arriva, surtout quand Eddie annonça qu'il était « provisoirement libre » et qu'il avait une voiture. Reeve avait dépensé une fortune en taxis et autres modes de transport. Et voilà qu'il rencontrait un chauffeur en quête d'un emploi temporaire. Un colosse, en plus... quelqu'un qui pourrait tenir lieu de garde du corps en cas de besoin. À ce moment, Reeve commençait à se dire que le besoin se faisait sentir.

Depuis, on lui avait proposé de l'argent pour qu'il renonce à son enquête. Et, après son refus, il y avait eu un passage à tabac silencieux dans une ruelle obscure. Ils l'avaient surpris en l'absence d'Eddie. Ils n'avaient pas prononcé un mot et, ainsi, leur message n'aurait pas pu être plus clair.

Néanmoins, James Reeve voulait l'article. Il le voulait plus que jamais.

Ils commencèrent par aller à La Jolla afin de rendre inopinément visite au chimiste.

C'était une maison en bois blanche, un pavillon sur un petit terrain entouré d'une palissade verte, qu'un ouvrier en bleu de travail repeignait en sifflant. Sa camionnette était garée à cheval sur le trottoir, les portes de derrière ouvertes sur des pots de peinture, des échelles et des pinceaux. Il sourit et dit bonjour tandis que James Reeve poussait la barrière récalcitrante. Des clochettes suspendues au loquet tintèrent quand il referma derrière lui.

Il était déjà venu et le vieillard n'avait pas répondu à ses questions. Mais l'obstination est la tactique principale du journaliste. Il sonna et recula d'un pas dans l'allée. La rue n'était pas proche des plages de La Jolla, mais il estima que les maisons valaient tout de même cent cinquante mille dollars. C'était ce genre de ville. Eddie lui avait dit que Raymond Chandler avait vécu à La Jolla. Aux yeux de Reeve, il n'y avait pas grand-chose à écrire sur La Jolla.

Il regagna la porte, sonna de nouveau, puis se baissa dans l'intention de jeter un coup d'œil à l'intérieur par la boîte à lettres. Mais il n'y avait pas de boîte à lettres. Celle du docteur Killin se trouvait au sommet d'un poteau, près de la barrière, et comportait un drapeau rouge qu'on levait quand il y avait du courrier. Le drapeau était baissé. James gagna la seule fenêtre de la façade du pavillon et vit un séjour confortable, des tas de vieilles photos aux murs, un canapé pour trois à décor floral, qui occupait trop de place dans la pièce. Il se souvint du docteur Killin lors de leur première et très brève rencontre. Physiquement, Killin lui avait rappelé Giles Gulliver : une force compacte sous un aspect apparemment frêle. Il avait le crâne chauve, arrondi et luisant, la tête disproportionnée par rapport au corps qui la soutenait, des lunettes dont les verres épais grossissaient ses yeux, des cils très fournis et courbes.

Le vieux con n'était pas chez lui.

Il reprit l'allée et affronta derechef la barrière. Le peintre cessa de siffler et, restant à genoux, leva la tête, lui sourit.

– Il n'est pas là, indiqua-t-il comme si c'était une information.

– Vous auriez pu me le dire avant que je me tape trois rounds contre cette foutue barrière.

Le peintre eut un rire étouffé, essuya ses doigts verts avec un chiffon.

– J'aurais pu, admit-il.

L'homme secoua la tête, se gratta l'oreille, puis ajouta :

– On m'a parlé de vacances. Mais comment peut-on prendre des vacances quand on vit au paradis ?

Et il rit, puis se remit au travail.

James Reeve s'approcha de lui.

– Quand est-il parti ?

– Je n'en ai aucune idée, monsieur.

– Vous savez quand il reviendra ?

Le peintre haussa les épaules.

Le journaliste jura à voix basse, se pencha au-dessus de la palissade et ouvrit la boîte aux lettres, cherchant quelque chose, n'importe quoi.

– Vous devriez pas faire ça, dit le peintre.

– Je sais, répondit Reeve, fouiller le courrier des autres est un délit fédéral.

– Oh, ça, j'en sais rien. Mais vous avez de la peinture verte sur votre chemise.

Et c'était vrai.

Refusant le white-spirit qu'on lui proposait, certain d'avoir besoin d'un liquide complètement différent, il regagna à grands pas la voiture où Eddie l'attendait, et s'installa.

– J'ai entendu, dit Eddie.

– On lui a fait peur pour qu'il s'en aille, déclara Reeve. J'en suis sûr.

– Tu pourrais laisser une carte de visite, lui demander de t'appeler, dit Eddie en lançant le moteur.

– C'est ce que j'ai fait la dernière fois. Il ne m'a pas appelé. Et il ne m'a pas fait entrer chez lui.

– Les vieux... ils sont méfiants. Des tas d'agressions dans le coin.

James Reeve se tourna autant que possible sur le siège, afin de faire face à Eddie Cantona.

– Eddie, est-ce que j'ai l'air d'un voyou ?

Eddie sourit, secoua la tête et appuya sur l'accélérateur.

– Mais tu n'as pas non plus la tête de Monsieur Bonne Humeur.

Le peintre les regarda partir, leur fit même signe de la main, alors qu'ils avaient complètement oublié son existence. Puis, toujours souriant, il s'essuya les mains et gagna sa camionnette. Il prit un téléphone cellulaire sur le siège du passager et le porta à son oreille. Il cessa de sourire quand la communication fut établie.

– Ils viennent de passer, dit-il.

Dans l'après-midi, Eddie laissa son employeur au centre, au carrefour de la Huitième et de E. James Reeve devait travailler à la bibliothèque. Parfois, il y tapait ses notes sur son portable... c'était mieux que la chambre d'hôtel, cent fois mieux. Parmi des gens occupés, des gens qui avaient des projets et des idées, des gens qui avaient des objectifs, son travail et son but prenaient davantage de sens.

En outre, la bibliothèque n'étant qu'à quatre blocs du Gaslamp, il pourrait boire une bière en sortant. Eddie avait deux ou trois choses à faire, et annoncé qu'il serait probablement à leur bar habituel vers six heures. S'il n'était pas arrivé quand il aurait envie de partir, on lui appellerait un taxi. La course coûtait huit dollars pourboire compris.

Reeve décida que l'enquête n'avançait plus. Il était à San Diego, qui en était théoriquement le cœur, et il n'arrivait à rien. Il avait Preece et la recherche sur les pesticides, mais cela datait de nombreuses années. Il avait un viol, qui était aussi de l'histoire ancienne. Il avait les récits de deux détectives à la retraite. Il avait Korngold... mais Korngold était mort.

Il avait Agrippa et les comptes bancaires. Peut-être fallait-il qu'il rentre en Angleterre, se concentre sur cette partie du puzzle, revoie Josh Vincent ; le récit du syndicaliste, en lui-même, suffisait presque. Mais il l'avait déjà proposé à Giles Gulliver, qui avait levé les yeux au ciel, prétexté que le *Guardian* avait publié un article similaire l'année précédente. Reeve avait vérifié, et le *Guardian* n'avait pas suivi la même piste… mais il n'était pas parvenu à convaincre Giles, ce foutu salaud d'entêté.

Il n'avait donc pas grand-chose à ajouter à ses dossiers. Il avait d'autres noms et avait essayé de téléphoner, mais personne ne voulait le rencontrer, ni même parler par téléphone. C'était dommage, parce que son petit magnétophone était près de lui, le micro fixé à l'écouteur. Ses enregistrements ne contenaient jusqu'ici que des propos évasifs sur une grande échelle, ce qui ne signifiait rien. Les Américains se méfient généralement du téléphone. La faute aux démarcheurs qui interrompent le déjeuner, le dîner ou une sieste après un bon repas et demandent de l'argent pour tout et n'importe quoi, du Parti républicain aux réunions Tupperware. On lui avait même téléphoné dans sa chambre de motel pour tenter de lui vendre des cours de langue. Des cours de langue ! Peut-être appelaient-ils toutes les chambres de tous les motels. C'était racler les fonds de tiroirs.

Racler les fonds de tiroirs.

Il soupira, éteignit le portable, le ferma et décida qu'une bière lui ferait du bien, *Mason jar* ou pas. Quand il franchit la porte principale de la bibliothèque, la chaleur s'abattit de nouveau sur lui. Ce fut très agréable, presque trop agréable. On pouvait devenir fou dans un endroit comme celui-ci, où la température ne variait pratiquement pas d'un bout de l'année à l'autre. Presque pas de pluie, des rues propres et des gens polis ; ça pouvait finir par énerver.

Il entra dans le bar faiblement éclairé, que la clim gardait au frais, et gagna ce qui était devenu son tabouret préféré. La barmaid était nouvelle, portait un jean coupé et un T-shirt blanc moulant. Ses cheveux étaient attachés avec un bandana rouge et elle en avait un autre, lâche, autour du cou. Ses jambes, ses bras et son visage étaient bronzés et lisses. Il n'y avait pas de filles comme ça en Angleterre, pas avec ce bronzage total et uniforme, cette peau parfaite. Pourtant, ici, on en rencontrait à tous les coins de rue. Puis il regarda le long miroir qui se trouvait derrière le bar, ne vit pas seulement son reflet, mais aussi celui de ses voisins. Qu'est-ce qu'il s'imaginait ? Les imperfections le regardaient en face. Des hommes – des hommes amoureux de la bière –, visages pâles et ventres proéminents, cheveux gras et clairsemés, énergie en berne. À leur santé, dit-il en vidant sa première *Mason jar* de bière.

Son voisin n'avait pas l'air d'humeur à bavarder et il fallait qu'il répète tout deux fois à la barmaid, qui ne le comprenait pas à cause de son accent.

– Je n'ai pas d'accent, dit-il, puis il dut également répéter cela.

À six heures et demie, comme Eddie n'était toujours pas arrivé, il envisagea de l'appeler. Il était l'employeur d'Eddie, après tout, et le travail d'Eddie consistait à le véhiculer. Mais ce n'est pas vraiment juste, décida-t-il après un instant de réflexion. Il payait Eddie des clopinettes et le type passait déjà l'essentiel de la journée avec lui... même s'il avait l'impression qu'Eddie restait dans l'espoir de se faire offrir des verres et peut-être même le dîner.

Il décida qu'il n'avait pas faim. Il en avait assez. Il avait simplement envie de regagner son motel minable et de dormir une douzaine d'heures. Il demanda à la barmaid si elle pouvait appeler un taxi, veilla à américaniser son accent pour qu'elle comprenne.

– Sûr, fit-elle.

Puis son voisin silencieux décida également que le moment de tirer sa révérence était venu. Il sortit du bar sans un mot, même s'il adressa un vague signe de la tête à James, et laissa deux dollars sur le bar à l'intention de la serveuse, ce qui était très généreux. Profitant que la jeune femme tournait le dos, parce qu'elle téléphonait, James fit glisser un dollar vers lui. Les temps étaient durs.

Une minute plus tard, un homme passa la tête à l'intérieur de l'établissement.

– Monsieur Reeve ! appela-t-il avant de ressortir.

James Reeve descendit de son tabouret et dit « salut » à l'assemblée. Il n'avait bu que quatre bières et se sentait bien... peut-être un peu déprimé, quand il prit son portable, mais il avait connu pire. Il ferait quelque chose de l'affaire, quelque chose de durable, quelque chose d'immortel. Il ne lui manquait qu'un peu d'argent et beaucoup plus de temps. Il ne pouvait pas laisser tomber, parce que ça affectait toute cette foutue planète.

Il y avait deux mendiants devant la porte, mais il les dépassa sans un regard. Ils ne l'ennuyaient jamais. Ils jetaient un coup d'œil sur lui – sa haute taille, sa pâleur – et décidaient qu'il y avait de meilleures options. Le chauffeur tenait la portière arrière ouverte à son intention. Le taxi n'avait pas de logo et cela le frappa quand il y monta. Et quelque chose d'autre le frappa, un tout petit peu trop tard.

Il n'avait pas donné son nom à la barmaid.

Comment le chauffeur le connaissait-il ?

Deuxième partie

FANTÔMES

4

Tout en roulant en direction du sud, Gordon Reeve tentait de se souvenir de son frère, mais le coup de téléphone s'interposait sans cesse.

Il entendait l'opératrice lui dire qu'il avait un appel de la police de San Diego, puis la voix du détective lui annoncer que c'était à propos de son frère.

– Une situation très regrettable, monsieur.

La voix ne trahissait aucune émotion.

– Il semble qu'il se soit suicidé.

La conversation s'était un peu prolongée, mais pas beaucoup. Le détective avait demandé s'il viendrait chercher le corps et les effets. Gordon Reeve avait répondu que oui. Puis il avait raccroché et le téléphone s'était remis à sonner. Il avait été lent à décrocher. Joan se tenait près de lui. L'expression de son visage lui revint, mélange de choc et d'incompréhension. Même si elle ne connaissait pas bien Jim ; ils ne l'avaient pas beaucoup vu, ces dernières années.

Le deuxième appel émanait du consulat britannique, qui répéta la nouvelle. Quand Reeve indiqua qu'il était déjà au courant, son correspondant parut contrarié.

Gordon Reeve avait raccroché et était allé faire ses bagages. Joan l'avait suivi dans la maison en tentant de le regarder dans les yeux. Essayait-elle d'y lire le choc ? D'y voir des larmes ? Elle lui posa quelques questions, mais ce fut à peine s'il les entendit.

Puis il avait pris la clé de l'abattoir et était sorti.

L'abattoir était un appentis adossé à la grange, qui se présentait comme une salle de séjour encombrée. Il y avait trois mannequins vêtus de vieux vêtements, ils représentaient des otages. Les soldats du week-end de Reeve, par groupes de deux, devaient investir la pièce et sauver les otages en maîtrisant leurs ravisseurs, joués par deux autres soldats du week-end. Les otages ne devaient pas être blessés.

Reeve avait ouvert l'abattoir avec sa clé, avait allumé la lumière puis s'était installé sur le canapé. Il avait regardé les mannequins, deux assis et un debout. Il s'était souvenu de la salle de séjour de ses parents le soir où il était parti – ô combien de son plein gré ! – pour l'armée. Il savait que Jim, son frère, d'un an et demi son aîné, lui manquerait. Mais ses parents ne lui manqueraient pas.

Dès le départ, le père et la mère avaient vécu leur vie, considérant que Jim et Gordon devaient faire de même. Les frères étaient proches, à cette époque. Au fur et à mesure qu'ils grandissaient, il devint clair que Gordon était « physique » alors que Jim vivait dans un monde à lui, écrivant des poèmes et des nouvelles. Gordon prenait des cours de judo, Jim le chemin de l'université. Les deux frères ne s'étaient jamais vraiment compris.

Reeve s'était levé et planté face au mannequin debout. Puis, d'un coup de poing, il l'avait expédié du côté opposé de la pièce et il était sorti.

Après avoir fait son sac, il était monté dans la Land Rover. Joan avait appelé Grigor Mackenzie qui, informé de la situation, avait accepté de mettre son ferry à destination de la côte à la disposition de Gordon, alors que l'heure de la dernière rotation était passée depuis longtemps.

Reeve roula toute la nuit, se remémorant le coup de téléphone, tentant d'atteindre, au-delà de lui, le frère qu'il avait autrefois connu. Jim avait quitté l'université au bout d'un an et était entré dans un journal de Glasgow. Gordon n'avait jamais su qu'il buvait jusqu'à ce qu'il devienne journaliste. À cette époque, Gordon lui-même était très occupé : deux séjours en Ulster, entraînements en Allemagne et en Scandinavie, puis le SAS.

Quand il avait revu Jim, à l'occasion d'un Noël, alors que leur père venait de mourir et que la santé de leur mère déclinait, ils s'étaient disputés à propos de la guerre et du rôle des forces armées. Ils n'en étaient pas venus aux mains, s'étaient contentés de mots. Jim savait manier les mots.

L'année suivante, il avait été embauché par un journal de Londres, avait acheté un appartement à Crouch End. Gordon n'y était allé qu'une fois, deux ans auparavant. Mais, à cette époque, la femme de Jim était partie et l'appartement était à l'abandon. Personne n'avait été invité au mariage. La cérémonie avait duré dix minutes et l'union trois mois.

Ensuite, dans sa carrière comme dans sa vie, Jim avait opéré en indépendant.

Jusqu'à l'acte ultime qui avait consisté à glisser une arme dans sa bouche et à appuyer sur la détente.

Reeve avait poussé le détective de San Diego à lui confier ce détail. Il ne savait pas pourquoi c'était important à ses yeux. Le moyen employé l'avait presque plus affecté que l'annonce de la mort de Jim ou que le fait qu'il se soit suicidé. Opposé aux conflits et opposé à l'armée, Jim s'était servi d'un pistolet.

Ne s'arrêtant que pour faire le plein de gas-oil, Gordon Reeve gagna directement Heathrow. Il localisa le parking longue durée, puis il prit la navette gratuite jusqu'au terminal. Il avait appelé Joan depuis une station-service et elle lui avait confirmé qu'il avait une place sur un vol à destination de Los Angeles, où il pourrait prendre une correspondance pour San Diego.

Assis dans la salle des départs, Gordon Reeve tenta d'éprouver autre chose qu'une sensation de paralysie. Il trouvait parfois un article de Jim dans les quotidiens, mais pas souvent. Ils ne gardaient pas le contact, hormis le coup de téléphone de la nouvelle année. Mais Jim se montrait gentil avec Allan, lui envoyait de temps en temps un cadeau.

Gordon acheta un journal et une revue, puis traversa la zone hors taxes sans rien acheter. On était lundi matin et il n'avait donc rien à faire, rien d'urgent, avant le vendredi et l'arrivée d'un nouveau groupe. Il savait qu'il devrait penser à d'autres choses, mais c'était très difficile. Il fut en tête de la file d'attente à l'heure de l'embarquement. Son siège, dans l'avion, était étroit. Il se débarrassa de l'oreiller mais étendit la mince couverture sur lui et espéra qu'il dormirait. Le petit déjeuner fut servi peu après le décollage ; il était toujours réveillé. Au-dessus des nuages le soleil était d'un orange flamboyant. Puis les passagers baissèrent les stores et l'éclairage de la cabine fut réduit. Coiffés des écouteurs, ils regardèrent le film. Gordon Reeve ferma de nouveau les yeux, constata qu'un autre film passait derrière ses paupières closes : deux jeunes garçons jouant aux soldats dans les hautes herbes, fumant des cigarettes dans la salle de bains, soufflant la fumée par la fenêtre, échangeant leurs avis sur les filles au bal de l'école, se donnant de petites tapes sur le bras quand ils se séparaient.

Sois le surhomme, se dit Gordon Reeve. Mais Nietzsche n'avait jamais été très convaincant sur la disparition des proches et sur le chagrin. Vivez dangereusement, disait-il. Haïssez vos amis. Il n'y a pas de Dieu, pas de principe ordonnateur. Vous devez assumer la divinité. Soyez des surhommes.

Gordon Reeve en larmes à trente mille pieds au-dessus de l'océan. Puis l'attente à Los Angeles et la correspondance, quarante minutes à bord d'un avion d'Alaskan Airlines. Reeve n'était jamais allé aux États-Unis et n'avait pas particulièrement envie d'y être. L'employé du consulat avait dit qu'ils pouvaient se charger du transport du corps. S'il payait, il n'aurait pas besoin de se rendre là-bas. Mais il fallait qu'il y aille, pour toutes sortes de raisons embrouillées qu'il n'aurait probablement pas été capable d'expliquer. Et il ne parvenait pas vraiment à se les expliquer. Ce n'était qu'une attirance aussi forte que la pesanteur. Il fallait qu'il voie où c'était arrivé, qu'il comprenne pourquoi. L'employé du consulat avait déclaré qu'il était peut-être préférable de ne pas savoir, de se souvenir simplement de lui tel qu'il était. Mais c'étaient des conneries et Reeve le lui avait dit. « Je ne le connaissais pas du tout », avait-il ajouté.

À l'agence de location de voitures, ils tentèrent de lui donner un véhicule appelé GM Jimmy, mais il refusa carrément et finit par choisir une Chevy Blazer, break noir et massif à trois portes et traction arrière, qui semblait taillé pour les pistes.

– Un SUV compact, déclara le clone du comptoir.

Quoi qu'il en soit, il avait quatre roues et le plein d'essence.

Il avait réservé au Radisson de Mission Valley. Monsieur Location de Voitures lui donna un plan de San Diego et entoura d'un trait le quartier des hôtels de Mission Valley.

– C'est à une dizaine de minutes si on sait où on va, une vingtaine si on ne le sait pas. Vous ne pouvez pas manquer l'hôtel.

Reeve mit son gros sac de voyage dans le vaste coffre, puis décida qu'il y semblait ridicule et le transféra sur le siège du passager. Il remarqua, devant le terminal, un minibus sur lequel le nom de l'hôtel était inscrit et s'en approcha. Le chauffeur venait d'accompagner des touristes dans le terminal et, quand Reeve se fut expliqué, dit que « le monsieur » pouvait le suivre, pas de problème.

Reeve s'engagea derrière le minibus, qu'il suivit jusqu'à l'hôtel. Il sortit son sac et déclara au portier qu'il n'avait pas besoin d'aide ; le portier alla donc garer la Chevy Blazer. Et là, devant le comptoir de la réception, Reeve faillit craquer. Les nerfs, le choc, le manque de sommeil. Rester immobile sur l'épaisse moquette de l'hôtel en attendant que la réceptionniste termine un coup de téléphone fut plus difficile que n'importe quelle traque de trente-six heures. Il eut l'impression de n'avoir pratiquement jamais rien fait de plus difficile. Il semblait y avoir de la brume à la périphérie de son champ visuel. Il comprit que c'était l'épuisement. Si seulement le coup de téléphone n'était pas arrivé à la fin du week-end, quand ses défenses étaient affaiblies et qu'il n'avait pas assez dormi !

Il se rappela pourquoi il était là. Peut-être fut-ce l'orgueil qui lui permit de tenir debout jusqu'au moment où il eut rempli sa fiche et obtenu sa clé. Il attendit l'ascenseur une minute, le prit jusqu'au dixième étage, trouva sa chambre, l'ouvrit, y entra et laissa son sac tomber sur le plancher. Il tira les rideaux. La fenêtre donnait sur une colline et sur le parking de l'hôtel. Il avait choisi cet hôtel parce qu'il se trouvait du côté de San Diego le plus proche de La Jolla. On avait retrouvé Jim à La Jolla.

Il s'allongea sur le lit, qui semblait tout à la fois dur et flottant. Il ferma les yeux une minute.

Et se réveilla dans le soleil de la fin d'après-midi, avec la migraine.

Il se doucha rapidement, se changea et donna un coup de téléphone.

Le détective de la police fut très coopératif.

– Je peux venir à votre hôtel, si vous voulez, ou vous pouvez venir ici.

– Je préférerais que vous veniez.

– Sûr, pas de problème.

Il redescendit au rez-de-chaussée et but un café au restaurant, puis il eut faim et prit un sandwich. Il était trop tôt pour qu'on serve à manger, mais la serveuse eut pitié de lui.

– Vous êtes en vacances ?

– Non, répondit-il en acceptant une deuxième tasse de café.

– Les affaires ?

– Plus ou moins.

– Vous êtes d'où ?

– D'Écosse.

– Vraiment ?

Elle sempblait enthousiasmée. Il la regarda ; un joli visage bronzé, rond et plein de vie. Elle n'était pas grande mais se tenait droite, comme si elle n'avait pas l'intention d'être serveuse toute sa vie.

– Vous connaissez ?

Sa bouche lui faisait l'effet d'être rouillée. Il y avait longtemps qu'il ne s'était pas trouvé tenu de bavarder avec des inconnus. Il parlait avec ses clients du week-end, il avait sa famille... et c'était tout. Il n'avait pratiquement pas d'amis ; peut-être quelques vieux soldats comme lui, mais il les voyait rarement et ne restait pas en contact avec eux entre leurs rencontres.

– Non, répondit-elle, comme s'il venait de dire quelque chose de drôle. Je n'ai jamais quitté la Californie du

Sud, à part un ou deux voyages de l'autre côté de la frontière et deux dans l'Est.

– Quelle frontière ?

Elle rit carrément.

– Quelle frontière ? La frontière mexicaine, évidemment.

Il comprit qu'il n'était absolument pas préparé à ce séjour. Il n'avait pas réuni d'informations. Il pensa aux sept P, à la façon dont il les serinait aux clients du week-end. Planification et préparation. Que fallait-il prévoir et projeter pour aller chercher le corps de son frère ?

– Ça va ? demanda-t-elle.

Il secoua la tête, parce qu'il n'avait plus envie de parler. Il sortit le plan fourni par l'agence de location de voitures et un autre, qu'il avait pris à la réception, et les déplia sur la table. Il étudia le plan de San Diego, puis la carte des environs. Ses yeux suivirent la côte : Ocean Beach, Mission Beach, Pacific Beach et La Jolla.

– Qu'est-ce que tu faisais ici, Jim ?

Il s'aperçut qu'il avait parlé à voix haute quand la serveuse le regarda. Elle sourit mais, cette fois, avec une légère hésitation. Puis elle montra la cafetière et il constata qu'il avait fini sa deuxième tasse. Il hocha la tête. La caféine ne pouvait lui faire que du bien.

– Monsieur Reeve ? dit l'homme en tendant la main. La réception m'a indiqué que je vous trouverais ici. Je suis le détective Mike McCluskey.

Ils se serrèrent la main et McCluskey s'installa dans le box. C'était un homme à la mine resplendissante, à qui il manquait une dent, ce qu'il essayait de cacher en parlant du côté opposé de la bouche. Il y avait des plaques de repousse de barbe, sur son menton carré, aux endroits que le rasoir avait manqués, et une ligne rouge à l'endroit où le col de sa chemise frottait son cou. Il toucha ce col, comme pour tenter de le distendre.

– Je suis vachement désolé, monsieur, dit-il, les yeux fixés sur la nappe. Je voudrais vous dire bienvenue à San Diego, mais je ne crois pas que vous allez emporter beaucoup de bons souvenirs.

Ne sachant quoi répondre, Reeve se contenta de remercier. Il comprit que McCluskey ne s'attendait pas à rencontrer quelqu'un comme lui. Il avait probablement prévu de rencontrer quelqu'un comme Jim ; plus grand, plus maigre et en moins bonne forme physique. Et Reeve savait que si les yeux sont les fenêtres de l'âme, ses yeux étaient ténébreusement dangereux. Joan elle-même lui disait qu'il avait parfois un regard de tueur.

Mais McCluskey ne correspondait pas davantage à ce que Reeve avait imaginé. D'après la voix grave qu'il avait entendue au téléphone, il s'était imaginé un homme plus âgé, plus corpulent, quelqu'un d'un peu plus marqué.

– Sacré truc, dit-il après avoir refusé le café proposé par la serveuse.

– Oui, admit Reeve.

Puis, s'adressant à la serveuse :

– Puis-je avoir l'addition ?

– On dit note, expliqua McCluskey à Reeve, dans la voiture du détective, sur la route de La Jolla.

– Pardon ?

– On ne demande pas l'addition, mais la note.

– Merci pour le conseil. Puis-je voir le rapport de police concernant le suicide de mon frère ?

McCluskey quitta le pare-brise des yeux.

– Je suppose, répondit-il. Il est sur la banquette arrière.

Reeve se retourna et prit la chemise de carton brun. Tandis qu'il lisait, McCluskey reçut un message par radio.

– Pas possible, dit le détective au terme d'une brève conversation.

– Je regrette de vous déranger, dit Reeve, qui ne le pensait pas. J'aurais probablement pu faire ça seul.

– Pas de problème, répondit McCluskey.

Le rapport était brutal, froid, factuel. Individu de race blanche repéré dimanche matin par deux joggers se dirigeant vers le bord de mer. Corps découvert dans une voiture de location fermée à clé, clés sur le contact, pistolet Browning toujours dans la main de la personne décédée.

– Où s'est-il procuré l'arme ?

– Il n'est pas difficile d'en trouver une, par ici. On n'a pas trouvé de facture, donc je suppose qu'il ne l'a pas achetée dans un magasin. Mais il y a des tas d'autres vendeurs.

Le portefeuille, le passeport, le permis de conduire de la personne décédée se trouvaient dans la poche de sa veste, ainsi qu'un contrat de location de voiture. La société avait confirmé qu'un homme correspondant au signalement de James Mark Reeve avait loué la voiture au tarif week-end à 19 h 30 le vendredi soir et avait payé d'avance en liquide.

– Jim utilisait toujours sa carte, dit Reeve.

– Vous savez, les gens suicidaires... il est fréquent qu'ils cherchent à tout régler avant de... euh, vous savez, ils aiment que la rupture soit franche.

Il laissa la phrase en suspens. Les suicidés ; la famille. McCluskey était habitué aux plaintes incontrôlables du chagrin ou à un calme glacial surnaturel. Mais Gordon Reeve était... Le mot qui lui vint à l'esprit fut : méthodique. Ou organisé.

– Peut-être, dit Reeve.

La chambre de motel de la personne décédée avait été localisée et fouillée. On n'y avait pas trouvé de lettre. On n'y avait rien trouvé d'extraordinaire, hormis de petites quantités de substances qui s'étaient avérées être, après analyse, des amphétamines et de la cocaïne.

– Une autopsie a été effectuée depuis la rédaction du rapport, dit McCluskey. Votre frère avait un peu d'alcool dans le sang, mais pas de drogue. Je ne sais pas si cela vous console.

– Vous n'avez pas trouvé de lettre, affirma Reeve.

– Non, monsieur, mais les suicidés qui laissent une lettre sont en fait moins nombreux qu'on ne croit. Apparemment, il y avait un message sur le miroir de la salle de bains de la chambre. Il... euh, semblait qu'on l'ait écrit avec du dentifrice, puis qu'on l'ait effacé. C'est peut-être révélateur de l'état d'esprit dans lequel il était.

– Des raisons qui auraient pu l'amener à se suicider ?

– Non, monsieur, je dois reconnaître que je n'en ai aucune. Peut-être sa carrière...

– Je ne sais pas, je n'étais que son frère.

– Vous n'étiez pas proches ?

Reeve secoua la tête, garda le silence. Ils arrivèrent bientôt à La Jolla, passèrent devant de petites maisons agréables, puis des villas plus grandes, plus opulentes, à mesure qu'ils approchaient de l'océan. La principale rue commerçante de La Jolla avait des places de stationnement des deux côtés, des arbres sur les trottoirs et des bancs sur lesquels les gens pouvaient s'asseoir. Les boutiques semblaient luxueuses ; les passants étaient bronzés, portaient des lunettes de soleil et souriaient. McCluskey arrêta la voiture sur une place de stationnement.

– Où ? souffla Reeve.

– Deux places plus loin.

McCluskey montra l'endroit de la tête.

Reeve détacha sa ceinture et ouvrit la portière de la voiture.

– Je préfère y aller seul, dit-il au détective.

Une voiture occupait l'emplacement en question. Un modèle familial, avec deux enfants qui jouaient sur la banquette arrière. C'étaient des garçons, des frères. Chacun avait un cosmonaute en plastique. Les cosmonautes étaient censés se battre et les deux jeunes garçons fournissaient la bande-son. Ils lui adressèrent un regard méfiant quand il les fixa, et il gagna le trottoir, jeta un coup d'œil dans la rue, à droite et à gauche. On avait découvert le corps de Jim dimanche matin à six heures, c'est-à-dire dimanche à quatorze heures au Royaume-Uni. Il était alors dans le marécage, poursuivi par les soldats du week-end. Jeux de guerre, telle était l'opinion de Jim sur les activités de son frère. Il pleuvait à quatorze heures, et Gordon Reeve était une fois de plus nu, ses vêtements en boule dans son sac à dos, nu hormis ses chaussures et ses chaussettes, parce qu'il traversait le marécage. Et il n'avait rien éprouvé : ni élancement de douleur ni prémonition, pas de crispation de l'estomac en écho à l'agonie de son frère, pas de feu dans le cerveau.

McCluskey se tenait près de lui. Reeve tourna le dos, frotta ses yeux secs qui piquaient. Les enfants de la voiture avaient cessé de jouer et, eux aussi, le regardaient. Et leur mère revint avec un frère plus jeune, s'enquit de ce qui se passait. Reeve regagna rapidement la voiture banalisée de McCluskey.

– Partons, dit-il.

– Marché conclu, répondit McCluskey.

Ils burent un verre dans un bar d'hôtel où les consommations étaient trop chères. Le détective prit une bière et Reeve un whisky, tout en sachant qu'il ne devait pas boire d'alcool. Mais ce n'était qu'un whisky et il le méritait.

– Pourquoi La Jolla ? demanda-t-il.

McCluskey haussa les épaules.

– Je ne peux pas répondre à ça, sauf, peut-être, pourquoi pas ? Un type loue une voiture dans l'intention de se suicider. Il roule et le monde lui paraît beau... si beau que ça le rend triste alors qu'il ne s'y attendait pas. Et il se dit : merde, pourquoi pas maintenant.

Il haussa de nouveau les épaules.

Reeve le fixait.

– C'est presque comme si vous étiez passé par là.

– Possible. C'est peut-être pour ça que je m'occupe des suicidés. C'est peut-être pour ça que j'aime passer du temps avec ceux qui sont encore en vie.

Puis il se tut et but lentement sa bière.

– Pas de lettre, dit Reeve. Je n'arrive pas à y croire. La seule chose que Jim ait jamais aimée dans la vie, c'est les mots, surtout imprimés. Je suis sûr qu'il aurait laissé une lettre ; et longue, en plus. Un manuscrit.

Il sourit et ajouta :

– Il n'aurait pas voulu partir aussi discrètement.

– Il a fait l'objet d'un article de journal à La Jolla. Peut-être était-ce sa façon de dire au revoir, une dernière première page.

– Peut-être, dit Reeve à moitié convaincu, désirant être convaincu.

Il termina son whisky. Il était généreusement servi, quasiment un double. Il eut envie d'en prendre un autre et comprit qu'il était absolument temps de partir.

– Je vous conduis à l'hôtel ?

– Au motel, dit Reeve. Au motel de Jim.

La chambre était restée telle quelle.

On n'avait pas pris la peine d'y faire le ménage et de la relouer, expliqua McCluskey, parce que James Reeve avait payé jusqu'au milieu de la semaine et que son frère viendrait prendre ses affaires.

– Je n'en veux pas, dit Reeve, les yeux fixés sur la valise débordante de vêtements. Enfin, il y a peut-être deux ou trois choses...

– Il y a des associations qui prendront le reste, laissez-moi me charger de cet aspect des choses.

McCluskey fit le tour de la pièce, les mains dans les poches, familier de l'endroit. Puis il s'assit dans l'unique fauteuil.

– En général, Jim descendait dans de meilleurs hôtels, dit Reeve. Il devait manquer d'argent.

– Vous feriez un bon détective, monsieur Reeve. Dans quelle branche travaillez-vous ?

– Gestion de personnel.

Mais cela ne trompa pas McCluskey. Il sourit.

– Cependant vous avez été dans les forces armées, exact ?

– Comment vous en êtes-vous rendu compte ?

Reeve fouilla la table de nuit, n'y trouva qu'une bible des Gideons.

– Vous n'êtes pas le seul détective du coin, monsieur Reeve. Je connais des anciens combattants du Vietnam, des types qui ont fait le Panama. Je ne sais pas ce que c'est... peut-être que vous avez tous la même façon prudente de vous déplacer, comme si vous risquiez toujours de tomber dans un piège. Et pourtant vous n'avez pas peur. Je ne sais pas.

Reeve montra un objet. Il l'avait trouvé sous le lit.

– Transformateur, dit-il.

– Apparemment.

Reeve regarda autour de lui.

– Où est ce qui va avec ?

McCluskey désigna la valise de la tête.

– Vous voyez le sac en plastique, partiellement caché sous les pantalons ?

Reeve alla ouvrir le sac. Il contenait un petit magnétophone à cassette, un micro et quelques bandes.

– J'ai écouté les bandes, dit McCluskey. Vierges pour l'essentiel. Il y a deux ou trois coups de téléphone, comme si votre frère voulait parler à certaines personnes.

– Il était journaliste.

– C'est ce que son passeport indique. Était-il en reportage ?

– Je ne sais pas. Vous n'avez pas trouvé de notes ? Il doit y avoir un bloc, quelque chose.

– Rien du tout. Je me suis demandé si le trajet jusqu'à La Jolla n'avait pas une autre raison d'être.

– Laquelle ?

– Balancer toutes ces choses dans l'océan. Rompre proprement, voyez.

Reeve acquiesça. Puis il leva le câble et le magnétophone.

– Ils ne correspondent pas, dit-il.

Il montra au détective que la prise ne s'adaptait pas à celle du petit appareil et ajouta :

– Elle n'entre pas.

Quand le détective l'eut déposé à son hôtel, Reeve monta dans sa chambre et se lava. Il envisagea de téléphoner à Joan, mais y renonça. C'était, en Écosse, les toutes premières heures de la matinée suivante. Il pourrait l'appeler à vingt-deux heures, mais pas avant. Il n'était pas certain de ne pas être endormi à vingt-deux heures. Il alluma la télévision, chercha les informations, trouva tout sauf ça. Puis il redescendit. Il préféra l'escalier à l'ascenseur, ayant l'impression qu'il avait besoin d'exercice. En bas, il se sentit si bien qu'il remonta les dix étages puis les descendit une deuxième fois.

Au restaurant il commanda une soupe, un steak et une salade. Il jeta un coup d'œil dans le bar, mais décida de ne pas boire. Cependant la boutique de souvenirs de l'hôtel était ouverte et il acheta un plan détaillé de San Diego, plus précis que ceux, destinés aux touristes, qu'on lui avait donnés. De retour dans sa chambre, il trouva deux gros annuaires dans un des tiroirs de la commode, les emporta jusqu'à la table et se mit au travail.

5

Le lendemain matin, Reeve se réveilla tôt mais groggy et gagna la fenêtre afin de vérifier. La voiture bizarre n'était pas là.

Il l'avait vue la veille au soir devant le motel de Jim, et il lui avait semblé qu'elle avait suivi celle de McCluskey jusqu'à l'hôtel. Il avait cru la voir sur le parking ; une grosse américaine des années 1960 ou du début des années 1970, à la suspension molle, d'un vert métallisé passé qui ne paraissait pas être sa couleur d'origine.

Elle n'était pas là, mais cela ne signifiait pas qu'elle n'y avait pas été auparavant.

Il se doucha puis appela Joan, s'étant endormi la veille au soir sans avoir tenu la promesse qu'il s'était faite. Ils ne parlèrent que deux ou trois minutes, principalement d'Allan. Elle posa quelques questions sur le voyage, sur Jim. Les réponses de Reeve furent brèves ; Joan aurait parlé de déni... elle avait autrefois lu des livres de psychologie. Peut-être était-ce du déni ou, tout du moins, une fuite.

Mais il ne pourrait plus fuir très longtemps. Dans la journée, il lui faudrait voir le corps.

Il prit le petit déjeuner dans un coin tranquille du restaurant. C'était un buffet avec, comme d'habitude, des tasses innombrables de café. Les clients de l'hôtel n'étaient apparemment pas très nombreux, mais une affichette, à la réception, indiquait que l'établissement recevrait un congrès et organiserait deux réunions officielles importantes pendant la journée. Après trois verres de jus d'orange frais, des céréales et un toast, Reeve se sentit prêt. En réalité, il se sentit si bien qu'il estima qu'il parviendrait peut-être jusqu'au terme de la journée sans vomir.

Il gagna le parking sans prendre la peine d'aller faire chercher sa voiture. Il voulait jeter un coup d'œil attentif sur les environs. Satisfait, il monta dans la Blazer et posa sa carte sur le siège du passager. Il avait encerclé plusieurs endroits... les destinations du jour. Le cercle le plus grand correspondait à son hôtel.

La voiture verte était sur la rampe de sortie d'un parking voisin de l'hôtel. Elle prit position derrière lui, resta trop près. Reeve tenta de voir le conducteur dans son rétroviseur, mais le pare-brise était sale. Il distingua de larges épaules, un cou de taureau, mais rien de plus.

Il roula.

Le funérarium était son premier arrêt. Il se trouvait à La Jolla, pas très loin de l'endroit où l'on avait découvert le corps. Le vestibule n'était que satin crème, fleurs fraîches et musique douce. Il y avait deux fauteuils et il s'installa dans l'un d'eux en attendant qu'on le conduise dans la salle de visite. C'était l'expression que le croque-mort à la voix contenue avait employée : salle de visite. Il ne comprenait pas pourquoi il lui fallait attendre. Peut-être conservaient-ils les cadavres ailleurs, ne les apportaient-ils et ne les époussetaient-ils que lorsque quelqu'un voulait les voir.

Finalement, le croque-mort revint et lui adressa un sourire professionnel aux lèvres serrées, qui veillait à ne pas exposer les dents. Le plaisir n'avait pas sa place ici. Il demanda à Reeve de le suivre au-delà d'une porte à double battant aux vitres tendues du même satin crème. Toutes les couleurs étaient neutres. En réalité, le visage de James Reeve était ce qu'il y avait de plus coloré.

Un unique cercueil ouvert et capitonné, naturellement de satin crème, se trouvait dans la pièce, posé sur deux tréteaux au bout d'un tapis rouge long et étroit. Le cadavre ne portait qu'un linceul et semblait étrangement féminin. Le linceul couvrait le haut de la tête. Reeve savait que son frère avait placé le Browning dans sa bouche, braqué en direction du cerveau, et qu'il ne restait probablement plus grand-chose du crâne.

On avait offert à James le seul bronzage, faux ou pas, de sa vie et il y avait apparemment du fard rouge sur ses joues, peut-être un peu de couleur sur ses lèvres pâles et épaisses. Il semblait absurde, comme un mannequin de cire. Mais c'était lui, pas de problème. Reeve avait espéré une erreur, une blague monstrueuse. Peut-être Jim a-t-il des problèmes, avait-il pensé, peut-être a-t-il pris la fuite et fait-il croire à tout le monde qu'il s'est suicidé. Mais maintenant le doute n'était plus possible. Reeve hocha la tête et tourna le dos au cercueil. Il en avait assez vu.

– Nous avons des effets, souffla le croque-mort.

– Des effets ?

Reeve ne s'arrêta pas. Il ne voulait pas rester une seconde de plus dans la salle de visite. Il était furieux. Il ne comprenait pas pourquoi, peut-être parce que c'était, chez lui, plus naturel que le chagrin. Il ferma les yeux, il aurait voulu que le croque-mort cesse de lui parler à voix basse.

– Les effets de votre frère. Seulement des vêtements, en fait, ceux qu'il portait...

– Brûlez-les.

– Bien entendu. Il y a aussi des documents à signer.

– J'ai besoin d'une minute.

– Bien entendu. C'est tout à fait naturel.

Reeve se tourna vers l'homme.

– Non, gronda-t-il, ce n'est pas naturel du tout, mais j'ai besoin de cette minute. D'accord ?

L'homme devint plus pâle que ce qui l'entourait.

– Mais... euh, bien entendu.

Puis il regagna la salle de visite et parut compter jusqu'à soixante avant d'en ressortir, Reeve ayant alors partiellement retrouvé son calme. La brume rose se dissipait devant ses yeux. Bon sang, et ses cachets étaient restés en Écosse.

– Je m'excuse, dit-il.

– Tout à fait...

L'homme ravala le mot « naturel », toussa et reprit :

– Tout à fait compréhensible. Quand voulez-vous que le corps vous soit remis ?

Cela avait été organisé. Le cercueil prendrait le même vol que Reeve à destination de Heathrow, puis serait transporté en Écosse, où se trouvait le caveau familial. Tout cela semblait ridicule... enterrer un frère, parcourir des milliers de kilomètres en compagnie de ses restes. Qu'en aurait pensé Jim ? Soudain, Reeve sut exactement ce que son frère aurait voulu.

– Écoutez, dit-il, serait-il possible de le faire enterrer ici ?

Le croque-mort battit des paupières.

– À La Jolla ?

– Ou à San Diego.

– Vous ne voulez pas ramener le corps ?

– Le ramener où ? Il avait quitté l'Écosse depuis longtemps. L'endroit où il se trouvait à un moment donné était son pays. Il sera aussi bien ici qu'ailleurs.

– Je suis sûr que nous pourrions... enterrement ou crémation ?

Crémation : le feu purificateur.

– La crémation conviendrait.

Ils gagnèrent donc le bureau et prirent toutes les dispositions, y compris celles qui concernaient les frais déjà engagés. Reeve utilisa sa carte de crédit. Il fallut signer des formulaires, beaucoup de formulaires. Une cloche tinta, annonçant l'arrivée de quelqu'un. Le croque-mort s'approcha de la porte et jeta un coup d'œil dehors.

– Je suis à vous dans une minute, dit-il. Si vous voulez bien vous asseoir...

Puis il retourna derrière sa table de travail et fut d'une efficacité brusque. Tout d'abord, il demanda les indications à Reeve et annula la réservation de la place de soute. Il téléphona à la société de transport londonienne, joignit un employé sur le point de partir et put donc également annuler. Reeve dit qu'il s'occuperait du reste à son retour en Écosse. Le croque-mort avait visiblement l'habitude de faire ces choses, ou des choses comparables. Il sourit et hocha la tête.

Organiser la crémation fut comme prendre rendez-vous chez le dentiste. Voudrait-il que les cendres soient recueillies dans une urne ou dispersées ? Reeve répondit dispersées aux quatre vents, qui les emporteraient où ils voudraient. Le croque-mort s'assura que tout était bien signé et ce fut terminé.

Les cartes de crédit facilitent grandement les transactions financières.

Le croque-mort lui donna un sac en plastique transparent, les effets de Jim.

Ils se serrèrent la main dans le vestibule. Reeve constata que le client suivant n'était pas là puis, au moment où il s'en allait, la porte à double battant de la salle de visite s'ouvrit et l'homme sortit.

Sa poitrine et son cou étaient puissants, ses jambes fuselées jusqu'à des chevilles très fines. Reeve ne tint pas compte de lui, sortit, puis se plaqua au mur près de la porte. Il jeta un coup d'œil dans la rue et vit la voiture verte à moins de six mètres de lui. C'était une vieille Buick. Il se tenait toujours près de la porte, soixante secondes plus tard, quand l'homme sortit. Reeve saisit un poignet, tordit le bras dans le dos de l'homme, puis le poussa jusqu'à la voiture et le plaqua sur le capot.

L'homme se plaignit d'un bout à l'autre, tandis que Reeve fouillait les poches de sa veste. Puis il prononça quelques mots ponctués par des hoquets de douleur.

– Ami... Son ami... De Jim... votre frère.

Reeve relâcha sa pression sur le bras.

– Quoi ?

– J'étais un ami de votre frère, dit l'homme. Je m'appelle Eddie Cantona. Il vous a peut-être parlé de moi.

Reeve lâcha le poignet de l'homme. Eddie Cantona se redressa lentement, comme s'il prenait la mesure des dégâts... sur lui-même et sur la voiture.

– Comment savez-vous qui je suis ?

Cantona se tourna vers lui, se frotta le coude et le poignet.

– Vous lui ressemblez, répondit-il simplement.

– Qu'est-ce que vous faisiez à La Jolla ?

– Vous m'avez vu, hein ? fit Cantona sans cesser de manipuler son bras. Je fais un sacré privé ! Ce que je faisais ? demanda-t-il en s'appuyant contre l'aile. La même chose que vous, je suppose. J'essayais de comprendre.

– Et vous y êtes parvenu ?

Cantona secoua la tête.

– Non, monsieur. Il n'y a qu'une chose dont je sois sûr : Jim ne s'est pas suicidé. Il a été assassiné.

Reeve fixa l'inconnu, qui lui rendit son regard sans battre des paupières.

– J'aimais vachement votre frère, dit-il. J'ai compris qui vous étiez dès que je vous ai vu. Il m'avait parlé de vous, dit qu'il regrettait que vous n'ayez pas été plus proches. Il était généralement soûl quand il parlait, mais il paraît que les gens ivres disent la vérité.

Les mots s'enchaînaient comme s'ils avaient été répétés. C'était ce dont Reeve avait besoin, quelqu'un qui avait connu Jim avant sa mort, quelqu'un qui pourrait l'aider à comprendre. Mais qu'est-ce que Cantona avait dit... ?

– Qu'est-ce qui vous fait croire, demanda Reeve, prudent, que mon frère a été assassiné ?

– Il n'avait pas besoin de louer une voiture, répondit Eddie Cantona. J'étais son chauffeur.

Dans un bar situé à deux blocs du funérarium, Reeve rapporta à Cantona ce que McCluskey lui avait dit : que les gens qui se suicident aiment rompre.

– S'il voulait se suicider, il ne pouvait pas le faire dans votre voiture, dit Reeve.

– Tout ce que je sais, c'est qu'il ne s'est pas suicidé.

Cantona vida son deuxième José Cuervo Gold et but une gorgée de bière glacée.

Reeve fit durer son jus d'orange.

– Avez-vous parlé à la police ?

– Évidemment, dès que je l'ai appris aux informations. Ce type avec qui vous étiez, McCluskey, il a plus ou moins pris ma déposition. En tout cas, il a écouté ce que j'avais à raconter. Après, il a dit que je pouvais m'en aller et ça s'est arrêté là, je n'ai pas eu de nouvelles de la police depuis. J'ai essayé deux fois de lui téléphoner, mais je n'ai pas pu l'avoir.

– Mon frère vous a-t-il dit sur quoi il travaillait ?

Cantona haussa ses énormes épaules rondes.

– Il parlait d'un tas de trucs, mais pas beaucoup de ça. En général, quand il parlait, il était soûl, donc je l'étais aussi, alors il a peut-être parlé de son travail et je n'ai pas fait attention. Je sais que ça avait un rapport avec les produits chimiques.

– Les produits chimiques ?

– Il y a une société, dans le coin, qui s'appelle CWC, Co-World Chemicals. Ça avait quelque chose à voir avec elle. J'ai conduit Jim chez un type qui avait travaillé pour CWC, un scientifique. Mais il n'a rien voulu dire, n'a même pas laissé Jim entrer. Quand on y est retournés, le type n'était pas chez lui. En vacances, quelque chose comme ça.

– L'avez-vous conduit ailleurs ?

– Il y avait un autre scientifique, seulement il n'était pas à la retraite. Mais il ne voulait pas davantage parler. Et puis je le conduisais à la bibliothèque du centre, c'était là qu'il faisait ses recherches. Vous savez, prendre des notes et tout ça.

– Il prenait des notes ?

– Oui, monsieur.

– Vous avez vu ses blocs ?

Cantona secoua la tête.

– Il n'en avait pas. Il avait un petit ordinateur, qui s'ouvrait, avec un écran et tout. Il y mettait des disquettes et, en avant.

Reeve hocha la tête. Maintenant le câble s'expliquait : il servait à recharger la batterie de l'ordinateur. Mais il n'y avait ni ordinateur ni disquettes. Il commanda une nouvelle tournée et gagna le téléphone, situé près des toilettes.

– Le détective McCluskey, s'il vous plaît.

On le lui passa.

– McCluskey à l'appareil.

Il eut l'impression qu'il étouffait un bâillement.

– C'est Gordon Reeve. J'ai vu Eddie Cantona.

– Ah, ouais, lui.

Il y eut un silence pendant lequel le policier but bruyamment une gorgée de café.

– J'avais l'intention de vous parler de lui, ajouta-t-il.

– Pourquoi ne l'avez-vous pas fait ?

– Vous voulez que je vous dise la vérité ? Je me demandais comment vous réagiriez en apprenant que votre frère avait passé ses derniers jours sur terre à traîner dans tous les bars crasseux de San Diego dans la voiture d'un clodo.

– Je vous remercie de votre prévenance.

Un froissement, maintenant ; un emballage qu'on ouvrait.

– Et je m'excuse de troubler votre petit déjeuner.

– Je me suis couché tard ; ce n'est pas un problème.

– D'après M. Cantona, mon frère avait un ordinateur portable et des disquettes.

– Ah ouais ?

– Le câble de sa chambre était un adaptateur qui lui permettait de recharger la batterie.

– Hon-hon...

– Je vous ennuie ?

McCluskey déglutit.

– Non, désolé. Mais, bon, qu'est-ce que vous voulez que je dise ? Je sais ce que pense ce vieux clodo, il croit que votre frère a été tué. Et il vous a convaincu d'écouter son histoire... et est-ce que j'ai raison de supposer que vous téléphonez d'un bar ?

Reeve sourit.

– Bonne déduction.

– Déduction facile. Et aurais-je également raison de supposer que vous avez déjà offert quelques verres à M. Cantona ? Voyez, Gordon, il vous racontera n'importe quelle histoire du moment qu'elle lui permettra d'avoir toujours un verre de bibine devant lui. Il vous racontera que votre frère a rencontré Elvis et qu'ils sont allés se balader dans une Cadillac rose.

– Vous avez l'air de savoir de quoi vous parlez.

– Peut-être. Je ne veux manquer de respect à personne, mais c'est comme ça que je vois les choses. Il n'y a pas de secret ; il n'y a ni tentative d'étouffer une affaire ni complot, peu importe ce à quoi vous pensez. Il y a seulement un type qui, un jour, en a marre de tout, met de l'ordre dans sa vie et achète une arme. Et il le fait loin de sa famille et de ses amis, ne laisse pas de lettre. C'est une façon propre de partir.

– Sauf pour la société de location qui devra faire nettoyer la voiture.

– Ouais, d'accord, mais ces connards peuvent se le permettre.

– Très bien, McCluskey. Merci de m'avoir écouté.

– Je m'appelle Mike. Revoyons-nous avant votre départ, d'accord ?

– D'accord.

– Et n'offrez pas trop de verres à M. Cantona, pas s'il conduit.

Le détective McCluskey raccrocha et termina sa pâtisserie, la fit passer comme il put avec le liquide brûlant, qui tenait lieu de café, du distributeur automatique situé au bout du couloir. Tout en mastiquant, il fixa le téléphone et, après avoir avalé la dernière bouchée, lança le sac en papier dans sa poubelle (atteignant huit succès au premier lancer sur dix depuis le début de la semaine, ce qui n'était pas mal), puis décrocha à nouveau et s'assura qu'il ne risquait pas d'être entendu.

– Putain de Cantona, gronda-t-il en essayant de se souvenir du numéro.

De retour au bar, Reeve s'assit sur son tabouret et but une gorgée de jus d'orange. Il examina Cantona, qui fixait la carte des cocktails et donnait l'impression de s'installer pour la journée. Oui, Eddie avait l'air d'un alcoolique, mais pas d'un menteur. Cependant il y a de vrais professionnels du mensonge. Reeve le savait, il en était un. Il avait dû mentir à de nombreuses personnes sur la réalité de sa situation au sein de l'armée et ne disait jamais SAS ni Forces spéciales, même aux autres militaires. Il la fermait quand il pouvait et mentait quand ce n'était pas possible. Mentir était facile, on disait simplement qu'on appartenait au régiment qu'on avait quitté pour rejoindre les Forces spéciales. Il y avait des gens qui étaient fiers de leurs mensonges. Mais tout ce que Cantona lui avait dit jusqu'ici lui avait semblé exact. Il était logique que Jim possède un ordinateur portable. Mais il était aussi logique qu'il s'en soit débarrassé...

Non, ça ne l'était pas. Il préparait un article. Il aurait voulu qu'il soit publié sous une forme ou une autre, même après sa mort. Il aurait voulu un monument.

– Eddie, dit Reeve, qui attendit que l'homme ait levé la tête, parlez-moi de mon frère. Racontez-moi tout ce que vous pouvez.

Cantona le conduisit à la société de location de voitures. Reeve avait mémorisé les éléments essentiels du rapport de McCluskey et savait à laquelle s'adresser. Il l'avait repérée dans l'annuaire. Il pensait à son onéreuse voiture de location, la Blazer, qui passait plus de temps arrêtée qu'en mouvement.

– Vous êtes marié, Gordon ?

– Oui.

– Des mômes ?

– Un fils. Il a onze ans.

– Jim parlait d'un neveu. C'est lui ?

Reeve acquiesça.

– Allan était le seul neveu de Jim.

Il avait ouvert la vitre et placé la tête dans le courant d'air.

– Vous avez des photos ?

– Quoi ?

– De votre femme et de votre môme.

– Je ne sais pas.

Reeve sortit son portefeuille et l'ouvrit. Il y avait un vieux portrait de Joan, guère plus grand qu'une photo d'identité.

– Je peux la voir ?

Cantona prit la photo et l'examina, la tenant entre le pouce et l'index tandis que ses deux mains charnues étaient posées sur le volant. Il la retourna, dévoila une bande de ruban adhésif transparent.

– Elle a été déchirée, dit-il en la rendant.

– Il m'arrive d'être violent.

– Parlez-en à mon bras.

Cantona fit jouer deux ou trois fois son épaule.

– On a essayé de me soigner, dit soudain Reeve, sans comprendre pourquoi il confiait cela à un inconnu.

– Vous soigner ?

– À cause de la violence. Je me mettais souvent en colère. J'ai passé quelque temps dans un service psychiatrique.

– Ah ouais ?

– Maintenant je suis censé prendre des cachets, mais je ne les prends pas.

– Ces produits contrôlent votre psychisme, mon vieux. Ne prenez jamais de cachets qui agissent sur votre esprit.

– Ah bon ?

– Je sais de quoi je parle. J'ai habité Monterey dans les années 1960, puis Oakland. J'avais vingt, vingt et un ans. J'ai passé quelque temps sur le front. Le front chimique, si vous voyez ce que je veux dire. J'en suis sorti avec une dépression énorme qui a duré pendant pratiquement toutes les années 70, et j'ai commencé à boire aux environs de 1980. Ça ne soigne pas, mais les autres ivrognes sont plus agréables à fréquenter que les médecins et ces foutus psychiatres.

– Comment se fait-il que vous ayez toujours votre permis de conduire ?

Cantona rit.

– Parce que je ne me suis jamais fait prendre, tout bêtement.

Reeve se tourna vers sa vitre ouverte.

– Apparemment, chez moi, l'alcool est une des choses qui déclenchent la violence.

Cantona resta silencieux pendant une minute. Puis :

– Jim m'a dit que vous aviez été dans l'armée.

– C'est exact.

– Il me semble que ça pourrait expliquer des choses. Vous avez combattu ?

– Un peu.

Plus que la majorité de ses camarades, aurait-il pu ajouter. *Row, row, row your boat, Gently down the stream*... Il chassa aussitôt ce souvenir.

– J'ai fait un séjour au Vietnam, poursuivit Cantona. J'ai reçu un shrapnel dans le pied. À cette époque, j'étais pratiquement prêt à me mutiler pour en partir. Donc vous avez toujours des crises ?

– Quelles crises ?

– La violence.

– J'ai essayé de la contrôler. J'ai lu beaucoup de livres.

– Quoi, des trucs médicaux ?

– De la philosophie.

– Ouais, Jim m'a dit que vous aviez pris goût à ce truc. Castaneda est pratiquement ma limite. Qu'est-ce que vous lisez ?

– Des ouvrages sur l'anarchie.

– L'anarchie ?

Cantona lui adressa un regard incrédule puis répéta, comme s'il prenait la mesure du mot :

– L'anarchie ?

Puis il hocha la tête, mais son visage continua d'exprimer l'étonnement.

– Ça vous aide ? demanda-t-il.

– Je ne sais pas. Peut-être.

– Qu'est-ce que disent les médecins ?

– Ils disent que j'ai reçu mon dernier avertissement. Une nouvelle crise et ils m'internent. Je crois qu'ils sont sérieux.

Il se tourna vers Cantona et demanda :

– Pourquoi je vous raconte tout ça ?

Cantona sourit.

– Parce que j'écoute. Parce que je suis inoffensif. Parce que c'est vachement moins cher qu'une psychothérapie.

Puis il rit et conclut :

– Je n'arrive pas à croire que je transporte un anarchiste dans ma voiture.

La société de location évoquait une exposition de voitures d'occasion, véhicules poussiéreux alignés derrière une haute clôture. Il y avait une barrière métallique à laquelle une chaîne et un cadenas étaient suspendus et, au-delà, un bureau préfabriqué de plain-pied. Reeve comprit que c'était un bureau parce qu'une pancarte énorme, au-dessus, l'indiquait. Derrière la vitrine, des affiches aux couleurs vives proposaient « les meilleures affaires de la ville », « des super tarifs week-end » et « de jolies voitures propres, à faible kilométrage, en parfait état ».

– On dirait Louez une Épave avant la reconversion, commenta Cantona.

Ils frappèrent et ouvrirent la porte du bureau. Il n'y avait qu'une pièce et deux portes ouvertes. La première donnait sur une réserve, l'autre sur des toilettes. Un homme en bras de chemise était assis derrière une table de travail. Il semblait mexicain, avait une cinquantaine d'années, serrait un long cigare effilé entre ses dents, que son sourire dévoilait.

– Mes amis, dit-il en se levant à demi, qu'est-ce que je peux faire pour vous ?

Il leur fit signe de s'asseoir, mais Reeve resta debout près de la fenêtre, jetant de temps en temps un coup d'œil dehors, et Cantona se posta près de lui.

– Je m'appelle Gordon Reeve.

– Bonjour, Gordon, dit le Mexicain, qui agita un doigt et ajouta : J'ai l'impression de vous connaître.

– Je crois que vous avez loué une voiture à mon frère samedi soir.

Le sourire disparut. L'homme ôta le cigare de sa bouche et le posa dans un cendrier débordant.

– Je suis désolé. Oui, vous ressemblez à votre frère.

– Est-ce vous qui avez reçu mon frère ?

– Oui.

– Pourrais-je vous poser quelques questions ?

Le Mexicain sourit.

– On croirait entendre un policier.

– Je veux seulement que les choses soient claires dans mon esprit.

Puis Reeve s'adressa à l'homme en espagnol et l'homme acquiesça. La famille, dit-il, il faut que je transmette ces souvenirs à la famille. Les Espagnols sont sensibles à ces choses.

– Vous comprenez, poursuivit-il en anglais, je tente de me représenter l'état d'esprit de mon frère ce soir-là.

Le Mexicain hochait la tête.

– Je comprends. Posez vos questions.

– Il y a une chose que je ne m'explique pas très bien. On a vu mon frère pour la dernière fois dans un bar du centre, où il buvait, et il semble qu'il soit ensuite venu ici. Mais, pour y parvenir, il a dû passer devant trois ou quatre autres sociétés de location de voitures.

Dans sa chambre d'hôtel, avec le plan et l'annuaire, Reeve avait fait son travail.

Le Mexicain ouvrit les bras.

– C'est peut-être facile à expliquer. Premièrement, nos tarifs sont les plus bas de la ville, vous pouvez poser la question à n'importe qui. Pour dire les choses brutalement, si on a besoin d'une voiture pour aller dans un endroit tranquille et mettre fin à ses jours, on n'a pas besoin d'une Lincoln Continental. Deuxièmement, je reste ouvert plus tard que les autres. Vous pouvez vérifier. Donc ils étaient peut-être fermés.

Pourquoi voudrais-je « vérifier » ? pensa Reeve, mais il hocha la tête.

– Mon frère avait bu. Vous a-t-il semblé qu'il était sous l'influence de l'alcool ?

Mais le Mexicain concentrait son attention sur Cantona, qui était appuyé contre l'appareil de climatisation bruyant.

– S'il vous plaît, dit-il. Il est fragile.

Cantona s'éloigna. Reeve constata que de l'eau tombait goutte à goutte de la machine dans un bol posé sur le plancher. Il répéta sa question.

Le Mexicain secoua la tête.

– Je ne lui aurais pas loué un véhicule si j'avais cru qu'il avait bu. Je n'ai pas intérêt à ce que mes voitures soient accidentées ou salies.

– À ce propos, où est la voiture ?

– Elle n'est pas ici.

– Ce n'est pas ce que j'ai demandé.

– Je l'ai donnée à réparer et... à nettoyer. La police a cassé la vitre du conducteur pour accéder à l'habitacle. N'oubliez pas qu'elle était verrouillée de l'intérieur.

Je sais, pensa Reeve, mais pourquoi me le dites-vous ?

– Avant de louer la voiture à mon frère, demanda-t-il, avez-vous vérifié son permis de conduire ?

– Bien entendu.

Reeve fixa l'homme.

– Qu'est-ce qu'il y a ? demanda le Mexicain, dont le sourire tourna à l'aigre.

– Il avait un permis de conduire britannique, qui n'est pas valide ici.

– Dans ce cas, je n'aurais pas dû lui louer une de mes voitures.

Il haussa les épaules, ajouta :

– Une erreur de ma part.

Reeve hocha lentement la tête.

– Une erreur, répéta-t-il.

Il posa quelques questions supplémentaires, sans importance, simplement destinées à mettre le Mexicain à l'aise, puis le remercia.

– Je suis vraiment désolé pour votre frère, Gordon, dit le Mexicain en lui tendant la main.

Reeve la serra.

– Et je suis désolé pour votre voiture.

Il suivit Cantona jusqu'à la porte, se retourna :

– Oh, vous ne m'avez pas dit quel garage répare la voiture.

Le Mexicain hésita.

– Trasker Auto, répondit-il finalement.

Cantona eut un rire étouffé dès qu'ils furent dehors.

– J'ai cru qu'il allait avaler son cigare, dit-il. Vous l'avez vraiment poussé dans ses retranchements.

– Il ne ment pas très bien.

– Non, c'est sûr. Hé, où avez-vous appris l'espagnol ?

Reeve ouvrit la portière de la voiture.

– Il y a eu une époque où j'avais besoin de le parler, répondit-il en s'installant sur le siège du passager.

L'entreprise de Daniel Trasker était apparemment constituée de quatre cinquièmes de casse et d'un cinquième de réparation. Quand Reeve expliqua qui il était, le choc dilata les yeux de Trasker.

– Merde, mon gars, il ne faut pas que vous voyiez cette voiture ! Il y a des taches sur...

– Très bien, monsieur Trasker, je ne veux pas voir la voiture.

Ensuite, Trasker se calma un peu. Ils étaient devant un baraquement en bois et tôle ondulée qui tenait lieu d'atelier. L'essentiel du travail était effectué dans la cour.

Trasker lui-même, bien conservé, avait la soixantaine et des mèches de cheveux argentés bouclés étaient visibles sous sa casquette de base-ball tachée de cambouis. De profondes rides d'expression, autour des yeux, marquaient son visage couleur de châtaigne, dont la peau était imprégnée de cambouis et de poussière. Pendant toute leur conversation, il s'essuya les mains avec un grand chiffon bleu.

– Vous feriez mieux d'entrer.

Reeve mit longtemps à distinguer, dans le fouillis extraordinaire du baraquement, une table de travail, une chaise et même un ordinateur. Des documents couvraient le bureau comme un camouflage et il y avait des pièces de moteur partout.

– Je vous proposerais bien de vous asseoir, dit Trasker, mais il n'y a pas d'endroit pour. Quand quelqu'un me fait un chèque, je débarrasse parfois un coin mais, autrement, on reste debout.

– Pas de problème.

– Alors qu'est-ce que vous voulez, monsieur Reeve ?

– Vous savez qu'on a trouvé mon frère dans une voiture fermée à clé, monsieur Trasker ?

Trasker acquiesça.

– La voiture est ici.

– La police a cassé une vitre pour accéder à l'habitacle.

– Absolument. Nous avons commandé la pièce.

Reeve vint se placer tout près de lui.

– Est-il possible qu'on ait verrouillé la voiture après ? Je veux dire après la mort de mon frère ?

Trasker le dévisagea.

– Où voulez-vous en venir, mon gars ?

– Je me demande simplement si c'est possible.

Trasker réfléchit.

– Merde, ça l'est, évidemment. Il suffit d'avoir un double de la clé. À la réflexion...

Trasker laissa la phrase en suspens.

– Quoi ?

– Laissez-moi aller vérifier quelque chose.

Il pivota et sortit du baraquement. Reeve et Cantona le suivirent dehors, mais il se retourna et leva les mains.

– Non, laissez-moi faire ça seul. Il ne faut pas que vous voyiez cette voiture.

Reeve hocha la tête et regarda Trasker s'éloigner. Puis il dit à Cantona de rester où il était et suivit le vieil homme.

À l'arrière du baraquement, au-delà de piles d'épaves d'automobiles, Reeve découvrit un deuxième bâtiment bas, de la taille d'un garage pour deux voitures. Une demi-douzaine de hautes bouteilles de gaz se dressaient comme des sentinelles métalliques près de la grande porte, qui était ouverte. Il y avait, à l'intérieur, une voiture sur cales, mais Trasker passa près d'elle sans s'arrêter. Reeve regarda autour de lui. Il était à huit ou dix kilomètres de San Diego, à l'intérieur des terres, en direction des collines. L'air était plus immobile, ici, pas aussi vif. Il fallait qu'il décide maintenant, tout de suite. Il prit une profonde inspiration et se dirigea vers le garage.

– Qu'est-ce qu'il y a ? demanda-t-il à Trasker.

Le vieux, qui était accroupi, se redressa d'un bond et se tourna vers lui.

– Vous avez failli me flanquer une crise cardiaque, protesta-t-il.

– Désolé, répondit Reeve en approchant.

Trasker avait ouvert la portière de la voiture et l'examinait. La voiture où James Reeve était mort. Elle était plus élégante que Reeve ne l'avait imaginée, beaucoup plus récente, sûrement ce que le Mexicain avait de mieux. Il se dirigea lentement vers elle. Les sièges, en cuir ou en skaï, avaient été nettoyés. Mais quand il se pencha et regarda à l'intérieur, il vit que la garniture du toit était tachée. Une projection couleur de rouille qui allait en s'élargissant en direction de l'arrière de l'habitacle. Il envisagea de toucher le sang, peut-être n'était-il pas complètement sec. Mais il se força à détourner les yeux. Trasker le regardait.

– Je vous ai dit de ne pas venir, souffla-t-il.

– Il fallait que je voie.

Trasker comprit, acquiesça.

– Vous voulez rester seul un moment ?

– Non, répondit Reeve. Je veux savoir ce que vous regardiez.

Trasker montra le bouton de verrouillage intérieur de la portière du conducteur.

– Vous voyez ? dit-il en le touchant. Est-ce que vous voyez une petite encoche, tout en bas ?

Reeve regarda plus attentivement.

– Oui, dit-il.

– Il y en a également une sur le bouton de la portière du passager.

– Oui ?

– Ce sont des détecteurs, mon gars. Ils détectent le rayon de la commande à distance.

– Vous voulez dire qu'on peut verrouiller et déverrouiller les portières à distance ?

– Exact.

– Et alors ?

– Alors, dit Trasker, qui fouilla dans la poche de son bleu de travail et en sortit une clé sur une chaînette, voici celle de la voiture. C'est la clé qui était sur le contact quand la police a trouvé le véhicule. Il est évident que c'est la clé de rechange.

Reeve la regarda.

– Parce qu'elle n'a pas de bouton permettant d'actionner les serrures ?

– Exactement.

Trasker reprit la clé, ajouta :

– En général, pour ce type de voiture, on ne fournit qu'une clé équipée d'une commande à distance. La clé de rechange est ordinaire, comme celle-ci.

Reeve réfléchit. Puis, sans un mot, il regagna la voiture de Cantona. Cantona se tenait dans l'ombre du baraquement.

– Eddie, dit Reeve, il faudrait que vous me rendiez un service.

Quand Daniel Trasker rejoignit Reeve, Cantona sortait déjà de la cour en marche arrière.

– Je vais attendre ici quelques minutes, dit Reeve.

Trasker haussa les épaules.

– Et ensuite ?

– Ensuite, avec votre permission, il faudrait que je téléphone.

Carlos Perez tirait sur un nouveau cigare quand le téléphone sonna. C'était encore le frère, Gordon Reeve.

– Oui, Gordon, mon ami, dit Perez, affable. Avez-vous oublié quelque chose ?

– Je m'interrogeais simplement sur la clé de la voiture.

– La clé de la voiture ?

Ce Reeve était incroyable, la façon dont son esprit fonctionnait.

– Qu'est-ce qu'elle a, cette clé ? demanda-t-il.

– En donnez-vous un jeu à vos clients, ou seulement une ?

– Ça dépend du modèle de véhicule, Gordon, et également d'autres facteurs.

Perez posa son cigare, qui glissa sur le bord du cendrier, roula sur le bureau et tomba sur le plancher. Il contourna la table de travail et s'accroupit, le combiné pressé contre l'oreille.

– La voiture de mon frère avait-elle un verrouillage à distance des portières ?

Perez émit un son censé évoquer la réflexion. Le cigare était sous le bureau. Il le chercha à tâtons, se brûla le tranchant de la main. Il jura intérieurement, récupéra enfin le cigare et regagna son fauteuil tout en examinant la brûlure de sa main gauche.

– Ah, dit-il dans le combiné, comme s'il venait de s'en souvenir. Oui, ce véhicule avait le verrouillage à distance.

– Et il avait la clé, celle qui actionne le dispositif ?

– Oui, oui.

Perez ne voyait absolument pas où Reeve voulait en venir. La sueur luisait sur son front, picotait son crâne.

– Dans ce cas, où est-elle ? s'enquit froidement Reeve.

– Quoi ?

– Je suis au garage. Il n'y a pas de clé de ce type.

Clé, clé, clé.

– Je vois ce que vous voulez dire, improvisa Perez. Mais un client précédent l'a perdue. Je ne vous ai pas compris, au début. Non, il n'y avait plus de clé équipée de commande à distance quand votre frère...

Mais Perez parlait dans le vide. Reeve avait raccroché. Perez posa le combiné sur son support et mordit son cigare si fort qu'il en coupa l'extrémité.

Il prit sa veste sur le dossier de son fauteuil, ferma le bureau à clé et brancha l'alarme, puis il monta dans sa voiture. Avant de se mettre en route, il prit le temps de fermer les barrières et d'installer la chaîne, s'assurant que le cadenas était bien enclenché.

S'il avait tout vérifié avec le même soin, il aurait vu la grosse voiture verte qui le suivit quand il s'en alla.

6

Kosigin gagna North Harbor Drive à pied. Un énorme navire de croisière venait d'arriver à quai. Debout, appuyé contre la rambarde, il regarda l'eau. Des voiliers croisaient au loin, inclinés de telle façon qu'ils semblaient dépourvus de masse. Quand ils viraient de bord, ils semblaient invisibles pendant un moment ; ce n'était pas une illusion d'optique, c'était une carence de l'œil lui-même. Il fallait simplement fixer le néant, rester convaincu que le bateau réapparaîtrait. La conviction prenant la place de la vision. Kosigin aurait préféré une meilleure acuité visuelle. Il ne comprenait pas pourquoi il avait été estimé préférable que certains oiseaux soient capables de suivre les déplacements d'une souris alors qu'ils planaient très haut dans le ciel, alors que l'être humain en était incapable. La consolation, bien entendu, était que l'homme était un inventeur, un fabricant d'outils. L'homme était capable d'étudier les atomes et les électrons. Il ne pouvait peut-être pas les voir, mais il pouvait les étudier.

Kosigin aimait laisser le moins de place possible au hasard. Même s'il ne pouvait voir une chose à l'œil nu, il disposait des moyens d'obtenir des informations sur cette chose. Il avait des outils. Il avait rendez-vous ici avec le plus impitoyable et le plus complexe d'entre eux.

Kosigin ne se considérait pas comme un individu particulièrement complexe. Si on lui avait demandé ce qui le faisait fonctionner, et s'il avait accepté de répondre, il aurait pu donner une réponse précise et complète. Il ne se considérait pas souvent comme un individu. Il était un élément de quelque chose de plus vaste, d'un ensemble d'intelligences et d'outils. Il était un élément de la Co-World Chemicals, un homme au service de sa société, jusqu'aux semelles cousues à la main de ses chaussures de Savile Row. Ce n'était pas seulement que ce qui était bon pour la société était bon pour lui... il connaissait cette argumentation et ne l'approuvait pas entièrement. La pensée de Kosigin allait plus loin : ce qui était bon pour la CWC était bon pour l'ensemble du monde occidental. Les produits chimiques étaient une nécessité absolue. Quand on cultive des denrées alimentaires, on a besoin de produits chimiques ; quand on transforme des denrées alimentaires, on a besoin de produits chimiques ; quand on sauve des vies dans un hôpital ou dans la brousse africaine, on a besoin de produits chimiques. Nos corps en sont pleins et en produisent sans cesse. Des produits chimiques et de l'eau, voilà ce qu'est un corps. Il croyait qu'il était possible de mettre un terme aux famines d'Afrique et d'Asie en abattant les barrières et en laissant le champ libre aux entreprises spécialisées dans la chimie appliquée à l'agriculture. Les criquets ? Il fallait les gazer. Les rendements ? Il fallait traiter les cultures. Il n'y avait pratiquement rien qu'on ne puisse guérir grâce aux produits chimiques.

Bien entendu, il connaissait les effets secondaires. Il se tenait informé des travaux scientifiques les plus récents et des reportages alarmistes des médias. Il savait qu'il y avait des enfants qu'on ne vaccinait pas contre la rougeole parce que le vaccin original était le fruit de recherches sur les tissus de fœtus. Les histoires de ce type l'attristaient. Elles ne le mettaient pas en colère, elles l'attristaient simplement. L'humanité avait encore beaucoup à apprendre.

Des touristes passèrent. Un jeune couple avec deux enfants. Ils semblaient rentrer d'une promenade en bateau :

joues roses, cheveux ébouriffés par le vent, sourires. Ils mangeaient des produits frais et respiraient de l'air propre. Les gamins deviendraient grands et forts, ce qui n'aurait peut-être pas été le cas cent cinquante ans plus tôt.

De bons produits chimiques, tel était le secret.

– Monsieur Kosigin ?

Kosigin se retourna, presque souriant. Il ne comprenait pas comment l'Anglais pouvait arriver comme ça, chaque fois, en catimini. Quel que soit l'endroit, il était toujours à côté de Kosigin avant que ce dernier ait pu le voir. Sa stature ne lui permettait pourtant guère de se cacher ou d'être discret : il faisait un mètre quatre-vingt-dix, avait la poitrine large et des biceps si volumineux que ses avant-bras ne touchaient pas tout à fait ses flancs quand il les laissait pendre. Ses jambes, moulées dans un jean délavé, semblaient également puissantes et il portait des chaussures de sport Nike. Son ventre était plat et ses abdominaux transparaissaient sous son T-shirt noir collant. Il portait des lunettes de soleil pliantes et le petit étui qui leur était destiné était fixé à sa ceinture en cuir marron, dont la boucle représentait le logo de Harley Davidson. L'homme avait les cheveux très blonds, courts sur le front mais cachant, sur la nuque, le col du T-shirt. Un bronzage plus rose que brun, des sourcils et des cils aussi blonds que sa chevelure. Il semblait fier de la longue cicatrice concave de sa joue droite, comme si une imperfection unique était nécessaire pour qu'on prenne conscience de la perfection de l'ensemble.

Kosigin, qui ne faisait cependant pas autorité en la matière, trouvait qu'il ressemblait aux catcheurs de la télévision.

– Bonjour, Jay. Marchons.

Tel était le seul nom que Kosigin lui connût : Jay. Il ne savait pas si c'était un prénom ou un nom de famille, et peut-être même était-ce une initiale. Ils prirent en direction du sud et des jetées, passèrent devant les étalages des vendeurs de T-shirts et de souvenirs. Jay bondissait plus qu'il ne marchait, les poings serrés dans les poches de son jean.

– Des nouvelles ?

Jay haussa les épaules.

– Les choses sont sous contrôle, monsieur.

– Vraiment ?

– Il n'y a pas de raison de s'inquiéter.

– McCluskey ne partage pas votre assurance. Ni Perez.

– Ils ne me connaissent pas. Je ne suis jamais sûr de moi sans bonne raison.

– Donc Cantona ne pose plus de problème ?

Jay secoua la tête.

– Et le vol du frère décolle demain.

– Il y a eu un changement, dit Kosigin. Il ne rapatrie pas le corps. La crémation est prévue demain matin.

– Je n'étais pas au courant.

– Je suis désolé, j'aurais dû vous avertir.

– Vous devriez toujours me tenir au courant, monsieur. Comment puis-je faire pour le mieux si je ne sais pas tout ? Cependant le vol part demain après-midi. Il n'y a pas de changement sur ce point, n'est-ce pas ?

– Non, néanmoins... il a posé des questions gênantes. Je suis sûr qu'il n'a pas cru ce que Perez lui a raconté.

– Impliquer Perez n'était pas mon idée.

– Je sais, souffla Kosigin.

Jay semblait toujours en mesure de l'amener à se sentir coupable, et, en même temps, il avait toujours envie d'impressionner le colosse. Il ne savait pas pourquoi. C'était dingue : il était plus riche que Jay ne le serait jamais, avait mieux réussi dans pratiquement tous les domaines, et pourtant il éprouvait un sentiment d'infériorité qu'il ne pouvait chasser.

– Le frère n'est pas exactement le parent ordinaire écrasé par le chagrin.

– Je ne sais pas grand-chose sur lui, seulement le résultat des recherches initiales effectuées par Alliance. Ancien militaire, dirige maintenant une sorte de centre d'entraînement à la survie en Écosse.

Jay s'immobilisa. Il parut contempler la vue magnifique sur la baie, mais son regard était fixe et un vague sourire étirait ses lèvres.

– Pas possible, fit-il.

– Qu'est-ce qui n'est pas possible ?

Mais Jay garda le silence pendant quelques instants encore et Kosigin n'avait pas l'intention de l'interrompre une nouvelle fois.

– L'homme qui est décédé s'appelait Reeve, dit enfin Jay. J'aurais dû y penser plus tôt.

Il rejeta la tête en arrière et éclata de rire. Ses mains, cependant, serraient la rambarde comme si elles étaient capables de tordre le métal dans un sens et dans l'autre. Finalement, il fixa sur Kosigin ses yeux bleu-vert dont les pupilles étaient grandes et noires.

– Je crois que je connais le frère, dit-il. Je crois que je l'ai connu autrefois.

Il éclata à nouveau de rire et se pencha sur la rambarde comme s'il avait l'intention de se jeter dans la baie. Ses pieds quittèrent effectivement le sol, mais s'y reposèrent. Les passants le regardaient fixement.

Je suis en présence d'un dément, pensa Kosigin. En plus, pour le moment, comme je l'ai fait venir de LA, je suis son employeur.

– Vous le connaissez ? demanda-t-il.

Mais Jay scrutait le ciel, tendant le cou d'un côté et de l'autre. Kosigin répéta la question.

Jay éclata du même rire.

– Je crois que je le connais.

Puis il avança les lèvres et se mit à siffler, ou essaya, même s'il riait toujours. Ce fut un air que Kosigin crut vaguement reconnaître... une chanson enfantine.

Alors, sur la promenade du bord de mer, à San Diego, les touristes passant à distance respectueuse, Jay se mit à chanter :

Row, row, row your boat,
Gently down the stream.
Merrily, merrily, merrily, merrily,
Life is but a dream.

Il reprit deux fois la chanson, puis cessa soudain. Il n'y avait pas de vie sur son visage, pas de joie. Ce fut comme s'il avait mis un masque, tels certains catcheurs. Kosigin déglutit et attendit de nouvelles singeries, du moins que le colosse dise quelque chose.

Jay avala sa salive et se passa la langue sur les lèvres, puis prononça un seul mot : « Bien. »

Reeve avait demandé à un taxi de venir le chercher au garage pour le conduire au funérarium, où il avait repris sa voiture de location. Il résista à la tentation d'aller voir Jim une dernière fois. Jim n'était plus là. Il n'y avait plus qu'une peau dans laquelle il avait vécu.

De retour dans sa chambre d'hôtel, il s'assit près de la fenêtre et réfléchit. Il pensait au portable disparu, aux disquettes. N'importe qui pouvait avoir enfermé le corps de Jim dans la voiture. Cela signifiait quelque chose... ou rien. Le Mexicain avait menti, mais peut-être couvrait-il autre chose, quelque chose de trivial, le mauvais état de la voiture de location ou la gestion de son entreprise. Enfin, Eddie Cantona filait le Mexicain. Tout ce qui lui restait à faire, c'était d'attendre un coup de téléphone.

Il sortit le sac en plastique de la poche de sa veste et en versa le contenu sur le guéridon proche de la fenêtre. Les effets de Jim, le contenu de ses poches. La police avait établi son identité, puis tout rendu au funérarium.

Reeve feuilleta le passeport, examina tout sauf la photo de son frère. Puis il s'intéressa au portefeuille en cuir marron, aux coins cornés par l'âge. Vingt dollars en billets de cinq, un permis de conduire, de la monnaie. Un mouchoir. Un coupe-ongles. Un paquet de chewing-gum. Il en restait deux barres. On avait fourré un morceau de papier froissé dans l'espace restant. Il déchira l'emballage pour le sortir. Ce n'était que le papier d'une barre. Mais quand il le défroissa, il constata qu'un mot était écrit au stylo sur sa face blanche.

Le mot était Agrippa.

Le coup de téléphone arriva deux heures plus tard.

– C'est moi, dit Cantona, et j'espère que vous vous sentez honoré. Je n'ai droit qu'à un coup de fil, mon vieux, et il est pour vous.

Eddie était détenu au poste de police où travaillait Mike McCluskey et, au lieu de tenter de le voir, Reeve demanda le détective à la réception.

McCluskey arriva, souriant, comme s'ils étaient de vieux amis.

Reeve ne lui rendit pas son sourire.

– Pouvez-vous me rendre un service ? s'enquit-il.

– Demandez.

Reeve demanda.

Quelques instants plus tard, ils s'assirent à la table de travail de McCluskey dans le vaste bureau qu'il partageait avec une douzaine de collègues. Les choses semblaient calmes. Trois détectives lançaient des boules de papier dans un panier de basket miniature placé au-dessus d'une corbeille à papier. On pariait sur le vainqueur. Ils jetèrent un coup d'œil à Reeve, décidèrent qu'il était victime ou témoin, pas délinquant ou suspect.

McCluskey avait téléphoné. Il raccrocha.

– Ça me semble tout simple. Conduite en état d'ivresse.

– Il m'a dit qu'il n'avait pas bu.

McCluskey répondit d'un sourire ironique et inclina légèrement la tête. Reeve comprit ce que cela signifiait : les ivrognes disent n'importe quoi. Pendant le coup de téléphone, Reeve avait examiné le bureau de McCluskey. Il était plus en ordre qu'il ne l'avait imaginé ; tous les bureaux l'étaient. Il y avait des morceaux de papier sur lesquels des numéros de téléphone étaient notés. Il avait regardé ces numéros.

L'un d'entre eux était celui du funérarium. Un autre celui de la société de location de voitures du Mexicain. Tous les deux peuvent facilement s'expliquer, pensa Reeve.

– Vous avez téléphoné au funérarium, dit-il en fixant très attentivement le détective.

– Comment ?

Reeve montra de la tête le numéro de téléphone.

– Le funérarium.

McCluskey acquiesça.

– Je voulais vérifier l'heure des funérailles. Je me disais que j'essaierais d'y aller. Écoutez, pour en revenir à ce Cantona, je crois qu'il s'est rapproché de votre frère pour se faire payer des verres et peut-être un ou deux repas. Et je crois, Gordon, qu'il tente de vous exploiter de la même façon.

Reeve feignit de suivre la partie de basket.

– Vous avez peut-être raison, dit-il, tandis que McCluskey glissait une feuille sur les numéros de téléphone, cachant ceux qui étaient notés en bas du morceau de papier d'origine.

Peu importait – Reeve les avait mémorisés –, mais ce geste le troubla. Il se tourna à nouveau vers McCluskey et le détective afficha un sourire qu'on aurait pu qualifier de compatissant. On aurait pu le qualifier aussi de moqueur.

Un des basketteurs manqua son tir. La boule de papier rebondit et atterrit sur les genoux de Reeve. Il la fixa.

– Est-ce que le mot Agrippa vous dit quelque chose ? demanda-t-il.

McCluskey haussa les épaules.

– Il devrait ?

– Il était écrit sur un morceau de papier provenant des poches de mon frère.

– Il m'a échappé, dit McCluskey, qui déplaça d'autres documents. Vous feriez vraiment un bon détective, Gordon.

Il essayait de sourire.

Reeve se contenta de hocher la tête.

– Qu'est-ce qu'il faisait, de toute façon ? demanda McCluskey.

– Qui ?

– Cantona, Monsieur Conduite-en-état-d'ivresse. Il vous a téléphoné après son arrestation, j'ai pensé qu'il avait peut-être quelque chose à vous dire.

– Il voulait peut-être simplement que je paie sa caution.

McCluskey le dévisagea. Reeve était devenu l'accusateur de Cantona, le détective devenant de ce fait son défenseur.

– Vous croyez que ce n'était que ça ?

– Quoi d'autre ?

– Eh bien, Gordon, j'ai pensé qu'il croyait peut-être qu'il travaillait pour vous.

– Lui avez-vous parlé ?

– Non, mais je viens de téléphoner, pour vous rendre service, aux flics qui l'ont fait.

McCluskey inclina une nouvelle fois la tête et ajouta :

– Vous semblez un peu bizarre.

– Vraiment ?

Reeve ne fit rien pour adoucir sa voix. Changer sa façon de parler en fonction des attentes supposées de son interlocuteur éveille les soupçons.

– C'est peut-être parce qu'on brûlera demain le corps de mon frère, poursuivit-il. Puis-je voir M. Cantona ?

Les lèvres de McCluskey formèrent un O songeur.

– Un dernier service, ajouta Reeve. Je pars demain, après la crémation.

McCluskey s'accorda encore un peu de temps, apparemment pour réfléchir.

– Sûr, dit-il finalement. Je vais voir si je peux arranger ça.

On sortit Cantona de sa cellule et on le conduisit dans une salle d'interrogatoire. Reeve l'y attendait. Il avait fait les cent pas dans la pièce, nerveux en apparence mais cherchant en réalité à déceler les micros, judas ou miroirs sans tain éventuels. Mais il n'y avait que des murs et une porte ordinaires. Une table et deux chaises au milieu du plancher. Il s'assit sur une chaise, sortit un stylo de sa poche et le fit tomber. En le ramassant, il regarda sous la table et sous les chaises. Peut-être McCluskey n'avait-il pas eu le temps d'installer un système d'écoute. Peut-être n'en voyait-il pas l'intérêt. Peut-être Reeve accordait-il trop d'importance aux événements.

Peut-être Eddie Cantona était-il simplement soûl.

On le fit entrer dans la pièce et on l'y laissa. Il alla immédiatement s'asseoir en face de Reeve.

– On sera dehors, monsieur, dit un des policiers.

Reeve regarda les agents en tenue sortir de la pièce et fermer la porte derrière eux.

– Vous avez une cigarette, monsieur ? dit Cantona. Non, vous ne fumez pas.

Il tapota ses poches, les mains tremblantes, ajouta :

– Je n'en ai pas sur moi.

Il tendit les mains. Elles étaient secouées comme si de l'électricité les parcourait.

– Regardez ça, dit-il. Vous croyez que c'est le delirium tremens ? Non, je vais vous dire ce que c'est, c'est ce qu'on appelle avoir peur.

– Racontez-moi ce qui s'est passé.

Cantona le fixa, les yeux dilatés, puis tenta de se calmer. Il se leva, fit le tour de la pièce, parla en battant des bras.

– Ils ont dû commencer à me suivre à un moment donné. Ils n'étaient pas à la société de location de voitures... je le jurerais sur un abonnement aux matches des Padres. Mais j'étais trop concentré sur le Mexicain. Tout d'un coup, j'ai vu des gyrophares bleus derrière moi et ils m'ont fait signe de m'arrêter. Ça ne m'était jamais arrivé, je vous l'ai dit. J'étais trop prudent et j'avais peut-être trop de chance.

Il regagna la table et souffla au visage de Reeve. Ça ne fut pas très agréable mais prouva que Cantona disait vrai.

– Je n'avais pas bu une goutte d'alcool, dit-il. Pas une putain de goutte. Ils m'ont fait passer les tests habituels, puis ils ont dit qu'ils m'arrêtaient. Jusqu'à ce moment-là, j'ai cru que c'était la malchance. Mais quand ils m'ont fait monter à l'arrière de leur voiture, j'ai compris que c'était grave. Qu'ils m'empêchaient de filer le Mexicain.

Il fixa intensément les yeux de Reeve, qui ne cilla pas, et conclut :

– Ils veulent se débarrasser de moi, Gordon, et les flics obtiennent en général ce qu'ils veulent.

– McCluskey est passé vous voir ?

– Le con à qui j'ai parlé du meurtre de Jim ?

Cantona secoua la tête puis demanda :

– Pourquoi ?

– Je crois qu'il a quelque chose à voir là-dedans, quel que soit « là-dedans ». Où allait le Mexicain ?

– Est-ce que je suis voyant ?

– Je veux dire, dans quelle direction allait-il ?

– Vers le centre, apparemment.

– Vous semble-t-il du genre à fréquenter le centre de San Diego ?

Cela arracha un sourire à Eddie.

– Pas exactement. Je ne sais pas, il avait peut-être une affaire à régler. Ou bien...

Il s'interrompit, puis ajouta :

– Peut-être qu'on en fait trop.

– Eddie, Jim a-t-il mentionné quelque chose qui s'appelait Agrippa ?

– Agrippa ?

Cantona ferma les yeux et plissa les paupières, fit de son mieux. Puis il soupira et secoua la tête.

– Est-ce que ça signifie quelque chose ?

– Je ne sais pas.

Reeve se leva et saisit les mains de Cantona.

– Eddie, je sais que vous êtes terrifié, que vous avez des raisons de l'être et ça ne me gênera pas si vous mentez comme un arracheur de dents pour sortir d'ici. Dites-leur tout ce qu'ils ont envie d'entendre. Dites-leur que la lune est en fromage et qu'il y a des éléphants roses sous votre lit. Dites-leur que vous voulez repartir de zéro et oublier ces dernières semaines. Vous m'avez beaucoup aidé et je vous remercie, mais il faut maintenant que vous pensiez à vous. Jim est mort, vous êtes toujours parmi nous. Il voudrait que vous évitiez de le rejoindre.

Cantona souriait à nouveau.

– On est fiancés, Gordon ?

Reeve s'aperçut qu'il tenait toujours les mains de Cantona. Il les lâcha, sourit.

– Je suis sérieux, Eddie. Je crois que vous avez tout intérêt à vous éloigner et à rester loin.

– Vous partez toujours demain ?

Reeve acquiesça.

– Je crois.

– Qu'est-ce que vous allez faire ?

– Il est préférable que vous ne le sachiez pas, Eddie.

Cantona approuva à contrecœur.

– Je voudrais vous demander une dernière chose.

– Laquelle ?

– Une adresse et des indications, répondit Reeve, qui sortit son plan de sa poche et l'ouvrit sur la table.

Il ne revit pas McCluskey en quittant le poste de police. Il n'en avait pas particulièrement envie. Il roula pendant un moment, prit les rues à l'instinct, suivit un itinéraire dicté par le hasard. Il s'arrêta fréquemment, sortit son plan et joua le rôle du touriste égaré. Il était certain qu'on ne l'avait pas suivi depuis le poste de police, mais cela pourrait changer.

Il avait dû apprendre les techniques de poursuite et de fuite en voiture, afin de pouvoir les enseigner aux gardes du corps qui devraient conduire le véhicule de leur employeur. Sans être un spécialiste, il connaissait les règles de base. Il avait suivi des cours pendant le week-end sur une piste proche de Silverstone, terrain d'aviation désaffecté où l'on pouvait réaliser des dérapages contrôlés et des scénarios de poursuite à grande vitesse.

Il n'avait pas prévu de devoir utiliser ses compétences professionnelles pendant ce voyage.

Il regarda dans son rétroviseur, vit une voiture de patrouille s'arrêter derrière lui. L'agent en tenue qui était au volant parla dans son micro avant de descendre, redressant son holster, ajustant ses lunettes de soleil.

Reeve baissa sa vitre.

– Un problème ? demanda le policier.

– Pas vraiment, répondit Reeve avec un large sourire.

Il tapota le plan et expliqua :

– Je vérifie simplement où je suis.

– Vous êtes en vacances ?

– Comment l'avez-vous deviné ?

– Vous voulez dire à part le plan, le fait que vous soyez arrêté à un endroit où c'est interdit et la plaque de véhicule de location de votre voiture ?

Reeve rit.

– Vous savez, je suis peut-être un peu perdu.

Il regarda le plan et désigna une rue.

– On est ici ?

– Vous en êtes à quelques blocs.

L'agent lui montra où il se trouvait, puis lui demanda où il allait.

– Nulle part, en fait, je roule, c'est tout.

– Rouler, ça va, mais s'arrêter peut poser un problème. La prochaine fois que vous voudrez vous garer, assurez-vous que c'est autorisé.

Le flic se redressa.

– Merci, monsieur l'agent, dit Reeve en engageant la vitesse.

Après quoi, ils le suivirent. Reeve estima que la filature était effectuée par deux voitures banalisées, quelques véhicules de patrouille en soutien et en éclaireurs. Il gagna l'aéroport puis retourna en ville par Harbor Drive, longea l'océan et franchit Coronado Bay Bridge avant de reprendre la direction du centre et de remonter First Avenue. La circulation n'était pas trop lente, au centre, et il accéléra, laissa les tours derrière lui, repéra les panneaux indiquant Old Town State Park. Il gara la voiture dans un parking proche de vieilles maisons bizarres qui semblaient être le centre d'intérêt, traversa la rue et entra dans le parc proprement dit. Il estimait qu'une voiture le suivait toujours, ce qui signifiait deux hommes : l'un surveillerait probablement la Blazer tandis que l'autre le filerait à pied.

Il s'arrêta pour boire à une fontaine. Old Town comportait plusieurs bâtiments – écurie, forge, tannerie et ainsi de suite – originaux ou reconstruits à l'identique. Cependant les bâtiments grouillaient de boutiques de souvenirs et de cadeaux, de cafés et de restaurants mexicains. Reeve ne repéra personne derrière lui et entra dans la cour d'un restaurant. On lui demanda s'il voulait une table, mais il dit qu'il cherchait un ami. Il traversa la cour, se frayant un chemin parmi les tables et les chaises, sortit du restaurant du côté opposé.

Il était à la lisière du parc et la longea, se retrouva dans une rue située hors de son périmètre, à quelques centaines de mètres de l'endroit où sa voiture était garée. Cette rue était bordée des deux côtés par des boutiques ordinaires. Au carrefour, deux taxis attendaient, les chauffeurs bavardant, appuyés contre un lampadaire.

Reeve leur adressa un signe de tête et s'installa sur la banquette arrière du premier. L'homme prit le temps de terminer sa conversation tandis que Reeve se tassait sur lui-même, regardait par la lunette arrière. Puis le chauffeur monta.

– La Jolla, dit Reeve en sortant son plan de sa poche.

– Pas de problème, répondit le chauffeur, qui entreprit de démarrer.

Par la lunette arrière, Reeve vit un homme gagner le bord de la chaussée au pas de course, du côté opposé de la rue, regarder autour de lui. Il avait la bouche ouverte parce qu'il avait couru, et portait un étui de revolver sous sa veste soulevée par la brise. Peut-être était-ce un des détectives qui partageaient le bureau de McCluskey, Reeve ne put s'en assurer.

Le chauffeur tourna une nouvelle fois la clé de contact et appuya sur l'accélérateur. Le moteur tourna mais ne démarra pas.

– Désolé, dit-il. Ce con de garagiste m'a dit qu'il avait réparé.

Il prit sa radio, annonça au central qu'il était de nouveau en « putain de rade » et son interlocuteur l'engueula parce qu'il jurait sur les ondes.

Le flic était toujours là, parlait dans un talkie-walkie, probablement à son équipier, qui surveillait la Blazer. Reeve espéra que l'équipier répondrait qu'il allait forcément rejoindre sa voiture et qu'ils avaient intérêt à l'attendre tranquillement...

– Hé, mec, dit le chauffeur, qui se retourna. Il y a un autre taxi derrière. Vous comprenez l'anglais ? Nous, on bougera pas.

Reeve donna cinq dollars à l'homme sans quitter la lunette arrière des yeux.

– Pour votre temps, dit-il. Maintenant, fermez-la.

Le chauffeur la ferma.

Le flic paraissait attendre un message radio. Il alluma une cigarette, toussa après la première bouffée.

C'était à peine si Reeve respirait.

Le flic jeta sa cigarette sur la chaussée quand le message arriva. Puis il fourra la radio dans la poche de sa veste, pivota sur lui-même et s'en alla. Reeve ouvrit doucement la portière du taxi, descendit et la referma.

– C'est quand vous voulez, mec ! cria le chauffeur.

Il monta dans le deuxième taxi. Le chauffeur arriva rapidement.

– Son moteur déconne encore ?

– Ouais, répondit Reeve.

– Où on va ?

– À La Jolla.

Il avait toujours le plan à la main. Il l'avait plié de telle façon que sa destination n'apparaissait pas. C'était une technique qu'il avait apprise dans les Forces spéciales : s'il était capturé, l'ennemi ne pouvait déterminer son point de départ et sa destination finale selon la façon dont la carte était pliée. Reeve fut heureux de n'avoir pas oublié ce subterfuge et d'y avoir recouru sans réfléchir, comme si c'était naturel, un réflexe.

Comme si c'était un instinct.

Ils s'arrêtèrent à quelques rues de celle du docteur Killin. Il n'y avait que quelques jours qu'Eddie Cantona y avait conduit James Reeve. Reeve ne croyait pas que le scientifique serait rentré ; mais, comme Jim était définitivement écarté, ce n'était pas impossible.

Cantona lui avait parlé de l'homme qui peignait la clôture. Pourquoi faire peindre sa clôture alors qu'on sera absent ? Il était plus probable que le scientifique serait resté chez lui afin de s'assurer de la qualité du travail. Ce n'était pas comme des travaux à l'intérieur, l'odeur de la peinture et le désordre pouvant persuader l'occupant de la maison de la quitter provisoirement. Enfin, peut-être le peintre avait-il simplement été retenu pour cette période et avait-il refusé de modifier ses autres chantiers. Mais, comme l'avait fait remarquer Cantona, la clôture n'avait pas vraiment besoin d'être repeinte.

Le Mexicain de la société de location de voitures avait persuadé Gordon Reeve que la mort de Jim n'était pas claire, pas claire du tout. Ce n'était pas seulement le meurtre, il y avait plus. Reeve entrevoyait un complot, une intrigue plus vaste. Mais il ne la connaissait pas... pas encore.

Il devait absolument savoir si Killin était de retour. Mais il devait surtout voir si la maison était surveillée. Si elle l'était, Jim, même mort, constituait une menace, ou d'autres personnes constituaient une menace. Gordon Reeve, entre autres...

Il avait donc préparé un itinéraire qu'il exposa au chauffeur. Ils traverseraient la rue de Killin à deux carrefours, mais ne la prendraient pas. Ensuite seulement, si nécessaire, ils passeraient devant la maison de Killin. Pas trop lentement, pas comme s'ils allaient s'arrêter. Mais assez lentement, comme s'ils cherchaient un numéro, pas trop proche de la maison de Killin.

Sa demande parut stupéfier le chauffeur, et Reeve la répéta comme il put en espagnol. Les langues : encore une chose apprise dans les Forces spéciales. Il avait des facilités pour les langues et s'était spécialisé en linguistique dans la phase Six de sa formation, ainsi que dans l'alpinisme. Il avait appris l'espagnol, le français, un peu d'arabe. L'espagnol était une des raisons pour lesquelles on l'avait affecté à l'Opération Stalwart.

– Compris ? demanda-t-il au chauffeur.

– C'est votre argent, mon vieux.

– C'est mon argent.

Ils suivirent donc l'itinéraire préparé par Reeve. Le chauffeur roula trop lentement, au début – une lenteur susceptible d'éveiller la méfiance –, et Reeve lui demanda d'accélérer un peu. Quand ils franchirent le carrefour, il regarda attentivement la rue de Killin. Quelques voitures étaient garées le long du trottoir alors que presque tous les pavillons avaient un garage ou un emplacement résidentiel. Il vit une clôture récemment repeinte, de la couleur indiquée par Cantona. Il y avait une voiture, un peu au-delà et du côté opposé de la chaussée. Reeve crut apercevoir quelqu'un à l'intérieur et il y avait un logo sur la portière.

Ils firent le tour du bloc et franchirent le carrefour à l'autre extrémité de la rue, cette fois derrière la voiture garée. Il ne put distinguer le logo. Mais il y avait effectivement quelqu'un au volant.

– Et maintenant ? demanda le chauffeur. Vous voulez qu'on prenne la rue ?

– Arrêtez-vous ! ordonna Reeve.

Le chauffeur gara son taxi. Reeve en descendit et ajusta le rétroviseur extérieur situé du côté du passager. Il reprit place à l'arrière et regarda dans le rétroviseur, puis descendit et l'ajusta une nouvelle fois.

– Qu'est-ce qui se passe ? demanda le chauffeur.

– Ne vous en faites pas, dit Reeve.

Il effectua un dernier petit réglage et remonta en voiture.

– Maintenant, ajouta-t-il, on prend la rue exactement de la façon prévue. D'accord ?

– C'est votre argent.

Tandis qu'ils approchaient de la voiture garée occupée par un homme, Reeve garda les yeux fixés sur le rétroviseur extérieur. Il n'était qu'un passager, un passager qui s'ennuyait et ne regardait rien tandis que son chauffeur cherchait une adresse.

Mais il vit parfaitement la voiture quand ils passèrent près d'elle. Il vit son occupant les regarder attentivement, puis se désintéresser d'eux. Il était très peu probable que quelqu'un vienne en taxi. Mais l'homme était attentif. Et Reeve eut l'impression que ce n'était pas un policier.

– Et maintenant ? demanda le chauffeur.

– Avez-vous vu ce qui était écrit sur la portière de la voiture près de laquelle on vient de passer ?

– Ouais, mec, c'était une société de câble. Vous savez, la télé par câble. Ils essaient toujours de vous convaincre de vous abonner, de donner tout votre argent en échange de cinquante chaînes qui ne passent que des rediffusions de *Lucy* et des feuilletons merdiques. Ils sont déjà venus quatre fois chez moi ; ma femme en a envie. Quand quelqu'un en a envie, ils le sentent. Pas moi. On va où, maintenant ?

– Tournez à droite et arrêtez-vous dans un ou deux blocs.

Le chauffeur obéit.

– Vous devriez redresser votre rétro extérieur, dit Reeve, et le chauffeur descendit du taxi.

Reeve avait deux solutions. La première consistait à affronter l'occupant de la voiture, à lui faire passer un mauvais moment. À lui poser des questions tout en le faisant mourir. Il connaissait les techniques d'interrogatoire ; il y avait longtemps qu'il ne les avait pas utilisées mais supposait que, comme la bicyclette, ça reviendrait rapidement. Exactement comme la façon de plier le plan. L'instinct.

Mais si l'homme était un pro, et il avait l'air d'un pro – pas d'un flic mais d'un pro –, il ne parlerait pas ; et Reeve n'aurait plus de couverture, à supposer qu'il en ait encore une. En outre, il avait ce qu'il était venu chercher. La maison du docteur Killin était toujours surveillée. Quelqu'un voulait toujours savoir si des visiteurs s'y rendaient. Et elle semblait vide.

Son chauffeur attendait ses instructions.

– Retournez à l'endroit où vous m'avez pris, dit Reeve.

Il paya le chauffeur, lui donna dix dollars de pourboire et regagna Old Town State Park. Il était dans une boutique, achetait une carte postale, un timbre et un cerf-volant dont Allan ne se servirait sûrement jamais – technologie trop rudimentaire – quand il s'aperçut que le flic du carrefour le regardait. Le type paraissait soulagé ; il avait probablement rejoint son équipier, puis cédant à la nervosité, était allé faire un tour. Le parc grouillait de touristes qui venaient de descendre d'un trolleybus ; il avait dû passer un mauvais moment. Mais il était récompensé.

Reeve sortit de la boutique et regagna la voiture. Il retourna tranquillement à l'hôtel et ne se perdit qu'une fois. Il estimait qu'il était repéré ; ils le suivraient partout. Et s'il les semait trop souvent, ils comprendraient qu'il les avait repérés. Et ils changeraient de tactique – un émetteur dans sa voiture, par exemple – ou prendraient le risque de l'attaquer directement. Organiseraient peut-être même un accident.

Il ne croyait pas qu'il s'agirait simplement de conduite en état d'ivresse.

Dans sa chambre, il rédigea la carte postale destinée à sa famille, la timbra et descendit la poster à la réception. Un homme y était assis. Il n'avait pas apporté de lecture et en était réduit à compulser les brochures sur Sea World, le zoo de San Diego et la visite d'Old Town en trolleybus. Feindre de s'y intéresser était une corvée. Reeve lui rendit donc un service : il gagna le bar et commanda une bière. Il avait soif et la soif l'avait emporté sur la perspective d'une douche fraîche. Il savoura le liquide glacé. L'homme l'avait suivi et avait également commandé une bière, apparemment ravi par cette perspective. Il se tenait face à Reeve, du côté opposé du bar en fer à cheval. Les autres consommateurs avaient le rire facile de congressistes. Reeve but, signa l'addition puis remonta dans sa chambre.

Mais elle ne lui faisait plus l'effet d'une chambre ; elle lui faisait l'effet d'une cellule.

7

Le lendemain, Gordon Reeve vit le fantôme.

Peut-être n'était-ce pas très étonnant, compte tenu des circonstances. Ce fut une journée étrange sur de nombreux plans. Il prépara ses bagages après son réveil, puis descendit prendre le petit déjeuner. Il était le seul client du restaurant. Là encore, un buffet. Il sentit des parfums de bacon et de saucisse. Assis dans son box, il but du jus d'orange et une seule tasse de café. Il portait son costume sombre, des chaussettes et des chaussures noires, une chemise blanche et une cravate noire. Les employés ne parurent pas comprendre qu'il se rendait à des funérailles... ils lui sourirent, comme de coutume. Puis il s'aperçut qu'ils ne lui souriaient pas vraiment, qu'ils souriaient simplement dans sa direction.

Il descendit son sac, paya avec sa carte de crédit.

– J'espère que vous avez apprécié votre séjour chez nous, monsieur Reeve, dit le robot souriant.

Reeve sortit. Personne ne surveillant le hall d'entrée ; il y avait forcément quelqu'un dehors, peut-être sur le parking. Et, bien entendu, quand il arriva près de sa voiture, la portière d'un véhicule garé trois emplacements plus loin s'ouvrit.

– Hé, Gordon.

C'était McCluskey. Lui aussi en costume sombre.

– Qu'est-ce qui se passe ? demanda Reeve.

– Rien. J'ai simplement pensé que vous auriez peut-être du mal à trouver le... j'ai pensé que vous pourriez me suivre jusque là-bas. Qu'est-ce que vous en dites ?

Que pouvait-il répondre... Je crois que vous mentez ? Je crois que vous mijotez quelque chose ? Et je crois que vous savez que c'est ce que je pense ?

– D'accord, merci, dit Reeve, qui déverrouilla la portière de la Blazer.

Tout en conduisant, il souriait. Ils avaient pris position devant lui pour le filer, ils le filaient avec sa permission. Cela ne le gênait pas, pourquoi cela l'aurait-il gêné ? Pour le moment, il n'avait pratiquement plus rien à faire ici. Il avait besoin de prendre de la distance. Un bon soldat aurait parlé de distance de sécurité. C'était une manœuvre parfaite : agir comme si on battait en retraite alors qu'on se préparait en réalité à attaquer. Il n'apprendrait pas grand-chose de plus à San Diego sans se compromettre complètement. Le moment de lever le camp était venu. Il avait reçu une bonne formation, dans les Forces spéciales, une formation susceptible de lui servir pendant toute sa vie ; et comme disait ce vieux Nietzsche, on ne sert pas bien son maître si on reste un élève.

Quelqu'un, quelque part, avait un jour qualifié les membres du SAS de « gentlemen de Nietzsche ». Ce n'était pas exact : dans les Forces spéciales, on dépend d'autrui aussi complètement que de soi-même. On travaille en équipe réduite et il faut faire confiance aux aptitudes des autres. On partage la charge de travail. Ce qui, en réalité, rend plus anarchiste. Dans les Forces spéciales, on est moins strict sur les grades que dans les autres régiments, on appelle les officiers par leur prénom. Il y règne un esprit de communauté ainsi qu'une conscience de la valeur individuelle. Reeve examinait toujours les solutions dont il disposait. Il pouvait travailler seul, ou bien il y avait des gens à qui il pouvait téléphoner. Des gens qu'il n'appellerait qu'en cas d'urgence, comme eux-mêmes étaient sûrs de pouvoir l'appeler.

Il savait qu'il aurait dû penser à Jim, mais il avait beaucoup pensé à Jim pendant ces derniers jours et ne voyait pas en quoi une ou deux heures de plus changeraient quelque chose. Il n'était pas parvenu à se détacher de la réalité de la situation – son frère était mort, avait peut-être été assassiné, était très vraisemblablement au centre d'une affaire qu'on tentait d'étouffer –, mais l'avait au contraire si complètement acceptée qu'il se sentait désormais libre de penser à d'autres choses. Monsieur Rationaliste Froid en personne. Il espéra qu'il resterait calme pendant la crémation. Il espéra qu'il n'arracherait pas les yeux de McCluskey avec ses pouces.

La cérémonie fut brève. L'homme qui se tenait derrière le pupitre – Reeve ne sut jamais si c'était un prêtre, un représentant de l'Église ou un employé du funérarium – ignorait tout de James Reeve et ne tenta pas de le cacher. Comme il l'expliqua à Gordon, peut-être aurait-il été plus précis s'il avait eu plus de temps pour se préparer. Compte tenu de la situation, ce fut convenable et simple. Il aurait pu parler de n'importe qui.

Il y avait un cercueil – pas celui que Reeve avait vu au funérarium, un modèle moins onéreux, moins luisant et comportant moins de bronze. Il y avait, dans la chapelle, des fleurs fraîches dont Reeve ignorait le nom. Joan l'aurait su... en anglais et en latin. Il fut heureux qu'elle soit restée avec Allan. Si elle était venue, il ne se serait pas intéressé d'aussi près aux circonstances de la mort de son frère, n'aurait pas fait la connaissance d'Eddie Cantona. Il aurait signé les documents permettant la restitution du corps, l'aurait ramené au pays et aurait repris sa vie, essayant de temps en temps de se souvenir de deux frères jouant ensemble.

Il n'y avait que McCluskey et lui, dans la chapelle, ainsi qu'une femme, au fond, sans doute une habituée. Puis l'homme debout derrière le pupitre prononça les mots, et quelqu'un, en coulisse, s'occupa de la musique douce, puis le petit rideau à commande électrique se ferma sur le cercueil. Le bourdonnement du tapis roulant fut à peine audible.

McCluskey posa une main légère sur le bras de Reeve tandis qu'ils remontaient l'allée ; un geste intime, comme s'ils venaient de se marier. La femme, depuis son prie-Dieu, leur sourit. Elle resta à sa place, attendant apparemment la cérémonie suivante. Dehors, les gens arrivaient déjà.

– Ça va ? demanda McCluskey.

– Parfaitement bien, répondit Reeve, qui ravala une douleur soudaine au niveau de la pomme d'Adam.

Il faillit hoqueter, mais s'éclaircit la gorge et se moucha.

– Dommage que Cantona n'ait pas pu venir, ajouta-t-il.

– Il devrait sortir dans la journée. On dégrise complètement les ivrognes avant de les laisser retourner dans leurs bars.

– Vous l'avez vu ?

– Non.

– Il n'était pas ivre. Il n'avait pas bu une goutte d'alcool.

– Ce n'est pas ce que montre l'analyse de sang.

Reeve se moucha une nouvelle fois. Il faillit dire : pourquoi cela ne me surprend-il pas ? Mais il dit :

– Partons.

– Vous avez envie de boire un verre ? Vous en avez le temps ?

– Je crains que vous ne m'arrêtiez pour conduite en état d'ivresse.

– Jamais je ne ferais ça, répondit McCluskey, souriant, pas à un touriste. Où allons-nous maintenant ? À l'aéroport ?

Reeve jeta un coup d'œil sur sa montre.

– Je suppose.

– Je vous accompagne. On pourra peut-être boire un verre là-bas.

– Pourquoi pas ? dit Reeve, même s'il n'en avait pas la moindre envie.

Ils regagnèrent leurs voitures. D'autres véhicules entraient sur le parking, dont deux grosses limousines noires abritant la famille du client suivant du crématorium. D'autres voitures étaient arrivées en avance et leurs occupants attendaient avant de descendre. C'était apparemment un élément de l'étiquette : les proches devaient entrer les premiers. Reeve croisa presque le regard d'un des arrivants, assis dans sa voiture, les mains sur le volant. Mais l'homme avait tourné la tête une seconde avant.

Il était sur l'autoroute et suivait McCluskey quand il comprit qui l'homme lui avait rappelé. Il faillit perdre le contrôle de la Blazer et freina brutalement. Un pick-up, derrière lui, klaxonna et il accéléra à nouveau.

Un fantôme. Il se dit qu'il avait vu un fantôme. C'était un jour comme ça.

Au comptoir d'embarquement, Reeve se débarrassa de son sac. Il avait quelques petits objets appartenant à Jim mais, pour l'essentiel, n'emportait pratiquement rien qu'il n'eût apporté. Le cerf-volant d'Allan était à l'abri entre des chemises. Peut-être pourrait-il acheter du parfum, dans l'avion, à l'intention de Joan. Même si elle ne se parfumait pas.

McCluskey suggérait qu'ils boivent le verre prévu quand son bip sonna. Il gagna une cabine et appela le poste de police. Quand il revint, il paraissait contrarié.

– Il faut que j'y aille, Gordon, désolé.

– Ce n'est pas votre faute.

McCluskey tendit la main, que Reeve se sentit obligé de serrer. McCluskey perçut que cette poignée de main était différente de la première. Reeve n'y mit rien.

– Eh bien, dit le détective, bon retour. Revenez nous voir un de ces jours.

– C'est ça, répondit Reeve, qui lui tourna le dos.

Il repéra sa porte d'embarquement sur le tableau d'affichage et s'y rendit. McCluskey attendit qu'il ait disparu, puis resta une ou deux minutes supplémentaires. Reeve l'inquiétait. Il ne croyait pas que Reeve sût beaucoup de choses, mais il savait que quelque chose ne collait pas. Et, maintenant, il était au courant d'Agrippa. McCluskey avait envisagé de dire à Kosigin que Reeve connaissait désormais ce mot, mais cela l'aurait contraint à reconnaître que le morceau de papier lui avait échappé quand il avait fouillé le corps. Kosigin n'appréciait pas les erreurs. McCluskey avait l'intention de garder ça pour lui.

Jay était appuyé contre la voiture de McCluskey comme s'il possédait non seulement le véhicule mais aussi le parking et peut-être toute la ville.

– Si tu érafles la peinture, je tue toute ta famille.

– Toute ma famille est morte, dit Jay, qui se redressa.

McCluskey déverrouilla sa portière mais ne l'ouvrit pas. Il plissa les paupières, dans la lumière aveuglante, quand un avion s'éleva dans le ciel bleu.

– Tu crois qu'on ne le reverra pas ? demanda McCluskey. Je l'espère, nom de Dieu. Il ne me plaisait pas. Et je ne crois pas que je lui plaisais. Ce connard m'a fait perdre beaucoup de temps.

– Je suis sûr que M. Kosigin est reconnaissant. Tu auras peut-être une prime ce mois-ci.

Le sourire insolent de Jay déplut à McCluskey. Mais sa réputation ne lui plaisait pas davantage. Il ouvrit sa portière.

– Tu n'as pas répondu à ma question.

– Je n'écoutais pas.

– Je t'ai demandé si tu croyais qu'on ne le reverrait pas.

Jay eut un sourire ironique.

– Je crois que tu ne le reverras pas.

Il agita quelque chose. McCluskey eut l'impression que c'était un billet d'avion. Jay reprit :

– Kosigin croit que je devrais prendre des vacances, retourner au pays.

Il resta quelques instants silencieux, ajouta :

– Je crois qu'il m'a vu.

– Quoi ?

– Au crématorium, je crois qu'il m'a aperçu de profil. Ce serait plus intéressant si le philosophe avait vu que j'étais là.

McCluskey plissa le front.

– Qu'est-ce que tu racontes ?

Mais Jay se contenta de secouer la tête, sans cesser de sourire, et s'éloigna. Il sifflait quelque chose, un air que le détective reconnut vaguement. Ça le tracassa pendant des jours, mais il ne put l'identifier.

Jeffrey Allerdyce recevait un client dans la salle à manger du dernier étage d'Alliance Investigative, à Washington.

Cela signifiait, en réalité, que les directeurs d'Alliance recevaient tandis qu'Allerdyce regardait, installé dans le fauteuil confortable de son bureau, que deux sous-directeurs (qui ne jouaient par ailleurs aucun autre rôle dans l'affaire) avaient monté au dernier étage.

Allerdyce n'aimait pas recevoir et ne voyait pas pourquoi les sociétés devaient le faire. De son point de vue, si le travail donnait satisfaction à un client, c'était suffisant. Mais comme un directeur et une armée de comptables le lui avaient expliqué, ce n'était pas assez par les temps qui couraient. Les clients avaient besoin de se sentir désirés, chéris, choyés. Le directeur avait eu la témérité d'ajouter qu'ils voulaient se sentir aimés.

Comme si Allerdyce les recevait parce qu'il les appréciait ! Le seul être humain que Jeffrey Allerdyce eût jamais aimé était son père. La liste des gens qu'il avait appréciés au cours de sa longue vie aurait tenu sur une étiquette de courrier. Il aimait les chiens – il en avait deux – et aimait jouer de temps en temps. Il aimait les pâtes avec de la sauce au pesto. Il aimait *The Economist* et le *Wall Street Journal*, mais plus autant qu'autrefois. Il aimait la série télévisée de l'inspecteur Morse et la musique de Richard Wagner. Il était capable de faire un long voyage pour assister à un concert, s'il pouvait s'assurer de la qualité des interprètes.

Il était convaincu que la méfiance et l'aversion que les gens lui inspiraient étaient à l'origine de la réussite de son agence. Mais la réussite avait engendré la nécessité de réussite supplémentaire, et entraîné l'obligation de recevoir les clients. L'œil attentif, depuis son fauteuil, il regarda les serveurs, qui veillaient à ce que les assiettes restent pleines. Ils avaient reçu pour instruction de ne pas s'occuper de lui. Il communiquerait, en cas de besoin, ses désirs à un directeur et la nourriture lui serait alors apportée.

L'affaire avait été méticuleusement préparée. Chaque directeur était chargé d'un représentant de la société cliente. Il devait distraire cette personne, faire les présentations nécessaires, s'assurer que les verres étaient remplis. Allerdyce ricanait presque de mépris. Un homme chauve vêtu d'un costume luxueux qui faisait, sur lui, l'effet d'un torchon de vaisselle suspendu à son crochet, lampait le champagne. Le lampait, l'engloutissait, en profitait pendant qu'il pouvait. Allerdyce se demanda si quelqu'un savait que c'était du Louis Roederer Cristal 1985, et même s'en souciait. Le champagne des tsars, un vin d'une séduction presque incroyable. Il s'en était accordé un verre, pour s'assurer qu'il était à la bonne température.

Un directeur, théoriquement responsable de « la salle », vint murmurer quelque chose à l'oreille d'Allerdyce. Ce dernier constata avec satisfaction que des membres de la société cliente, y compris le P-DG, jetaient sur leur conciliabule des coups d'œil qui semblaient empreints de peur – et non sans raison. Le P-DG le surnommait J. Edgar dans les coulisses. C'était presque un compliment mais c'était sans doute dit avec une certaine mesure de rire nerveux, défensif. Le surnom était approprié parce que, comme Hoover, Allerdyce avait une soif inextinguible d'informations. Il les thésaurisait, qu'il s'agisse de fragments ou de rapports secrets complets. Comme il était au cœur de Washington, et surtout au cœur des secrets de Washington, Allerdyce avait réuni beaucoup d'informations. Il n'en utilisait concrètement que très peu. Il suffisait qu'il sache, qu'il puisse serrer la main du P-DG, le regarder dans les yeux et lui faire comprendre qu'il savait qu'un prostitué l'attendait dans une suite située à quatre blocs de la Maison Blanche.

Ce fut pour cette raison qu'ils jetèrent des coups d'œil nerveux sur le conciliabule... tous, tous ceux qui avaient des secrets. Alors que le message du directeur était en réalité :

– Dulwater est dehors.

Et la réponse d'Allerdyce :

– J'en ai pour quelques minutes.

Quand il se leva lentement, des pieds avancèrent, démontrant que leurs propriétaires n'étaient que trop prêts à l'aider, en cas de nécessité. Et quand il traversa la salle, les conversations s'égarèrent, s'interrompirent ou se firent plus discrètes. Et quand la porte se fut fermée derrière lui, ils eurent tous envie d'un autre verre.

Dulwater était assis sur un fauteuil près de l'unique ascenseur de l'immeuble qui permettait d'accéder au dernier étage. Le fauteuil était une copie Louis-XIV et semblait sur le point de casser d'un instant à l'autre. Dulwater s'empressa de se lever quand son employeur arriva. Allerdyce appuya sur le bouton d'appel de l'ascenseur et Dulwater eut l'intelligence de garder le silence tant qu'il ne fut pas arrivé, qu'ils n'y furent pas entrés et que les portes ne se furent pas refermées. Allerdyce fit tourner sa clé, tapa un code sur un petit clavier, avec dextérité pour que Dulwater ne puisse pas repérer les chiffres, et recula. Ils commencèrent à descendre en direction du sous-sol.

– Alors ? demanda Allerdyce.

– Je ne sais pas très bien quoi conclure, commença Dulwater.

– Cela n'est pas votre affaire, dit sèchement Allerdyce. Je vous demande simplement votre rapport.

– Bien sûr, répondit Dulwater, qui déglutit.

Il n'y avait rien sur papier – telles étaient les instructions de son employeur – mais il le connaissait de toute façon par cœur, du moins l'espérait-il. Il y avait de la transpiration sur sa lèvre supérieure et il la lécha.

– Kosigin a fait venir un gros bras de Los Angeles, un Anglais. Ils se sont vus deux fois hors de l'immeuble de la CWC : la première dans un café du centre, la deuxième sur les quais. Malgré le micro à longue portée, j'ai eu beaucoup de mal à capter la conversation.

À la façon dont Dulwater parlait, Allerdyce comprit que le jeune homme se demandait pourquoi Alliance espionnait désormais ses employeurs. Il admirait sa curiosité. Mais il savait qu'aucune des réponses qu'il pourrait donner ne serait satisfaisante.

– C'étaient de bons choix, fit Allerdyce, songeur. Un café... les quais... des bruits de fond, d'autres voix...

– Et, sur les quais, ils ont marché. En plus, il y avait les touristes.

– Donc vous m'avez dit ce que vous n'avez pas appris.

Dulwater acquiesça.

– Il y a eu la mort, le suicide apparemment, du journaliste qui enquêtait sur CWC, sur qui on nous avait demandé de nous renseigner. Son frère est venu. Cela semblait inquiéter Kosigin. Vous savez que Kosigin a un détective de la police locale dans la poche ?

– Bien entendu.

– Le flic a filé le frère. Il semblerait qu'il ait demandé des services pratiquement à tous ses collègues.

– Et le gros bras de LA, selon votre expression ?

Dulwater haussa les épaules.

– Je n'ai pas encore obtenu son nom. Je le trouverai.

– Oui, évidemment.

L'ascenseur atteignit le sous-sol, qui abritait le parking. Les limousines des invités étaient proprement alignées, les chauffeurs en livrée blaguant et clopant.

– Il est interdit de fumer dans l'immeuble, aboya Allerdyce avant de laisser les portes se refermer. Il appuya sur le bouton du dernier étage.

– Intéressant, dit-il à Dulwater, sa voix à nouveau un murmure terne.

– Dois-je continuer ?

Allerdyce réfléchit.

– Où est le frère ?

– D'après nos agents, il s'en va aujourd'hui.

– Vous croyez que nous apprendrons encore quelque chose à San Diego, maintenant qu'il est parti ?

Dulwater donna la réponse que, selon lui, son patron attendait :

– Probablement pas, monsieur.

– Probablement pas, répéta Allerdyce, qui tapota ses lèvres minces et sèches du bout des doigts. Ils surveillaient le frère parce qu'ils voyaient en lui une menace. La menace d'être percés à jour. Maintenant qu'il est rentré chez lui, représente-t-il toujours une menace ?

Dulwater fut incapable de répondre.

– Je ne sais pas.

Allerdyce parut satisfait.

– Exactement. Et eux non plus. Compte tenu des circonstances, Kosigin pourrait avoir envie d'obtenir des renseignements sur le frère, plus précis que ceux que nous lui avons fournis.

– On n'a pas trouvé grand-chose sur lui, avoua Dulwater.

– Kosigin est prudent, dit Allerdyce.

C'était une partie de l'attrait de l'homme. Allerdyce n'était pas parvenu à réunir un épais dossier sur Kosigin, même s'il avait compris, en le regardant, en bavardant avec lui, qu'il y avait là des secrets à découvrir. Il représentait un défi.

Et, bien entendu, Kosigin accéderait peut-être un jour à la tête de la CWC. Il en était proche et il était encore très jeune.

– Je ne suis pas chimiste, avait-il dit à Allerdyce comme en confidence et peut-être dans l'espoir d'apaiser la fameuse curiosité d'Allerdyce. Je n'ai pas besoin de l'être pour savoir comment diriger une société. Pour diriger une société j'ai besoin de savoir deux choses : vendre et empêcher mes concurrents de vendre davantage que moi.

Oui, il représentait un défi. C'était pour cette raison qu'Allerdyce s'intéressait à lui, voulait un beau dossier de secrets, bien gras, sur lequel le nom de Kosigin serait indiqué. Kosigin avait commis une erreur en s'adressant une nouvelle fois à Alliance. Allerdyce savait que la CWC disposait d'un service de sécurité. Pourquoi Kosigin n'y avait-il pas recouru ? Pourquoi avait-il fait filer le journaliste anglais par une société extérieure ? Allerdyce avait un début de réponse : Kosigin avait quelque chose à cacher à ses supérieurs. Et, bien entendu, Alliance avait déjà travaillé une fois pour lui. Allerdyce savait maintenant que les deux affaires étaient liées, même s'il ne savait pas comment.

L'ascenseur arriva au dernier étage. Tandis que Dulwater tenait les portes, Allerdyce appuya sur le bouton du hall d'entrée. Puis il en sortit, laissant à l'intérieur le jeune homme qui tenait toujours les portes, attendait des instructions.

– Ceci m'intrigue, dit Allerdyce. Votre passeport est-il valide ?

– Oui, monsieur, répondit Dulwater.

– Dans ce cas, venez dans mon bureau demain matin à sept heures. Nous parlerons.

– Bien, monsieur, répondit Dulwater, qui lâcha les portes.

Allerdyce reprit la direction de la salle à manger mais n'y entra pas immédiatement. Il colla l'oreille au battant comme, lorsqu'il était enfant, il se levait, descendait à pas de loup, écoutait à la porte du salon ou à celle du bureau de son père. Guettait les secrets, les choses qu'on ne pouvait dire devant lui. C'était alors qu'il était le plus heureux... Quand personne ne savait qu'il était là.

Troisième partie

GRANDES LIGNES

8

Londres lui parut tout aussi étranger que San Diego.

Il s'aperçut, à Heathrow, qu'il appliquait les procédures de détection de filature. Après avoir déposé son unique sac de voyage à la consigne, il descendit dans la station de métro et arpenta le quai, observa, attendit. Il avait de bonnes raisons de ne pas aller à Londres en voiture, des raisons faciles à comprendre : il n'y resterait pas longtemps ; sa destination était proche d'une station de métro ; il aurait fallu qu'il soit fou pour conduire dans Londres alors qu'il souffrait du décalage horaire. Mais il voulait également savoir s'il était suivi et il était plus facile de le déterminer à pied.

Quand la rame arriva, il y monta, puis en descendit, surveilla le quai à droite et à gauche. Ensuite, il remonta à bord au moment où les portes se fermaient. Les autres passagers le dévisagèrent comme s'il était fou. Peut-être l'était-il. Il regarda par la vitre. Il n'y avait personne sur le quai. Personne ne le filait.

Il s'était comporté de la même façon dans l'avion. Ses compagnons avaient dû le croire dérangé compte tenu du nombre de fois où il avait parcouru les allées pour se rendre aux toilettes ou pour demander aux hôtesses des boissons dont il n'avait pas envie. Il pouvait, ainsi, étudier les passagers.

Il était maintenant en route pour Londres et avait, dans la poche, des clés qu'il avait prises dans la chambre de motel de son frère. La rame suivait la Piccadilly Line et le conduirait jusqu'à Finsbury Park. Mais il descendit deux stations avant, à Holloway Road, ne se hâta pas pour trouver un taxi, puis regarda par la lunette arrière pendant que le chauffeur lui parlait football. Il lui demanda de passer devant chez Jim et de le déposer au carrefour suivant.

La rue était tranquille. Il était neuf heures et demie du matin. Les gens étaient partis travailler. Des voitures étaient garées le long d'un trottoir et il regarda à l'intérieur de chacune d'elles en passant. Plus loin, des ouvriers creusaient une tranchée. Ils riaient et échangeaient des grossièretés avec l'accent irlandais.

Il les considéra comme négligeables, mais se reprit. Personne ne peut être entièrement considéré comme négligeable. Le mendiant manchot cachait peut-être un Uzi dans sa manche. Une poussette innocente pouvait contenir une bombe. Ne considérer rien ni personne comme négligeable. Il resterait conscient de leur présence, même s'ils ne constituaient pas une priorité.

Il connaissait l'appartement, situé dans une maison de trois étages qui se trouvait presque au carrefour de Ferme Park Road et d'où l'on voyait presque Alexandra Palace. Jim s'était moqué de cela, quand il avait acheté l'appartement.

– L'agent immobilier m'a dit, dans son boniment... qu'on voyait presque Ally Pally ! Comme si c'était mieux que de s'en trouver à cinq kilomètres ! Ces salauds transforment n'importe quoi en argument de vente. Si le toit fuyait, ils diraient que c'est une sécurité en cas d'incendie.

Reeve glissa une clé dans la serrure du verrou, mais il était ouvert. Il fit donc jouer la serrure et la porte s'ouvrit. L'appartement sur jardin disposait d'une porte indépendante, au pied d'une demi-douzaine de marches, mais on accédait au rez-de-chaussée et aux étages par la porte principale. Dans l'entrée, il y avait deux portes. L'appartement de Jim se trouvait au rez-de-chaussée.

– C'était probablement une jolie maison familiale, autrefois, avait-il dit à Gordon en lui faisant visiter les lieux. Avant que les cow-boys ne débarquent et la divisent.

Il lui avait montré comment on avait cloisonné un grand salon, sur l'arrière, pour en faire une cuisine et une chambre. La salle de bains avait été partiellement prise sur l'entrée et l'architecte de l'appartement y avait aussi maladroitement ajouté une partie de ce qui restait du séjour.

– C'est laid, tu vois, avait dit Jim. Les proportions sont mauvaises, les plafonds trop hauts. C'est comme placer des boîtes à chaussures verticalement.

– Pourquoi l'as-tu acheté ?

Jim lui avait adressé un clin d'œil.

– C'est un investissement, Gordie.

Puis ils avaient ouvert la porte de derrière afin que Jim puisse lui montrer que le prétendu « appartement sur jardin » n'avait pas de jardin, seulement un patio bétonné.

– En plus, avait ajouté Jim, ce quartier est branché. Des popstars et des DJs habitent ici. On les voit dans la grande rue, où ils mangent dans un restaurant grec en attendant que quelqu'un les reconnaisse.

– Et qu'est-ce que tu fais ? avait demandé Reeve.

– Moi ? avait répondu son frère avec un sourire ironique qui l'avait rajeuni de plusieurs années. Je me plante devant eux et je leur demande si je peux réserver une table pour dîner.

– Bon sang, Jim, souffla Reeve en ouvrant la porte de l'appartement.

Il y avait du bruit à l'intérieur. Instinctivement, il s'accroupit. Il ne put identifier les bruits... des voix, peut-être. Était-il possible qu'elles viennent de l'appartement du dessus, ou de celui du dessous ? Il ne le croyait pas. Puis il se souvint du hall d'entrée. Il n'y avait pas de courrier attendant le retour de Jim. Jim était parti depuis relativement longtemps ; il aurait dû y avoir du courrier.

Il examina le petit couloir dans lequel il se trouvait : pas de cachette, pas d'arme disponible. Le plancher semblait solide, mais il ferait peut-être du bruit quand il s'y engagerait. Il resta d'un côté, contre le mur. C'est généralement à cet endroit que les planchers sont plus résistants, ils ne font pas autant de bruit. Il ferma les poings. De l'eau, des tintements d'assiette... et une radio, des voix à la radio. C'étaient des bruits ordinaires, mais il ne serait pas négligent. Attirer quelqu'un grâce au bruit était une ruse facile. Il se souvint d'une phrase de Nietzsche : brise leurs oreilles et apprends-leur à entendre avec leurs yeux. C'était un bon conseil.

La porte de la cuisine était entrouverte, comme l'étaient les autres. Le séjour semblait vide, mieux rangé que dans son souvenir. La salle de bains était dans le noir. Il ne pouvait voir l'intérieur de la chambre. Il gagna la porte de la cuisine et regarda par l'entrebâillement. Une femme se tenait devant l'évier. Elle lui tournait le dos. Elle était maigre, de haute taille, avait des cheveux blonds qui bouclaient sur la nuque. Elle était seule, faisait la vaisselle du petit déjeuner. Il décida de jeter un coup d'œil dans les autres pièces mais, quand il recula, il posa le pied sur une lame de parquet qui fléchit et grinça sous son poids. Elle se retourna et leurs regards se rencontrèrent.

Puis elle se mit à hurler.

Il poussa la porte de la cuisine, les mains devant lui en signe de capitulation.

– Tout va bien, dit-il. Je regrette de vous avoir fait peur...

Elle n'écoutait pas. Elle avait sorti les mains de l'eau et se dirigeait vers lui. Des gouttes d'eau savonneuse tombèrent de sa main droite quand elle la leva et il vit qu'elle avait un couteau à pain. Son visage était rouge sous l'effet de la colère, pas pâle sous l'effet de la peur, et ses hurlements attireraient les voisins s'ils pouvaient les entendre malgré le bruit du chantier.

Il attendit qu'elle se jette sur lui. Quand elle attaquerait, il se défendrait. Elle s'immobilisa brusquement, baissa le couteau, changea sa prise sur le manche afin de pouvoir frapper de haut en bas.

Quand elle cessa une seconde de hurler, pour reprendre son souffle, il parla aussi vite que possible :

– Je suis le frère de Jim. Gordon Reeve. On se ressemble. Il vous a peut-être parlé de moi. Gordon Reeve. Je vis en Écosse. Je suis le frère de Jim.

Il secoua les clés et ajouta :

– Ses clés. Je suis son frère.

Pendant tout ce temps, ses yeux allèrent sans cesse d'elle au couteau et il recula dans le couloir tandis qu'elle avançait. Il espérait qu'il se faisait comprendre.

– Son frère ? dit-elle enfin.

Reeve acquiesça mais garda le silence. Il fallait qu'elle assimile d'abord. Concept par concept. Elle était chargée d'adrénaline et ses instincts de survie avaient pris le dessus. Il y avait la peur aussi, probablement... mais elle ne voulait pas qu'il la perçoive. Et, derrière tout ça, il y avait le choc, qui attendait l'occasion de participer aux réjouissances.

– Son frère ? répéta-t-elle comme si c'était une phrase dans une langue nouvelle qu'elle commençait juste d'apprendre.

Il acquiesça une nouvelle fois.

– Pourquoi n'avez-vous pas sonné ?

– Je ne savais pas qu'il y aurait quelqu'un.

– Pourquoi n'avez-vous pas appelé ? Vous êtes arrivé en douce, vous m'espionniez.

– Je croyais que l'appartement serait vide. Je vous ai prise pour un intrus.

– Moi ?

Elle trouva cela drôle, mais ne baissa pas le couteau.

– Jim ne vous a pas averti ?

– Non, répondit-il.

– Mais vous me dites qu'il vous a donné ses clés. Il vous a donné ses clés et ne vous a pas dit que je vivais ici ?

Reeve secoua la tête.

– La raison de ma présence ici, dit-il d'une voix contenue, se demandant quel effet la nouvelle produirait sur elle, est la mort de Jim. Il est mort à San Diego. Je rentre des funérailles.

San Diego provoqua apparemment un déclic chez elle.

– Quoi ? dit-elle, consternée.

Il ne répéta rien. Il était désormais confronté à de la porcelaine ; de la porcelaine brandissant un couteau, mais néanmoins fragile.

– Je sors, dit-il. Je vais m'asseoir dehors. Vous pouvez appeler la police ou appeler ma femme, vérifier mon identité. Faites ce que vous voulez. J'attendrai dehors, d'accord ?

Il était maintenant près de la porte. Un instant dangereux : il faudrait qu'il lui tourne partiellement le dos pour manœuvrer la poignée, lui fournissant ainsi la possibilité d'attaquer. Mais elle resta immobile. Elle évoquait une statue redoutable quand il tira le battant.

Il resta dix minutes assis dans le hall d'entrée. Puis la porte s'ouvrit et elle regarda dehors. Elle n'avait pas le couteau.

– J'ai fait du thé, dit-elle. Vous devriez entrer.

Elle s'appelait Fliss Hornby et était une ancienne collègue de Jim... c'est-à-dire qu'elle travaillait toujours au journal dont il avait démissionné.

– Il n'a pas vraiment démissionné, expliqua-t-elle à Reeve. Enfin, il a effectivement démissionné, puis il a changé d'avis. Mais Giles Gulliver avait accepté sa démission et n'a pas voulu revenir sur sa décision.

– J'avais un ami dans la police à qui c'est arrivé, dit Reeve.

– Jim était furieux, mais Giles a dit que c'était pour son bien. Je pense qu'il le croyait vraiment. Il savait que Jim avait intérêt à être indépendant. Pas financièrement, mais ses papiers ne seraient pas aussi souvent trafiqués. Il serait plus libre d'écrire ce qui lui ferait envie. Et, pour le prouver, il a commandé deux articles à Jim et en a pris quelques autres, qui ont été publiés dans les pages intérieures.

Ils déjeunaient dans un restaurant indien de Tottenham Lane. Il y avait un buffet à l'intention des hommes d'affaires : plats en argent couverts, flammes bleues dessous. Mais ils se contentaient de regarder leur nourriture, la déplaçaient avec leur fourchette, ne mangeaient pas vraiment. Ils avaient seulement besoin d'être hors de l'appartement.

Reeve avait parlé de la mort de Jim à Fliss Hornby. Il avait eu l'intention de rester simple, de mentir en cas de besoin, mais toute l'histoire avait jailli, laissant un goût de bile dans sa gorge, comme s'il venait de dégueuler.

Elle savait écouter. Elle avait écouté à travers ses larmes et ne s'était levée qu'une fois, pour aller chercher une boîte de mouchoirs en papier dans la chambre. Puis elle avait raconté à son tour qu'elle avait rencontré Jim et des tas de journalistes, un soir, à Whitehall. Elle lui avait dit qu'elle n'allait pas bien, que son petit ami était devenu son ex-petit ami et menaçait de l'agresser physiquement.

– Enfin, dit-elle à Gordon, je suis capable de me défendre...

– J'ai remarqué.

– Mais c'était davantage l'atmosphère. Elle exerçait une influence néfaste sur mon travail. Jim a dit qu'il partait pour un mois et m'a proposé de surveiller son appartement. Lance en aurait peut-être assez de frapper à la porte d'un logement vide de Camden. Et, pendant ce temps, je pourrais faire le point.

– Lance, c'est le petit ami ?

– Ex-petit ami. Bon sang, petit ami... il a plus de quarante ans.

Fliss Hornby, en revanche, avait un peu moins de trente ans. Elle avait été mariée, mais n'en parlait pas. Tout le monde a droit à une erreur. Le problème était qu'elle commettait toujours la même erreur.

Ils avaient éclusé une bouteille de vin blanc. Enfin, Fliss l'avait fait ; Reeve n'en avait bu qu'un verre, et plusieurs d'eau glacée.

Elle prit une profonde inspiration, inclina la tête d'un côté et de l'autre, les yeux fermés. Puis elle s'appuya contre le dossier de sa chaise et rouvrit les yeux.

– Qu'est-ce que vous allez faire ? demanda-t-elle.

– Je ne sais pas au juste. J'envisageais de fouiller l'appartement.

– Bonne idée. Jim a mis toutes ses affaires dans le placard de l'entrée et il y a deux valises sous le lit.

Elle vit l'expression de son visage, demanda :

– Voulez-vous que je le fasse ?

Reeve secoua la tête.

– Il ne vous a pas dit pourquoi il allait aux États-Unis.

– Il était toujours discret sur ses enquêtes, surtout au début. Il ne voulait pas qu'on lui pique ses idées. Il n'avait pas tort. Les journalistes n'ont pas d'amis... on est soit un informateur soit un concurrent.

– Je suis un concurrent ?

Elle haussa les épaules, répondit :

– S'il y a un article...

Reeve hocha la tête.

– Cela aurait plu à Jim. Il aurait voulu que l'enquête soit menée à son terme.

– À supposer qu'on puisse la reprendre. Pas de dossiers, pas de notes...

– Peut-être dans l'appartement.

Elle but le reste du vin.

– Qu'est-ce qu'on attend ?

Reeve tenta d'imaginer qu'on puisse menacer Fliss Hornby. Il se vit attaquer la personne qui la menacerait. Ce n'était pas difficile. Il connaissait les points sur lesquels il fallait appuyer, les angles de torsion, des souffrances en attente d'exploration. Il était capable de lever les filets d'un homme comme un chef cuisinier d'une sole. Il était capable de le contraindre à réciter le Notre Père à l'envers tout en mangeant des graviers et du sable. Il était capable de briser les gens.

C'étaient des pensées que les psychiatres lui conseillaient d'éviter. En général, elles apparaissaient quand il avait bu. Mais il n'avait pas bu et, pourtant, elles étaient là.

En plus, il en tirait du plaisir, savourait la possibilité de la souffrance – celle des autres ; peut-être même la sienne –, et ces sensations suscitaient en lui l'impression d'être vivant. Il n'avait probablement jamais été plus vivant qu'au moment où il était obsédé par la peur et la fuite, à la fin de l'Opération Stalwart. Jamais plus vivant que lorsqu'il était si proche de la mort.

Il téléphona à Joan depuis l'appartement, lui expliqua ce qui se passait. Fliss Hornby vidait le placard, disposait son contenu sur le parquet de telle façon qu'il serait possible de l'examiner méthodiquement. Reeve la regardait par la porte ouverte du séjour. Joan dit qu'Allan aurait voulu que son père rentre. Elle lui raconta qu'il y avait eu des clients potentiels, deux en deux occasions distinctes. Il lui avait demandé précédemment d'annuler le stage du week-end.

– Des coups de téléphone ? demanda-t-il.

– Non, ce sont des gens qui sont venus.

– Je t'ai demandé s'il y avait eu des coups de téléphone.

– Aucun qui m'ait posé des problèmes.

– D'accord.

– Tu sembles tendu.

Il n'avait pas encore dit à Joan ce qu'il venait de raconter à une inconnue.

– Tu sais, j'ai des tas de choses à régler...

– Je peux descendre.

– Non, reste avec Allan. Je rentrerai bientôt.

– Promis ?

– Promis, au revoir Joan.

Quand il regagna l'entrée, le placard était à moitié vide.

– Jetez un coup d'œil là-dessus, dit Fliss, pendant que je sors le reste.

– Sûr, fit Reeve, qui ajouta : vous ne devriez pas être en train de travailler ?

Elle sourit :

– Je suis peut-être en train de travailler.

Une heure plus tard, ils avaient examiné le contenu du placard et n'avaient rien trouvé de pertinent. Fliss Hornby n'avait éclaté en sanglots qu'une fois. Reeve avait jugé préférable de ne pas en tenir compte. En outre, il était concentré sur leur tâche. Ils burent de la tisane et gagnèrent la chambre. À un moment donné, Reeve ne put déterminer quand Fliss avait rangé la pièce. En arrivant, quand il l'avait aperçue, il y avait des vêtements sur le lit, des livres et des revues sur le plancher. Maintenant, tout était caché.

Elle sortit deux valises de sous le lit et en posa une dessus. Elle n'était pas fermée à clé. Elle contenait des vêtements. Reeve en reconnut quelques-uns : une chemise à rayures voyante, deux cravates, un maillot de l'équipe de rugby d'Écosse, distendu comme le sont tous les maillots de rugby après le premier lavage. La deuxième valise contenait des archives.

Ils consacrèrent beaucoup de temps à feuilleter les dossiers, les liasses d'articles maintenues par des trombones, un fichier. Puis Fliss trouva une demi-douzaine de disquettes et les montra à Reeve.

– Je vais peut-être pouvoir les lire.

Son ordinateur était sur le bureau du séjour. Reeve regarda la bibliothèque tandis qu'elle le lançait.

– Ils sont à vous ? demanda-t-il.

– Non, ils sont presque tous à Jim. Je n'ai pratiquement rien apporté de chez moi, seulement ce que je ne voulais pas risquer de me faire voler.

Il y avait des ouvrages de philosophie. Reeve en prit un. *Enquête sur les principes de la morale*, de David Hume. Il le feuilleta, constata que, sur une page, un passage avait été surligné. Il le connaissait, mais le lut tout de même.

Un homme conduit au bord d'un précipice ne peut le regarder sans trembler.

Il avait parlé philosophie à Jim à l'occasion de quelques-unes de leurs rencontres. Il avait cité Hume, précisément ce passage, l'avait comparé à Nietzsche : *Quand on regarde l'abîme, on est regardé par l'abîme*. Plus mélodramatique que Hume, probablement moins concret... mais beaucoup plus évocateur. Jim écoutait. Il avait semblé s'ennuyer, mais avait écouté et même acheté certains livres. Surtout, il les avait lus.

Fliss Hornby chargeait la première disquette. Elle contenait de la correspondance. Ils lurent quelques lettres.

– Ça fait un drôle d'effet, dit-elle à un moment donné. Enfin, je me demande si on peut vraiment faire ça. C'est presque une profanation.

Les autres disquettes contenaient des articles sur lesquels Jim Reeve avait travaillé à un moment ou un autre. Reeve fut heureux de la présence de Fliss ; elle lui permettait de gagner du temps.

– Giles a publié celui-ci, dit-elle à propos d'un article. Celui-ci a paru, sans signature, dans *Private Eye* ou *Time Out*. Celui-ci, je ne l'ai pas vu, mais il semble qu'il l'ait conduit à une impasse.

– Nous cherchons une société spécialisée dans la chimie, la Co-World Chemicals, dont le siège se trouve à San Diego.

– Je sais. Vous me l'avez dit.

Sa voix exprimait de l'impatience. Elle inséra une autre disquette. 1993 était indiqué dessus et elle ne contenait que de vieux textes. Les autres disquettes ne furent pas plus utiles.

– Rien qui soit en cours d'élaboration, dit-elle. Il a probablement emporté les disquettes de ce sur quoi il travaillait avec son portable.

Reeve se souvint qu'elle avait dit que les journalistes n'avaient que des informateurs et des concurrents.

– De toute façon, il n'aurait pas laissé ses notes ici, affirma-t-il. Pas avec une journaliste sur les lieux.

– Dans ce cas, où les aurait-il mises ?

– Elles peuvent être n'importe où. Chez une petite amie, un copain de beuverie...

– Chez son ex-épouse ?

Reeve secoua la tête.

– Elle a disparu il y a quelque temps, a probablement quitté le pays. Jim faisait cet effet aux femmes.

Il avait tenté de la contacter, afin de lui annoncer la nouvelle. Mais ça ne l'aurait sûrement pas intéressée ; et il n'avait pas essayé très assidûment de la joindre.

Reeve se souvint de quelque chose.

– On cherche aussi un nom : Agrippa.

– Agrippa ? C'est du classique, n'est-ce pas ?

Fliss glissa un CD dans le lecteur du portable.

– Une encyclopédie, expliqua-t-elle en tapant « Agrippa » dans la fenêtre de recherche.

L'ordinateur proposa dix articles, le mot apparaissant vingt fois. Ils les parcoururent sans parvenir à découvrir ce que signifiait Agrippa pour Jim. Fliss consulta quelques ouvrages de référence, ne trouva qu'un « Agrippa » de plus dans l'*Oxford Companion to English Literature.*

– Impasse, dit-elle en fermant brutalement le dernier livre.

– Et le courrier ? demanda Reeve. A-t-il reçu des lettres depuis son départ ?

– Plein. Il m'a dit qu'il me téléphonerait et me donnerait une adresse où je pourrais les renvoyer, mais il ne l'a pas fait. On a parlé pour la dernière fois le jour où il m'a donné les clés.

– Où est le courrier ?

Il se trouvait dans le placard situé au-dessus de l'évier de la cuisine, formant une pile instable. Fliss l'apporta sur la table de la cuisine tandis que Reeve faisait de la place, poussait les tasses, le sucrier et la bouteille de lait. Il n'entendait plus le marteau piqueur. Il jeta un coup d'œil sur sa montre, constata avec étonnement qu'il était presque dix-sept heures… l'essentiel de la journée était passé, consacré à des recherches qui n'avaient rien apporté d'utile.

Le courrier semblait tout aussi dénué d'inspiration. Pour la plupart, c'était de la publicité.

– J'aurais pu le mettre à la poubelle, dit Fliss. Mais quand je rentre de voyage, j'aime trouver une grosse pile de courrier. J'ai l'impression qu'on s'intéresse à moi.

– On s'intéressait à Jim, pas de problème. Les sociétés de double vitrage, les catalogues de vêtements, les concours de pronostics sur les matches de football et pratiquement tous les fonds de placement existants s'intéressaient à lui.

Il y avait une carte postale du Pays de Galles. Reeve déchiffra les pattes de mouche de l'écriture, la donna à Fliss.

– Qui est Charlotte ?

– Je crois qu'il est venu une fois au pub avec elle.

– Et ses petites amies ? Quelqu'un est venu le voir ici ? Quelqu'un a téléphoné ?

Elle secoua la tête.

– Seulement Charlotte. Elle a appelé un soir. Il ne lui avait apparemment pas dit qu'il partait pour les États-Unis. Je crois qu'ils devaient aller ensemble au Pays de Galles.

Reeve réfléchit.

– Donc, soit c'était un salaud sans cœur qui lui faisait comprendre qu'il la larguait…

– Soit ?

– Soit il a reçu soudain des nouvelles des États-Unis. Quand vous a-t-il dit que vous pouviez vous installer ici ?

– La veille de son départ.

– Il a fourré toutes ses affaires dans le placard et dans les valises qui étaient sous le lit, puis il est parti.

Reeve mordilla sa lèvre inférieure et ajouta :

– Il a peut-être appris qu'ils étaient sur le point de mettre le scientifique à l'abri.

– Le scientifique ?

– Le docteur Killin. Il travaillait à la CWC. Jim lui a rendu visite. Quand il est retourné chez lui, Killin était parti en vacances et sa maison était surveillée.

– J'ai l'impression qu'il n'a su qu'au dernier moment, pour son départ. Il s'est plaint du prix du billet d'avion. Il n'était pas dégriffé. Qu'est-ce qu'il y a ?

Reeve examinait une enveloppe. Il la retourna.

– C'est l'écriture de Jim.

– Quoi ?

Elle regarda l'enveloppe.

– C'est bien son écriture. Postée à Londres la veille de son départ.

Il leva l'enveloppe dans la lumière, la secoua, pressa son contenu entre le pouce et l'index, reprit :

– Elle ne contient pas que du papier.

Il sépara les deux rabats collés. Pour sa part, jamais il n'utiliserait des enveloppes autocollantes : il est trop facile de les ouvrir. Il sortit une feuille de papier A4 pliée en quatre. Une petite clé tomba sur la table. Tandis que Fliss prenait la clé, Reeve déplia la feuille. L'écriture était un griffonnage d'ivrogne.

« Nouvelle adresse de Pete : 5, Harrington Lane. »

Il la montra à Fliss.

– Qu'est-ce que vous en dites ?

Elle alla chercher le plan de Londres. Il n'y avait qu'une Harrington Lane... en haut de Holloway Road, près d'Archway.

– Ce n'est pas très loin, dit Fliss.

Sa voiture était en réparation dans un garage de Crouch End et ils appelèrent un taxi.

– Ouais, fit Pete Cavendish, comme disait Jim, on n'est jamais trop prudent. Et puis j'avais vidé le garage, vendu ma voiture et ma moto. Je suis devenu écolo, voyez. Je roule à bicyclette. À mon avis, tout le monde devrait en faire autant.

Il avait un peu moins de trente ans, était photographe. Jim Reeve lui avait fourni du travail, à l'occasion, et Pete avait accepté sans hésitation quand Jim lui avait demandé un service.

Reeve n'avait pas pensé à la voiture de son frère. Il avait imaginé qu'elle se trouvait dans un parking longue durée proche de Heathrow... et, de son point de vue, elle pouvait y rester.

Cavendish mit les choses au point.

– Ces endroits coûtent une fortune. Non, il s'est dit que c'était la meilleure solution.

Ils quittèrent le 5, Harrington Lane, au cœur d'une cité ouvrière, pour le garage dont Pete Cavendish était propriétaire. Ils étaient sortis par la porte de derrière, avaient traversé ce qui avait peut-être été le jardin, franchi une barrière que Cavendish avait pris soin de verrouiller à nouveau, après leur passage, grâce à un cadenas, et se trouvaient dans une ruelle située entre deux rangées de maisons dont les jardins se faisaient face. C'était devenu une décharge où l'on trouvait de tout, des emballages de chips aux matelas et aux canapés. On avait mis le feu à un canapé, qui était calciné, laissait voir ses ressorts et des restes de rembourrage. Il faisait presque nuit mais la ruelle disposait encore d'un lampadaire en état de marche. Cavendish avait pris une lampe torche.

– Je crois qu'il a fait ça, dit Cavendish à propos de la lettre que Jim s'était adressée, parce qu'il était bourré et qu'il n'était jamais venu dans ma nouvelle crèche. Il a sûrement cru qu'il oublierait cette connerie d'adresse, ne pourrait pas me retrouver, ni sa vieille caisse. Voyez, Jim avait plus ou moins un cerveau de dinosaure... il y en avait toujours une petite partie qui fonctionnait, même quand il avait bu. C'était sa conscience antique.

Une cigarette roulée main était fichée dans un coin de la bouche de Cavendish. Il avait un catogan et des joues grises, parcheminées. Les trous de son jean n'étaient pas là par dessein et le talon d'une de ses chaussures de sport était décollé. Reeve avait vu des boîtes de bière sur le plan de travail de la cuisine. Il avait vu Cavendish boire avant leur départ. L'écologie et les dinosaures. Si Cavendish continuait de boire, il rêverait de dinosaures verts.

Ils passèrent devant sept garages avant de s'arrêter. Du pied, Cavendish écarta les boîtes vides et le sac de bouteilles qui se trouvaient devant la porte, puis demanda à Reeve la clé que Jim avait envoyée chez lui par la poste. La porte s'ouvrit en grinçant. Elle s'immobilisa à mi-hauteur, mais cela suffit. C'était à peine si la lumière de la rue pénétrait à l'intérieur.

Cavendish alluma la lampe électrique.

– Apparemment, les gamins ne sont pas entrés, dit-il en éclairant les murs et le sol.

Reeve ne demanda pas ce qu'il croyait trouver... de la colle, des graffitis à la bombe, des flacons vides de crack ?

Il n'y avait que la voiture.

C'était une vieille Saab 900 d'une couleur indéterminée – gris anthracite au mieux – au pare-brise fêlé, qui avait des supports de rétroviseurs extérieurs mais pas de rétroviseurs et une portière (remplacée après une collision) d'une couleur différente du reste de la carrosserie. Reeve n'avait jamais laissé son frère le conduire où que ce soit dans la Saab et n'avait jamais vu Jim la conduire. Elle restait généralement devant l'appartement, sous une bâche.

– Il a fait mille livres de réparation, dit Cavendish.

– De l'argent utilement dépensé, marmonna Reeve.

– Pas l'extérieur, l'intérieur : moteur, transmission et embrayage neufs. Ça lui aurait coûté moins cher d'en acheter une autre, mais il aimait son vieux tank.

Cavendish posa une main affectueuse sur la voiture.

– Les clés ? demanda Reeve.

Cavendish les lui donna. Reeve déverrouilla la portière et fouilla l'habitacle, regarda sous les sièges et dans la boîte à gants. Il trouva des chewing-gums, des contraventions, une pochette d'allumettes du restaurant indien où ils avaient déjeuné.

– Le coffre ? suggéra Fliss.

Reeve hésita ; ce serait la fin, la dernière solution, la dernière possibilité de progresser. Il tourna la clé, sentit que l'abattant du coffre se soulevait. Cavendish braqua la torche sur l'intérieur. Il y avait quelque chose, sous un plaid écossais. Reeve écarta la couverture, dévoila un carton qui, selon ce qui était indiqué sur ses flancs, avait contenu douze flacons d'un litre de liquide vaisselle. C'était le genre de carton qu'on se procure dans les supermarchés ou les épiceries de quartier. Il l'ouvrit. Il était à moitié plein de documents. Il prit la feuille du dessus, la plaça dans la lumière faiblissante de la torche.

– Gagné, dit-il.

Il sortit le carton – encombrant mais peu lourd – et Fliss ferma le coffre.

– Peut-on appeler un taxi de chez vous ? demanda Reeve à Cavendish.

– Ouais, sûr.

Ils sortirent du garage, que Cavendish referma à clé.

– Juste un truc, dit-il.

– Lequel ?

– Qu'est-ce que va devenir la bagnole ?

Reeve réfléchit au maximum deux secondes.

– Elle est à vous, dit-il à Cavendish. C'est ce que Jim aurait voulu.

9

13 janvier

Je suppose qu'il faudra, si tout cela donne un article, que je crédite Marco de sa genèse – même s'il insisterait probablement sur le fait qu'il est plutôt fan des Pink Floyd. Il porte un T-shirt qui doit dater de Dark Side of the Moon : *noir, avec le logo en forme de prisme – mais il dit que c'est une pyramide. Sûr, mais la lumière n'entre pas blanche dans une pyramide et n'en sort pas des sept couleurs de l'arc-en-ciel. Elle ne fait ça qu'avec les prismes, donc c'est forcément un prisme. Il dit que je ne vois pas le plus important, meeec. L'important est que l'album est bâti autour d'un concept et que ce concept est la démence quotidienne. La lumière pure et blanche transformée en une myriade de couleurs. Le quotidien devenu fou.*

Alors, dans ce cas, pourquoi une connerie de pyramide ? Pourquoi pas une tasse, un grille-pain ou même une machine à écrire ? Marco éclate de rire, se souvient de la fête qui s'était déroulée chez lui, de l'affiche accrochée au mur que j'avais regardée, dont j'avais cru qu'elle représentait des voiliers sur un océan bleu ridé, une photo prise à l'approche du crépuscule avec un filtre.

Et ce n'était pas ça. C'étaient les pyramides. C'était le poster qui accompagnait Dark Side of the Moon *et je n'avais pas bu quand j'ai mal interprété ce qu'il représentait. Pas une goutte. Plus tard, j'étais soûl comme une bourrique et tentais de glisser la main sous le kilt de la petite amie de Marco et elle m'a rappelé, la bouche fiévreusement proche de mon oreille, que Marco avait autrefois fait du judo et qu'une partie de son oreille gauche avait été arrachée. Donc, logiquement, j'ai retiré ma main. C'est ce qu'on fait, pas vrai ?*

Où j'en étais ? L'article. L'article.

Ça aussi c'est à propos de la démence : c'est pourquoi j'ai utilisé la référence à Pink Floyd. Je pourrais y recourir dans l'introduction de l'article lui-même : « Tales of everyday madness ». *Était-ce un livre ou un film ? Est-ce que quelqu'un m'a proposé ça, un jour, dans un jeu de charade ? Absolument impossible. Oui, les charades, à la fête chez Marco. Et l'équipe de Marco inventait la moitié des titres. Ce salaud en a même introduit quelques-uns en italien.*

Marco est italien et cela a également un rapport avec l'article. C'est un sujet dont il m'a parlé hier soir au Stoat and Whistle. Je lui ai demandé pourquoi il ne l'avait pas évoqué plus tôt. Tu sais ce qu'il a répondu ? Il a dit que c'était notre première conversation sérieuse, et même intelligible. Et, à la réflexion, il avait probablement raison. En plus, il ne m'a raconté son histoire que parce que nous étions à court de blagues. Voici la dernière qu'on a racontée. Quelle est la différence entre un homme sans zob et un joueur des Spurs ? L'homme sans zob a davantage de chances de le mettre au fond.

Tu vois, on était au bout du rouleau.

– Vous avez trouvé quelque chose ? demanda Fliss.

Elle avait également une liasse de documents devant elle, ainsi qu'une tasse de café.

– Je crois qu'il était soûl quand il a tapé ça.

– C'est plein de fautes d'orthographe ?

– Non, seulement plein de conneries.

Ils étaient de retour dans l'appartement de Crouch End. Ils avaient acheté des plats à emporter, chinois cette fois, ainsi que de la bière et du Coca à la boutique du carrefour. Les récipients en papier d'aluminium qui contenaient la nourriture se trouvaient, à moitié vides, sur la table basse du séjour.

– Et vous ? demanda Reeve.

– Essentiellement des photocopies. Des articles de revues médicales et scientifiques. Il rassemblait apparemment tout ce qu'il pouvait trouver sur la maladie de la vache folle. Et sur les brevets dans le domaine de la génétique. Il y a un article intéressant sur la société propriétaire des brevets relatifs à tous les cotons génétiquement modifiés. Ce n'est peut-être pas pertinent.

Elle mordilla une baguette en plastique. Les baguettes avaient coûté 50 *pence* la paire. Reeve se frotta le menton, constata qu'il avait besoin de se raser. Et de prendre un bain. Et de dormir un peu. Il s'efforça de ne pas penser à quelle heure son corps pourrait se consacrer à cela, s'efforça d'oublier qu'il avait avancé sa montre de huit heures et qu'il n'avait pas dormi dans l'avion.

Il se remit à lire.

Marco est journaliste. Il est ici pour un an, davantage si ses reportages plaisent, en tant que correspondant à Londres d'un mag en papier glacé de Milan. Ils lui envoient sans arrêt des fax pour lui dire qu'ils veulent plus de famille royale, plus de bals arrosés au champagne, plus de Wimbledon et d'Ascot. Il a essayé de leur expliquer que Wimbledon et Ascot n'ont lieu qu'une fois pas an, mais ils continuent d'inonder leur bureau de Londres de fax. Marco envisage de foutre la machine à la poubelle. Il a été un journaliste « sérieux », qui écrivait des papiers fouillés, jusqu'au jour où il a flairé la possibilité de gagner davantage d'argent. Il est passé d'un quotidien à un hebdomadaire, d'un journal à une revue. Il dit qu'à l'époque il en avait carrément marre du journalisme, qu'il avait envie de quitter l'Italie. Que la politique italienne le déprimait. Que la corruption le déprimait. Un de ses collègues, un ami, avait été tué par un colis piégé alors qu'ils tentaient de faire tomber un ministre lié à la mafia. Boum et en route pour la grande première page des cieux. Ou peut-être pour l'ascenseur du sous-sol, feux rougeoyants et frappe des petites annonces.

Marco m'a raconté quelques scandales et je lui rendais complot pour complot, chicanerie pour chicanerie, pot-de-vin pour pot-de-vin. Il m'a raconté qu'il a couvert la tragédie de l'huile en Espagne. Je ne m'en souvenais que vaguement. 1981, des centaines de morts. De l'huile contaminée... oui ?

Et Marco a dit : « Peut-être. »

Il m'exposa donc sa version, qui ne correspondait pas tout à fait à la ligne officielle de l'époque ni à celle qui a prévalu depuis. Parce que, d'après Marco, une partie des victimes n'avaient pas touché l'huile (c'était de l'huile de colza – ne pas oublier de me procurer des articles à la bibliothèque). Ils n'en avaient pas acheté, n'en avaient pas consommé, tout simplement. Donc quelle était la cause des décès ? La théorie de Marco – et elle n'était pas originale, il la tenait de chercheurs spécialisés dans ce domaine – était que ces choses appelées... une minute, je l'ai noté... bon sang, il m'a fallu dix minutes pour le retrouver. J'aurais dû penser à commencer par mon paquet de clopes. Les OP, voilà ce que c'est. Les OP étaient responsables. Il m'a dit ce que c'était, mais j'ai oublié. Il faudra trouver des informations demain.

– Les OP ? fit Reeve.

– Quoi ?

– Ils sont mentionnés dans ce que vous lisez ?

Elle sourit.

– Il y a quelque temps que je ne lis plus. Je ne comprends plus.

Elle bâilla et leva les bras, les poings fermés. Le tissu de son pull se tendit, accentua le profil de ses seins.

– Merde, dit Reeve, qui prit soudain conscience de la situation, il faut que je trouve une chambre.

– Quoi ?

– Une chambre d'hôtel. Je n'avais pas l'intention de rester aussi longtemps.

Elle répondit après un bref silence.

– Vous pouvez dormir ici. Le canapé est très confortable ; je me suis souvent endormie dessus. Je vais seulement regarder *Newsnight*, si ça ne vous ennuie pas, voir ce que j'ai manqué aujourd'hui, ce que je peux m'attendre à lire demain, et je vous laisserai tranquille.

Il la regarda fixement.

– Ce n'est pas un problème, vraiment, dit-elle. Avec moi, vous ne risquez absolument rien.

Elle avait les yeux bleus. Il les avait remarqués, mais ils lui paraissaient maintenant plus bleus. Et elle ne sentait pas le parfum, seulement le savon.

– On pourra lire le reste pendant le petit déjeuner, ajouta-t-elle en allumant la télé. J'ai besoin d'avoir les idées claires pour comprendre ce que je lis. Encéphalite spongiforme bovine, pas facile à prononcer. Et pas facile à lire. Ces foutus scientifiques refusent de parler de maladie de la vache folle. J'espère vraiment qu'il ne s'agit pas de ça, des hamburgers des damnés – et ce con de John Selwyn Gummer forçant sa fille à en manger un. Vous vous souvenez de cette photo ?

– Pourquoi dites-vous ça ?

Elle était concentrée sur la télé.

– Qu'est-ce que j'ai dit ?

– Que vous espériez que ce n'était pas l'encéphalite je ne sais quoi bovine.

Elle lui adressa un bref regard.

– Parce que tout a été dit là-dessus, Gordon. C'est vieux. En plus, les nouvelles effrayantes suscitent le rejet du public. Il préfère ne pas savoir. C'est pour cette raison qu'elles se retrouvent dans *Grauniad* ou *Private Eye*. Vous avez entendu parler du droit de savoir ? Eh bien, ce bon vieux public britannique a un autre droit inaliénable : le droit de ne pas savoir, le droit de ne pas se faire de souci. Il veut un journal moins cher, avec des bandes dessinées, des titres amusants et une bonne section télé. Il n'a pas envie d'être informé sur les maladies qui rongent la chair, la viande qui rend fou ou les œufs capables d'envoyer ceux qui les mangent aux urgences. On parle des portes basculantes des ferrys, mais ça n'empêche pas les gens de les prendre chaque week-end pour aller acheter de la bière bon marché à Calais.

Elle se tourna à nouveau vers lui et demanda :

– Vous savez pourquoi ?

– Pourquoi ?

– Parce qu'ils croient que la foudre ne frappe jamais deux fois. Si quelqu'un se fait tuer, il est d'autant moins probable que ça arrive aux autres.

Elle reporta son attention sur la télé, sourit, puis conclut :

– Désolée, je radote.

– Vous méprisez un peu vos lecteurs ?

– Au contraire, j'ai beaucoup de respect pour mes lecteurs. Ils sont capables de juger et cultivés.

Elle monta légèrement le son, se consacra aux informations. Reeve posa les feuilles de papier qu'il avait encore à la main. Un journal était partiellement glissé sous le canapé. Il le ramassa. C'était celui où Fliss travaillait.

– Il est pas mignon ? marmonna-t-elle.

Question apparemment rhétorique : elle exprimait son opinion sur le présentateur du journal.

Reeve gagna la cuisine et mit de l'eau à bouillir. Il savait qu'il faudrait qu'il téléphone une nouvelle fois à Joan, qu'il la tienne informée de la situation, mais le téléphone se trouvait dans le séjour. Il s'assit à la table de la cuisine et ouvrit le journal qu'il avait apporté. Il parcourut les pages, chercha la signature de Fliss Hornby. Il ne la trouva pas. Il recommença. Cette fois il trouva.

Il prépara deux tasses de décaféiné instantané et les emporta au séjour. Fliss avait ramené ses jambes sous elle. Elle était légèrement penchée en avant, dans son fauteuil, une fan cherchant à mieux voir son idole, même s'il n'y avait rien entre eux. Puis Reeve s'interposa, lui donna une tasse.

– Vous travaillez à la rubrique mode, dit-il.

– C'est tout de même du journalisme, n'est-ce pas ?

De toute évidence, cette conversation n'avait rien de neuf pour elle.

– Je croyais que vous étiez...

– Quoi ? coupa-t-elle en le foudroyant du regard. Une vraie journaliste ? Une journaliste d'investigation ?

– Non, je me disais simplement... Peu importe.

Il s'assit, conscient de l'avoir fâchée. Quel tact, Gordon, pensa-t-il. Zéro sur dix en relations humaines. Lui avait-il dit qu'il la remerciait de ce qu'elle avait fait pendant la journée ? Elle avait allégé sa charge de travail de moitié, lui avait donné des explications... notamment à propos des abréviations journalistiques trouvées sur les disquettes. Il aurait pu passer toute la journée là et perdre son temps, mais il avait obtenu un résultat. Il avait la genèse, selon le terme employé par Jim. La genèse de ce qui avait conduit son frère à San Diego et à sa mort. C'était un point de départ. Le lendemain, les choses sérieuses commenceraient.

Il n'avait pas quitté Fliss du regard. Si elle s'était tournée vers lui, il se serait excusé d'un sourire. Mais elle fixait l'écran sans ciller, le cou crispé. Reeve avait apparemment le chic pour mettre les femmes en colère. Il suffisait de voir Joan. Désormais, ils se disputaient presque tous les jours ; pas en présence d'Allan – ils étaient résolus à maintenir une « façade » – mais en son absence. Il y avait assez d'électricité dans l'air pour alimenter une maison.

Après avoir regardé *Newsnight* en silence, Fliss dit sèchement bonne nuit, mais revint avec une couette et un oreiller.

– Je suis désolé, dit Reeve. Il n'y avait aucun sous-entendu. C'est seulement que vous n'avez rien dit et que vous avez agi pendant toute la journée comme si vous étiez Scoop Newshound, le seul journaliste d'investigation du journal.

Elle sourit.

– Scoop Newshound ?

Il haussa les épaules, sourit aussi.

– Je vous pardonne, dit-elle. Demain, le premier levé va chercher le lait et le pain, d'accord ?

– D'accord, Fliss.

– Eh bien, bonne nuit.

Elle ne manifestait pas l'intention de quitter l'encadrement de la porte. Reeve avait ôté son pull en coton bleu, révélant un T-shirt blanc à manches longues. Elle prit la mesure de son corps pendant quelques instants, sourit et émit un son à mi-chemin entre le soupir et le murmure, puis tourna les talons.

Il eut du mal à trouver le sommeil. Il était trop fatigué ; ou, plutôt, il était épuisé mais pas fatigué. Son cerveau refusait de travailler – ce qu'il constata quand il voulut poursuivre la lecture des notes de Jim – mais il refusait aussi de cesser de fonctionner. Des images lui traversaient l'esprit, rebondissaient comme une balle dans une succession de flaques d'eau. Bribes de conversations, chansons, échos des deux films qu'il avait vus dans l'avion, son trajet en métro, les taxis, le restaurant indien, Fliss dans la cuisine. Chansons... airs...

Row, row, row your boat.

Il se leva d'un bond, s'immobilisa au milieu de la pièce, en T-shirt et caleçon, tremblant. Il alluma la télé, baissa presque complètement le son. Télévision nocturne : stupidité et lumière. Il regarda par la fenêtre. Un halo d'éclairage orange au sodium, un chien aboyant à quelque distance, une voiture qui passa lentement. Il la regarda, l'examina. Le conducteur regardait droit devant lui. Des véhicules étaient garés dehors, deux files ininterrompues d'un côté et de l'autre de la chaussée, prêtes pour la course du lendemain.

Il gagna la cuisine pieds nus et alluma la bouilloire. Il fouilla dans la boîte des sachets de tisane, trouva de la menthe verte et décida d'essayer. En repassant dans le couloir, il constata que la porte de la chambre de Fliss était entrouverte. Plus qu'entrouverte, en réalité, à moitié ouverte. Était-ce une invitation ? Il s'en apercevrait forcément s'il allait à la cuisine ou aux toilettes. Il n'y avait pas de lumière à l'intérieur. Il guetta sa respiration mais le réfrigérateur, dans la cuisine, faisait trop de bruit.

Il resta immobile dans le couloir, la tasse fumante à la main, attendant que le moteur du frigo s'arrête. Sa respiration était plus que régulière... elle ronflait.

– Bonjour.

Elle entra dans la cuisine, le visage bouffi de sommeil, en ébouriffant ses cheveux. Elle portait une épaisse robe de chambre écossaise et des pantoufles roses duveteuses.

Reeve était allé acheter le petit déjeuner et la presse. Elle se laissa tomber sur une chaise et s'empara d'un journal.

– Café ? demanda-t-il.

Il avait acheté un paquet de café moulu et des filtres en papier.

– Comment avez-vous dormi ? demanda-t-elle sans lever la tête.

– Bien, répondit-il – pur mensonge. Et vous ?

Tout en pliant une page, elle lui adressa un bref regard.

– Profondément, merci.

Il leur servit du café.

– J'ai trouvé ce que sont les OP.

– Ah ?

– J'ai poursuivi ma lecture.

– Vous vous êtes vraiment levé tôt. Qu'est-ce que c'est ?

– Des traitements organophosphorés.

– Et en anglais ?

– Des pesticides, je crois. Marco et d'autres croient que l'affaire de l'huile espagnole était liée aux pesticides.

Elle but avec avidité et soupira.

– Et maintenant ?

Il haussa les épaules.

– Vous allez rencontrer Marco ?

Reeve secoua la tête.

– Il n'a rien à voir avec ça. Il n'est que le catalyseur. Jim ne faisait pas de recherches sur l'affaire espagnole mais sur l'ESB.

– Le truc spongiforme bovin.

– Exact.

– Comment est-il passé de l'huile à l'ESB ?

– Il s'est souvenu de quelque chose.

Donc j'ai téléphoné à Joshua Vincent et je lui ai dit qu'il ne me connaissait probablement pas. Il a répondu que ma supposition était correcte. J'ai expliqué que mon journal avait reçu, il y a quelque temps, un communiqué émanant de son organisation, le Syndicat national des agriculteurs, à propos de l'ESB. Il m'a dit qu'il ne travaillait plus pour le SNA. Il semblait amer. Je lui ai demandé ce qui s'était passé.

– Ils m'ont viré, répondit-il.

– Pourquoi ?

– À cause de ce que j'ai dit sur l'ESB.

Et j'ai commencé à flairer mon article. Maintenant, si je peux persuader Giles de me financer...

– Qu'est-ce que vous faites aujourd'hui ? demanda Fliss.

Elle avait pris une douche, séché ses cheveux et s'était habillée.

– Je vais essayer de trouver Joshua Vincent.

– Et si vous n'y parvenez pas ?

Reeve haussa les épaules ; il ne voulait pas envisager l'échec, même s'il était logique de le faire. Tout plan doit comporter une position de repli.

– Vous pourriez voir Giles Gulliver, dit-elle en ramassant du bout d'un doigt des miettes restées sur son assiette.

– C'est une idée.

– Et ensuite ?

– Tout dépend de ce que j'apprendrai.

Elle lécha les miettes.

– Ne placez pas trop d'espoir en Giles, ni dans les hommes tels que lui.

– Comment ça ?

Elle prit le journal, l'ouvrit sur une publicité de la Co-World Chemicals, qui occupait une page entière.

– Ne prenez pas la peine de lire, dit-elle, ça vous endormirait. Ce n'est qu'une de ces annonces d'autocélébration que les grosses sociétés rédigent quand elles ont envie de dépenser de l'argent.

Reeve jeta un coup d'œil sur le texte.

– Ou quand leur conscience les travaille ?

Fliss plissa le nez.

– Grandissez. Ces gens n'ont pas de conscience. Ils la font retirer chirurgicalement pour faire de la place aux implants de liquidités.

Elle tapota le journal et poursuivit :

– Mais aussi longtemps que la Co-World et les sociétés de ce type verseront de l'argent aux services de publicité, les patrons de presse les adoreront et veilleront à ce que les rédac-chefs ne publient rien qui soit susceptible de déplaire au vieux plein de fric. C'est tout ce que je veux dire.

– Merci de m'avertir.

Elle haussa les épaules.

– Vous serez ici ce soir ?

– Je ne sais pas. Peut-être. Il faudra que je voie comment ça évolue.

– Je rentrerai probablement tard. Il y a un deuxième défilé de Giannini à Covent Garden et je suis invitée.

– Giannini ?

– Le couturier.

– Réservez la première page, dit-il.

Elle plissa le front et il leva les mains.

– Une simple blague.

– Quoi qu'il en soit, je veux savoir ce que vous aurez trouvé. Même si vous vous contentez de me téléphoner depuis l'Écosse, tenez-moi au courant.

– Sûr, c'est le moins que je puisse faire.

Elle sortit de la cuisine puis revint, vêtue d'un manteau et une serviette à la main. Elle mit ostensiblement la ceinture du manteau en place.

– Une seule chose, Gordon.

– Laquelle ?

– Qu'est-ce que vous allez faire de l'appartement ?

Il lui sourit.

– Vous pouvez y rester aussi longtemps que vous voudrez.

Elle le regarda enfin.

– Vraiment ?

Il acquiesça.

– Merci.

Peut-être avait-il trouvé sa position de repli. S'il ne parvenait pas à obtenir des informations supplémentaires sur l'enquête de Jim, il pourrait toujours localiser l'ex-petit ami de Fliss et lui rendre la vie impossible. Elle le rejoignit et l'embrassa sur la joue.

C'était en soi une rétribution suffisante.

Il trouva le numéro de téléphone du SNA ; mais personne ne put lui donner la nouvelle adresse de Joshua Vincent. Une femme, qui s'était efforcée de coopérer, finit par lui passer quelqu'un qui avait plus de questions que de réponses, voulut savoir qui il était et quels étaient ses liens avec M. Vincent.

Reeve raccrocha.

Peut-être Vincent habitait-il Londres, mais il y avait plusieurs Vincent J. dans l'annuaire. Les appeler tous prendrait du temps. Il se replongea dans les notes de Jim. C'était un fouillis de détails et de déductions, d'intuitions journalistiques et d'excès alcoolisés. Des indications étaient griffonnées au dos de certaines pages. Il n'y avait guère prêté attention, mais il les disposa sur le plancher du séjour. Des dessins, principalement des cercles et des cubes, une tête de vache difforme, avec des cornes. Mais il y avait des noms, des heures, selon toute vraisemblance, et des numéros de téléphone. Il n'y avait pas de noms près des numéros. Il composa le premier et obtint le répondeur d'une femme. Le deuxième sonna interminablement. Le troisième était celui d'un bookmaker de Finsbury Park. Le quatrième correspondait à un pub du centre de Londres, où Fliss et ses collègues journalistes se retrouvaient.

Le cinquième fut à nouveau un répondeur.

– Ici Josh. Laissez votre message et je vous rappellerai.

Un message évasif. Reeve coupa la communication et se demanda quoi dire. Finalement, il composa une nouvelle fois le numéro.

– Ici Josh. Laissez votre message et je vous rappellerai.

Il attendit le signal sonore.

– Je m'appelle Gordon Reeve et je tente de joindre Joshua Vincent. J'ai trouvé ce numéro dans les notes de mon frère. Mon frère s'appelait James Reeve ; je crois que M. Vincent le connaissait. J'utilise le passé parce que mon frère est mort. Je crois qu'il travaillait sur un article. J'espère que vous pourrez m'aider. Je voudrais découvrir pourquoi il est mort.

Il donna le numéro de l'appartement et raccrocha. Puis il s'assit et fixa l'appareil pendant un quart d'heure.

Il fit du café et le fixa pendant un deuxième quart d'heure. Si Vincent était chez lui et avait immédiatement écouté le message, il aurait rappelé, même s'il avait voulu vérifier que James Reeve avait effectivement un frère.

Donc, Reeve téléphona au journal de Fliss, parla à l'assistante de Gulliver, qui finit par lui passer le rédacteur en chef.

– Bon sang, dit Gulliver. Je n'y crois pas. Est-ce que c'est une blague ?

– Ce n'est pas une blague. Jim est mort.

– Mais comment ? Quand ?

Reeve commença son récit, mais Gulliver l'interrompit.

– Non, attendez... voyons-nous. Est-ce possible, monsieur Reeve ?

– C'est possible.

– Donnez-moi le temps de jeter un coup d'œil sur mon agenda.

Reeve fut mis en attente le temps de compter jusqu'à soixante.

– Désolé. Nous pourrions boire un verre à midi. J'ai un déjeuner à treize heures, donc il serait logique que nous nous retrouvions à l'hôtel. Cela vous conviendrait-il ? Je veux tout savoir. C'est absolument horrible. Je n'en reviens pas. Jim était un des...

– Où est l'hôtel, monsieur ?

– Désolé. Le Ritz. Je vous y retrouve à midi.

– Au revoir, monsieur.

Et Joshua Vincent ne téléphona pas.

Dans les notes de Jim, Giles Gulliver était toujours « le vieux » ou « le vieux con ». Reeve s'attendait à rencontrer un homme de plus de soixante ans, voire soixante-dix ans, un journaliste de la vieille école. Mais quand on lui montra la table de Gulliver, au bar du Ritz, il constata que l'homme qui se présenta, un gros cigare cubain à la main, avait à peine plus de quarante ans – guère plus âgé que Reeve lui-même. Mais les gestes de Gulliver étaient étudiés, comme ceux d'un homme beaucoup plus vieux, qui avait vu tous les mauvais coups que la vie pouvait lui réserver.

Pourtant ses yeux brillaient comme ceux d'un enfant à qui on montre quelque chose de merveilleux. Et Reeve comprit aussitôt que « vieux » correspondait parfaitement à Giles Gulliver. C'était un patron qui savait ce qu'il voulait.

– Très heureux, dit Gulliver en serrant la main de Reeve.

Il passa les doigts dans sa chevelure gominée et se rassit. Leur table se trouvait dans un coin, à l'écart du brouhaha du bar. Il y avait quatre objets sur la table : un cendrier, un téléphone mobile, un fax mobile et un verre de whisky avec des glaçons.

Gulliver fit rouler son cigare entre ses lèvres.

– Vous voulez boire quelque chose ?

Leur serveur attendait.

– Une eau minérale, dit Reeve.

– Glace et citron vert, monsieur ?

– Citron vert, répondit Reeve.

Le serveur se retira et Reeve attendit que Gulliver prenne la parole.

Gulliver secoua la tête.

– Une histoire affreuse. Je suis étonné qu'on ne m'ait pas averti plus tôt. J'ai mis un rédacteur sur la nécro.

Il s'interrompit, se reprit.

– Désolé, mon vieux. Vous n'avez pas envie d'entendre parler de ça.

– Pas de problème.

– Racontez-moi comment Jim est mort ?

– Il a été assassiné.

La fumée que Gulliver venait de souffler cachait ses yeux.

– Quoi ?

– C'est ma théorie.

Gulliver se détendit : c'était une théorie, pas un fait.

Reeve lui raconta une partie de l'histoire, mais pas la totalité, loin de là. Il n'était pas certain que le terrain fût solide. D'un côté, il voulait que le public sache ce qui était arrivé à San Diego. D'un autre, il ne savait pas la vie de qui il risquait de mettre en danger s'il rendait effectivement l'affaire publique... surtout sans preuve. Une preuve serait son assurance. Il lui en fallait une.

– Saviez-vous que Jim allait à San Diego ? demanda Reeve.

Gulliver acquiesça.

– Il m'a demandé trois mille dollars. Il m'a dit qu'il était utile de faire ce voyage.

– Vous a-t-il précisé pourquoi il partait ?

Le téléphone de Gulliver sonna. Il s'excusa d'un sourire et répondit. La conversation – la partie que Reeve entendit – fut technique, liée à l'édition du lendemain.

Gulliver coupa la communication.

– Désolé, dit-il en jetant un coup d'œil sur sa montre. Jim m'a-t-il dit pourquoi il partait ? Non, c'était un des aspects irritants de sa personnalité.

Il se reprit une nouvelle fois, ajouta :

– Je ne veux pas dire du mal des morts...

– Continuez.

– Enfin, Jim aimait ses petits complots ; et il aimait garder ses secrets. Je pense qu'il croyait que cela lui donnait davantage de pouvoir : si un rédacteur en chef ne connaissait pas vraiment le sujet de l'article, il ne pouvait pas dire carrément non. C'était ainsi que Jim aimait nous manipuler. Moins il en disait, plus nous étions censés croire qu'il avait beaucoup de choses à raconter. Il finissait par donner l'article pour lequel vous aviez casqué, et il était rarement aussi juteux que ce que vous aviez été amené à croire.

En écoutant Gulliver, et malgré l'effet apaisant du whisky, Reeve perçut des arêtes tranchantes et des pointes acérées sans lien avec l'image d'ancien élève de *public school* que Gulliver présentait au monde. Il y avait, dans ces arêtes et ces pointes, la rue. Il y avait la connaissance de la rue. Il y avait un gamin de la ville.

Le fax émit un bip et imprima une page. Gulliver l'examina et prit son téléphone. Il y eut une deuxième conversation technique, un deuxième coup d'œil sur la montre Piaget, un ajustement du bracelet en crocodile.

– Il ne vous a rien dit, insista Reeve, comme s'il ne le croyait pas.

– Oh, il m'a lâché des bribes. L'huile, le bœuf britannique, un vétérinaire qui est mort.

– A-t-il mentionné la Co-World Chemicals ?

– Il me semble.

– Et quel était le lien ?

– Mon vieux, il n'y avait pas de lien, c'est ce que j'expliquais. Il n'a dit que quelques mots, comme s'il faisait manger de l'œuf à un enfant avec une cuiller en argent. Et il essayait de m'appâter...

– On l'a tué pour que ses recherches n'aboutissent pas.

– Prouvez-le. Je ne vous demande pas de le prouver devant un tribunal, mais de me le prouver à moi. C'est ce que vous voulez, n'est-ce pas ?

Les yeux de Gulliver n'avaient jamais été plus clairs. Il se pencha sur la table et ajouta :

– Vous voulez terminer ce que Jim a commencé. Vous voulez une épitaphe qui soit aussi une vengeance. N'est-ce pas ?

– Peut-être.

– Il n'y a pas de peut-être. Et je vous applaudis. Et je marcherai. Mais ce que vous m'avez donné, ce que Jim m'avait donné, ne suffit pas.

– Vous dites que je devrais terminer l'enquête ?

– Je dis que je suis intéressé. J'ajoute : restez en contact.

Gulliver s'appuya contre le dossier de sa chaise, fit tourner les glaçons dans le liquide ambré.

– Puis-je vous poser une question ? demanda Reeve.

– Nous n'avons qu'un peu plus d'une minute.

– Combien la CWC dépense-t-elle en publicité, chaque année, dans votre journal ?

– Combien ? Il faut poser cette question au directeur de la publicité.

– Vous ne le savez pas ?

Gulliver haussa les épaules.

– La CWC est une grosse société, une multinationale. Elle possède plusieurs succursales au Royaume-Uni et de nombreuses autres en Europe. On trouve, sur le marché, ce qui est produit au Royaume-Uni et des importations.

– Une industrie qui rapporte des millions, avec un budget publicitaire en proportion.

– Je ne vois pas...

– Et quand elle fait de la publicité, elle ne lésine pas. Des pages entières dans les journaux et – quoi ? – des doubles pages en couleurs dans les revues financières. La télé, aussi.

Gulliver le fixa.

– Travaillez-vous dans la publicité, monsieur Reeve ?

– Non.

Mais il aurait pu ajouter qu'il avait bénéficié, le matin même, des indications de la responsable de la rubrique mode. Certains annonceurs faisaient apparemment leurs choux gras de la rubrique mode.

Nouveau coup d'œil sur la montre, soupir mis en scène.

– Malheureusement, il faut que je vous laisse.

– Oui, malheureusement.

Tandis que Gulliver se levait, un larbin de l'hôtel arriva et débrancha son fax. La machine et le téléphone allèrent dans l'attaché-case. Le cigare fut écrasé dans le cendrier. La conversation était définitivement terminée.

– Resterez-vous en contact ? implora Gulliver qui toucha le bras de Reeve, y laissa s'attarder sa main.

– Peut-être.

– Et y a-t-il une bonne cause ?

Reeve ne comprit pas.

– Une association charitable, quelque chose comme ça. Vous savez, à laquelle les gens pourraient faire des dons, pour manifester leur respect et honorer sa mémoire.

Reeve réfléchit, puis nota un numéro de téléphone au dos d'une serviette en papier.

– Tenez, dit-il à Gulliver, qui attendit une explication. C'est le numéro d'un book de Finsbury Park. Il paraît que Jim lui doit un gros paquet. Toutes les contributions seront acceptées avec gratitude.

En sortant de l'hôtel, Reeve se dit qu'il n'avait probablement jamais rencontré quelqu'un d'aussi puissant, d'aussi influent, un homme qui modelait et transformait. Il avait serré la main des membres de la famille royale, à l'occasion d'une remise de médaille, mais ce n'était pas la même chose.

Certains membres de la famille royale étaient agréables ; et puis certains d'entre eux disaient la vérité.

Giles Gulliver, en revanche, mentait sur toute la ligne ; c'était ainsi qu'on passait d'une échoppe de marché au costume à fines rayures. Il fallait aussi être rusé – et Gulliver était si gluant qu'on pouvait imaginer sans peine qu'il avait commencé sa carrière comme poissonnier.

Le téléphone sonnait quand Reeve se précipita dans l'appartement. Il lui ordonna de continuer et fut obéi. Son élan l'entraîna sur le canapé et il décrocha. Il resta allongé, essoufflé, tentant de dire allô.

– C'est Gordon Reeve ?

– En personne.

– Je m'appelle Joshua Vincent. Je crois qu'il serait préférable que nous nous voyions.

– Pouvez-vous me dire sur quoi travaillait mon frère ?

– Mieux, en fait. Je crois que je peux vous le montrer. Trois conditions.

– Je vous écoute.

– Premièrement, venez seul. Deuxièmement, ne dites à personne où vous allez et qui vous allez rencontrer.

– J'accepte. Et la troisième ?

– Apportez des bottes en caoutchouc.

Reeve n'avait pas l'intention de poser des questions.

– Où êtes-vous ?

– Pas si vite. Il faut que vous sortiez de chez Jim et que vous alliez jusqu'à un téléphone à pièces. Pas le plus proche. Arrangez-vous pour que ce soit un pub, quelque chose comme ça.

Tottenham Lane, pensa Reeve. Il y a des pubs dans cette rue.

– Oui ?

– Avez-vous un stylo ? Notez ce numéro. C'est une cabine. Je n'attendrai pas plus d'un quart d'heure. Ce sera suffisant ?

Reeve croyait que oui.

– Sauf si les téléphones ne fonctionnent pas. Vous prenez beaucoup de précautions, monsieur Vincent.

– Vous devriez faire de même. Je vous expliquerai quand nous nous verrons.

La communication fut coupée et Gordon Reeve gagna la porte.

Dehors, au carrefour de la rue tranquille et de Ferme Park Road, se dressait une armoire vert terne de British Telecom, structure métallique d'un mètre de haut reliant les lignes privées au réseau. Les techniciens ouvraient la porte à double battant grâce à une clé. La clé était spéciale, mais il n'était pas difficile de se la procurer. De nombreux techniciens gardaient leurs outils quand ils quittaient la société ; on pouvait demander à un ancien de BT d'ouvrir la porte. Et, s'il avait poursuivi sa carrière dans un secteur particulier, il pouvait brancher un magnétophone à déclenchement automatique sur n'importe quelle ligne, le cacher en bas de la structure de telle façon qu'un technicien ordinaire ne puisse pas le voir.

Les bobines tournèrent encore quelques secondes après la fin de la communication. Puis elles s'immobilisèrent en attendant qu'on vienne les chercher. On viendrait dans la journée.

10

C'était à deux heures de Londres. Reeve n'alla pas récupérer sa voiture à Heathrow. Cela aurait pris du temps et, de surcroît, Vincent voulait qu'il utilise les transports en commun. Reeve n'avait jamais entendu parler de Tisbury. Quand son train arriva, il vit, au-delà des bâtiments de la gare, une petite ville de campagne, une rue principale étroite qui grimpait à flanc de colline, un terrain de football qui devenait boueux sous les pieds des enfants qui y jouaient.

Il avait plu des cordes pendant toute la journée, mais les nuages se fragmentaient et des éclats de lumière de fin d'après-midi apparaissaient. Reeve ne fut pas seul à descendre du train et il examina ses compagnons de voyage. Ils semblaient fatigués – Londres-Tisbury représentait une sacrée distance, quand on devait la parcourir quotidiennement – et n'avaient d'yeux que pour le trajet jusqu'à leur voiture ou leur maison.

Joshua Vincent attendait devant la gare, les mains dans les poches de sa veste Barbour. Il repéra rapidement Reeve ; personne d'autre ne semblait ignorer où il allait.

Reeve s'attendait à rencontrer un paysan de haute taille, rougeaud avec, peut-être, une repousse de barbe assortie à la chevelure broussailleuse. Mais Vincent, quoique de haute taille, était maigre comme un clou, bien rasé, et portait des lunettes rondes. Il était blond et se déplumait gravement ; plus de crâne que de cheveux. Il était pâle, réservé et aurait pu passer pour un professeur de sciences. Il regardait attentivement les passagers.

– Monsieur Reeve ?

Ils se serrèrent la main. Vincent tint à ce qu'ils attendent que tous les passagers soient partis.

– Vous vous assurez qu'on ne m'a pas suivi ? demanda Reeve.

Vincent esquissa un sourire.

– Facile de repérer un inconnu dans cette gare. Il n'est visiblement pas à sa place. La disparition de Jim me touche profondément.

Le ton de sa voix était sincère, pas apprêté comme celui de Giles Gulliver, et d'autant plus touchant.

– Comment est-ce arrivé ?

Reeve commença son récit tandis qu'ils rejoignaient la voiture. Ayant raconté l'histoire à plusieurs reprises, il avait appris à la résumer, à s'en tenir aux faits et à ne pas tirer de conclusions. La voiture était un 4 × 4 Subaru. Reeve en avait vu dans les bourgs agricoles des Highlands de l'ouest. Il poursuivit pendant qu'ils sortaient de Tisbury. Le paysage était une succession de collines et de vallées parsemées de bois aux contours irréguliers. Ils chassaient les corbeaux et les pies posés sur la chaussée rugueuse, puis roulaient sur la vermine écrasée qui avait attiré les oiseaux.

Vincent n'interrompit pas une seule fois le récit. Et quand Reeve eut terminé, ils roulèrent en silence jusqu'au moment où il lui parut utile d'ajouter deux ou trois choses.

Alors qu'il terminait, ils quittèrent la route et s'engagèrent sur un mauvais chemin creusé d'ornières par les machines agricoles. Reeve vit la ferme devant lui, construction toute simple, en U autour d'une cour, entourée de quelques autres bâtiments. Elle ressemblait beaucoup à sa maison.

Vincent s'arrêta dans la cour. Un ordre sec adressé au chien de berger en liberté qui se mit à aboyer renvoya l'animal dans sa niche. Un agneau se précipita vers Reeve, bêla pour demander à manger. Il avait ouvert la portière mais n'était pas descendu de voiture.

– Je mettrais mes bottes avant, dit Vincent.

Reeve ouvrit donc le sac qu'il avait apporté. Il contenait toutes les notes de Jim ainsi qu'une paire de bottes en caoutchouc noires achetées dans un magasin de surplus militaire proche de la station de métro de Finsbury Park. Il laissa ses chaussures dans la voiture et enfila les bottes. Il pivota sur le siège, posa les pieds dans cinq centimètres de boue.

– Merci du conseil, dit-il en fermant la portière. C'est votre ferme ?

– Non, je séjourne parfois ici.

Une jeune femme, derrière la fenêtre de la cuisine, les regardait. Vincent lui adressa un signe de la main auquel elle répondit.

– Venez, ajouta-t-il, allons prendre l'air.

Dans une longue étable située au-delà de la maison, deux hommes se préparaient à traire une vingtaine de vaches, fixaient des pompes en plastique transparent sur les tétines. Les pis des vaches étaient gonflés, parcourus de veines, et des plaintes résonnaient dans le bâtiment. Vincent salua les deux hommes mais ne les présenta pas. La trayeuse se mit en marche au moment où Reeve passait. Les deux hommes se désintéressèrent d'eux.

Au-delà de l'étable, ils arrivèrent près d'un mur derrière lequel s'étendaient des champs sur lesquels descendait le crépuscule. Des arbres, au loin, se découpaient en ombres chinoises.

– Alors ? dit Reeve, qui s'impatientait.

Vincent se tourna vers lui.

– Je crois qu'on essaie moi aussi de me tuer.

Puis il raconta son histoire.

– Que savez-vous de l'ESB, monsieur Reeve ?

– Seulement ce que j'ai lu dans les notes de Jim.

Vincent acquiesça.

– Jim a pris contact avec moi parce qu'il savait que j'avais exprimé des inquiétudes concernant les OP.

– Les produits organophosphorés ?

– C'est exact. Avez-vous entendu parler de l'EM ?

– C'est une maladie.

– Elle a donné lieu à de nombreuses controverses. En réalité, beaucoup de médecins doutent de son existence, pourtant les symptômes continuent d'apparaître.

Il haussa les épaules et ajouta :

– Le sigle signifie encéphalite myalgique.

– Je comprends pourquoi cela s'appelle EM. Le E d'ESB correspond à quelque chose de similaire.

– Encéphalopathie. Encéphale signifie simplement cerveau, du grec *enkephalos*, qui veut dire « à l'intérieur de la tête ». J'ai appris cela il y a quelques années.

Il regardait les champs.

– J'ai beaucoup appris, ces dernières années, ajouta-t-il.

Il se tourna à nouveau vers la ferme et conclut :

– Cet endroit est biologique. Savez-vous comment l'ESB aurait débuté ?

– J'ai lu quelque chose, dans les notes de Jim, sur la nourriture pour animaux.

Vincent acquiesça.

– Le ministère de l'Agriculture a assoupli sa réglementation, dans les années 1980, permis à l'industrie de production de farines animales d'emprunter quelques raccourcis. Ne me demandez pas pourquoi c'est arrivé ou qui était responsable, mais c'est arrivé. Ils ont supprimé deux processus, ce qui permettait d'économiser du temps et de l'argent. Le premier était l'extraction d'un solvant, l'autre un traitement à la vapeur. L'industrie, voyez-vous, transformait des moutons et des vaches en farine destinée à nourrir d'autres vaches. De la viande et de l'os entraient dans la composition des tourteaux.

– Bien.

Reeve boutonna sa veste, encore humide parce qu'il avait couru sous la pluie pour attraper son train. Le temps fraîchissait.

– En raison de la suppression des deux processus, des prions se sont introduits dans les tourteaux. On appelle parfois la protéine du prion PrP.

– Je crois que j'ai vu ça dans les notes.

– Elle est la cause de la tremblante du mouton, dit Vincent qui, un doigt levé, ajouta : N'oubliez pas que je vous expose la théorie généralement acceptée. Donc les tourteaux étaient infectés et les vaches ont été victimes de la forme bovine de la tremblante du mouton, à savoir l'ESB.

Il s'interrompit et sourit.

– Vous vous demandez quel est le lien avec l'huile espagnole ?

Reeve acquiesça.

Vincent se mit en marche, suivit le mur situé derrière l'étable.

– Les Espagnols ont rendu l'huile contaminée responsable et s'en sont tenus là. Mais certaines victimes n'avaient pas consommé cette huile.

– Et des vaches qui n'avaient pas mangé de tourteaux infectés ont tout de même attrapé l'ESB ?

Vincent secoua la tête.

– Oh, non, l'élément le plus important est celui-ci : la maladie n'a pas frappé certaines fermes – des fermes biologiques – qui avaient utilisé les aliments théoriquement infectés.

– Une minute...

– Je sais ce que vous pensez. Mais les fermes biologiques sont autorisées à utiliser vingt pour cent d'aliments conventionnels.

– Donc, d'après vous, il n'y avait pas de lien entre l'ESB et les tourteaux, infectés ou pas ?

Vincent eut un sourire sans joie.

– Pourquoi utiliser le passé ? L'ESB n'a pas disparu. Les tourteaux infectés ont été interdits le 18 juillet 1988.

Il montra le lointain et reprit :

– Je peux vous montrer des veaux de moins de six mois qui ont l'ESB. Les vétérinaires du ministère les surnomment NAI, nés après l'interdiction. Il y en a eu plus de dix mille. Aujourd'hui, au Royaume-Uni, presque cent cinquante mille vaches sont mortes de l'ESB.

Ils avaient regagné la cour de la ferme. Vincent ouvrit la Subaru.

– Montez, dit-il.

Reeve monta. Vincent continua son récit tout en conduisant.

– J'ai parlé de l'EM, tout à l'heure. Quand elle est apparue, on a cru qu'elle était due au stress de la vie quotidienne. On l'a surnommée « le rhume des yuppies ». On ne l'appelle plus ainsi. Désormais, on la nomme « le rhume des agriculteurs ». Parce que de nombreux paysans en présentent les symptômes. Il y a un homme – il était agriculteur mais c'est désormais davantage un militant, même s'il s'efforce encore de travailler la terre, quand on le laisse faire – qui s'efforce de comprendre pourquoi les cas de maladies neurologiques telles que l'EM, les maladies d'Alzheimer et de Parkinson, sont en augmentation.

– Comment ça, « quand on le laisse faire » ?

– Il a reçu des menaces, répondit simplement Vincent. Des gens qui travaillaient avec lui sont morts. Accidents de voiture, décès inexpliqués, accidents divers...

Il se tourna vers Reeve, précisa :

– Seulement quatre ou cinq, comprenez-vous ? Ce n'est pas encore une épidémie.

Ils roulaient sur des routes de campagne tortueuses où deux voitures auraient tout juste pu se croiser. Le soleil était couché.

Vincent mit le chauffage.

– C'est peut-être par coïncidence, dit-il, que l'ESB a fait son apparition à l'époque où le ministère de l'Agriculture incitait les éleveurs à lutter contre le varron en traitant leur bétail avec un produit organophosphoré. Nous voudrions savoir si les OP peuvent causer la mutation des prions.

– Donc, ces produits chimiques sont responsables ?

– Personne ne le sait. J'ai parfois l'impression que pratiquement personne n'a envie de savoir. Enfin, imaginez comme la situation serait embarrassante s'il s'avérait qu'une directive du gouvernement était à l'origine de tout. Imaginez les demandes de dédommagement présentées par les agriculteurs souffrant d'empoisonnement aux OP. Imaginez le coût, pour l'industrie chimique, si elle devait retirer ses produits du marché, réaliser des études onéreuses... peut-être même payer des indemnités. Il s'agit d'une industrie mondiale. Le monde agricole tout entier est dépendant, d'une façon ou d'une autre, des pesticides. Et d'un autre côté, s'il fallait se passer de pesticides, en créer et en tester de nouveaux, il faudrait patienter plusieurs années, et, pendant ces années, la production diminuerait, les insectes se multiplieraient, des exploitations feraient faillite, les prix des produits alimentaires monteraient en flèche. Vous voyez où cela conduirait : à une catastrophe économique. Que représentent quelques vies face à un désastre économique de cette ampleur ?

Reeve frissonna, se tassa sur lui-même. Il se sentait épuisé, le manque de sommeil et le décalage horaire s'abattant brutalement sur lui.

– Qui tente de vous empêcher d'agir ?

– Ça peut être n'importe lequel d'entre eux, ou tous.

– La CWC ?

– La Co-World Chemicals a beaucoup à perdre. Sa part du marché mondial représente des milliards de dollars par an. Elle dispose aussi d'un lobby très persuasif, qui maintient la majorité des agriculteurs et des gouvernements de son côté. Qui s'arrange pour qu'ils restent conciliants, pour ainsi dire.

Reeve comprit et acquiesça.

– Donc une opération de dissimulation est en cours.

– Sans aucun doute, selon moi, mais il est logique que je le croie. On m'a soudainement mis à la porte, alors que j'étais compétent dans mon domaine. Quand j'ai commencé à me convaincre que l'explication des aliments pour animaux ne cadrait pas du tout, j'en ai parlé deux fois en public, j'ai publié un communiqué de presse, et, tout d'un coup, j'ai appris que mon poste était « supprimé ».

– Je croyais que le Syndicat national des agriculteurs était théoriquement du côté des agriculteurs.

– Il est de leur côté, du moins du côté de la majorité d'entre eux, ceux qui ont la tête dans le sable.

– Où allons-nous ?

– On est presque arrivés.

Reeve avait vaguement pensé que Vincent le reconduisait à la gare, que l'entrevue était terminée. Mais la campagne devenait de plus en plus inhabitée. Ils prirent un chemin et arrivèrent devant une haute barrière grillagée surmontée de fil de fer barbelé. Une clôture de la même hauteur, protégée de la même façon, s'étendait de part et d'autre. Il y avait des avertissements sur la barrière, dans la lumière des phares du 4 × 4, mais rien n'indiquait ce que le grillage et le fil de fer barbelé protégeaient.

Quand Reeve descendit de la Subaru à la suite de Vincent, une puanteur lui serra la gorge et il faillit avoir un haut-le-cœur. Elle pesait lourdement dans l'air : l'odeur de la chair morte.

– Il faut longer la clôture pour voir quelque chose, dit Vincent. C'est aménagé de telle façon que les installations sont invisibles. Pour voir ce qu'il y a à l'intérieur, il faut vraiment le vouloir.

– Il y a une chose que devrais peut-être vous demander, dit Reeve. Dieu sait que j'ai posé la question à tout le monde. Le mot Agrippa signifie-t-il quelque chose pour vous ?

– Bien entendu, répondit simplement Vincent. C'est une petite société de recherche et développement basée aux États-Unis.

– Mon frère avait noté ce nom sur un morceau de papier.

– Peut-être faisait-il des recherches sur Agrippa. Cette société est à l'avant-garde des mutations génétiques.

– Ce qui signifie quoi, au juste ?

Reeve se souvint de propos de Fliss Hornby : Jim lisait de la documentation sur les brevets dans le domaine de la génétique.

– Cela signifie qu'on altère le patrimoine génétique d'un produit afin de le rendre meilleur. « Meilleur » étant leur conception, pas la mienne.

– Comme le coton, vous voulez dire ?

– Oui. Agrippa n'a pas de brevet sur des cotons génétiquement modifiés. Mais la société travaille sur les plantes, tente d'améliorer les rendements, de les rendre résistantes aux insectes, essaie de créer des variétés qu'il sera possible de cultiver dans des environnements hostiles.

Vincent s'interrompit, puis ajouta :

– Imaginez qu'on puisse cultiver du blé dans le Sahara.

– Mais si on produisait des variétés résistantes, ce serait la fin des pesticides, n'est-ce pas ?

Vincent sourit.

– La nature trouve toujours le moyen de contourner ces défenses. Néanmoins, il y a des gens qui seraient d'accord avec vous. C'est pourquoi la CWC investit des millions dans la recherche.

– La CWC ?

– Je ne vous l'ai pas dit ? Agrippa est une filiale de la Co-World Chemicals. Par ici, venez.

Ils suivirent la clôture sur une pente abrupte, puis dans une vallée, et montèrent de nouveau.

– D'ici, on voit, dit Vincent, qui éteignit sa torche.

C'était un vaste bâtiment éclairé par des projecteurs, près duquel des camions étaient arrêtés. Des hommes en combinaison de protection, dont quelques-uns portaient un masque, faisaient la navette avec des chariots entre les camions et le bâtiment. Une cheminée haute et mince vomissait une fumée âcre.

– Un incinérateur ? supposa Reeve.

– Industriel. Il pourrait faire fondre la coque d'un navire.

– Et ils brûlent du bétail contaminé ?

Vincent acquiesça.

– Avez-vous amené Jim ici ?

– Oui.

– Pour démontrer quelque chose ?

– Une image vaut parfois mieux qu'un long discours.

– Il ne faut jamais dire ça à un journaliste.

Vincent sourit.

– Brûler le bétail ne fera pas disparaître le problème, monsieur Reeve. C'est ce que votre frère a compris. Il y a d'autres journalistes tels que lui, dans d'autres pays. Je présume qu'ils sont tous repérés. Chez les êtres humains, l'ESB s'appelle maladie de Creutzfeld-Jakob. Croyez-moi, vous ne la souhaiteriez pas à votre pire ennemi.

Mais Reeve s'imagina l'injectant dans le bras de celui qui avait tué son frère.

Il y avait d'autres maladies liées à la dégénérescence des tissus nerveux – la myopathie, la sclérose en plaques – et toutes étaient en augmentation. La conversation, sur le chemin du retour, fut unilatérale et uniquement composée de mauvaises nouvelles. Plus Josh Vincent parlait, plus il s'enflammait, plus sa voix exprimait la colère et la frustration.

– Mais qu'est-ce qu'on peut faire ? demanda Reeve à un moment donné.

– Réexaminer tous les pesticides, les soumettre à des tests. En utiliser moins. Transformer les exploitations agricoles en coopératives biologiques. Il y a des solutions, mais ce ne sont pas des panacées qui donneront des résultats du jour au lendemain.

Ils s'arrêtèrent dans la cour de la ferme. Le chien arriva en aboyant. L'agneau trotta jusqu'à eux. Reeve suivit Vincent dans la cuisine. Quand ils eurent franchi la porte, ils ôtèrent leurs bottes. La jeune femme était toujours devant l'évier, situé sous la fenêtre de la cuisine. Elle sourit, s'essuya les mains, avança.

– Jilly Palmer, dit Vincent, je te présente Gordon Reeve.

Ils se serrèrent la main.

– Enchantée, dit-elle.

Elle avait la peau rose et une longue natte de cheveux châtains. Son visage était anguleux, ses pommettes hautes et ses lèvres pincées. Ses vêtements étaient amples et pratiques.

– Le dîner sera prêt quand vous le serez, annonça-t-elle.

– Je vais d'abord montrer sa chambre à Gordon, dit Vincent.

Il vit l'expression étonnée de Reeve et ajouta :

– Vous ne pouvez pas rentrer à Londres ce soir. Plus de trains.

Reeve se tourna vers Jilly Palmer.

– Je regrette de...

– Pas de problème, dit-elle. Nous avons une chambre libre et Josh a préparé le dîner. Il suffisait de le faire réchauffer.

– Où est Bill ? demanda Vincent.

– Une réunion de jeunes agriculteurs. Il sera de retour vers dix heures.

– Ne sois pas naïve, dit Vincent. Les pubs ferment à onze heures.

Il était très différent, en sa compagnie, plus détendu, profitant de la chaleur de la cuisine et d'une conversation ordinaire. Mais, aux yeux de Reeve, cela montra simplement qu'il subissait de très fortes pressions le reste du temps et que tout ce complot l'affectait beaucoup.

Il crut comprendre pourquoi cette affaire avait séduit Jim, pourquoi il voulait aller jusqu'au bout alors que d'autres auraient peut-être renoncé : à cause de gens tels que Josh Vincent, effrayés, en fuite et innocents.

Sa chambre était petite et froide, mais il y avait plein de couvertures. Il enleva sa veste et la suspendit au crochet qui se trouvait derrière la porte, dans l'espoir qu'elle sécherait. Son pull-over foncé était humide, lui aussi, et il l'ôta. Le reste sécherait dans la cuisine. Il trouva la salle de bains, se lava les mains et le visage avec de l'eau presque bouillante, puis se regarda dans le miroir. En imagination, il se voyait toujours injecter l'ESB dans une veine. Cela lui avait donné une idée... pas quelque chose qu'il pourrait utiliser immédiatement, mais quelque chose dont il aurait peut-être besoin.

Dans la cuisine, la table était dressée pour deux. Jilly dit qu'elle avait mangé. Elle les laissa et ferma la porte derrière elle.

– Elle ne manque jamais *Coronation Street*, expliqua Vincent. Elle vit ici, mais il lui faut sa dose de suie du Lancashire.

Il enfila des gants de cuisine pour sortir la marmite du four. Elle était à moitié pleine, mais une moitié substantielle. Une bouteille de bière et deux verres attendaient sur la table. Vincent dévissa le bouchon et servit avec soin.

– La cuvée de Bill, expliqua-t-il. Je crois qu'il ne boit au pub que pour se rappeler à quel point ce qu'il fabrique est bon.

La bière était marron clair et la mousse disparut rapidement.

– Santé, dit Josh Vincent.

– Santé, répondit Reeve.

Ils mangèrent en silence, avec appétit, et mastiquèrent le pain fait maison. Vers la fin du repas, Vincent posa quelques questions à Reeve : ce qu'il faisait, où il habitait. Il dit qu'il aimait les Highlands et les îles, voulut tout savoir sur les stages de survie que Reeve organisait. Reeve donna des explications simples, ne fournit guère de précisions. Il constata que Vincent n'écoutait pas vraiment, qu'il avait l'esprit ailleurs.

– Puis-je vous demander quelque chose ? s'enquit finalement Vincent.

– Sûr.

– Jusqu'où Jim est-il allé ? A-t-il trouvé quelque chose qui pourrait nous être utile ?

– Ses disquettes ont disparu, je vous l'ai dit. Je n'ai que les notes qu'il avait laissées à Londres.

– Puis-je les voir ?

Reeve acquiesça et alla les chercher. Vincent lut en silence pendant un moment, indiquant seulement les détails ou les citations qu'il avait fournis. Puis il se redressa.

– Il a été en contact avec Marie Villambard.

Il montra une feuille à Reeve. En haut, soulignées et en capitales, se trouvaient les lettres MV. Reeve et Fliss Hornby n'avaient pas compris ce qu'elles signifiaient.

– Qui est-ce ?

– Une journaliste française qui travaille dans une revue d'écologie intitulée, je crois, *Le Monde vert*. Apparemment, ils collaboraient.

– Elle n'a pas tenté de le contacter à Londres.

Il n'y avait pas de lettre venue de France et Fliss n'avait pas reçu de coup de téléphone.

– Il lui a peut-être dit qu'il l'appellerait à son retour de San Diego.

– Josh, pourquoi mon frère est-il allé à San Diego ?

– Pour entrer en contact avec la Co-World Chemicals, dit Vincent, qui battit des paupières. Je croyais que vous le saviez.

– Vous êtes la première personne à le dire carrément.

– Il voulait essayer d'interviewer quelques-uns de leurs chercheurs.

– Pourquoi ?

– Pourquoi ? À cause de l'expérience qu'ils ont réalisée.

Vincent posa les notes et poursuivit :

– Ils ont tenté de reproduire l'ESB, telle qu'elle s'est répandue comme une traînée de poudre au Royaume-Uni, en utilisant exactement les mêmes processus et après avoir consulté le ministère de l'Agriculture. Ils ont pris des moutons atteints de tremblante et les ont traités en utilisant exactement les mêmes raccourcis que nous dans les années 1980. Puis ils les ont ajoutés à des tourteaux avec lesquels ils ont nourri des veaux et du bétail adulte.

– Et ?

– Et rien. Ils ne sont pas allés crier le résultat sur les toits. Après quatre ans, le bétail était en parfaite santé.

Il haussa les épaules et ajouta :

– D'autres expériences sont en cours. Des neurologues et des psychiatres de renommée mondiale travaillent sur les cas de fermiers américains atteints de maladies liées à la dégénérescence des tissus nerveux. La présence de psychiatres n'est pas innocente : elle amène tout le monde à penser qu'il s'agit d'hystérie psychosomatique ; que la prétendue maladie est en réalité le produit de l'esprit humain, n'a absolument rien à voir avec ce que nous répandons sur les cultures, ce que nous faisons absorber à nos animaux et ce avec quoi nous les traitons contre les parasites.

Il se tut puis demanda :

– Vous voulez encore un peu de ragoût ?

Reeve secoua la tête.

– Le bœuf est parfait, franchement, dit Vincent avec un sourire encourageant. Un produit de l'élevage biologique.

– Je n'en doute pas, répondit Reeve, mais je n'ai plus faim, merci.

C'était vrai à quatre-vingt-cinq pour cent.

Après le petit déjeuner, le samedi matin, Josh Vincent conduisit Reeve à la gare.

– Puis-je vous contacter à la ferme ?

Vincent secoua la tête.

– Je n'y resterai qu'un jour ou deux. Puis-je vous joindre quelque part ?

Reeve nota le numéro de téléphone de chez lui.

– Si je ne suis pas là, ma femme prendra le message. Josh, vous ne m'avez pas dit pourquoi vous vous cachez.

– Quoi ?

– Toutes ces précautions. Vous n'avez pas expliqué pourquoi.

Vincent regarda le quai vide.

– On a trafiqué ma voiture. Vous vous souvenez de ce que je vous ai dit à propos de ce fermier ?

– Celui qui militait contre les OP ?

– Oui. Un véto l'aidait, mais le véto est mort dans un accident de voiture. Il a perdu le contrôle de son véhicule, qui a heurté un mur ; aucune explication, véhicule en bon état. J'ai eu un accident similaire. Ma voiture ne répondait plus. J'ai heurté un arbre, pas un mur, et j'ai eu la chance de m'en tirer vivant. J'ai vu plusieurs garagistes et ma voiture n'avait apparemment rien.

Vincent regardait droit devant lui. Il poursuivit :

– Puis on a mis le téléphone de mon bureau sur écoute, et je me suis aperçu plus tard que celui de mon domicile l'était aussi. Je crois qu'on ouvrait mon courrier et qu'on recollait les enveloppes. Je suis sûr qu'on me surveillait. Ne me demandez pas qui c'était, je ne le sais pas. Mais je peux faire des suppositions. Le MI5, peut-être, la Special Branch ou les entreprises chimiques. Ça pouvait être n'importe lequel d'entre eux, ça pouvait être quelqu'un d'autre. Donc, soupira-t-il en fourrant les mains dans les poches de sa veste Barbour, je me déplace sans cesse.

– Il est plus difficile de toucher une cible qui bouge, admit Reeve.

– Vous parlez par expérience ?

– Au sens propre, répondit Reeve alors que le train entrait en gare.

De retour à Londres, il regagna l'appartement. Fliss avait laissé un mot où elle se demandait s'il était parti pour de bon. Il griffonna « peut-être cette fois » dessous et le remit sur la table. Il fallait qu'il récupère son sac et sa voiture, puis qu'il rentre chez lui. Mais il fallait d'abord qu'il vérifie quelque chose. Il chercha la page des notes de Jim sur laquelle MV était indiqué. Il y avait, au dos, quatre nombres de deux chiffres. Il avait cru qu'il s'agissait de la combinaison d'un coffre, mais il n'était plus de cet avis. Il prit un tournevis dans la cuisine et démonta le téléphone, appareil et combiné. Il ne trouva pas de micro, remonta le tout et rangea le tournevis. Il trouva l'indicatif de la France dans l'annuaire et appela. Une longue sonnerie lui indiqua qu'il avait joint un téléphone français.

Un répondeur ; une brève annonce d'une voix féminine. Reeve laissa un court message dans son français rouillé, donna son numéro en Écosse. Il ne parla pas de la mort de Jim. Il dit simplement qu'il était son frère. Cela s'appelait préparer quelqu'un à une mauvaise nouvelle. Il resta assis et pensa à ce que Josh Vincent lui avait dit. Quelque chose avait amené Reeve à soupçonner qu'il ne pouvait s'agir simplement de vaches. C'était risible, incroyable. Mais Josh Vincent avait rendu cette possibilité à la fois plausible et effrayante, parce qu'elle affectait tous les habitants de la planète... tous ceux qui devaient se nourrir. Cependant Reeve était convaincu qu'il ne s'agissait pas seulement de vaches, de pesticides et d'entreprises de dissimulation. Ce n'était pas uniquement ça. Il le sentait au plus profond de lui-même.

Il appela Joan, l'avertit de son retour. Puis il jeta un dernier coup d'œil dans l'appartement et ferma la porte à clé derrière lui.

Dehors, un technicien vérifiait le relais de téléphone. L'homme regarda Reeve partir, puis sortit la cassette du magnétophone et la remplaça par une neuve. Dans sa camionnette, il rembobina la cassette et l'écouta. Un nombre de treize chiffres suivi par une voix de femme en français. Il brancha un décodeur digital sur le magnétophone, rembobina la bande et la passa à nouveau. Cette fois, les bips se muèrent en chiffres sur l'écran du décodeur. Le technicien nota le numéro et prit son téléphone portable.

Quatrième partie

VIVRE DANGEREUSEMENT

11

Gordon Reeve s'était intéressé à l'anarchie parce qu'il avait besoin de comprendre comment fonctionnait l'esprit des terroristes. Il avait appartenu à une unité du SAS spécialisée dans la lutte antiterroriste. On était content qu'il en fasse partie – il n'était pas le seul à s'être spécialisé en langues, au début de sa formation, mais il était le seul à en connaître autant.

– Y compris l'écossais, avait dit un plaisantin. Ça pourrait être utile si la Tartan Army remettait ça.

– Je parle aussi gaélique, avait contré Reeve avec un sourire.

Après avoir quitté le SAS, il continua de s'intéresser à l'anarchie en raison de ses vérités et de ses paradoxes. Le mot anarchie vient du grec et signifie « sans dirigeant ». En 1968, les étudiants de Paris avaient écrit « Il est interdit d'interdire » sur les murs de la ville. Les anarchistes, les vrais anarchistes, voulaient une société sans gouvernement et préféraient l'organisation volontaire au pouvoir d'un corps élu. Les vrais anarchistes disent : « Peu importe pour qui on vote, il y a toujours un gouvernement. »

Reeve aimait opposer les penseurs anarchistes à Nietzsche. Kropotkine, par exemple, avec sa théorie de « l'assistance mutuelle », défendait l'opposé de la « volonté de pouvoir » de Nietzsche. Du point de vue de Kropotkine, l'évolution n'est pas une question de compétitivité, de survie de l'individu le plus fort, mais de coopération. L'espèce qui coopère s'épanouit, devient collectivement plus forte. Nietzsche, en revanche, voit la compétition partout, défend la confiance en soi et la concentration sur soi. Du point de vue de Reeve, les deux conceptions avaient des mérites. En réalité, elles ne sont pas contradictoires, ce ne sont pas des argumentations distinctes, mais les éléments d'une même équation. Reeve n'appréciait guère le gouvernement, la bureaucratie, mais il savait que l'individu ne peut aller que jusqu'à un point donné, que sa résistance a des limites. L'isolement a parfois du bon mais, en cas de problème, il est sage d'établir des liens. La guerre suscitait des alliances improbables tandis que la paix pouvait créer des divisions.

Nietzsche n'était évidemment parvenu à convaincre personne de sa philosophie, excepté un ou deux tyrans qui décidèrent de l'interpréter à leur façon. Et les anarchistes... Une des choses que Reeve trouvait très intéressante chez les anarchistes était que leur cause était condamnée dès ses débuts philosophiques. Pour grandir, pour influencer l'opinion, le mouvement anarchiste devait s'organiser, devait acquérir une structure politique forte, à savoir : élaborer une hiérarchie, prendre des décisions. Tout le monde, les enfants qui jouent comme les membres d'un conseil d'administration, savent qu'on aboutit à des compromis lorsque les décisions sont prises en commun. Anarchie et compromis ne s'accordent pas. La méfiance des anarchistes vis-à-vis des organisations rigides avait amené leurs groupes à se diviser et se diviser encore, jusqu'au moment où il ne resta que l'individu, et certains de ces individus estimèrent que le seul chemin leur permettant d'accéder au pouvoir passait par la balle et la bombe. L'image, donnée par Joseph Conrad, de l'anarchiste avec une bombe dans la poche n'était pas si éloignée de la réalité.

Et Nietzsche ? Reeve avait compté au nombre des « gentlemen de Nietzsche ». Nietzsche avait poursuivi l'œuvre de Descartes et d'autres – d'hommes qui avaient besoin de dominer, de contrôler, d'éliminer le hasard. Mais alors que Nietzsche voulait des surhommes, des dominateurs, il voulait aussi que les gens vivent dangereusement. Reeve avait la sensation de satisfaire ce critère, à défaut d'autres. Il vivait dangereusement. Il se demandait simplement s'il aurait besoin d'aide.

Il était au flanc d'une colline ; pas de bruits, à part le vent, des moutons qui bêlaient au loin et sa respiration.

Assis, il se reposait après une longue marche. Il avait dit à Joan qu'il avait besoin de réfléchir. Allan était chez un ami mais reviendrait à l'heure du dîner. Reeve rentrerait aussi à ce moment. Il avait simplement besoin de marcher. Joan avait proposé de lui tenir compagnie, proposition qu'il avait refusée d'un signe de tête. Il lui avait caressé la joue, mais elle avait brutalement écarté sa main.

– J'en ai pour deux heures.

– Tu n'es jamais là, protesta-t-elle. Et, même quand tu es là, tu n'es pas vraiment là.

C'était une protestation valide et il n'avait pas discuté. Il s'était contenté de lacer ses chaussures et était parti dans les collines.

C'était dimanche, une semaine jour pour jour après qu'on lui eut annoncé par téléphone que Jim s'était suicidé. Joan comprenait qu'il ne lui disait pas tout, qu'il gardait quelque chose pour lui. Elle savait que ce n'était pas seulement le chagrin.

Reeve se leva. Face au flanc abrupt de la colline, il eut un instant peur. Rien à voir avec « l'abîme », cette fois ; c'était seulement qu'il n'avait pas vraiment de plan et que, sans plan, la tentation de l'imprudence serait forte, qu'il y aurait de mauvais calculs. Il faudrait qu'il veille à établir un plan et effectue des préparatifs. Il avait été dans le noir pendant quelque temps, avançant à tâtons. Désormais, il savait pratiquement tout ce que Jim savait, et néanmoins il était bloqué. Il avait l'impression d'être une araignée ayant suivi les tuyaux jusqu'à la baignoire et découvrant qu'elle ne peut escalader ses flancs lisses et verticaux. Il y avait un oiseau de proie dans le ciel, probablement un faucon crécerelle. Il glissait sur les courants, selon une trajectoire rectiligne, baissant les ailes afin d'assurer sa stabilité. De cette hauteur, il pouvait probablement distinguer les mouvements d'une souris dans l'enchevêtrement d'herbes et de ronces. Reeve pensa aux ailes de l'insigne du SAS. Des ailes et une dague. Les ailes indiquaient que les Forces spéciales pouvaient aller n'importe où à n'importe quel moment. Et la dague... la dague exprimait la vérité fondamentale du régiment : ses membres étaient formés au combat rapproché. Ils préféraient la discrétion et le poignard à la distance et à la précision du tireur d'élite. Le combat à mains nues était leur force. Approcher de la proie, assez près pour poser une main sur sa bouche et lui plonger la dague dans la gorge, la tourner et la tourner, lacérer le larynx. Un maximum de dégâts, un minimum de temps de survie.

Reeve sentit le sang lui monter à la tête et ferma les yeux pendant quelques instants, chassant la brume qui les avait envahis. Il jeta un coup d'œil sur sa montre et constata qu'il s'était reposé plus longtemps que prévu. Ses jambes étaient raides. Il fallait qu'il redescende, traverse la large ravine. Il fallait qu'il rentre chez lui.

– Jackie a un nouveau jeu formidable, dit Allan.

Reeve regarda Joan.

– Jackie ?

– Une camarade de classe.

Il se tourna vers son fils.

– Tu joues avec une fille, hein ? Pas dans sa chambre, j'espère.

Le visage d'Allan se crispa.

– Elle n'est pas comme une fille, papa. Elle a tout plein de jeux...

– Sur l'ordinateur.

– Oui.

– Et où se trouve l'ordinateur ?

– Dans sa chambre.

– Sa chambre à coucher ?

Les oreilles d'Allan avaient rougi. Reeve voulut adresser un clin d'œil à Joan, mais elle ne regardait pas.

– C'est comme *Doom*, dit Allan sans tenir compte de son père, mais avec plus de passages secrets et on ne se contente pas de prendre des munitions et des trucs, on peut entrer dans des créatures incroyables qui ont plein de nouvelles armes et de machins. On peut griller les yeux des méchants et les rendre aveugles et après on peut...

– Ça suffit, Allan, dit sa mère.

– Mais je raconte seulement à papa...

– Ça suffit.

– Mais papa...

– Ça suffit !

Allan fixa son assiette. Il avait mangé toutes les frites et il ne lui restait que le jambon ainsi que les haricots à la sauce tomate.

– Mais papa voulait savoir, marmonna-t-il.

Joan se tourna vers son mari.

– Tu me raconteras ça plus tard, mon gars, d'accord ? Il y a des choses qui n'ont pas leur place pendant le dîner.

Reeve regarda Joan porter un morceau de jambon à sa bouche et ajouta :

– Surtout les yeux grillés des extraterrestres.

Joan le foudroya du regard, mais Allan et Gordon riaient. Le reste du repas se déroula en silence.

Ensuite, Allan fit du café instantané pour ses parents, tâche dont il avait été récemment chargé. Reeve se demandait s'il était prudent de confier la responsabilité d'une bouilloire à un enfant de onze ans.

– Mais les extraterrestres grillés ne te gênent pas, hein ? dit Joan.

– Les extraterrestres ne font de mal à personne, dit Reeve. J'ai vu ce que fait l'eau bouillante.

– Il faut qu'il apprenne.

– D'accord, d'accord.

Ils étaient dans le séjour. Reeve gardait une oreille tendue vers les bruits de la cuisine. Au premier fracas, au premier cri, il serait là. Mais Allan revint avec les deux tasses. Le café était fort.

– On ne peut plus avoir de lait sans carte d'alimentation ? s'enquit Reeve.

– Qu'est-ce qu'une carte d'alimentation ? demanda Allan.

– Prie pour ne jamais avoir besoin de le savoir.

Allan voulut regarder la télévision et ils s'installèrent tous les trois sur le canapé, Reeve un bras sur le dossier, derrière la nuque de sa femme mais sans la toucher. Elle avait enlevé ses pantoufles et glissé ses pieds sous ses fesses. Allan s'assit par terre devant elle. Bakounine le chat, sur les genoux de Joan, foudroyait Reeve du regard comme s'il était un parfait inconnu, ce qu'il était du fait qu'il ne lui avait pas donné à manger depuis une semaine. Reeve songea à Bakounine lui-même, combattant sur les barricades de Dresde aux côtés de Wagner, l'ami de Nietzsche...

– À quoi tu penses ? demanda Joan.

– Je me disais qu'il est agréable d'être rentré.

Face à ce mensonge, Joan eut un sourire crispé. Elle ne l'avait pas beaucoup interrogé sur la crémation, mais s'était intéressée à l'appartement de Londres et à la femme qui y vivait. Allan quitta la sitcom des yeux.

– Comment c'est, l'Amérique, papa ?

– J'ai cru que tu ne me le demanderais jamais.

Reeve avait pris le temps de réfléchir à ce qu'il raconterait à Allan. Il présenta San Diego comme une ville de la Frontière, excitante et étrange, pour qu'Allan ne cesse pas de l'écouter.

– Tu as vu des batailles au revolver ? demanda Allan.

– Non, mais j'ai entendu des sirènes de police.

– Tu as vu un policier ?

Reeve acquiesça.

– Avec un revolver ?

Reeve acquiesça une nouvelle fois.

Joan ébouriffa les cheveux de son fils, même si elle savait qu'il détestait cela.

– Il devient fou des armes, en grandissant.

– Non, ce n'est pas vrai.

– C'est à cause des jeux sur l'ordinateur.

– Non, ce n'est pas vrai.

– À quoi joues-tu en ce moment ?

– Au jeu dont je t'ai parlé. Jackie me l'a copié.

– J'espère qu'il n'a pas de virus.

– J'ai un nouvel antivirus.

– Bien.

À cette époque, Allan n'était qu'un peu plus fort en informatique que Reeve et Joan réunis, mais il prenait régulièrement de l'avance.

– Le jeu s'appelle *Militia* et il faut...

– Pas d'yeux grillés, exigea Joan.

– Et le jeu qu'oncle Jim t'a envoyé ? demanda Reeve.

Allan parut gêné.

– Je suis resté bloqué au cinquième écran...

– Tu l'as donné à quelqu'un ?

– Non, il est en haut.

– Mais tu n'y joues plus ?

– Non, souffla-t-il, puis il ajouta : maman m'a dit qu'oncle Jim était mort.

Reeve acquiesça. Joan avait déjà eu une ou deux conversations avec Allan.

– Les gens vieillissent et se fatiguent, Allan, puis ils meurent. Ils laissent la place aux jeunes...

Reeve avait l'impression d'être maladroit.

– Mais oncle Jim n'était pas vieux.

– Non, il y a simplement des gens qui...

– Il n'était pas beaucoup plus vieux que toi.

– Je ne vais pas mourir, dit Reeve à son fils.

– Comment tu le sais ?

– On a parfois des intuitions. J'ai l'intuition que je vais vivre jusqu'à cent ans.

– Et maman ? demanda Allan.

Reeve se tourna vers elle. Elle le fixait, curieuse d'entendre sa réponse.

– Même intuition, dit-il.

Allan reporta son attention sur la télévision. Un peu plus tard, Joan murmura « merci », enfila ses pantoufles et gagna la cuisine, suivie de près par Bakounine en quête de victuailles. Reeve se demanda comment interpréter son propos.

Le téléphone sonna pendant qu'il regardait les informations. Allan s'était réfugié dans sa chambre après avoir accordé plus d'une heure et demie de son précieux temps à ses parents. Reeve laissa Joan décrocher. Elle était toujours dans la cuisine, où elle préparait du pain. Plus tard, quand il alla faire la dernière tasse de café de la soirée, il demanda qui avait appelé.

– Il n'y avait personne au bout du fil, répondit-elle, trop nonchalante.

Reeve la fixa.

– C'est arrivé plusieurs fois ?

Elle haussa les épaules.

– Deux ou trois.

– Combien ?

– Je crois que c'était la troisième.

– En combien de temps ?

Elle haussa une nouvelle fois les épaules. Elle avait une tache de farine sur le nez, quelques traînées, dans les cheveux, qui la faisait paraître plus âgée.

– Cinq ou six jours. Il n'y a personne, à l'autre bout, pas un bruit. Peut-être que British Telecom teste la ligne, quelque chose de ce genre. Ça arrive.

– Oui.

Mais une fois tous les trente-six du mois, pensa-t-il.

Ils étaient couchés, silencieux, depuis une heure, allongés côte à côte et fixant le plafond quand il demanda :

– Et les contacts que tu as eus ?

– Les coups de téléphone ?

Elle tourna la tête vers lui.

– Non, tu as dit que des clients étaient venus.

– Oh, oui, ils ont simplement posé des questions sur les stages.

– Deux ?

– Oui, le premier un jour et le deuxième le lendemain. Quel est le problème ?

– Aucun. C'est seulement qu'il est rare que les gens se déplacent.

– Je leur ai donné la brochure et ils sont partis contents.

– Ont-ils pénétré dans la maison ?

Elle s'assit.

– Seulement dans l'entrée. Il n'y a pas de problème, Gordon, je suis capable de me défendre.

– Comment étaient-ils ? Décris-les.

– Je ne suis pas sûre de pouvoir. Je n'ai pas fait attention à eux.

Elle se pencha sur lui, posa une main sur sa poitrine. Elle perçut le rythme rapide de son cœur.

– Qu'est-ce qu'il y a ?

– Il n'y a rien, répondit-il, mais il se leva et commença de s'habiller. Je ne me sens pas fatigué, je descends dans la cuisine.

Il s'arrêta devant la porte et ajouta :

– Il y a eu d'autres visites pendant mon absence ?

– Non.

– Réfléchis.

Elle réfléchit.

– Un homme est venu relever le compteur. Et le camion de surgelés est passé.

– Quel camion de surgelés ?

– Celui des produits alimentaires congelés.

Sa voix était empreinte d'irritation. S'il insistait, il provoquerait une dispute.

– J'achète généralement des frites et des glaces, ajouta-t-elle.

– Était-ce le chauffeur habituel ?

Elle se recoucha.

– Non, c'était un nouveau. Gordon, merde, que se passe-t-il ?

– Je suis peut-être simplement parano.

– Qu'est-ce qui est arrivé aux États-Unis ?

Il vint s'asseoir au bord du lit.

– Je crois que Jim a été assassiné.

Elle se redressa.

– Quoi ?

– Je crois qu'il s'était trop engagé dans quelque chose, dans une enquête sur laquelle il travaillait. On a peut-être essayé en vain de lui faire peur. Je connais Jim, il est comme moi... cette tactique ne pouvait que stimuler sa curiosité, son opiniâtreté. Donc il a fallu le tuer.

– Qui ?

– C'est ce que je tente de découvrir.

– Et ?

– Et comme j'ai fait exactement ce que Jim a fait, je suis peut-être devenu une cible. Mais je ne croyais pas qu'ils viendraient ici. Pas si vite.

– Deux clients potentiels, un homme qui relève un compteur et le chauffeur d'un camion de patates et de haricots !

– Il est très rare qu'on ait quatre visiteurs.

Il se leva.

– C'est fini ? demanda Joan. Tu vas me laisser me reposer ?

Il la fixa, capable seulement de distinguer sa silhouette

dans l'obscurité de la chambre aux rideaux tirés – tirés malgré la nuit et l'isolement de la maison.

– Je ne veux pas que tu deviennes une cible.

Puis il descendit aussi silencieusement que possible. Il regarda autour de lui, sans toucher à rien, puis resta immobile dans le séjour et réfléchit. Il s'approcha de la télé et l'alluma, changea de chaînes avec la télécommande.

– Les conneries habituelles, dit-il en bâillant bruyamment à l'intention d'auditeurs éventuels.

Il savait que le matériel d'écoute était devenu très perfectionné. Il avait entendu parler d'appareils capables de lire un écran d'ordinateur à plusieurs mètres de distance, sans lien matériel entre eux et l'ordinateur. Il ne connaissait vraisemblablement pas la moitié de ce qui existait. La technologie évoluait si vite qu'il était pratiquement impossible de se tenir au courant. Il faisait de son mieux, afin de pouvoir transmettre ses connaissances à ses stagiaires. Les gardes du corps en formation, notamment, aimaient savoir ces choses.

Il commença par s'assurer qu'il n'y avait pas de caméras miniatures dans la maison. Elles ne sont pas faciles à cacher : après tout s'il fallait qu'elles voient le sujet il était impossible de les cacher sous un fauteuil ou un canapé. Leur installation prenait en outre davantage de temps. Il fallait que quelqu'un soit entré dans la maison pendant que Joan était sortie ou endormie. Il ne trouva rien. Ensuite, il enfila sa veste et sortit, fit le tour de la maison à bonne distance. Il ne vit personne, et aucun véhicule. Dans le garage, il se glissa sous les Land Rover et n'y trouva pas de micros. Avant de rentrer, il dévissa le couvercle du système d'alarme. Il lui fut difficile de faire tourner les vis, qui semblaient n'avoir pas été récemment touchées. Pas d'éclats de peinture ni de griffures fraîches. L'alarme fonctionnait.

Joan avait dit que les clients potentiels avaient pénétré dans l'entrée. Et le chauffeur du camion était probablement allé jusque dans la cuisine. Il consacra beaucoup de temps à ces deux endroits, sonda les tapis, regarda derrière les rideaux, sortit les livres de recettes de l'étagère de la cuisine.

Il trouva le premier micro dans l'entrée.

Il était fixé dans le téléphone.

Il gagna la cuisine, alluma la radio, la plaça près du poste téléphonique qui s'y trouvait. Puis il démonta l'appareil et y découvrit un deuxième micro identique au premier. USA était gravé sur les deux enveloppes métalliques. Il essuya son visage trempé de sueur et alla dans le séjour. Malgré une heure de recherches, il ne trouva pas trace s'un système d'écoute. Il savait que sa tâche serait plus facile avec un détecteur, mais il n'avait pas le temps de s'en procurer un. Et, au moins, maintenant il savait que sa famille n'était pas en sécurité, que sa maison n'était pas sûre.

Il savait qu'ils devaient partir.

Il était assis sur une chaise, près de la coiffeuse de leur chambre. Un rayon de soleil matinal qui filtrait entre les rideaux se posa sur le visage de Joan, dont le sommeil était agité, et glissa de ses yeux à son front. Comme un laser de visée, comme un assassin s'apprêtant à abattre sa victime. Il se sentait fatigué, mais électrique ; il avait passé la moitié de la nuit à écrire. Il tenait les feuilles imprimées. Joan se tourna, un bras tombant à l'endroit où il aurait dû être. Elle se souleva sur ce bras, battit des paupières à plusieurs reprises. Puis elle se mit sur le dos et tendit le cou.

– Bonjour, dit-elle.

– Bonjour, répondit-il en se dirigeant vers elle.

– Tu es levé depuis longtemps ?

Elle battit une nouvelle fois des paupières, tentant de lire la feuille que Reeve lui présentait.

– Des heures, répondit-il avec une légèreté qu'il n'éprouvait pas.

NE DIS PAS UN MOT. CONTENTE-TOI DE LIRE. HOCHE LA TÊTE QUAND TU SERAS PRÊTE. N'OUBLIE PAS : PAS UN MOT.

Elle comprit, à l'expression de son visage, qu'il était sérieux. Elle acquiesça, s'assit, écarta les cheveux qui couvraient ses yeux. Il passa à la feuille suivante.

LA MAISON EST SUR ÉCOUTE : ON NE PEUT RIEN DIRE SANS PRENDRE UN RISQUE. IL FAUT AGIR COMME SI C'ÉTAIT UNE JOURNÉE ORDINAIRE. HOCHE LA TÊTE QUAND TU SERAS PRÊTE.

Elle n'acquiesça pas immédiatement. Quand elle le fit, elle le regardait dans les yeux.

– Tu vas passer la journée au lit ? blagua-t-il en passant à la page suivante.

– Pourquoi pas ? répondit-elle.

Elle semblait effrayée.

IL FAUT QUE TU AILLES T'INSTALLER CHEZ TA SŒUR. EMMÈNE ALLAN. MAIS NE LUI DIS RIEN. METS QUELQUES AFFAIRES DANS LA VOITURE ET PARTEZ. AGIS COMME SI TU LE CONDUISAIS À L'ÉCOLE, COMME TOUS LES JOURS.

– Allez, lève-toi, je vais préparer le petit déjeuner.

– Je prends une douche.

– D'accord.

ON NE PEUT PAS DIRE OÙ VOUS ALLEZ. PERSONNE NE DOIT LE SAVOIR. C'EST UNE JOURNÉE ORDINAIRE.

Joan acquiesça.

– Des toasts, ça ira ?

JE NE CROIS PAS QU'IL Y AIT DES CAMÉRAS, SEULEMENT DES MICROS.

Il sourit afin de la rassurer.

– Ça me convient parfaitement, répondit-elle d'une voix qui tremblait très légèrement.

Elle s'éclaircit la gorge et le montra du doigt. Il avait prévu cela et présenta la feuille.

ÇA IRA. J'AI SEULEMENT BESOIN DE VOIR QUELQUES PERSONNES.

Elle parut dubitative et il sourit, se pencha et l'embrassa.

– Ça va comme ça ? demanda-t-il.

– Ça va, répondit-elle.

JE TE TÉLÉPHONERAI CHEZ TA SŒUR. TU POURRAS L'APPELER EN ROUTE, L'AVERTIR DE TON ARRIVÉE. NE REVIENS PAS TANT QUE JE NE T'AURAI PAS DIT QUE TU PEUX LE FAIRE. JE T'AIME.

Elle se leva d'un bond et le serra dans ses bras. Ils restèrent ainsi pendant une minute entière. Les yeux de Joan étaient pleins de larmes quand elle s'écarta.

– Du thé et des toasts, dit Reeve.

Il était dans la cuisine, s'efforçant de fredonner tout en préparant le petit déjeuner, quand elle arriva. Elle tenait un bloc et un stylo. Elle semblait plus maîtresse d'elle-même maintenant qu'elle était habillée et avait eu le temps de réfléchir. Elle lui fourra le bloc sous le nez.

QU'EST-CE QUE C'EST QUE CE BORDEL ?

Il prit le bloc et le posa sur le plan de travail.

CE SERAIT TROP LONG. J'EXPLIQUERAI QUAND JE TÉLÉPHONERAI.

Il la regarda, puis ajouta :

S'IL TE PLAÎT.

C'EST INJUSTE, écrivit-elle, le visage rouge de colère.

Il articula silencieusement « Je sais » et ajouta « Je regrette ».

– Tu as pris ta douche ? demanda-t-il.

– L'eau n'était pas assez chaude.

Elle donna un instant l'impression d'être sur le point d'éclater de rire, tant la situation était absurde. Mais elle était trop furieuse.

– Tu prends du thé ou du café ? demanda-t-il.

– Du thé. Tu veux que je coupe le pain ?

– Oui, merci. Comment va Allan ?

– Il n'a pas très envie de se lever.

– Il ne connaît pas sa chance, dit Reeve.

Il regarda Joan attaquer le pain avec le couteau comme si c'était un ennemi.

Ce fut plus facile quand Allan fut descendu. Ils lui parlèrent davantage que de coutume, posèrent des questions, suscitèrent des réponses. Le terrain était plus solide ; ils purent baisser un peu leur garde. Quand Joan annonça qu'elle allait peut-être prendre une douche, finalement, Reeve comprit qu'elle allait faire les bagages. Il annonça à Allan qu'il allait sortir la voiture et gagna la cour, inspira profondément, souffla avec bruit.

– Nom de Dieu, dit-il.

Il fit encore une fois le tour de la propriété. Il entendit un tracteur, du côté de la ferme de Buchanan, et le bourdonnement d'un petit avion, mais le ciel était trop couvert pour qu'il soit possible de le voir. Il ne croyait pas que la maison fût surveillée. Il se demanda quelle était la portée des émetteurs. Réduite, compte tenu de leur aspect. Il y avait forcément un magnétophone, quelque part, enterré ou caché sous des pierres. Il se demanda à quel intervalle ils changeaient les cassettes, à quel intervalle ils écoutaient. Le magnétophone était probablement déclenché par la voix et ceux qui écoutaient ne s'intéressaient qu'aux appels téléphoniques.

Mais peut-être n'avaient-ils pas eu le temps de mettre entièrement la maison sur écoute.

– Salauds, dit-il à haute voix.

Puis il rentra. Joan descendait l'escalier avec deux sacs de voyage. Sans s'arrêter, elle alla les mettre dans le coffre de la voiture. Elle lui fit signe de la rejoindre. Quand il fut près d'elle, elle le fixa comme si elle voulait qu'il prenne la parole.

– Je crois que ça ne risque rien dehors, dit-il.

– Bien. Qu'est-ce que tu vas faire, Gordon ?

– Voir quelques personnes.

– Quelles personnes ? Et de quoi vas-tu leur parler ?

Il jeta un regard circulaire dans la cour, ses yeux s'arrêtant sur la porte de l'abattoir.

– Je ne sais pas exactement. Je veux seulement savoir pourquoi on a placé nos téléphones sur écoute. Il faut que je me procure du matériel, que je fouille la maison afin de m'assurer qu'il n'y a pas d'autres micros que ceux que j'ai trouvés.

– Tu resteras absent combien de temps ?

– Peut-être seulement deux ou trois jours. Je ne sais pas encore. Je t'appellerai dès que possible.

– Ne fais rien...

Elle ne termina pas la phrase.

– Pas de danger, dit-il en lui caressant les cheveux.

Elle sortit quelque chose de sa poche.

– Tiens, prends ça.

Elle lui donna un flacon contenant des cachets bleus... ceux qu'il était censé prendre quand la brume rose apparaissait.

Le rose avait intrigué le psychiatre.

– Pas rouge ? avait-il demandé.

– Non, rose.

– Mmm. À quoi vous fait penser le rose, monsieur Reeve ?

– Le rose ?

– Oui.

– Aux gays, aux bites, aux langues, aux lèvres du vagin, au rouge à lèvres des petites filles... Ça suffit pour le moment, docteur ?

– J'ai l'impression que vous me faites marcher, monsieur Reeve.

– Si j'avais voulu vous faire marcher, j'aurais parlé de brume rouge et vous auriez été content. Mais j'ai dit rose parce qu'elle est rose. Mon champ visuel devient rose, pas rouge.

– Et ensuite, vous réagissez ?

Oh, oui, ensuite il réagissait...

Il regarda sa femme.

– Je n'en aurai pas besoin.

– Tu veux parier ?

Reeve prit les cachets.

Joan avait dit à Allan qu'ils emmenaient Bakounine chez le vétérinaire. Il avait été difficile de contraindre le chat à entrer dans son panier et Allan avait demandé ce qu'il avait.

– Rien de grave, avait-elle répondu, les yeux fixés sur son mari.

Debout sur le seuil, Reeve leur fit signe de la main quand ils partirent, puis courut jusqu'au bord de la route et les regarda s'éloigner. Il ne croyait pas qu'ils seraient suivis. Joan conduisait Allan à l'école tous les matins et c'était un matin comme les autres. Il regagna l'intérieur et s'assit dans l'entrée.

– Seul, dit-il à haute voix.

Il se demanda s'ils viendraient, maintenant qu'il était seul. Il espérait qu'ils le feraient. Il était prêt à les recevoir. Il passa la journée à les attendre et à leur parler.

– Elle ne rentrera pas, dit-il, à un moment donné, dans le combiné du téléphone. Ils ne rentreront pas. Je suis seul.

Mais ils ne vinrent pas. Il parcourut la maison, prépara un sac de voyage, s'assura qu'il avait la liste des numéros de téléphone d'urgence. Il déjeuna d'une tranche de pain beurré et somnola pendant une heure à la table de la cuisine après s'être assuré que les portes et les fenêtres étaient verrouillées. Ensuite, il se sentit mieux. Il avait besoin d'une douche ou d'un bain, mais y renonça, parce qu'il ne voulait pas qu'ils arrivent pendant qu'il se savonnerait le dos. Il se contenta donc d'une toilette rapide.

À la fin de l'après-midi, il ne supportait plus d'être enfermé. Il vérifia de nouveau les fenêtres, brancha l'alarme et ferma la maison à clé. Il avait son sac de voyage. Il gagna l'abattoir, ouvrit les cadenas et les verrous des deux portes. Ces portes semblaient ordinaires de l'extérieur, mais l'intérieur était renforcé de plaques métalliques destinées à décourager les cambrioleurs. Dans le petit couloir qui conduisait à la salle, il s'agenouilla et tira sur une longue section de plinthe. Il la retira aisément. Derrière, dans l'épaisseur du mur, il y avait une boîte métallique longue et étroite. Reeve déverrouilla le couvercle et l'ouvrit. Elle contenait des armes de petit calibre. Il avait également des armes de gros calibre, dans un placard fermé à clé de ce qui avait été l'arrière-cuisine de la ferme. Il prit un des pistolets. Il était enveloppé dans un morceau de toile cirée. À quoi pouvait servir un abattoir sans armes ? À l'époque où il appartenait aux Forces spéciales, ils s'entraînaient presque toujours avec des munitions réelles. C'était le seul moyen de se convaincre de les respecter.

Reeve avait des munitions. Il tenait un 9 mm Beretta dans la main. Le poids des armes étonne toujours les gens. Il se demanda si c'était parce qu'ils associent les armes à l'enfance, c'est-à-dire aux répliques en plastique, ou si c'était à cause de la télé et du cinéma, de leurs bons et de leurs méchants armés de flingues, des types capables de tirer au bazooka puis de faire dix rounds contre le champion du monde des voyous... alors que, dans la réalité, ils auraient été à l'hôpital avec une épaule disloquée.

Le poids du Beretta montrait clairement qu'il était mortel. Dans l'abattoir, ils utilisaient des munitions à blanc. Les cartouches à blanc elles-mêmes pouvaient provoquer des brûlures. Il avait vu des soldats du week-end morts de trouille, figés, leur arme à la main comme l'étron d'un inconnu, la détonation résonnant dans les chambres de leur cœur.

Peut-être avait-il besoin d'une arme. Simplement pour faire peur. Mais on ne peut faire peur aux gens que si on est prêt à aller jusqu'au bout et s'ils voient dans le regard que tel est effectivement le cas. Et on ne peut aller jusqu'au bout que si l'arme est chargée...

Et à quoi sert une arme chargée si on n'a pas l'intention de s'en servir ?

– Merde, dit-il en enroulant le Beretta dans la toile cirée.

Il fouilla parmi les autres paquets – il avait aussi des explosifs ; presque tous les soldats emportent quelque chose quand ils retournent à la vie civile – jusqu'au moment où il trouva un objet allongé enroulé dans un chiffon gras. Il s'agissait d'une dague luisante, sa Lucky 13 : manche caoutchouté de dix centimètres, lame en acier poli de vingt centimètres, si tranchante qu'elle aurait pu tenir lieu d'instrument chirurgical. Il l'avait achetée en Allemagne, à l'occasion d'un entraînement. Son poids et son équilibre lui convenaient parfaitement. La façon dont il l'avait en main semblait presque surnaturelle. Les deux camarades avec qui il passait le week-end de permission l'avaient convaincu de l'acheter. Elle lui avait coûté une semaine de salaire.

– En souvenir du bon vieux temps, dit-il en la mettant dans son sac de voyage.

Il prit le ferry jusqu'à Oban, où la filature commença.

Une seule voiture, estima-t-il. Afin de s'en assurer, il la promena jusqu'à Inveraray. Au nord de la ville, il stoppa soudainement la Land Rover, en descendit et ouvrit le coffre comme pour s'assurer qu'il n'avait pas oublié quelque chose. La voiture était trop proche pour pouvoir s'arrêter ; elle dut continuer et passer près de lui. Il leva la tête, quand elle fut à sa hauteur, regarda les visages impassibles des deux hommes assis à l'avant.

– Au revoir, dit-il en fermant le coffre et en les regardant s'éloigner.

Difficile de deviner, d'après leurs visages, qui étaient les hommes ou pour qui ils travaillaient, mais il était foutrement sûr qu'ils le suivaient depuis qu'il était descendu du ferry : presque tous les automobilistes seraient restés sur la route principale, qui passe par Dalmally puis continue vers le sud en direction de Glasgow. Mais quand Reeve avait pris celle d'Inveraray, beaucoup moins fréquentée, ceux-ci l'avaient suivi.

Il se remit au volant. Il ne savait pas s'ils avaient déjà averti une deuxième voiture ou s'il fallait qu'ils téléphonent pour obtenir du renfort. Il savait seulement qu'il ne voulait aller nulle part tant qu'ils le fileraient. Il prit donc la direction du centre. Le combat rapproché, pensa-t-il tout en gagnant sa destination de rechange.

Le Thirty Arms avait un parking, mais Reeve se gara dans la rue. On ne risquait pas de contravention après dix-huit heures. Les gens du coin l'appelaient Thirsty Arms, mais le véritable nom du pub faisait allusion aux quinze joueurs d'une équipe de rugby. C'était, dans cette petite ville tranquille, ce qu'il y avait de plus proche du « bouge », ce qui revient à dire que c'était un établissement rude et peu sûr où on rencontrait très rarement des femmes. Reeve le savait, parce qu'il y passait de temps en temps, préférant la route d'Inveraray à la nationale plus fréquentée. On aurait pu gratter une allumette sur la langue du propriétaire.

– Sors cette connerie de tapis rouge, dit-il à quelqu'un quand Reeve entra. Il y a si longtemps que ce salaud n'a pas bu un verre ici que j'envisageais de vendre.

– Bonsoir, Manny, dit Reeve. Un demi de ce qu'il y a de plus foncé, s'il te plaît.

– Les clients aussi ingrats que toi, dit Manny, se contentent de ce que je leur donne.

Il servit. Reeve regarda les visages qu'il connaissait. Personne ne sourit et il ne sourit pas. La fixité de leur regard collectif était destinée à chasser les inconnus et les étrangers, et Reeve était indubitablement un étranger. L'adolescent le plus hargneux de la ville jouait au billard. Reeve avait vu, dehors, quelques-uns de ses potes. Ils n'étaient pas assez âgés pour entrer chez Manny et attendraient à l'extérieur, comme des chiens devant la boucherie, que leur maître les rejoigne. L'odeur de la bière, sur ses vêtements, serait leur plaisir par procuration. À Inveraray, il n'y avait pas grand-chose d'autre à faire pour tuer le temps.

Reeve gagna le tableau et y écrivit son nom à la craie. L'adolescent lui adressa un regard désagréable, comme pour dire : « J'accepte l'argent de tout le monde. » Reeve retourna au bar.

Deux nouveaux clients poussèrent la porte grinçante qui donnait sur le monde extérieur. Leurs sourires de touristes disparurent quand ils virent où ils étaient tombés. D'autres touristes commettaient cette erreur, mais il était rare qu'ils aillent jusqu'au bar. Peut-être ceux-ci étaient-ils étonnamment stupides. Peut-être étaient-ils aveugles.

Peut-être, pensa Reeve. Il leur tournait toujours le dos. Il n'avait pas besoin de les voir pour savoir que c'étaient les deux hommes de la voiture. Ils restèrent immobiles près de lui tandis que Manny terminait de raconter une histoire à un client. Manny prenait son temps, les faisait poireauter. Il lui arrivait de refuser de servir les gens qui ne lui plaisaient pas.

Reeve regarda comme il put, du coin de l'œil. Grâce au reflet déformé des visages dans la plaque de cuivre qui courait sur toute la longueur du bar, derrière les étagères en verre, il vit que les deux hommes attendaient patiemment.

Finalement, Manny renonça.

– Oui, messieurs ? demanda-t-il.

– On veut boire un verre, dit celui qui se trouvait près de Reeve.

L'homme était déjà en colère, n'avait pas l'habitude qu'on le fasse attendre. Il avait l'accent anglais ; Reeve se demanda à quelle nationalité il s'attendait.

– C'est pas un restau ici, dit Manny, qui releva le défi. Chez moi, on sert que des verres d'alcool.

Il sourit, pour faire comprendre aux étrangers qu'il n'était pas content du tout.

– Je prendrai un double scotch, dit le deuxième homme.

Il était également anglais. Reeve se demanda s'il l'avait fait à dessein, mais la façon dont il cracha « scotch » provoqua plus d'un ricanement dans la salle. L'individu fit mine de ne s'apercevoir de rien mais peut-être, tout simplement, s'en fichait-il. Il regarda la porte, les photos encadrées de l'équipe d'Écosse et celle du club local – signée, celle-ci – ainsi que les drapeaux et les fanions.

– Il y a quelqu'un qui aime le rugby, dit-il sans s'adresser à quelqu'un en particulier.

Personne ne prit la peine de lui répondre.

L'homme qui se tenait près de Reeve, celui qui avait pris la parole en premier, commanda une bière avec un filet de jus de citron vert. Un sifflement étouffé retentit près du billard, puis l'adolescent joua.

L'homme se tourna vers l'origine du bruit.

– Tu as dit quelque chose ?

L'adolescent garda le silence et rentra la boule suivante, fit le tour du billard tout en mettant du bleu. Reeve le trouva soudain sympathique.

– Laisse tomber, cracha le compagnon de l'inconnu.

Puis, quand on les servit, il ajouta :

– C'est un triple.

Il faisait allusion au whisky.

– Un double, répliqua sèchement Manny. Vous êtes habitués aux sixièmes d'once, ici on sert des quarts.

Il prit l'argent, regagna la caisse.

Reeve, affable, se tourna vers les deux hommes.

– Santé, dit-il.

– Oui, santé.

Ils profitèrent de l'occasion pour le regarder attentivement, de près, tout comme il profita de l'occasion pour les dévisager. Celui qui se tenait près de lui était petit et trapu. Il aurait pu jouer pilier. Il portait des vêtements chiffonnés et son visage avait un aspect gras, chiffonné lui aussi. Si on a l'apparence de ce qu'on mange, il se nourrissait de frites et de lard. Son compagnon avait un faciès inquiétant, comme s'il avait connu de si nombreuses bagarres qu'il n'y attachait tout simplement plus aucune importance. Peut-être avait-il été dans l'armée – Reeve ne pouvait imaginer que Face de Lard ait été un jour en assez bonne forme physique – mais, depuis, il s'était laissé aller. Ses cheveux rebiquaient au-dessus de ses oreilles et étaient clairsemés au-dessus du front. Il avait apparemment investi dans une coupe à la mode, fixée au gel, qui aurait convenu à son fils, mais n'avait pas pris la peine de l'entretenir. Reeve avait vu des flics coiffés de cette façon, mais pas beaucoup.

– Alors, messieurs, dit-il, qu'est-ce qui vous amène ici ?

Le plus grand des deux, Porc-épic, acquiesça comme s'il pensait : d'accord, c'est comme ça qu'on joue.

– On passe en ville, c'est tout.

– Vous êtes sûrement perdus.

– Comment ça ?

– Pour aboutir ici. Ce n'est pas exactement la route principale.

– Bon, vous savez...

L'homme était déjà à court de mensonges, ce qui n'était pas très professionnel.

– On a eu envie d'un verre, tout bêtement, dit sèchement son compagnon.

– Je me contentais de faire la conversation, dit Reeve.

Les bords de son champ visuel devenaient troubles. Il pensa aux cachets qui se trouvaient dans sa poche, mais chassa aussitôt cette idée.

– Vous habitez dans le coin ? demanda Porc-épic.

– Vous devriez le savoir, répondit Reeve.

L'autre eut un sourire forcé.

– Comment ça ?

– Vous me suivez depuis Oban.

Face de Lard se tourna lentement vers lui, prêt à l'affrontement ou à la bagarre. Une queue de billard apparut entre eux.

– C'est à vous, dit l'adolescent.

Reeve prit la queue.

– Vous voulez bien surveiller ma bière ? demanda Reeve à Face de lard.

– Surveillez-la vous-même.

– C'est des amis à vous ? demanda l'adolescent, le verre à la hauteur de la bouche, tandis qu'ils se dirigeaient vers le billard.

Reeve se tourna vers les deux buveurs qui le fixaient, leur verre à la main, comme les hommes regardent les strip-teaseuses... fascinés, mais un peu méfiants. Il secoua la tête, eut un sourire affable.

– Non, seulement deux cons. Je commence ?

– Vous commencez, dit l'adolescent en essuyant la mousse de bière déposée sur son nez.

Reeve n'avait aucune chance, mais ce n'était pas la raison d'être de la partie. Il resta immobile, la queue reposant sur le sol, et regarda les joueurs de fléchettes, au-delà du billard, tandis que l'adolescent rentrait deux billes rayées et interdisait l'accès à deux autres poches.

– Je hais ces putains d'Anglais, dit l'adolescent pendant que Reeve se préparait à jouer. La plupart du temps, quand on dit ça, c'est comme une blague, mais je suis sérieux : je les hais, ces salauds.

– Peut-être qu'eux non plus ils ne t'aiment pas beaucoup, petit.

L'adolescent ne tint pas compte de la voix venue du bar.

Reeve semblait poursuivre la préparation de son coup, mais tel n'était pas le cas. Il prenait la mesure de la situation. L'adolescent allait avoir des ennuis. Reeve comprit comment son esprit fonctionnait : s'ils voulaient se battre avec lui, il leur dirait de le rejoindre dehors... dehors où ses potes attendaient. Mais les deux hommes n'étaient pas stupides à ce point. Ils l'affronteraient ici, où seul Reeve pourrait prendre sa défense. Il y avait deux ivrognes qui jouaient horriblement mal aux fléchettes, quelques retraités aux tables, Manny derrière le bar et le balayeur des rues boiteux à l'extrémité opposée de celui-ci. Ici, les deux Anglais estimeraient qu'ils avaient leur chance.

– Voyez, disait l'adolescent, d'après moi les Anglais sont que des pédés...

Il n'ajouta rien, mais Face de Lard avait sans doute entendu « pédé ». Il posa brutalement son verre sur le comptoir et se dirigea vers le billard à grands pas, comme s'il approchait d'une haie.

– Je ne veux pas de bagarre, cria Manny.

Porc-épic était resté au bar, ce qui convenait parfaitement à Reeve qui pivota sur lui-même, la queue levée, et frappa Face de Lard sur l'arête du nez. L'homme s'arrêta net. L'autre avança, mais prudemment. De sa main libre, Reeve avait pris une bille sur le billard. Il la lança de toutes ses forces en direction du bar. Porc-épic se baissa et la bille fracassa une bouteille de whisky. L'homme se redressait quand Reeve prit une fléchette dans la main figée d'un joueur et la catapulta en direction de sa cuisse. La brume rose brouillait son champ visuel, mais la fléchette atteignit son but. Porc-épic hoqueta et mit un genou à terre. Reeve saisit une chope vide, la cassa contre un des pieds du billard puis la plaça devant le visage de Face de Lard, qui gisait sur le plancher, des bulles de sang et de morve coulant de son nez.

– Respire par la bouche, conseilla Reeve.

Ce fut à peine s'il s'aperçut qu'un silence stupéfait s'était abattu sur la salle. Manny lui-même ne trouvait rien à dire. Reeve se dirigea vers le deuxième, qui avait arraché la fléchette fichée dans le haut de sa cuisse. Il parut sur le point de poignarder Reeve avec, mais Reeve passa la chope brisée sur son visage. Porc-épic lâcha la fléchette.

– Merde, hoqueta Manny, c'était pas la peine...

Mais Reeve se concentrait sur l'homme, le fouillait, cherchait une arme et des papiers d'identité.

– Qui êtes-vous ? cria-t-il. Qui vous envoie ?

Il se tourna brièvement vers Face de Lard, qui se relevait. Reeve fit deux pas et lui asséna un violent coup de poing sur le côté de la tête, lui cassant peut-être la mâchoire. Il retourna auprès de Porc-épic.

– J'appelle la police, dit Manny.

Reeve braqua un doigt sur lui.

– Non !

Manny obéit. Reeve continua de fouiller l'homme qui gémissait et fit une trouvaille inattendue : une carte indiquant que son porteur était enquêteur privé chez Charles & Charles Associates, dont le siège se trouvait à Londres.

Il saisit les revers de la veste de l'homme et le secoua.

– Qui vous a engagés ?

L'homme secoua la tête. Des larmes coulaient sur son visage.

– Écoute, dit Reeve avec calme, je n'ai pas provoqué de dégâts durables. L'entaille ne nécessitera pas de points de suture. Elle saigne beaucoup, c'est tout.

Il leva la chope cassée et ajouta :

– Mais la suivante, ce sera différent. Je pourrais même t'arracher un œil. Alors dis-moi qui t'envoie !

– Je ne connais pas le client, bredouilla l'homme.

Du sang était entré dans sa bouche. Il le cracha avec les mots.

– C'est une sous-traitance, ajouta-t-il. On travaille pour le compte d'une société américaine.

– Une entreprise ?

– Un autre détective privé. Une grosse affaire de Washington.

– Qui s'appelle ?

– Alliance Investigative.

– Qui est votre contact ?

– Un type qui s'appelle Dulwater. On lui téléphone de temps en temps.

– Vous avez posé des micros chez moi ?

– Quoi ?

– Est-ce que vous avez posé des micros chez moi ?

L'homme battit des paupières et souffla :

– Non.

Reeve le lâcha. Face de Lard était sans connaissance. Reeve retrouva le contrôle de lui-même et prit conscience de la scène : les corps à terre, le silence, l'horreur sur le visage de Manny... et quelque chose qui ressemblait à de l'adoration sur celui de l'adolescent.

– J'aurais pu me les faire, dit le jeune homme, mais merci tout de même.

– La police..., dit Manny, mais d'une voix contenue, comme une demande.

Reeve se tourna vers lui.

– Je te rembourserai les dégâts.

Il se tourna vers Porc-épic et ajouta :

– Je ne crois pas que nos amis porteront plainte. Ils ont eu un accident de voiture, c'est tout. Tu peux leur indiquer le médecin le plus proche et tu n'entendras plus jamais parler de ça.

Il sourit et conclut :

– Je te le promets.

Il roula en direction du sud jusqu'à une cabine téléphonique et appela Joan afin de s'assurer que tout s'était bien passé. Elle était arrivée chez sa sœur sans encombre, mais voulait toujours savoir ce qu'il allait faire. Il resta vague et elle se mit en colère.

– Il n'y a pas que toi, Gordon ! cria-t-elle. Plus maintenant. Il y a aussi Allan et moi. J'ai le droit de savoir !

– Et je te dis que moins tu en sais, mieux c'est. Fais-moi confiance.

Il tremblait toujours, le sang chargé d'adrénaline. Il n'avait pas envie de penser à la sensation de bien-être qu'il avait éprouvée en tabassant les deux privés.

Un bien-être merveilleux.

Il discuta quelques minutes supplémentaires avec Joan et était sur le point de dire qu'il allait manquer de pièces quand elle se souvint de quelque chose.

– J'ai appelé chez nous, il y a une ou deux heures. J'ai eu le répondeur, donc j'ai écouté les messages.

– Et ?

– Et il y en avait un d'une femme. Elle avait un accent étranger.

Marie Villambard ! Il l'avait complètement oubliée. Il avait laissé son numéro sur son répondeur.

– Elle indiquait où tu pouvais la joindre, dit Joan.

Reeve jura intérieurement. Cela signifiait que ceux qui avaient placé son téléphone sur écoute le sauraient aussi. Il nota les indications que Joan lui donna, lui dit qu'il devait la quitter, chercha de la monnaie dans ses poches.

– Allô ?

– Gordon Reeve à l'appareil, madame Villambard. Je vous remercie de m'avoir rappelé, mais il y a un problème.

– Oui ?

– La ligne était compromise.

Deux voitures passèrent à toute vitesse. Reeve les regarda disparaître.

– Vous voulez dire que des gens écoutaient ?

– Oui.

Il regarda la route obscure. Pas de lumières. Rien. Il s'aperçut que le seul éclairage provenait de l'ampoule nue de la cabine téléphonique à l'ancienne mode. Il sortit son mouchoir de la poche de sa veste et la dévissa légèrement.

– C'est un terme militaire, « compromise » ?

– Je suppose. J'ai été dans l'armée.

Il se sentait plus à l'aise dans le noir.

– Écoutez, poursuivit-il, pouvons-nous nous rencontrer ?

– En France ?

– Je pourrais rouler toute la nuit et prendre le ferry à Douvres.

– J'habite près de Limoges. Vous savez où c'est ?

– J'achèterai une carte. Est-ce que votre téléphone est... ?

– Compromis ? Je ne crois pas. Nous pouvons prendre rendez-vous en toute sécurité.

– Faisons-le.

– D'accord, allez au centre de Limoges et suivez les panneaux qui indiquent la gare SNCF. La gare elle-même s'appelle Les Bénédictins.

– Compris. Combien de temps faudra-t-il pour venir de Calais ?

– Tout dépend du nombre de fois où vous vous arrêterez. Si vous vous dépêchez... six heures.

Reeve fit un calcul rapide. S'il ne rencontrait pas d'embouteillages ou de travaux, il lui faudrait huit ou neuf heures pour gagner la côte sud. Il pourrait dormir sur le bateau et aurait encore six heures de route. Il fallait ajouter deux heures de traversée, d'embarquement et de débarquement, et une heure parce que la France avait une heure d'avance... entre dix-sept et dix-huit heures. Il lui avait fallu moitié moins pour aller à Los Angeles. Les aiguilles lumineuses de sa montre lui indiquèrent qu'il était un peu plus de vingt heures.

– En fin d'après-midi, dit-il en s'accordant une marge.

– Je vous attendrai à la gare à seize heures, je resterai deux heures. Le mieux serait que vous me retrouviez au buffet.

– Écoutez, il y a encore une chose. Ils ont enregistré votre appel, ils connaissent votre nom maintenant.

– Oui ?

– Je veux dire qu'il faut que vous soyez prudente.

– Merci, monsieur Reeve. À demain.

De toute façon, il n'avait plus de pièces. Il raccrocha, se demanda comment ils se reconnaîtraient. Puis il rit. Il aurait parcouru mille cinq cents kilomètres, d'une traite, en voiture ; ses yeux injectés de sang et sa démarche incertaine permettraient à la femme de l'identifier.

Mais « ils » savaient qu'elle avait appelé et cela l'inquiétait. Il aurait dû détruire les micros quand il les avait trouvés. Mais il avait voulu les abuser, gagner du temps. C'étaient des gens qui n'aimaient pas être abusés. Il revissa l'ampoule et poussa la porte à armature métallique.

Autre chose l'inquiétait. Les privés. Ils travaillaient pour une boîte nommé Alliance, une boîte américaine, et il ignorait totalement qui avait engagé Alliance.

En plus, si Face de Lard et Porc-épic n'avaient pas posé les micros... Qui l'avait fait ?

12

Jeffrey Allerdyce déjeunait avec un des rares sénateurs des États-Unis qu'il ne haïssait pas. Parce que Cal Waits était le seul sénateur propre avec qui Allerdyce eût entretenu des relations. Waits n'avait jamais eu recours aux services d'Alliance et n'avait jamais fait l'objet d'une enquête de sa part. Il n'était apparemment dans la poche d'aucune entreprise et se désintéressait totalement – du moins en public – de la véritable armée de lobbyistes rusés, en costume trois pièces, de Washington.

C'était peut-être parce que Cal n'avait pas besoin d'argent et pas davantage besoin qu'on s'intéresse à lui. Il n'avait pas besoin d'argent parce que son grand-père avait possédé le plus grand groupe bancaire du Sud-Ouest et il n'avait pas besoin qu'on s'occupe de lui parce que c'était déjà le cas, compte tenu de son style dans l'enceinte du Sénat. C'était un homme d'âge mûr, robuste, qui avait toujours une histoire à raconter, le plus souvent très drôle, le plus souvent destinée à mettre en lumière un élément lourd de sens du sujet en cours de discussion au Sénat. Sans cesse, on le citait, on l'interviewait, on coupait ses propos afin d'obtenir les quinze secondes utilisables à la télévision, dans le journal du début de la soirée. C'était, selon l'expression de plusieurs organes de presse, « une institution ».

Ils déjeunaient dans le restaurant préféré d'Allerdyce : Ma Petite Maison. Il aimait les beignets au crabe qu'on y servait ; il possédait en outre dix pour cent des parts de l'établissement (même si ce n'était pas de notoriété publique) et aimait garder un œil sur les affaires. Lesquelles n'étaient pas mauvaises quoique, au dernier moment, Allerdyce avait pu obtenir un box du fond, généralement réservé aux groupes de cinq ou six personnes. Un journaliste du *Wall Street Journal* avait été installé à une table moins prestigieuse, mais ne protesterait pas quand il constaterait une réduction de dix pour cent sur son addition.

Allerdyce ne pouvait pas dire à Cal Waits qu'il avait fait virer quelqu'un. Certaines personnes auraient été impressionnées, honorées... mais pas Waits. Waits aurait protesté, serait même peut-être parti. Allerdyce ne voulait pas qu'il parte, il voulait qu'il parle. Mais il fallait d'abord en passer par les conneries, le prétexte de leur déjeuner : les nouvelles de la famille et des vieilles connaissances, le bon vieux temps. Allerdyce constata que quelques clients les regardaient fixement, voyaient deux vieux chevaux de bataille couverts de cicatrices, le museau dans le sac de picotin.

Puis les plats arrivèrent – cassoulet pour Waits, magret d'oie pour Allerdyce – et le moment approcha.

Waits regarda son assiette.

– Au diable la nourriture diététique, dit-il avec un rire étouffé. Cette folie de la santé qui dure depuis – quoi ? vingt ans ? – tue notre pays. Je ne pense pas au cholestérol, aux catastrophes physiques ou aux poisons que les scientifiques inventent, je veux dire que les gens ne mangent plus pour le plaisir. Bon sang, Jeffrey, manger était un passe-temps, en Amérique. Steaks et hamburgers, pizzas et côtes de porc... de la nourriture pour le plaisir. Les hamburgers, ce genre de chose. Et maintenant il suffit que tu prennes une cuisse de poulet pour qu'on te regarde de travers. Merde, j'ai dit à mes médecins – tu remarqueras qu'un médecin ne suffit plus, par les temps qui courent, qu'il t'en faut toute une bande, comme pour les avocats – je leur ai dit que je ne me mettrais pas au régime. Que je ferais tout ce qu'ils me diraient de faire, mais que je ne cesserais pas de manger ce que j'ai mangé pendant toute ma vie.

Afin de le démontrer, il mastiqua un morceau de jambon gras.

– Quelle quantité de médicaments prends-tu, Cal ? demanda Allerdyce.

Cal Waits faillit s'étrangler de rire.

– À peu près un flacon de cachets par jour. Il y en a qui sont petits et roses, d'autres qui sont gros et bleus, et il y a des petites gélules qui sont blanches d'un côté et jaunes de l'autre. J'ai des pilules rouges si petites qu'il faut pratiquement une pince à épiler pour les attraper et j'ai un énorme cachet pastel que je prends une fois par jour et qui est presque aussi gros que la bonde d'une baignoire. Ne me demande pas quel effet ils ont, je me contente de les avaler.

Il se servit un autre demi-verre de Montrose 1983. Quoique originaire de Californie, Waits préférait les vins de Bordeaux. Il n'avait droit qu'à une demi-bouteille par jour et en buvait à peu près le double. C'était une des raisons pour lesquelles Allerdyce l'appréciait : il s'en foutait.

Allerdyce comprit qu'il n'y avait pas de moyen subtil d'arriver au sujet qu'il voulait aborder et qu'il était probable que Cal le percerait de toute façon à jour.

– Tu es né en Californie du Sud ? demanda-t-il.

– Tu le sais bien.

– Près de San Diego, exact ?

– Exact. J'y suis allé à l'école.

– Avant Harvard.

– Avant Harvard, confirma Waits.

Il eut un nouveau rire étouffé et ajouta :

– Qu'est-ce qu'il y a, Jeffrey ? Tu sais que je suis allé à Harvard, mais tu fais comme si tu ne savais pas où je suis né et où j'ai passé mon enfance !

Allerdyce inclina la tête, reconnut qu'il avait été percé à jour.

– Je voulais simplement te demander quelque chose à propos de San Diego.

– Je représente cette ville au Sénat, il faut que je la connaisse.

Allerdyce le regarda fourrer un nouveau morceau de saucisse dans sa bouche. Waits portait un costume bleu d'excellente qualité, une chemise jaune citron et une cravate en soie bleue. Au-dessus se trouvait un visage rond, aux bajoues tombantes que les caricaturistes aimaient exagérer et de petits yeux, enfoncés dans les orbites comme ceux d'un porc, que l'humour d'une situation ou d'une autre faisaient toujours briller.

– Tu as eu des relations avec la CWC ?

– La Co-World Chemicals ? Sûr, répondit Waits avec un hochement de tête. J'ai participé à quelques réceptions.

– Tu connais Kosigin ?

Waits parut plus méfiant. Ses yeux cessèrent de scintiller.

– Je l'ai rencontré.

Il prit un autre petit pain qu'il cassa en deux.

– Qu'est-ce que tu penses de lui ?

Waits rumina la question, puis secoua la tête.

– Ce n'est pas ce que tu veux demander, n'est-ce pas ?

– Non, avoua Allerdyce d'une voix étouffée, effectivement.

Waits baissa le ton, ce qui était, chez lui, exceptionnel. Son pharynx était la raison pour laquelle Allerdyce avait dû obtenir une table à l'écart des autres clients.

– J'ai l'impression que tu veux arriver quelque part par un chemin détourné, Jeffrey. Qu'est-ce que j'en penserai quand on y arrivera ?

– Ce n'est pas grave, Cal, je t'assure, dit Allerdyce, qui n'avait pratiquement pas touché à son magret. C'est seulement que Kosigin a engagé Alliance et que j'aime avoir des informations sur mes clients.

– Sûr, sans les leur demander carrément.

– J'aime savoir ce que les gens pensent d'eux, pas ce qu'ils voudraient que je pense d'eux.

– Compris. Mange ton oie, Jeffrey, elle refroidit.

Allerdyce obéit, mastiqua en silence. Waits but du vin et tapota son menton avec sa serviette.

– J'ai quelques informations sur Kosigin, dit-il, sa voix un grondement étouffé qui parut émaner de sa poitrine. Il y a eu une enquête, pas importante, mais tout de même...

Allerdyce ne demanda pas quel était l'objet de l'enquête.

– Et ? s'enquit-il.

– Et pas grand-chose, toute l'opération fait simplement mauvaise impression. Ou plutôt la direction que prend Kosigin. C'est comme s'il cherchait à s'assurer une autonomie au sein de la société. Il ne rend apparemment de comptes qu'à lui-même. Et les gens qu'il engage... disons qu'ils n'ont pas toujours aussi bonne réputation que toi, Jeffrey. Ce Kosigin fréquente apparemment des voyous de bas étage et des minables louches.

– Tu crois que la CWC a des problèmes ?

– Quoi ?

– Tu crois que quelque chose va exploser.

Ce fut une affirmation, pas une question.

Waits sourit.

– Jeffrey, la CWC est une des plus grosses entreprises chimiques du monde. Et elle est américaine. Crois-moi, rien ne va exploser.

D'un hochement de tête, Allerdyce indiqua qu'il comprenait.

– Alors l'enquête... ?

Waits se pencha sur la table.

– Comment les autorités peuvent-elles protéger les intérêts américains si elles ignorent quels problèmes risquent de survenir ?

Il s'appuya contre le dossier de sa chaise.

Allerdyce hochait toujours la tête. Cal lui disait que les pouvoirs – le FBI, peut-être la CIA – se tenaient informés des activités de la CWC en général et de celles de Kosigin en particulier ; pas en vue d'éradiquer celles qui étaient illégales, mais afin de s'assurer que ces libertés prises avec la loi – les raccourcis empruntés pas Kosigin, l'économie souterraine qu'il dirigeait – n'apparaissent jamais au grand jour. C'était comme si le système tout entier était son garde du corps ! Jeffrey Allerdyce, en général si calme, si détaché, si imperturbable, si difficile à impressionner... Jeffrey Allerdyce, dans la salle de Ma Petite Maison, siffla, ce qu'aucun client – pas même son vieil ami Cal Waits – ne l'avait jamais vu faire. Quelque chose qu'on ne reverrait sans doute pas.

Il rassembla lentement ses pensées en mastiquant machinalement un morceau d'oie.

– Mais, dit-il finalement, ils ne le protégeront sûrement pas quoi qu'il arrive ? En fait, s'il menaçait la réputation de la CWC dans le monde, il ne...

– Il perdrait probablement leur protection, admit Waits. Mais jusqu'où faudrait-il qu'il aille ? Telle est la question à laquelle je ne peux répondre. Tout ce que je sais c'est que je reste à bonne distance de ce type et que je le laisse s'occuper de ses oignons.

Waits s'essuya une nouvelle fois la bouche, ajouta :

– Cependant il y a une rumeur...

– Laquelle ?

– On raconte que Kosigin bénéficie de la bienveillance de l'Agence.

– Tu veux dire qu'elle lui accorde un statut particulier ?

Allerdyce savait ce qu'était « l'Agence » : la CIA.

Cal Waits se contenta de hausser les épaules.

– Quoi qu'il en soit, qu'est-ce qu'il te demande de faire ?

– Tu sais que je ne peux pas répondre à cette question, Cal. Je voudrais pouvoir te le dire, mais je suis lié par le secret professionnel.

Waits acquiesça.

– Enfin, quoi que tu fasses, Jeffrey, fais-le bien. C'est ce que je te conseille.

Un serveur apparut à cet instant.

– Monsieur Allerdyce ? Je regrette, monsieur, on vous demande au téléphone. Un monsieur Dulwater, qui affirme qu'il doit absolument vous parler.

Allerdyce s'excusa.

Le téléphone se trouvait à la réception. Un larbin le lui tendit, mais Allerdyce se contenta de braquer un doigt sur le combiné.

– Pouvez-vous passer cet appel dans le bureau du directeur ?

Le larbin parut ébahi. Il ne voulait pas refuser, mais ne voulait pas davantage accepter.

– Sans importance, gronda Allerdyce, qui arracha brutalement le combiné d'une main qui commençait à transpirer. Dulwater ?

– De mauvaises nouvelles, monsieur.

– L'inverse serait préférable, dit Allerdyce en jetant un coup d'œil autour de lui. Je suis dans un lieu public et je suis sûr que jurer n'est pas bien vu.

– Les agents britanniques ont été débordés.

– En anglais de tous les jours ?

– Ils n'étaient pas à la hauteur.

– Vous m'avez affirmé qu'ils l'étaient.

– On m'a assuré qu'ils l'étaient.

Allerdyce soupira.

– Il aurait fallu envoyer nos hommes.

– Oui, monsieur.

Ils savaient l'un et l'autre qu'Allerdyce avait pris la décision ; il avait voulu économiser le prix des billets d'avion. Ils avaient donc contacté une société de Londres.

– Quels sont les dégâts ?

– Le sujet les a affrontés. Ils ont été légèrement blessés.

– Et le sujet ?

– Apparemment indemne.

Allerdyce leva un sourcil. Il se demanda quel homme était Reeve. Un dur de dur, apparemment.

– Je présume qu'ils l'ont perdu ?

– Oui, monsieur. Je doute qu'il rentre chez lui. Il semblerait qu'il ait mis sa femme et son fils à l'abri.

– C'est un ratage, n'est-ce pas, Dulwater ?

– Nous pouvons essayer de retrouver sa piste.

La voix de Dulwater manquait de conviction. De toute façon, il se demandait pourquoi Allerdyce s'intéressait tellement à tout cela. De son point de vue, c'était une impasse.

– Il faut que je réfléchisse. Autre chose ?

– Oui, monsieur. D'après un des hommes, Reeve a demandé si nos agents avaient posé des micros chez lui.

– Quoi ?

– Quelqu'un a placé le domicile de Reeve sur écoute.

– J'avais compris. Qui ?

– Vous êtes intéressé par une déduction ?

– Voyons si nous sommes d'accord.

– Kosigin.

– Nous sommes d'accord, dit Allerdyce.

Il réfléchit quelques instants puis reprit :

– C'est logique. Il est intelligent, n'aime pas que les choses lui échappent, nous le savons. Une situation lui échappe, maintenant, et de plus en plus vite.

Allerdyce était intrigué. S'il restait au contact des activités de Kosigin, il obtiendrait vraisemblablement des informations, le pouvoir qu'il souhaitait exercer sur Kosigin. Mais il risquait de se trouver confronté à des organisations puissantes. Allerdyce ne connaissait pas tous les secrets ; il y avait des organismes sur lesquels il n'exerçait aucune influence... Rester au contact ou bien suivre le conseil de Cal Waits et renoncer ? Allerdyce avait toujours été prudent, réfléchi en affaires, circonspect dans sa vie personnelle. Il vit Cal, à la table, se servir encore un verre de vin. Un cheval de bataille, sans peur.

– Suivez cela de près, Dulwater.

– Monsieur, respectueusement, je conseillerais...

– Jeune homme, ne croyez pas pouvoir conseiller Jeffrey Allerdyce. La position que vous occupez sur le plateau ne vous le permet pas.

– Le plateau ?

– L'échiquier. Vous êtes encore un de mes pions, Dulwater. Vous avancez, mais vous restez un pion.

– Oui, monsieur.

Un silence vexé, puis :

– Les pions manquent de souplesse, n'est-ce pas, monsieur.

– Ils avancent pas à pas.

– Mais s'ils vont assez loin, monsieur, ne peuvent-ils pas se transformer en pièces plus importantes ?

Allerdyce se retint de rire.

– Vous m'embrouillez, jeune homme. Je vais terminer de déjeuner.

Allerdyce raccrocha. Il commençait à détester Dulwater.

Quand il regagna la table, Waits bavardait avec une blonde aux jolies jambes qui s'était arrêtée pour le saluer. Elle se tenait près du box, penchée vers le sénateur. C'était une attitude suggérant l'intimité, adoptée simplement pour que les autres clients la remarquent. Elle n'était pas destinée à embarrasser Waits, mais à la flatter elle. Elle portait un tailleur bleu au décolleté juste assez profond pour que Waits puisse voir.

Elle sourit à Allerdyce quand il passa assez brutalement près d'elle et reprit sa place.

– Eh bien, je vais vous laisser déjeuner, Cal. Au revoir.

– Au revoir, Jeanette.

Quand elle fut partie, il poussa un profond soupir.

– Dessert, Cal ? demanda Allerdyce.

– Du moment que ce n'est pas de la confiture sur une assiette, répondit Cal Waits avant de vider son verre de vin.

13

Reeve téléphona du terminal du ferry. C'était le tout début de la matinée ou le milieu de la nuit, tout dépendait de ce qu'on ressentait. Il avait l'impression d'être à moitié mort, pourtant il frissonnait. Il savait que l'heure n'aurait pas d'importance pour la personne qu'il appelait. Quand il était policier, Tommy Halliday préférait le service de nuit. Il n'était pas insomniaque, il aimait simplement être éveillé pendant que tout le monde dormait. Il disait que c'était le pied. Mais, ensuite, il démissionna, changea d'avis et constata que la police refusait de le réintégrer – exactement ce qui était arrivé à Jim dans son journal. Peut-être la police avait-elle appris que Halliday se droguait ; peut-être avait-elle été informée de ses fêtes débridées. Peut-être était-ce simplement un problème de gestion du personnel. Quoi qu'il en soit, Halliday ne put retrouver son poste. Et ce qui avait été une distraction devint sa principale source de revenus. Reeve ne savait pas si Halliday vendait toujours en grande quantité, mais il savait qu'il vendait de la qualité. De nombreux passionnés d'armée – adeptes des week-ends de survie et apprentis mercenaires – se fournissaient chez lui. Il leur fallait des produits capables d'améliorer leurs performances et des concoctions leur permettant de rester éveillés et vigilants. Ensuite, ils avaient besoin de calmants pour supporter les mauvais moments qui suivaient, des moments si mauvais qu'il leur fallait sans doute quelques excitants supplémentaires.

Reeve avait son opinion sur l'usage et l'abus de drogue. Mais il savait que Tommy Halliday avait peut-être quelque chose qui lui serait utile.

Le téléphone sonna un bon moment, mais c'était normal : tous ceux qui connaissaient Tommy savaient qu'il ne décrochait qu'au terme de nombreuses sonneries. Ainsi, il ne parlait qu'aux gens qu'il connaissait, et parfois à des âmes totalement désespérées qui laissaient le téléphone sonner, sonner et sonner encore.

– Ouais.

La voix était à la fois énergique et méfiante.

– C'est Geordie.

Tous les correspondants de Tommy employaient un prénom ou un surnom, au cas où la Brigade des stupéfiants écouterait.

– Salut, Geordie, ça fait un bail.

Reeve entendit Halliday allumer une cigarette.

– Tu connais un nommé Waxie ? Il a passé un week-end chez toi.

Henry Waxman.

– Je me souviens de lui, dit Reeve.

C'était typique de Halliday. On l'appelait d'une cabine pour lui demander un service et on dépensait la moitié de son argent à écouter ses histoires. Au-delà des baies vitrées du terminal, Reeve voyait un ciel gras illuminé par le sodium, un vent soufflant en rafales qui malmenait quelques mouettes téméraires.

– On est devenu amis, disait Halliday.

Cela signifiait que Waxman consommait régulièrement un stupéfiant quelconque. C'était un avertissement déguisé. Hallyday indiquait à Reeve que Waxman n'était peut-être plus aussi digne de confiance qu'autrefois. Halliday croyait, à tort, que Gordon Reeve formait des mercenaires. Reeve n'avait rien fait pour le détromper ; cela impressionnait apparemment le dealer.

– Désolé de t'appeler aussi tôt. Ou trop tard ?

– Tu me connais. Je ne dors pas. Je suis en train de regarder *Mean Streets* et j'essaie de déterminer ce que ce film a de si formidable. On dirait du boulot d'amateur. Je pige pas.

Il s'interrompit pour tirer sur sa cigarette et Reeve se jeta dans la brèche.

– Tommy, j'aurais besoin de Birdy.

– De Birdy ?

– Tu peux m'aider ?

– Il y a un moment que je ne l'ai pas vu...

Cela faisait également partie de la comédie éventuellement destinée à la Brigade des stupéfiants. Birdy n'était pas une personne. C'était un produit très spécial, très rare.

– J'ai quelque chose à lui remettre.

Ce qui signifiait : je paierai ce qu'il faudra.

– Je ne sais pas, comme j'ai dit, je ne le vois pas souvent. C'est urgent ?

– Non, je pars quelques jours. Je pourrais peut-être te rappeler à mon retour.

– C'est ça, je pourrais le rencontrer par hasard, peut-être me renseigner. D'accord, Geordie ?

– Merci.

– Pas de problème et, hé, rends-moi un service. Loue *Mean Streets*, dis-moi ce que ça a de si formidable.

– Ça tient en trois mots, Tommy.

La voix fut impatiente, comme si c'était très important :

– Quoi ?

– De Niro et Keitel.

Il dormit trois quarts d'heure pendant la traversée. Dès que le ferry arriva à Calais et qu'on demanda aux automobilistes de regagner leurs véhicules, Reeve avala des cachets de caféine avec le reste de son café noir fort. Il avait fait un achat à bord – une compilation de hard rock – et il avait changé de l'argent. Le bateau était presque vide. Les camions sortirent les premiers mais, cinq minutes après avoir regagné sa voiture, il débarqua sur le sol français. Dans une station-service des faubourgs de Douvres, il avait acheté un kit d'adaptation des phares permettant d'inverser l'orientation du faisceau. Rouler à droite n'avait pas posé de problème aux États-Unis et n'en poserait vraisemblablement pas ici. Il avait noté des indications afin d'éviter de devoir se référer à l'atlas routier qu'il avait également acheté dans la station-service.

Il gagna directement Paris, dans l'intention de contourner la capitale, mais se retrouva sur le périphérique. C'était comme un des cercles de l'enfer de Dante ; il remercia Dieu parce que, au moins, tout le monde allait dans la même direction. Des voitures s'engageaient sur la chaussée venant d'un côté et de l'autre et sortaient de la même façon. Les gens changeaient de file, se fiant à la providence ou à quelque esprit du moteur à combustion interne. C'était à qui serait le plus casse-cou : celui qui freinait était perdu.

Dopé à la caféine et à la musique, un peu hébété par le manque de sommeil, Reeve s'accrocha lugubrement et prit une sortie qui lui parut être la bonne. Les noms n'avaient aucun sens pour lui, paraissaient changer de panneau indicateur en panneau indicateur, de sorte qu'il se concentra sur les numéros des routes. Il prit l'A6 et n'eut pas de difficulté à trouver l'A10, appelée *l'Aquitaine*. C'était la bonne direction. Il fêta l'événement par un bref arrêt consacré au ravitaillement... celui de la voiture et le sien. Deux express et un croissant.

Quand il fut victime d'hallucinations – explosions de lumière dans les yeux – alors qu'il était encore au nord de Poitiers, il s'arrêta pour dormir. Un motel bon marché lui parut tentant, mais il resta dans sa voiture. Il ne fallait pas qu'il soit trop confortablement installé, mais il aurait été absurde d'être incapable d'attention et de concentration quand il rencontrerait Marie Villambard. Il recula le siège du passager au maximum et s'y installa, afin que le volant ne le gêne pas. Ses yeux furent sablonneux, reconnaissants, quand il les ferma. Les voitures qui dépassaient l'aire de repos à toute vitesse auraient pu être des vagues se succédant rapidement sur une plage, le grondement des camions le battement d'un cœur. Moins d'une minute plus tard, il dormait.

Il dormit profondément pendant quarante minutes, puis descendit de voiture et fit des exercices d'élongation en prenant appui sur le capot de son véhicule. Il alla jusqu'aux toilettes, se brossa les dents et se passa de l'eau sur le visage. Puis il regagna la voiture. Il était à cent cinquante kilomètres de sa destination, peut-être un peu moins. Malgré les arrêts, il avait bien roulé. Au dos de l'atlas routier se trouvait un plan de Limoges. Il y avait deux gares de chemin de fer : celle où il se rendait – la gare des Bénédictins – était à l'est, l'autre à l'ouest. Il entra dans Limoges par le nord, sur la N 147. Presque aussitôt les rues le cernèrent. Elles ne comportaient ni panneaux indicateurs ni plaques, ou bien étaient en sens unique. Il fut dévié d'une rue à l'autre, obligé de prendre à droite, à gauche et à droite... et se retrouva perdu. À un moment donné, il vit un panneau indiquant *Gare SNCF* mais, après l'avoir suivi, il n'en trouva plus et fut bientôt de nouveau égaré. Finalement, il s'arrêta en double file dans une rue commerçante étroite et demanda son chemin à un piéton. Ce fut comme s'il avait demandé à l'homme de lui faire un exposé sur la chirurgie à cœur ouvert : il était difficile de trouver Les Bénédictins, il fallait qu'il revienne sur ses pas, le réseau de sens uniques était compliqué...

Reeve le remercia et se remit en route, adressant un signe de la main à la file d'automobilistes contrariés qui attendaient de pouvoir le dépasser.

Finalement, il franchit un pont, constata que les voies passaient dessous et fit de son mieux pour les suivre. Puis il la vit, bâtiment énorme, surmonté d'un dôme, à une extrémité duquel se dressait la tour, plus haute encore, de l'horloge. Les Bénédictins. Le bâtiment évoquait davantage une galerie d'art ou un musée qu'une gare de chemin de fer. Reeve regarda sa montre. Il était dix-sept heures trente. Il trouva une place de stationnement, ferma la voiture à clé, prit le temps de se calmer et de faire quelques exercices supplémentaires. Son corps tout entier bourdonnait comme s'il était traversé par un courant électrique. Il gagna le hall de la gare, jeta un coup d'œil à gauche, vit le restaurant et le bar.

Il s'immobilisa devant le bar, regarda autour de lui comme s'il cherchait un ami. C'était en réalité l'inverse qu'il tentait de repérer mais, compte tenu des gens qui allaient et venaient, il était difficile de se faire une opinion. Il y avait des clochards et des étudiants, des jeunes gens en uniforme de l'armée et des hommes d'affaires à attaché-case. Quelques-uns étaient concentrés sur le tableau d'affichage des départs ; d'autres, assis sur les bancs, fumaient ou feuilletaient des revues. N'importe lequel d'entre eux aurait pu jouer la comédie. Il était impossible de déterminer lequel.

Reeve entra dans le bar.

Il la vit immédiatement. Elle était d'âge mur, portait des lunettes et fumait à la chaîne. La fumée qui stagnait dans la salle formait comme une brume. Elle occupait une table située face au comptoir, lisait un livre de poche et prenait des notes dans les marges. Il n'y avait pas d'autre femme seule.

Reeve ne l'aborda pas immédiatement. Il gagna le comptoir et s'installa sur un tabouret. Le barman s'était déjà formé une opinion sur lui et tendit la main vers la bouteille de vin. Il parvint à cacher son étonnement quand Reeve commanda un Perrier.

Il y avait six hommes dans le bar, huit en comptant les serveurs. Reeve les examina tous. Ils l'avaient collectivement dévisagé à son arrivée, mais c'était aussi normal dans un bar français que dans tous les bars du monde.

Presque tous buvaient du vin rouge dans de petits verres, deux d'entre eux faisaient durer un café. Tous semblaient absolument à leur place ; ils faisaient penser à des habitués. Puis il vit que quelqu'un d'autre s'intéressait à lui. Elle avait posé son livre et son stylo, le fixait par-dessus ses lunettes. Reeve paya sa consommation et l'emporta jusqu'à sa table.

– Monsieur Reeve ?

Il s'assit et acquiesça.

– Bon voyage ?

La question fut empreinte d'ironie.

– En première classe, répondit Reeve.

Elle avait vraisemblablement un peu plus de cinquante ans. Elle était mince, bien habillée et avait pris soin d'elle-même, mais les rides de son cou la trahissaient. Ses cheveux étaient poivre et sel, relevés au-dessus des oreilles de part et d'autre d'une raie au milieu et coupés en pointe sur la nuque. Elle avait tout du cadre supérieur.

– Alors, dit-elle, vous allez me raconter ce qui est arrivé à votre frère ?

– J'aimerais d'abord vous connaître un peu mieux, répondit-il. Parlez-moi de vous, dites-moi comment vous avez rencontré Jim.

Elle lui raconta la vie d'une femme qui avait toujours écrit, dès l'école, une vie qui ressemblait à celle de Jim. Elle dit qu'ils s'étaient rencontrés pendant qu'elle séjournait à Londres. Oui, elle y avait fait la connaissance de Marco, qui lui avait fait part de ses soupçons. De retour en France, elle avait effectué des recherches. En France, le lobby des agriculteurs était plus puissant encore qu'au Royaume-Uni ; il y avait des liens très étroits entre les fermiers, l'industrie chimique et un gouvernement – qu'il soit de gauche ou de droite –, qui cédait aux pressions des deux. L'enquête avait été difficile ; elle n'avait guère avancé et devait renoncer à ses recherches pendant de longues périodes au profit de travaux qui lui permettaient de gagner sa vie. C'était « par plaisir » qu'elle se consacrait à l'article sur les liens entre l'agriculture et l'industrie chimique.

– Maintenant, parlez-moi de Jim, dit-elle.

Reeve, désormais conteur aguerri, exposa sa version des événements. Elle écouta attentivement, tenant son stylo comme si elle était sur le point de prendre des notes. Le livre qu'elle lisait était la biographie d'un politicien français. Elle tapotait machinalement la couverture de la pointe de son stylo, couvrait le visage souriant, honnête, d'une myriade de points, comme une rougeole bleue. Le serveur vint prendre la commande, montra le livre du doigt. Elle prit conscience de ce qu'elle faisait, sourit et haussa les épaules. Cela n'altéra pas l'expression maussade du serveur.

– Connaissez-vous cet homme ? demanda-t-elle.

Elle faisait allusion au politicien. Reeve secoua la tête.

– Il s'appelle Pierre Dechevement, reprit-elle. Il y a quelque temps encore, il était ministre de l'Agriculture. Il a démissionné. Il y avait une jeune femme... pas son épouse. Normalement ce genre de chose ne provoquerait pas un scandale en France. En réalité, il n'y a pas eu le moindre scandale dans le cas de Dechevement. Pourtant il a démissionné.

– Pourquoi ?

Elle sourit.

– Peut-être parce que c'est un homme d'honneur ? C'est ce que dit son biographe.

– Et qu'est-ce que vous en dites ?

Elle braqua le stylo sur lui.

– Vous êtes perspicace, monsieur Reeve. Pendant des années, Dechevement a accepté les pots-de-vin de l'industrie chimique... enfin, non, pot-de-vin est peut-être trop fort. Disons qu'il a profité de son hospitalité et accepté des avantages. Selon moi, un de ces avantages était la jeune femme en question, qui s'est avérée avoir été autrefois prostituée, quoique de luxe. Dechevement s'est montré très téméraire ; elle l'accompagnait dans les réceptions officielles, ici et à l'étranger. Il est même devenu son employeur, lui a accordé un poste au sein de son cabinet. Rien n'indique qu'elle travaillait effectivement, mais elle recevait un salaire généreux.

Marie Villambard alluma une Peter Stuyvesant au mégot de la précédente. Le serveur avait déjà vidé son cendrier deux fois. Elle souffla une colonne de fumée.

– Dechevement était plus particulièrement lié à la COSGIT, et la COSGIT est la filiale française de la Co-World Chemicals.

– Donc, Dechevement était employé par la CWC ?

– Pour ainsi dire. Je crois que c'est pour cette raison qu'on lui a demandé de démissionner ; ainsi, personne ne prendrait la peine de remonter la piste et ne risquerait de découvrir que la Co-World Chemicals avait rémunéré la jeune prostituée. Cela aurait pu faire scandale, même en France.

Reeve resta songeur.

– Donc, vous ne travailliez pas dans la même direction que mon frère.

– Attendez, s'il vous plaît. Nous n'avons pas encore... gratté la surface.

Reeve s'appuya contre le dossier de sa chaise.

– Bien, dit-il, alors que son deuxième Perrier arrivait.

– Dans un sens, Dechevement n'est qu'une toute petite partie de l'ensemble, dit Marie Villambard.

Le serveur lui avait apporté un nouveau paquet de cigarettes, qu'elle ouvrait. Reeve constata que tous les clients qui se trouvaient dans le bar à son arrivée avaient été remplacés par d'autres, ce qui ne signifiait pas nécessairement qu'il n'était pas surveillé.

– J'en suis venue, poursuivit-elle, à m'intéresser davantage à un nommé Owen Preece. Le docteur Owen Preece. Votre frère s'intéressait également à lui.

– Qui est-ce ?

– Il est décédé, malheureusement. Apparemment de mort naturelle. Il avait plus de soixante-dix ans... À cet âge, tout le monde peut avoir une crise cardiaque.

– Bien. Qui était-ce ?

– Un psychiatre américain.

Reeve plissa le front ; quelqu'un avait mentionné des liens entre un psychiatre et la CWC...

– Il dirigeait une équipe de recherche théoriquement indépendante, financée par le gouvernement et l'industrie chimique, sur l'ESB, ce que vous appelez la maladie de la vache folle.

Reeve hocha machinalement la tête. Josh Vincent avait mentionné quelque chose de similaire... des recherches, financées par la CWC, réalisées par des psychiatres et des scientifiques.

– C'était au début de la psychose, poursuivit Marie Villambard. L'équipe comprenait des neurologues, des virologues, des spécialistes des maladies du sang et des psychologues. Les rapports initiaux conclurent que l'EM – « le rhume des yuppies », comme on disait alors – n'était pas une maladie mais une affection psychosomatique créée, pour des raisons psychologiques complexes, par les personnes qui en souffraient.

– Ils travaillaient sur la protéine du prion ?

– C'est exact, mais rien ne leur permettait de lier les protéines du prion qu'on trouve dans les substances organophosphorées, ou dans les autres pesticides actuellement utilisés, aux catégories de maladies qui, selon d'autres scientifiques, leur sont étroitement liées.

– La CWC a fait pression sur eux ?

– Pas exactement, mais il y a de bonnes raisons de croire que le docteur Preece était employé par la CWC, et il dirigeait l'équipe. Les résultats ne pouvaient être publiés sans son accord. Il avait accès à toutes les données...

– Et il aurait pu les trafiquer ?

– Un membre de l'équipe a démissionné en affirmant que tel était sans doute le cas. Il est mort dans un accident de bateau quelques semaines plus tard.

– Bon sang ! Donc Preece a falsifié les résultats ? Et tout cela était partiellement financé par le gouvernement américain ?

Marie Villambard hocha énergiquement la tête.

– Un cadre supérieur de la Co-World Chemicals était à l'origine de l'idée. Nous sommes quelques-uns à supposer que cet homme était responsable de la nomination de Preece à la tête de l'équipe. D'une certaine façon, le docteur Preece était un excellent choix – c'était un psychiatre relativement connu. On croit également qu'il avait réalisé des expériences pour le compte de la CIA.

– Des expériences ?

– Sur des êtres humains, monsieur Reeve. Dans les années 1950 et 60, il a fait partie d'une équipe qui étudiait les effets de divers hallucinogènes sur le système nerveux humain.

Elle vit, sur le visage de Reeve, quelque chose qui ressemblait à l'horreur.

– C'était parfaitement légal, poursuivit-elle, croyez-moi si vous voulez. Les sujets étaient des malades d'asiles psychiatriques. Ils n'avaient pratiquement pas de droits et personne n'était prêt à se battre pour ceux qui leur restaient. On leur injectait toutes sortes de produits chimiques, nous ne savons même pas lesquels. Preece a joué un rôle réduit dans ces recherches. Elles n'ont été dévoilées que récemment, avant sa mort, quand la CIA a dû publier certains documents. Cela nous a tous amenés à nous interroger sur sa participation à diverses commissions et projets de recherche postérieurs aux années 1960. Cet homme avait quelque chose à cacher, un acte honteux commis par le passé, et il est toujours possible d'acheter les gens qui ont un passé.

– Et l'employé de la CWC qui est à l'origine de cela ?

– Kosigin, dit Marie Villambard. Un nommé Kosigin.

– Comment le savez-vous ?

– Votre frère l'a découvert. Il a interviewé de nombreuses personnes sous prétexte d'écrire un livre sur Preece. Il s'est entretenu avec des scientifiques, des organismes gouvernementaux, il a retrouvé des gens qui avaient participé au projet d'origine. Il possédait la preuve de liens entre Preece et Kosigin, la preuve d'une dissimulation énorme, quelque chose qui concerne tous les habitants de la planète.

Elle leva sa cigarette et ajouta :

– C'est pour ça que je fume. Manger est trop risqué, à mon avis. Je préfère les plaisirs moins dangereux.

Reeve n'écoutait pas.

– Quelles que soient les preuves que détenait mon frère, il les a emportées dans sa tombe.

Elle sourit.

– Ne soyez pas si mélodramatique... et, bon sang, ne soyez pas ridicule.

Reeve leva la tête.

– Comment ça ?

– Votre frère était journaliste. Il travaillait sur un sujet sensible et savait à quel point il était sensible. Il a sûrement fait des sauvegardes de ses disquettes. Il y a des dossiers quelque part. Il y a quelque chose. Dans un appartement, entre les mains d'un ami, dans un coffre de banque. Il faut que vous cherchiez, c'est tout.

– Et si les preuves ont été détruites ?

Elle haussa les épaules.

– Dans ce cas le sujet perd une grande partie de sa force. Je ne sais pas. Il est peut-être impossible de le faire publier. Partout, dans tous les pays qui emploient les produits chimiques et les pesticides, nous constatons qu'il y a des liens avec le gouvernement. Je ne crois pas que les gouvernements aimeraient qu'un tel article paraisse.

Elle le fixa, demanda :

– Et vous ?

Il garda le silence.

– Je crois que les multinationales de la chimie n'aimeraient pas davantage qu'un tel article soit diffusé, pas plus que des organismes comme la CIA. Nous devrions peut-être tous reprendre notre vie ordinaire.

Elle eut un sourire triste.

– Ce serait peut-être plus sûr.

– Vous ne le pensez pas, dit-il.

Son sourire disparut.

– Non, dit-elle, c'est vrai. C'est allé trop loin. Une autre bonne raison de fumer. Je suis comme le prisonnier condamné, oui ?

Et elle rit, la terreur transparaissant dans ses yeux.

Elle avait des informations qu'elle pouvait lui transmettre – des copies de documents – et il la suivit en voiture. Ils sortirent de Limoges en direction d'une ville appelée Saint-Yrieix. Il ne manquait plus que ça, songea Reeve, un nouveau trajet en voiture. La route était une succession de côtes et de descentes abruptes et ils furent à deux ou trois reprises bloqués derrière un tracteur ou une voiture à cheval. Enfin, le clignotant de la Citroën Xantia de Marie

Villambard s'alluma, mais ils s'engagèrent simplement sur une route de campagne étroite et tortueuse d'où l'on n'apercevait que de rares maisons ou fermes. C'était une belle soirée, avec un soleil désagréablement bas et de larges bandes de ciel bleu. L'estomac de Reeve protestait, parce qu'il avait dû se contenter de café et de croissants pendant toute la journée. Puis il s'aperçut, stupéfait, qu'ils passaient devant un restaurant, là, en pleine cambrousse. C'était apparemment un moulin transformé, parce qu'un cours d'eau passait à côté. Quelques centaines de mètres plus loin, le clignotant gauche de la Xantia s'alluma et ils s'engagèrent sur un chemin étroit, inégal, de sable et de pierres. Le chemin aboutit à une allée de hauts chênes, qui semblait avoir été taillée dans une forêt. De part et d'autre s'ouvraient ce qui aurait pu être des chemins de débardage. À l'extrémité, totalement isolée, se dressait une maison ancienne d'un étage, dont le toit comportait des chiens assis. Les pierres de la façade avaient été ravalées, les volets semblaient neufs, tout comme le toit de tuiles.

Reeve descendit de voiture.

– Quel bel endroit, dit-il.

– Ah, oui, mes grands-parents habitaient ici.

Reeve acquiesça.

– Votre grand-père travaillait dans le bois ?

– Non, non, il était professeur d'anthropologie. Par ici, s'il vous plaît.

Elle le précéda à l'intérieur. Reeve constata avec consternation que la sécurité était relâchée. Peu importaient l'isolement et le fait qu'il n'y ait qu'un accès, la maison elle-même n'était protégée que par une serrure et les volets étaient restés ouverts, de sorte qu'il aurait été facile d'entrer par les fenêtres.

– Des voisins ? demanda-t-il.

– Les arbres sont mes voisins.

Elle vit qu'il était sérieux et reprit :

– Il y a une ferme à quelques kilomètres. Ils bénéficient d'un privilège lié aux truffes. Cela signifie qu'ils ont le droit de pénétrer chez moi pour chercher des truffes. Je ne les vois qu'en automne mais je les vois alors beaucoup.

Il y avait un verrou à l'intérieur, ce qui était quelque chose. Il y avait aussi un faible grognement. Le grognement se mua en grondement animal grave.

– *Ça suffit !* s'écria Marie Villambard quand le chien le plus gros que Reeve eût jamais vu pénétra dans l'entrée.

Le monstre se dirigea droit sur elle, exigea des caresses mais ne quitta pas l'inconnu des yeux tandis que Marie s'occupait de lui. Un nouveau grondement sortit des profondeurs de sa poitrine.

– Il s'appelle Foucault, expliqua Villambard à Reeve.

Il estima que ce n'était pas le moment de lui dire que son chat s'appelait Bakounine.

– Laissez-le vous flairer, ajouta-t-elle.

Reeve savait qu'il en était ainsi avec les chiens – avec tous les chiens – , qu'il fallait cesser d'être un inconnu. Se laisser tripoter, le laisser renifler l'entrejambes, peu importait du moment qu'il acceptait un intrus sur son territoire. Reeve tendit une main et le chien passa une truffe humide, pénétrante, sur ses phalanges, puis les lécha.

– Bon chien, Foucault, dit Reeve. Bon chien.

Marie frottait énergiquement le pelage du monstre.

– Je devrais le laisser dehors, dit-elle, mais il est trop gâté. C'était un chien de chasse... ne me demandez pas quelle est sa race. Puis son propriétaire a dû entrer à l'hôpital et si je ne m'étais pas occupée de lui, personne ne l'aurait fait. N'est-ce pas, Foucault ?

Elle se mit à parler au chien – moitié berger allemand, moitié chien-loup, d'après Reeve – en français, puis l'entraîna dans la cuisine où elle versa de la nourriture dans une écuelle de la taille d'une bassine. D'ailleurs, Reeve le constata en approchant, c'était effectivement une bassine en plastique rouge, au bord rongé.

– Voyons, dit-elle, je présume que vous avez besoin d'un bain. Après votre voyage en première classe.

– Ce serait formidable.

– Et de manger.

– Je meurs de faim.

– Il y a un excellent restaurant, nous sommes passés...

– Oui, je l'ai vu.

– Nous irons. Vous ne restez qu'une soirée en France, il faut qu'elle soit utilement employée.

– Merci. Mes affaires sont dans ma voiture. Je vais les chercher.

– Je ferai couler votre bain.

La salle de bains était un espace réduit donnant sur l'entrée. Il y avait une petite cuisine et un petit séjour qui faisait davantage penser à un bureau qu'à une pièce consacrée à la détente. Son aspect évoquait un chaos organisé, un ordre que seul le propriétaire d'une telle pièce pouvait expliquer.

– Vous vivez seule ici ? demanda Reeve.

– Seulement depuis que mon mari m'a quittée.

– Je regrette.

– Pas moi. C'était un porc.

– Quand est-il parti ?

– Le 11 octobre 1978.

Reeve sourit et retourna à sa voiture. Il fit d'abord le tour de la maison. Un vrai truc à la Hansel et Gretel, la petite maison dans les bois. Il entendit les aboiements d'un chien, probablement celui de la ferme voisine. Mais il n'y avait aucun autre bruit, à part le bruissement du vent dans le feuillage des chênes. Il savait ce que croyait Marie : elle considérait que l'emplacement secret de la maison assurait sa sécurité. Mais là où elle voyait le secret, Reeve voyait l'isolement. Même si elle ne figurait pas dans l'annuaire, un agent compétent ne mettrait qu'une heure à obtenir son adresse. Une carte d'état-major indiquerait la maison, peut-être même son nom. Et l'agent verrait alors à quel point elle était isolée.

Il y avait deux petits bâtiments, dont une ancienne boulangerie. Le four était toujours là, les grandes spatules en bois étaient toujours suspendues aux murs, mais l'endroit servait désormais de débarras. Des souris ou des rats avaient rongé les coins d'une tour de cartons vides. L'autre bâtiment était une réserve à bois et avait peut-être toujours eu cette fonction. Il abritait des piles régulières de bûches. Reeve scruta la forêt. Les feuilles sèches qui en couvraient le sol n'auraient pas suffi à avertir de l'approche d'un intrus. Il tendrait des fils quelques centimètres au dessus du sol, peut-être. Ou...

Des faisceaux de lumière éclairèrent soudain les ombres. Il battit des paupières, leva la tête, constata que des projecteurs à halogène avaient été fixés sur certains arbres. Quelque chose ou quelqu'un les avait déclenchés. Puis il vit Marie Villambard qui, debout près de la maison, les bras croisés, se moquait de lui.

– Vous voyez, dit-elle, je suis protégée.

Il se dirigea vers elle.

– Des détecteurs de mouvement les déclenchent, dit-il.

– C'est exact.

Il acquiesça.

– Ils sont tous reliés à la même alimentation électrique ?

– Oui.

– Dans ce cas, il est facile de les mettre hors service. Et qu'est-ce qu'ils font ? Ils éclairent les arbres. Et alors ? Ça n'empêchera personne d'avancer.

– Non, mais ils permettent à Foucault de voir son objectif. Il passe la nuit dehors.

– Ce n'est qu'un chien.

Elle rit.

– Vous êtes spécialiste de la sécurité ?

– Je l'étais, marmonna-t-il en entrant dans la maison avec son sac.

Il mit ses vêtements de rechange, enroula Lucky 13 dans sa chemise sale. Il n'avait pas l'intention de rester. Il partirait après dîner, trouverait un hôtel sur la route. Il alla donc remettre son sac dans le coffre de sa voiture, afin qu'il soit invisible. Marie Villambard avait empli un carton de documents.

– Ce sont des copies, donc vous n'aurez pas besoin de me les rendre.

– Bien.

– Et je ne suis pas sûre que vous y trouverez plus que ce que je vous ai raconté.

– Merci tout de même.

Elle semblait avoir quelque chose de gênant à dire, son regard évitait celui de Reeve.

– Vous savez, vous pouvez passer la nuit ici.

Il sourit.

– Merci, mais je crois que je vais partir.

– Vous en êtes sûr ?

Elle soutint son regard. Elle n'évoquait plus un cadre supérieur, elle semblait seule et fatiguée, fatiguée de la solitude et de caresser Foucault, fatiguée des longues nuits sans sommeil pendant lesquelles elle se demandait si les halogènes allaient soudain illuminer le ciel. Fatiguée d'attendre.

– Je verrai comment je me sens après dîner, concéda-t-il.

Mais il déposa tout de même le carton de documents dans le coffre.

– On prend ma voiture ? demanda-t-elle.

– Prenons la mienne. De toute façon, elle bloque la vôtre.

Il l'aida à enfiler son manteau, ajouta :

– C'est un très joli restaurant.

Faire la conversation ne fut pas facile. Il s'était senti flatté, quand elle lui avait proposé de rester, et n'en était pas remis. Elle ferma la porte à clé derrière eux.

– C'est un excellent restaurant, dit-elle. Et une très bonne raison de vivre ici.

– Ce n'était pas pour des raisons sentimentales ?

Il ouvrit la portière du passager à son intention.

– Parce que la maison appartenait à mes grands-parents ? Non, ce n'est pas ça. Enfin, peut-être un peu. Mais, grâce au restaurant, la décision a été facile à prendre. J'espère qu'il y aura une table.

Reeve lança le moteur, fit demi-tour.

– J'ai essayé d'appeler, ajouta-t-elle, mais le téléphone fait encore des siennes.

– Encore ?

– Oh, ça arrive souvent. Le système français...

Elle se tourna vers lui, reprit :

– Vous vous demandez si mon téléphone est sur écoute. Je ne sais pas. Il faut que je me persuade qu'il ne l'est pas.

Elle haussa les épaules et ajouta :

– Autrement, la vie serait intolérable. On aurait l'impression de devenir paranoïaque.

Reeve regardait devant lui.

– Une voiture, dit-il.

– Quoi ?

Elle se tourna vers le pare-brise. Un véhicule était garé à cinquante ou soixante mètres, plaque d'immatriculation française, personne à l'intérieur.

– *Merde*, dit-elle.

Reeve n'hésita pas. Il passa brutalement la marche arrière, se retourna afin de regarder la route par la lunette arrière. Il y avait un chemin de débardage, derrière lui, et une voiture en jaillit, s'immobilisa sur la chaussée.

– Gordon, dit Marie quand il arrêta la Land Rover.

C'était la première fois qu'elle prononçait son nom.

– Fuyez, cracha Reeve.

Il détacha leurs ceintures de sécurité. Les occupants de la voiture de derrière glissaient la main sous leur veste tout en ouvrant les portières.

– Gagnez la forêt et courez ventre à terre !

Il criait, maintenant, se stimulait. Il se pencha au-dessus d'elle, ouvrit la portière, poussa Marie hors de la voiture.

– Fuyez, hurla-t-il tout en enfonçant l'accélérateur de toutes ses forces et en levant le pied posé sur l'embrayage.

Les roues patinèrent, puis la voiture partit à toute vitesse en marche arrière, zigzagua follement. Les hommes étaient partiellement descendus du véhicule quand la voiture de Reeve le heurta de plein fouet. Un des hommes glissa et Reeve sentit que ses roues arrière passaient sur quelque chose. L'autre homme était tassé sur lui-même dans la voiture, en état de choc ou sans connaissance.

Reeve se tourna vers le pare-brise. Des hommes étaient apparus près de la voiture qui se trouvait devant. Ils étaient cachés dans les bois. Il jeta un coup d'œil sur sa gauche et vit que Marie s'éloignait. Elle était baissée : bien. Mais les hommes postés devant la montraient du doigt. L'un d'entre eux disparut à nouveau parmi les arbres, les deux autres visèrent Reeve.

– Maintenant, se dit-il, se baissant et ouvrant la portière.

Il descendit de la voiture et gagnait le coffre quand les premiers coups de feu retentirent. Un corps gisait sous le véhicule, entre les roues avant et les roues arrière. Il était pratiquement intact. Reeve le fouilla, mais ne trouva pas d'arme. L'homme avait dû la lâcher au moment de la collision. Il ne la vit pas à proximité. Une nouvelle balle frappa la calandre. Les occupants de la ferme voisine entendraient-ils les coups de feu ? Et, si tel était le cas, cela éveillerait-il leur méfiance ? Les Français chassent... et pas seulement les truffes.

La collision avait ouvert l'arrière de la Land Rover. Il ne pouvait pas espérer emporter le carton de documents, mais prit son sac de voyage. Ils se dirigeaient vers lui, avançaient énergiquement et presque sans prendre de précautions. Il pouvait essayer l'autre voiture, où il y avait peut-être des armes. Il était du mauvais côté du chemin et ne pouvait donc suivre Marie ; en outre, s'il tentait de traverser, il s'exposerait aux tirs. Il fallait que sa première décision soit la bonne. Il connaissait la procédure standard : se mettre hors de la portée des armes à feu et se regrouper. S'il fallait attaquer à nouveau, choisir la direction la plus susceptible de surprendre l'ennemi.

C'était logique, mais cela le contraignait à abandonner Marie. Mort, je ne pourrai pas l'aider, pensa-t-il. Il prit donc une profonde inspiration et, baissé, se dirigea vers les arbres. Il était l'équivalent d'une silhouette de stand de tir, mais ils n'avaient que des pistolets et il avançait vite. Il atteignit les premiers arbres et continua de courir. Il faisait presque nuit et c'était à la fois bon et mauvais : bon parce qu'il est plus facile de se cacher, mauvais parce que cela fournit également un camouflage aux poursuivants. Il courut en zigzags pendant trois minutes sans quitter les chênes. Il n'avait pas essayé de se cacher et d'éviter de faire du bruit, seule la distance l'intéressait. Puis il s'arrêta et se retourna, scruta les espaces séparant les arbres, écouta très attentivement. Il entendit un sifflement, puis un autre. Le premier sur sa droite et le deuxième sur sa gauche, beaucoup plus proche. Seulement deux sifflements ; seulement deux hommes. Il s'éloignait régulièrement de Marie. Contourner ses poursuivants afin de la rejoindre risquait de prendre des heures. Il faisait ce qu'il s'était juré de ne plus jamais faire : il fuyait.

Il tendit les mains. Elles tremblaient. Ce n'était pas un de ses jeux du week-end ; ses poursuivants n'utilisaient pas des cartouches à blanc. C'était réel alors que ça ne l'avait jamais été depuis l'Opération Stalwart. Attaquer ou battre en retraite : telles étaient les solutions qui s'offraient à lui. Il avait quelques secondes pour prendre sa décision. Il décida.

Il regarda ses vêtements. Son pull-over était foncé, mais la chemise blanche qu'il portait dessous apparaissait au niveau du cou et des poignets. Rapidement, il ôta son pull-over, se débarrassa de sa chemise et le remit. Son pantalon, ses chaussures et ses chaussettes étaient également foncés. Il mit la chemise dans son sac et en sortit Lucky 13. Il passa de la boue sur son visage ainsi que sur ses mains et sur la lame de la dague. Ils avaient peut-être des torches et il ne fallait pas que le reflet de la lumière sur le métal le trahisse. La nuit tombait vite, les arbres empêchant les dernières lueurs du crépuscule d'atteindre le sol. Nouveau sifflement, nouvelle réponse. Ils étaient assez loin l'un de l'autre pour qu'il puisse passer entre eux. Ils ne s'attendraient pas à ce qu'il revienne sur ses pas.

Mais c'était exactement ce qu'il faisait. Il laissa son sac là où il se trouvait et se mit en route.

Il avança à pas lents et mesurés afin de ne pas faire de bruit, et alla d'un arbre à l'autre, se cachant derrière puis observant l'espace qui séparait chacun du suivant. Il n'avait pas de points de repère, seulement son sens de l'orientation. Il n'avait pas laissé d'empreintes susceptibles de lui permettre de regagner le chemin et ne voulait de toute façon pas suivre des empreintes : il aurait pu s'agir de celles d'un chercheur de truffes, il aurait pu s'agir de celles d'un de ses poursuivants.

Mais les sifflements que les deux hommes échangeaient valaient bien un sonar. Le premier appel retentit, puis la réponse. Il retint sa respiration. La réponse était si proche qu'il entendit le souffle qui la suivit. L'homme avançait lentement, prudemment. Et très, très silencieusement. Reeve comprit qu'il était confronté à des pros. Ses doigts se crispèrent sur la poignée de Lucky 13.

Je vais tuer quelqu'un, pensa-t-il. Pas le frapper ou le blesser. Je vais le tuer.

L'homme passa près de l'arbre de Reeve et Reeve se jeta sur lui, saisit sa tête et le déséquilibra, lui plongea sa dague dans la gorge. Le pistolet tira, mais au hasard. Cependant cela avertirait les autres. Même en mourant, l'homme avait pensé à sa mission. Reeve posa le corps sur le sol, du sang jaillissant de la plaie béante du cou. Il prit le pistolet dans la main chaude et souple et regarda l'homme. Il portait une tenue de camouflage, des chaussures de marche noires et une cagoule. Il le fouilla rapidement mais ne trouva rien.

Il fallait qu'il s'éloigne. Nouveau sifflement : deux coups brefs et rapprochés. Reeve passa la langue sur ses lèvres et répondit, convaincu que cela ne tromperait pas son adversaire plus d'une demi-minute. Il se mit en route d'un pas rapide, espérant qu'il allait vers les voitures. Mais il comprit qu'il s'était trompé de direction quand il arriva dans une clairière qu'il connaissait. La maison s'y trouvait, dans le noir. Il leva la tête, ne vit pas d'halogène dans les arbres. Peut-être l'ennemi les avait-il neutralisés.

Avaient-ils ramené Marie à la maison ? Cela semblait peu probable, puisqu'il n'y avait pas de lumière. Il avança afin de s'en assurer, et les projecteurs s'allumèrent, éclairant les lieux comme la scène d'un théâtre jusqu'alors plongé dans le noir.

– Lâche ton arme !

Un ordre d'une voix forte, les premiers mots qu'il eût entendus depuis un moment. Ils venaient des arbres. Reeve, debout près de la fenêtre de la maison, comprit qu'il n'avait aucune chance. Il lança l'automatique devant lui. Celui-ci tomba environ deux mètres plus loin. Assez près pour lui permettre de plonger et de le ramasser, s'il était possible de tirer sur quelque chose. Mais il ne voyait que les arbres et les projecteurs, fixés sur les chênes, braqués sur lui. Un système de sécurité formidable, pensa-t-il, ça fonctionne à la perfection. Puis un homme apparut à la lisière de la forêt et se dirigea vers lui. Il avait un pistolet identique à celui qui se trouvait sur le sol. Il le tenait très fermement. Reeve tenta d'identifier l'accent. Américain, pensa-t-il. Mais l'homme ne dit rien de plus. Il voulait venir près de Reeve, près de l'homme qui avait tué son camarade. Le sang séchait sur les mains et les poignets de Reeve, tombait goutte à goutte de ses avant-bras. Je dois ressembler à un boucher, pensa-t-il.

L'homme regardait ses mains, lui aussi, fasciné par le sang. Du pistolet, il fit signe à Reeve de lever les bras. L'homme se baissa pour ramasser l'autre automatique et Reeve frappa la fenêtre du coude, cassant la vitre. L'homme se redressa rapidement, mais Reeve resta parfaitement immobile. L'homme eut un sourire ironique.

– Tu voulais sauter par la fenêtre ? dit-il.

Un accent manifestement américain.

– Tu crois que je n'aurais pas pu t'abattre ? Tu crois que le téléphone marche ? Que tu vas pouvoir appeler de l'aide ?

Ces suggestions semblaient beaucoup l'amuser. Il avançait toujours sur Reeve, ne se trouvait plus qu'à un mètre de lui. Reeve avait levé les mains. Il s'était coupé en brisant la vitre. Son sang coulait le long de son bras jusqu'à son aisselle.

L'homme avait tendu son bras armé, dans le style des exécutions, comme il l'avait peut-être vu dans les images d'actualité sur le Vietnam. Puis il entendit le bruit. Il ne l'identifia pas immédiatement. Il évoquait celui d'un moteur qui approchait.

Reeve plongea sur sa droite à l'instant où Foucault franchissait la fenêtre et plongeait ses crocs dans le visage de l'homme. La puissance du chien le projeta sur le dos, l'animal couvrant toute la partie supérieure de son corps. Reeve ne resta pas pour assister à la scène. Il s'empara du pistolet et partit au pas de course en direction du chemin. Quelques centaines de mètres le conduiraient jusqu'aux voitures. Il entendit un autre véhicule, au loin, quelque chose de plus gros qu'une voiture. C'est peut-être la cavalerie, pensa-t-il, un occupant de la ferme.

Mais un nouveau sifflement retentit. Trois notes basses et longues, trois plus aiguës et courtes. Répété à cinq ou six reprises. Reeve continua d'avancer. Fermeture des portes d'une camionnette. Moteur emballé. Quand il arriva au virage, il vit la voiture qu'il avait heurtée et son véhicule. Il n'y avait pas de corps sous la Land Rover et personne dans la voiture accidentée.

Il y eut une explosion. Elle le projeta en arrière et il perdit l'équilibre. Il atterrit lourdement mais se redressa rapidement, le souffle coupé mais braquant le pistolet sur ce qui venait d'arriver. Sa Land Rover était en flammes. L'avaient-ils piégée ? Puis il comprit ce qu'ils avaient fait. Ils l'avaient mise hors d'usage, tout bêtement, afin qu'elle soit toujours sur les lieux à l'arrivée des flics. La police trouverait des indices de combat à l'arme à feu, peut-être des cadavres, certainement du sang, et constaterait la disparition d'une journaliste. Elle trouverait aussi une voiture immatriculée en Grande-Bretagne... une voiture appartenant à Gordon Reeve.

– Fils de pute, souffla Reeve.

Il dépassa l'épave en flammes et constata que la voiture de devant avait disparu, ainsi que le véhicule qui était arrivé à la fin. Le sifflement lui trottait dans la tête. On aurait dit le début d'un air qu'il connaissait... d'un air qu'il n'avait pas envie de reconnaître. Cinq notes. Dah, dah, dah, da-da. C'était le début de *Row your boat*. Non, il rêvait ; ça pouvait avoir été une autre chanson, ça pouvait avoir été le fruit du hasard.

Il envisagea de chercher le corps de Marie Villambard dans les bois. Peut-être était-elle en vie, peut-être l'avaient-ils emmenée. Ou bien elle gisait quelque part dans la forêt, absolument morte. De toute façon, il ne pouvait l'aider. Il prit donc la direction opposée et récupéra son sac. Mais, cette fois, il avait un point de repère. Le cadavre à la gorge ouverte gisait toujours sur le sol.

Row, row, row your boat. Il détestait cette chanson, à juste titre.

Puis il se figea, se souvint de ce qui s'était passé devant le crématorium de San Diego : les voitures qui arrivaient en prévision de la cérémonie suivante, une tête qui se tournait, un visage qu'il avait pris pour celui d'un fantôme.

Jay.

Il ne pouvait s'agir de Jay. C'était impossible. Jay était mort. Jay n'était plus de ce monde...

C'était Jay. C'était la seule chose logique, même si elle semblait folle.

C'était Jay.

Reeve tremblait à nouveau quand il reprit la direction de la maison. Un corps refroidissait sur le sol, près de la fenêtre, mais il n'y avait pas trace de Foucault. Reeve jeta un coup d'œil à l'intérieur de la Xantia de Marie Villambard et constata que la clé se trouvait sur l'antivol. Sans doute les vols de voiture étaient-ils très rares dans la région. De même que la guerre et le meurtre, avant ce soir. Il monta à bord et ferma la portière. Il tournait la clé quand une silhouette énorme et ensanglantée sauta sur le capot, grogna et gronda, la face couverte de mousse rose.

– Tu as goûté, hein ? dit Reeve, qui lança le moteur sans tenir compte du chien.

Il accéléra fort et démarra, projetant Foucault sur le sol. Il regarda dans le rétroviseur, mais l'animal ne le suivit pas. Il s'ébroua, puis reprit le chemin de la maison et de ce qui restait de son dîner.

Reeve passa prudemment près des deux épaves qui brûlaient toujours. De la fumée noire montait dans le ciel nocturne. Quelqu'un la verrait sûrement. La Xantia frotta contre un arbre et contre le métal brûlant, mais il parvint à passer et à regagner le chemin. Il s'autorisa une esquisse de sourire glacé. Sa formation au sein du SAS lui avait appris à ne pas laisser de traces. En mission d'infiltration, on allait jusqu'à chier dans des sacs en plastique qu'on gardait sur soi. Au terme de cette mission, il en laissait beaucoup : au moins deux cadavres et une Land Rover brûlée avec des plaques britanniques. Il abandonnerait la voiture volée, en plus, avec du sang sur le volant. Et tous ces problèmes, lui sembla-t-il, étaient loin d'être les plus graves.

De très, très loin.

Il prit la direction du nord, laissa derrière lui l'horreur qui, il le savait, le suivrait sûrement.

Ses bras et ses épaules commencèrent à lui faire mal et il s'aperçut qu'il était terriblement tendu, qu'il était penché sur le volant comme si le diable en personne était à ses trousses. Il ne s'arrêta que pour faire de l'essence et acheter des boîtes de soda caféiné, avec lequel il avala des cachets de caféine. Il s'efforça d'agir normalement. Il ne pouvait en aucun cas ressembler à un touriste et il décida de ce fait d'être un représentant de commerce, épuisé et stressé au terme d'une longue tournée, soulagé de rentrer chez lui. Il sortit même une cravate de son sac et la mit sans serrer le nœud autour de son cou. Il s'examina dans le miroir. Il faudrait que ça fasse l'affaire. Bien entendu, le chauffeur d'une voiture française devait être français, lui aussi, et il fit son possible pour éviter de parler. Dans les stations-service, il se limita à *bonsoir* et *merci* ; même chose aux barrières de péage.

Alors qu'il se dirigeait vers Paris, il aperçut des panneaux indiquant Orly. Il savait que n'importe lequel des deux aéroports, Orly ou Charles-de-Gaulle, conviendrait. Il se débarrasserait de la voiture. Il estima que les ports auraient été avertis du vol de la Xantia et guetteraient son apparition. Et si les autorités ne surveillaient pas les ports, ses agresseurs le feraient certainement. Dans ce cas, ils seraient sans doute également présents dans les aéroports. Mais il risquait moins de se faire repérer s'il était à pied.

À Orly, il entra dans un parking ouvert toute la nuit. Il comportait plusieurs niveaux et il gagna le dernier étage. Il n'y avait que deux voitures, qui semblaient être là pour une longue période, ou juste abandonnées. La Xantia leur tiendrait compagnie. Mais il savait qu'il avait d'abord besoin de dormir – son cerveau et son corps avaient besoin de repos. Il aurait peut-être pu dormir dans l'aérogare, mais il y aurait été une proie facile. Il estima qu'il n'y aurait pas d'avion avant le matin et le jour n'était pas levé. Il baissa les vitres de quelques centimètres afin d'entendre des véhicules ou des pas éventuels. Puis il appuya la tête contre le dossier et ferma les yeux...

Il fit un rêve récurrent. L'Argentine. Prairie et flancs de montagnes. Insectes et brise marine incessante. Deux canoës gagnant la côte à la pagaie. Dans le rêve, ils pagayaient de jour mais, dans la réalité, ils avaient débarqué au milieu de la nuit, le visage noirci. Théoriquement en silence, jusqu'au moment où Jay s'était mis à chanter...

La chanson qu'il avait chantée quand ils avaient débarqué aux Malouines, une semaine auparavant, en bateau cette fois. Pataugeant jusqu'à la plage sans rencontrer de résistance. Et Jay fredonnant l'air qu'il lui avait demandé de cesser de chanter.

Row, row, row your boat
Gently down the stream.
Merrily, merrily, merrily, merrily,
Life is but a dream.

Un rêve ? Un cauchemar, plutôt, quand Jay était là. Il était considéré comme un bon soldat, mais c'était une grenade dégoupillée. Tout aussi imprévisible.

Tout aussi mortel.

On les avait convoqués après un combat aux Malouines. Il fallait mettre sur pied une mission d'infiltration et de surveillance composée de deux hommes. Le briefing se déroula à bord du HMS *Hermes*. Leur mission consisterait à surveiller les avions argentins décollant de Rio Grande. (Reeve apprit ensuite qu'une autre unité de deux hommes avait été chargée de la même tâche dans un autre endroit : Rio Gallegos.) Personne ne parla de « mission suicide » mais les chances de revenir étaient très réduites. En premier lieu, les Argentins des Malouines étaient équipés de matériel de localisation et de détection thermique ; il était vraisemblable que les mêmes équipements seraient en service sur le continent.

De ce fait, leur signal radio serait enregistré et localisé. Il faudrait donc qu'ils soient mobiles. Mais la mobilité elle-même était hasardeuse et la présence d'appareils de détection thermique signifiait qu'ils ne pourraient pas se reposer pendant la nuit. Aller sur place serait facile, quitter les lieux serait un cauchemar.

Jay n'hésita que lorsqu'on refusa de lui accorder des missiles antiaériens Stinger, qu'on lance grâce à un tube porté à l'épaule.

– Tu vas observer, pas te battre. Laisse le combat aux autres.

Ce qui était exactement ce que Jay n'avait pas envie d'entendre.

Row, row, row your boat...

Et, dans le rêve, c'était ce qu'ils faisaient, et une rangée d'hommes les attendaient sur la plage. Bizarrement, les hommes ne pouvaient les localiser alors que Reeve les voyait très nettement. Mais Jay chantait de plus en plus fort et, tôt ou tard, le peloton d'exécution en position au bord de l'océan leur tirerait dessus.

Row, row, row your boat...

Reeve se réveilla trempé de sueur. Bon sang... et le plus horrible était que la réalité avait été bien pire que le rêve, si effroyable qu'on avait refusé de croire sa version, quand il avait enfin pu regagner le *Hermes*. On lui avait dit qu'il avait sûrement eu des hallucinations. Les médecins lui avaient expliqué que le choc en provoque parfois. Et plus ils niaient la vérité, plus la colère de Reeve grandissait, puis la brume rose était apparue pour la première fois, s'était ensuite levée, et un médecin ainsi que deux infirmiers gisaient, sans connaissance, à ses pieds.

Il perçut un mouvement, tout près du sol et dans l'ombre, près d'une des autres voitures. Il alluma les phares et découvrit un renard maigre, qui semblait affamé. Un renard cherchant de la nourriture au dernier niveau d'un parking. Les prés ne convenaient-ils plus ? La situation des renards était-elle si désespérée qu'ils se trouvaient dans l'obligation de s'installer parmi les immeubles ? Enfin, Reeve pouvait parler : il se cachait dans un parking. Se cachait parce qu'il était traqué. Pour le moment, il était traqué par les méchants ; mais bientôt les bons – les prétendues forces de l'ordre – le traqueraient également. Il éteignit les phares, descendit de voiture et commença une série d'exercices. Abdominaux, pompes et autres. Puis il ouvrit son sac de voyage. Il ne lui restait pratiquement pas de vêtements propres. Dans la première station-service rencontrée sur sa route, il avait lavé le sang. Son pull-over était taché, mais sa chemise blanche était intacte. Il la portait. Il avait tenté de nettoyer ses chaussures, mais n'y était parvenu que très partiellement. On aurait dit qu'il avait joué au football avec.

Dans le sac, il trouva Lucky 13. La dague posait un problème. Il savait qu'il ne pouvait espérer franchir les contrôles de sécurité de l'aéroport avec. Mais elle avait servi à commettre un meurtre ; il ne fallait pas qu'on la trouve. Il gagna l'ascenseur et appuya sur le bouton d'appel. Puis il essuya la dague avec son mouchoir, effaçant les empreintes digitales, et la tint avec son mouchoir. Quand l'ascenseur arriva, il se pencha à l'intérieur de la cabine, appuya sur le bouton de l'étage inférieur et en sortit pendant que les portes se fermaient. Il glissa la lame de la dague dans l'espace qui les séparait et, dès que l'ascenseur entama sa descente, exerça une pression qui entrouvrit les portes de quelques centimètres. Ensuite il poussa simplement la garde et la poignée dans l'espace et laissa la dague tomber sur le toit de l'ascenseur, où elle resterait jusqu'au jour où le service d'entretien la trouverait... à supposer que ces ascenseurs soient entretenus.

Il était encore tôt et il resta un moment dans la voiture. Ensuite, il en descendit, gagna le mur du fond et se pencha afin de voir l'aérogare. Il y en avait deux, reliées par un monorail, mais c'était celui dont il avait besoin et il pouvait s'y rendre à pied. Il y avait de la lumière à l'intérieur, et des allées et venues, des taxis qui s'arrêtaient... le début d'une nouvelle journée. Il n'avait pas entendu d'avions décoller, à part de petits appareils. Mais les premiers départs ne tarderaient pas. Pendant la nuit, quelques gros avions avaient atterri. Il s'agissait très vraisemblablement de charters ou d'avions-cargos.

Reeve vérifia une dernière fois le contenu de son sac, n'y trouva rien qui puisse l'incriminer ou éveiller les soupçons. Il gagna donc l'aérogare dans l'air frais du début de la matinée. Il était affamé et commença par acheter un café et un sandwich. Il mit son sac en bandoulière, afin de pouvoir manger et boire en marchant. Il avança parmi des hommes d'affaires, apparemment tous mal réveillés et tenaillés par les regrets, comme s'ils avaient été infidèles pendant la nuit précédente. Il était prêt à parier qu'aucun d'entre eux n'avait vécu une nuit comparable à la sienne mais, au moins, il se fondait mieux que prévu dans la masse. Un voyageur comme les autres, aux vêtements froissés, levé trop tôt.

Il se sentit un peu rassuré quand il gagna le comptoir pour acheter son billet. Il espérait qu'il y aurait de la place. Il y en avait, mais la vendeuse lui indiqua qu'il devrait voyager en classe affaires.

– C'est parfait, dit-il en poussant sa carte de crédit sur le comptoir.

Il dépensait beaucoup, sur sa carte, mais quelle importance puisqu'il ne serait peut-être plus là au moment de payer ? La conscience de la mortalité donnait naissance à une certaine insouciance. L'insouciance financière était préférable à une autre. Il attendit la fin de la transaction, épia les yeux de la femme, afin de voir si elle l'identifiait, quand elle copia son nom sur son passeport. Mais elle ne l'identifia pas ; la police n'était pas encore sur ses traces. Elle lui rendit le passeport et la carte de crédit, puis lui donna son billet. Reeve la remercia et tourna les talons.

Un homme le fixait.

Ou, plutôt, l'avait fixé. Mais, maintenant, il regardait les gros titres de son journal. Cependant, il ne les lisait pas ; Reeve aurait été prêt à parier que l'homme ignorait le français. Il pouvait le rejoindre et s'en assurer grâce à deux ou trois questions, mais il ne pouvait se permettre de provoquer un incident dans l'aérogare parce que son vol ne partait pas immédiatement. Il prit donc tranquillement la direction des toilettes.

Celles-ci se trouvaient au bout d'un couloir, après un coude, et n'étaient pas visibles depuis l'aérogare. Les Messieurs et les Dames étaient face à face. Une pancarte sur un tréteau, devant les Dames, indiquait que l'endroit était en cours de nettoyage et proposait aux usagers d'utiliser celui qui se trouvait à l'extrémité opposée du bâtiment. Reeve plaça la pancarte devant les Messieurs et y entra.

Il eut de la chance ; il n'y avait personne. Il se mit rapidement au travail, chercha les possibilités du regard.

Puis il gagna le lavabo le plus proche de la porte, ouvrit le robinet en grand, boucha l'écoulement avec du papier toilette. Le lavabo s'emplit. Près de la porte, un sèche-mains électrique était fixé au mur. Parfait. Des distributeurs automatiques occupaient le mur opposé. Reeve glissa une pièce dans l'un d'entre eux et tira le tiroir. Le petit paquet contenait une brosse à dents minuscule, un tube de dentifrice, un rasoir Bic et un peigne. Il jeta le dentifrice et le peigne et se mit au travail, frappa le rasoir sur le lavabo jusqu'au moment où le plastique cassa. Il introduisit la moitié de la lame dans la brosse à dents et s'assura qu'elle était solidement fixée. Il avait à présent une sorte de scalpel.

L'eau tombait sur le dallage. Il se demanda combien de temps s'écoulerait avant que l'homme qui le surveillait se méfie et se demande ce qui se passait. Peut-être soupçonnerait-il la présence d'une autre porte, d'une sortie près des toilettes. Il viendrait voir. Reeve espéra qu'il ne téléphonerait pas avant, ne mettrait pas son patron au courant de la situation. Il fallait que ce soit un contre un. Il s'assit sur le lavabo, dans le coin de la pièce, et tendit les mains vers le sèche-mains. Un fil électrique en sortait et disparaissait dans le mur. Reeve tira sur l'extrémité du câble la plus proche de l'appareil, tira fort. Comme il l'avait espéré, il y avait du fil dans la cavité du mur. Les électriciens ont cette habitude ; il est plus facile, ensuite, de déplacer l'appareil en cas de nécessité. Il tira autant de câble que possible. Puis il attendit. L'eau se répandait toujours sur le dallage. Il espéra que le salaud ne tarderait pas, sinon le service d'entretien risquait de venir fouiner, ou un homme d'affaires risquait de se pointer...

La porte s'ouvrit. Un homme pataugea dans l'eau. C'était celui qui le surveillait. Reeve posa l'extrémité du fil sur son visage et le tira à l'intérieur. Les mains devant la figure, l'homme glissa sur le dallage mouillé et faillit tomber. Reeve lâcha le fil dans l'eau répandue sur le sol, qui fut entièrement électrifié. Un rictus déforma le visage de l'homme, qui tomba à genoux, les mains sur le dallage, ce qui ne fit qu'empirer les choses. L'électricité le secoua spasmodiquement pendant quelques secondes, puis Reeve éloigna le fil et le posa sur le support des lavabos. Ensuite, il descendit de son perchoir, s'accroupit devant l'homme et plaça la lame sur sa gorge.

L'homme tremblait de tous ses membres et des étincelles crépitaient encore. Il y avait apparemment des gens qui en venaient à aimer cela. Reeve avait été formé aux techniques d'interrogatoire et un de ses instructeurs lui avait raconté que des détenus devenaient accros de ces chocs électriques, se branchaient ensuite sur le courant en souvenir du bon vieux temps...

– Qui es-tu ? demanda Reeve à voix basse. Pour qui travailles-tu ?

– Je ne sais rien.

Reeve entailla légèrement sa gorge, fit couler une perle de sang.

– Dernière chance, cracha-t-il.

L'homme déglutit. C'était un colosse, qui n'avait vraisemblablement été engagé que pour cette raison. Mais il n'était pas intelligent – ce n'était pas vraiment un professionnel, du point de vue de Reeve –, parce qu'il était trop facilement tombé dans le piège. Reeve le fouilla. L'homme avait de l'argent liquide mais rien d'autre, ni documents, ni papiers d'identité, ni téléphone ni radio.

– Ton RV est quand ? demanda Reeve.

– À midi.

Donc il savait ce que signifiait RV ; sans doute avait-il appartenu pendant quelque temps aux forces armées.

– Ton remplaçant prendra le relais à ce moment-là ?

L'homme acquiesça. Il sentait le sang couler sur son cou, mais ne pouvait le voir, en raison de la position de son visage. Reeve était prêt à parier que la plaie semblait plus grave qu'elle ne l'était en réalité.

– Qu'est-ce que tu dois faire si tu me repères ?

– Vous surveiller, répondit l'homme d'une voix mal assurée.

Son visage pâlissait. Reeve pensa que le salaud était peut-être en train de s'évanouir.

– Et ?

– Faire un rapport par téléphone.

– Tu as appelé ?

L'homme déglutit.

– Pas encore.

Reeve le crut et fut soulagé.

– Quand tu téléphones, quel est le numéro ?

– Un numéro de Paris.

– Donne-le-moi.

L'homme le lui indiqua.

– Qui est au bout du fil ?

– Je ne sais pas.

Nouvelle pression de la lame, nouveau filet de sang.

– Il m'a engagé à LA, s'empressa d'ajouter l'homme, au gymnase où je vais. Je ne sais pas comment il s'appelle, je ne connais que l'initiale de son prénom.

– Jay ?

L'homme le dévisagea en battant des paupières, puis acquiesça. Reeve se sentit soudain glacé. C'était vrai ; c'était vrai, évidemment. Reeve arma le poing et frappa violemment l'homme sur le côté de la mâchoire. La tête fut projetée sur le côté et le corps devint mou. Reeve le traîna dans une cabine, tira le verrou puis se hissa au-dessus de la porte. Il jeta la lame dans un lavabo et sortit. Un homme se tenait dehors, une serviette à la main. Il fixait la pancarte et s'interrogeait. Reeve lui montra le dallage.

– Inondation, dit-il. Les toilettes sont hors service.

Puis il regagna le hall et se rendit directement à la porte d'embarquement.

Cinquième partie

BIRDY

14

Reeve essaya de manger le petit déjeuner proposé dans l'avion mais constata qu'il n'avait pas d'appétit. Il demanda un jus d'orange supplémentaire, puis un autre. Heathrow était plus animé qu'Orly mais, apparemment, personne ne l'attendait. Il descendit dans la station de métro et de là téléphona.

– Allô, répondit une voix.

Reeve garda le silence.

– Allô ?

– Salut, Jay, dit-il.

– Vous avez dû vous tromper de numéro.

– Ah ?

Il y eut, au bout du fil, un long silence. Reeve regarda défiler les unités de sa carte. La voix revint.

– Hé, philosophe, c'est toi ?

– Oui.

– Comment ça va, mon pote ?

Comme s'ils s'étaient vus la semaine précédente et s'étaient séparés les meilleurs amis du monde. Comme si Jay n'était pas à la tête d'une bande de mercenaires chargés de traquer Reeve et de l'éliminer. Comme s'ils avaient une conversation ordinaire.

– Je te croyais mort, affirma Reeve.

– Tu veux dire que tu voudrais que je le sois.

– Tous les jours, souffla Reeve.

Jay rit.

– Où tu es, mon pote ?

– Je suis à Orly.

– Ouais ? Tu as dû faire la connaissance de Mickey.

– Il m'a donné ton numéro.
– J'espère qu'il t'a fait payer.
– Non, je l'ai fait payer.
– Bon, Gordon, je savais qu'avec toi ce serait dur.
– Tu n'imagines pas à quel point. Dis-le à tes employeurs. Dis-leur que j'en fais une affaire personnelle. Que ce n'est pas un boulot, une mission, mais une affaire personnelle.
– Gordon, tu n'es pas à Orly, n'est-ce pas ? Ne m'oblige pas à courir jusque là-bas.
– On parlera peut-être à nouveau.
– Je ne crois pas, philosophe.
Et Jay raccrocha.

Reeve gagna le centre de Londres par le métro.

Il pensa à Jay. Quand il avait atteint la côte avec lui dans la nuit, débarquant au sud de Viamonte. Leur objectif, Rio Grande, se trouvait trente kilomètres plus au nord. Ils étaient sur la Grande Île de la Terre de Feu, dont la partie occidentale appartient au Chili. S'ils ne pouvaient repartir par Viamonte, comme prévu, la meilleure solution consisterait à aller vers l'ouest. Soixante-cinq kilomètres, qu'il faudrait parcourir à pied, séparaient Rio Grande du Chili.

Jay transportait l'émetteur, Reeve l'essentiel du reste de leur matériel. Cela représentait cinquante kilos. En outre, il avait son M 16 et deux cents cartouches. Le M 16 était équipé d'un lance-grenade M 203. Le reste de l'armement comprenait un missile antichar de 66 mm, quinze grenades HE, un Browning 9 mm et des grenades aveuglantes, principalement destinées à couvrir leur fuite.

Il avait des jumelles, des lunettes de vision nocturne et un télescope de 60 sur trépied, un sac de couchage et un pantalon matelassé, des vêtements de rechange, des rations arctiques lyophilisées et des rations « composées », ainsi qu'un réchaud à hexamine pour faire chauffer ces dernières.

Et comme la chanson de Jay lui trottait dans la tête, il ne pouvait réfléchir convenablement.

Ils s'étaient mis en marche à la faveur de l'obscurité et pensaient arriver à destination avant l'aube. Ils savaient que, cette première nuit, ils ne trouveraient probablement pas un bon poste d'observation, juste une bonne cachette. Ils creuseraient peut-être un trou et resteraient allongés toute la journée sous leur filet de camouflage. Et c'est ce qu'ils firent. Ils maintinrent le silence radio d'un bout à l'autre. Si seulement il avait été aussi facile de faire taire Jay...

– Que ces putains d'Argentins ne s'imaginent pas que je mangerai encore leur corned-beef dégueulasse. Tu sais comment ils font cette saloperie ? J'ai lu quelque chose là-dessus dans le *Sun*. À côté, des saucisses seraient l'équivalent d'un steak dans le filet, je te le jure, philosophe.

C'était un homme séduisant, au visage un peu lourd, mais avec de courts cheveux blonds et des yeux bleu-gris. Son apparence était ce qu'il y avait de mieux chez lui. Reeve ne l'aimait pas et ne connaissait pas beaucoup d'hommes qui l'appréciaient. Il était vantard, cruel et autoritaire ; il exécutait les ordres mais y associait toujours ses propres motivations cachées. Reeve ne savait pas si c'était ou non un bon soldat ; il savait simplement qu'il ne l'aimait pas.

Mais il y avait autre chose chez Jay. Au début du conflit, il avait fait partie d'un groupe déposé sur le glacier Fortuna par des hélicoptères Wessex. C'était une mission de reconnaissance importante. Ils débarquèrent en pleine tempête, avec des vents de cent kilomètres à l'heure. La neige transforma leurs armes en glaçons. Il fallait qu'ils traversent le glacier. Pendant les cinq premières heures, ils parcoururent moins d'un kilomètre. Pour éviter de mourir de froid, ils dressèrent des tentes, mais le vent les emporta. Finalement, l'ordre de renoncer à la mission arriva. L'hélicoptère chargé de récupérer les hommes s'écrasa dans le blizzard, faisant trois victimes. Un deuxième hélico parvint à évacuer tout le monde. Presque tous les survivants souffraient d'hypothermie et d'engelures. Dans l'accident, Jay avait eu la joue entaillée et il avait fallu lui poser sept points de suture.

Il aurait dû rester à l'écart des opérations pendant des jours, même des semaines, mais il tint à reprendre immédiatement du service. Le commandement applaudit sa bonne volonté et un psychologue ne décela aucun effet secondaire de l'épreuve. Mais Jay n'était plus le même. Il voulait se venger, tuer des Argentins. On le voyait dans ses yeux.

– Tu sais, philosophe, dit Jay dans le trou où ils se cachaient, cette première nuit, tu n'es peut-être pas l'homme le plus populaire du régiment, mais je trouve que tu es bien. Tu me conviens.

Reeve ravala une question. Il cherche simplement à me provoquer, pensa-t-il. C'est tout. Laisse tomber. Il n'y a que la mission qui compte.

Jay parut lire ses pensées. Un rugissement retentit dans le ciel à l'est de l'endroit où ils se trouvaient.

– Il se passe plein de trucs, ce soir, à Rio Grande. Il n'y a pas un film qui s'appelle *Rio Grande* ?

– John Wayne et Dean Martin, dit Reeve.

– Dean Martin, quel acteur.

– Quel foutu mauvais acteur.

– Tu te trompes. Tu as vu *Matt Helm, agent très spécial* ? Ou les comédies qu'il a tournées ? Un acteur formidable.

Reeve se contenta de secouer la tête.

– Ne secoue pas la tête, je suis sérieux. Tu ne peux pas laisser les autres donner leur avis, hein ? C'est pour ça que tu n'es pas populaire. Je te dis ça pour ton bien.

– Va te faire foutre, Jay.

Il aimait qu'on l'appelle Jay. Au sein du régiment, pratiquement tout le monde s'appelait par son prénom, mais pas Jay. Il voulait qu'on emploie son surnom. Personne ne savait pourquoi. Il appelait Reeve « philosophe » depuis qu'il l'avait surpris à lire Nietzsche. Le surnom était resté même si Reeve le haïssait.

Le deuxième soir, ils installèrent un poste d'observation d'où ils voyaient relativement bien le terrain d'aviation. Pendant la nuit, ils envoyèrent leurs premiers signaux, puis se remirent en marche à toute vitesse, une patrouille argentine de huit hommes se dirigeant vers eux.

– Ils ont fait vite, concéda Jay, qui portait l'émetteur partiellement emballé.

– On peut le dire, répondit Reeve, qui ployait presque sous le poids de son sac à dos Bergen.

Sans doute avaient-ils capté l'émission immédiatement. Elle n'avait pourtant duré que quelques secondes. Quel que soit le système de détection utilisé par l'aérodrome, c'était un bon investissement. Jay avait envoyé une « transmission compressée » : un message codé, au contenu prédéterminé, qui pouvait être envoyé en mer en une fraction de seconde. Avant, il avait tapé un message brouillé sur un appareil évoquant une petite machine à écrire électronique. En théorie, les Argentins n'auraient pas dû être en mesure de les localiser compte tenu de la brièveté de l'émission. La théorie est une chose merveilleuse, mais ne sert foutrement à rien sur le terrain. De toute évidence, les Argentins disposaient de matériel nouveau, d'équipements dont on ne leur avait pas parlé, qui avait échappé à la « Vase verte »... les services de renseignement.

Des avions passèrent au-dessus d'eux pendant qu'ils marchaient. Des Skyhawk, des Mirage. Plus tôt, il y avait aussi eu des Pucaras. L'armée de l'air argentine ne chômait pas. Les deux hommes savaient qu'ils auraient dû noter les vols qui arrivaient et décollaient, se tenir prêts à envoyer les informations. Mais ils étaient trop occupés à se déplacer.

Le problème principal était le terrain. Comme dans le cas de presque tous les aérodromes – et logiquement – il n'y avait pas beaucoup de collines aux alentours. Des prairies plates, des buissons et quelques éminences, tel était leur territoire. Un territoire où il était difficile de rester longtemps caché. Ils parcoururent trois ou quatre kilomètres et creusèrent un nouveau trou. Ils étaient plus loin de l'aérodrome, mais toujours en mesure de voir ce qui décollait. Reeve monta la garde pendant que Jay mangeait. Ils ne firent rien cuire, de peur que la vapeur d'eau soit repérée. En outre, on ne sait jamais ce qu'un détecteur de chaleur peut percevoir. Reeve but donc de l'eau froide et mangea des rations crues. Il élaborait des conversations dans sa tête, toutes en espagnol. Cela serait peut-être utile plus tard. Peut-être pourraient-ils bluffer... Non, son espagnol n'était pas assez bon. Mais il pourrait y recourir si on les prenait vivants, se montrer coopératif. Il n'y était pas obligé, bien entendu, pas dans le cadre de la Convention de Genève, mais Genève était très loin...

Reeve battit des paupières. Le wagon du métro était plein à craquer. Il jeta un coup d'œil par-dessus son épaule et lut le nom de la station derrière la vitre crasseuse : Leicester Square. Il se leva, se fraya un chemin hors de la rame, prit la Northern Line. Il dut rester debout pendant les deux premières stations. Il se trouvait près d'une très belle jeune femme et fixa son reflet dans la vitre, se servit d'elle pour chasser le passé de ses pensées.

Il descendit à Archway et, moyennant quelques questions, trouva Harrington Lane et la maison de Pete Cavendish. Cavendish était encore au lit, mais il se souvint de lui. Quand Reeve s'excusa et expliqua ce qu'il voulait, Cavendish lui donna la clé et lui dit de la rapporter quand il aurait terminé. Il n'aurait pas besoin de sonner, il suffirait de la glisser dans la boîte aux lettres.

– Merci, dit Reeve.

Cavendish hocha la tête et referma la porte.

Il lui fallut un moment pour trouver un accès à la ruelle située derrière chez Cavendish, mais il finit par y parvenir, la suivit jusqu'à ce qui lui sembla être le bon garage, devant lequel se trouvaient d'autres boîtes et bouteilles vides. Il déverrouilla la porte et la souleva. Il dut s'y reprendre à plusieurs fois et frapper doucement sur le mécanisme avec un morceau de brique pour l'ouvrir en grand. Des chiens aboyaient dans deux ou trois jardins entourés de murs, faisaient autant de bruit qu'il en avait fait.

– Arnie ! Ta gueule ! cria quelqu'un.

Les mots parurent plus féroces que les aboiements.

Reeve déverrouilla la portière de la voiture, tira le starter et tourna la clé de contact. Ça prit un moment, moteur refait ou pas, mais la voiture finit par démarrer, hoquetant un peu au début, et ensuite le moteur tourna régulièrement. Reeve la sortit dans la ruelle et la laissa ronronner pendant qu'il allait fermer la porte du garage. Les chiens se remirent à aboyer, mais il n'en tint pas compte, referma le garage à clé et remonta dans la Saab. Il gagna lentement le bout de la ruelle, évitant les morceaux de verre, les briques et les sacs d'ordures. Deux virages à gauche le ramenèrent dans la rue de Cavendish et il descendit de voiture le temps de glisser la clé dans la boîte aux lettres.

Il chercha un plan de Londres, mais n'en trouva pas. Il n'y en avait pas dans la boîte à gants et il n'y avait rien sous les sièges. La voiture était ce qu'il aurait appelé basique. On avait même retiré la radio, ne laissant que les fils et une prise. Basique peut-être, mais pas autant que sa Land Rover, dont l'épave se trouvait en France. Il s'était passé beaucoup de choses depuis un jour et demi. Il avait envie de s'asseoir et de se reposer, mais savait qu'il n'en était absolument pas question. Il pourrait aller chez Jim ; Fliss Hornby y serait peut-être. Mais c'était impossible. Il ne voulait pas la mettre en danger et il avait vu ce qui arrivait aux femmes seules à qui il rendait visite...

Le réservoir était presque vide. Il s'arrêta dans une station-service, fit le plein, acheta également un journal. Il le feuilleta, chercha un article concernant la France, n'en trouva pas. Il se demanda combien de temps mettraient les autorités françaises à identifier le propriétaire de la voiture incendiée. Deux jours au maximum, supposa-t-il, ce qui lui donnait aujourd'hui et demain. Peut-être, mais ce n'était pas une certitude. Il ne fallait pas qu'il s'arrête.

Il n'avait qu'un plan : avancer. Il avait tenté un repli tactique, la veille au soir, au prix de plusieurs vies y compris, selon toute probabilité, celle de Marie Villambard. Il savait maintenant qu'il était opposé à Jay et comprenait qu'il ne devait plus se cacher, qu'il ne pouvait plus se cacher... pas indéfiniment. Pas avec Jay sur ses traces. En conséquence, la seule tactique consistait à avancer. Une mission suicide, peut-être, mais au moins c'était une mission. Il pensa à Joan et à Allan. Il faudrait qu'il téléphone à Joan ; elle se faisait sûrement du souci. Bon sang, quels mensonges inventerait-il cette fois ? Il ne pouvait pas lui parler de Marie Villambard. Mais, s'il ne l'avertissait pas, elle risquait d'apprendre ce qui s'était passé quand la police se présenterait chez sa sœur pour lui demander où était Reeve. Elle aurait sa version, pas la sienne.

Marie Villambard... Marie avait dit que Jim avait sûrement des copies de ses notes. Qu'il n'aurait pas confié toutes ces informations seulement à des disquettes. Il se demanda si Marie elle-même en avait un jeu, peut-être chez un autre journaliste. Est-ce que quelqu'un poursuivrait sa tâche ? Un endroit sûr, avait-elle dit : chez un ami ou dans un coffre de banque. Reeve fit demi-tour et retourna chez Pete Cavendish. Cavendish n'en revint pas.

– C'est un cauchemar, dit-il. Je vous avais dit de mettre la clé dans la boîte aux lettres.

– Je l'ai fait, répondit Reeve, qui montra la clé sur le dallage de l'entrée.

– Alors qu'est-ce qu'il y a ?

– Mon frère vous a confié sa voiture. Je me disais qu'il vous avait peut-être demandé de garder autre chose.

– Quoi, par exemple ?

– Je ne sais pas. Des dossiers, des chemises, des documents... ?

Cavendish secoua la tête.

– Il vous a peut-être dit de n'en parler à personne, Pete, mais il est mort et je suis son frère...

– Il ne m'a rien donné, d'accord ?

Reeve fixa Cavendish dans les yeux et le crut.

– D'accord, désolé, dit-il en reprenant le chemin de la rue.

– Hé ! cria Cavendish.

Reeve se retourna.

– Qu'est-ce qu'il y a ?

– Comment marche la bagnole ?

Reeve regarda la Saab, dont le moteur tournait au ralenti.

– Comme un charme, répondit-il en se demandant quand il pourrait s'en débarrasser.

Tommy Halliday habitait le Pays de Galles parce qu'il croyait que l'air et l'eau y étaient meilleurs ; mais il n'appréciait guère les Gallois, de sorte qu'il vivait aussi près que possible de la frontière anglaise tout en restant près d'un village au nom bizarre. Halliday habitait Penycae ; le nom bizarre était Rhosllanerchrugog. Sur la carte, c'était comme un mauvais tirage de Scrabble, à ceci près qu'il y avait beaucoup trop de lettres.

– Sur la carte, tu ne peux pas le manquer, avait dit Halliday à Reeve alors qu'il projetait sa première visite. Rhosllanerchrugog figure toujours en grosses lettres et en gras, pour montrer à quel point les Gallois sont ridicules. En fait, dans le coin, tout le monde dit Rhos.

– Qu'est-ce que ça signifie ? avait demandé Reeve.

– Quoi ?

– Le mot veut sûrement dire quelque chose.

– C'est un avertissement, avait répondu Halliday. Ça signifie : les Anglais arrivent !

Halliday n'avait pas tort. Penycae était près de Wrexham, mais se trouvait aussi à proximité de Chester, de Liverpool et même de Stoke on Trent. En conséquence, les colons anglais arrivaient, s'éloignaient de la crasse et du crime, les apportaient parfois.

Halliday, quant à lui, n'avait apporté que son trafic de drogue, sa collection de vidéos et ses ouvrages de référence. Halliday haïssait les films mais ne pouvait s'en passer. En réalité, plus que des films eux-mêmes il ne pouvait se passer des critiques de films. Barry Norman était le Dieu de cette religion étrange mais il y avait aussi de nombreux grands prêtres : Maltin, Ebert, Kael, *Empire, Premiere* et *Sight and Sound*. Ce qui stupéfiait Reeve était que Halliday n'allait jamais au cinéma. Il louait et achetait des vidéos. Il y en avait six ou sept cents dans le séjour de sa maison jumelée, d'autres ailleurs.

Pour Halliday, les films n'étaient pas une distraction. Son empoignade avec le cinéma évoquait un étudiant aux prises avec un problème de philosophie. Il semblait que, si Halliday parvenait à comprendre les films – pourquoi certains étaient bons, d'autres mauvais, quelques-uns des œuvres géniales –, il aurait résolu un problème capital, quelque chose qui transformerait sa vie, la rendrait meilleure pour toujours. Quand Reeve arriva, Halliday était dans tous ses états. Il venait de trouver, dans un vieux numéro du *Guardian*, une critique de Derek Malcolm qui éreintait *Pulp Fiction*, de Tarantino.

– Il faudrait que tu voies les articles d'*Empire* et de *Premiere*, dit-il, irrité. Ils ont adoré ce film.

– Qu'est-ce que tu en as pensé ?

Reeve attendait, dans l'entrée, que Halliday ferme les trois verrous de la porte blindée. Il savait que les voisins croyaient que les rideaux de Halliday restaient continuellement tirés parce qu'il regardait des films. On racontait que Halliday écrivait un film. Ou que c'était un réalisateur anglais qui avait ramassé un paquet à Hollywood et décidé de prendre sa retraite jeune.

Il faisait moins que son âge, avait de courts cheveux roux clairsemés, des taches de rousseur sur le visage, des pattes en pointe et une moustache. Il était grand, maigre, et il semblait que quelqu'un d'autre contrôlait ses bras. Il les agita tout en précédant Reeve dans la petite entrée, jusqu'au séjour.

– Ce que j'en ai pensé ? J'étais d'accord avec *Empire*.

Il était rare que Halliday ait une opinion personnelle... il s'en remettait à celles des critiques et des théoriciens. Il avait une bibliothèque bricolée, instable, qui contenait sa réserve de savoir cinématographique. Les livres provenant de bibliothèques et d'autres qu'il avait achetés ou volés s'y côtoyaient. Il y avait des revues reliées, des cahiers pleins de critiques découpées dans les journaux et les magazines. Il avait des enregistrements des émissions de Barry Norman ainsi que d'autres programmes consacrés au cinéma. Il se laissa tomber dans son vaste fauteuil et montra le canapé de la main. Bien entendu, un film passait à la télé.

– C'est ta période Scorsese ? demanda Reeve, qui avait reconnu *Mean Streets*. Combien de fois l'as-tu vu ?

– Une douzaine. Il utilise beaucoup de trucs auxquels il recourt dans d'autres films. Regarde cette traversée du bar au ralenti. Elle est aussi dans *Goodfellas*. Plus tard, il y a un bon passage où Harvey Keitel est bourré. Comment ça se fait que Keitel joue aussi souvent des catholiques ?

– Je n'avais pas remarqué.

– Ouais, j'ai lu ça quelque part, fit Halliday sans quitter l'écran des yeux. La musique aussi, la façon dont il utilise la musique dans ce film, comme il le fait dans *Goodfellas*.

– Tommy, tu as le birdy ?

Halliday acquiesça.

– Ça ne va pas te plaire.

– Comment ça ?

Halliday frotta le pouce contre l'index.

– Pas bon marché, hein ?

– Pas bon marché. Les Colombiens avec qui je traitais ne sont plus là. Ils travaillaient pour le cartel de Medellin, mais les gars du cartel de Medellin se sont fait déboulonner par le cartel de Cali. Donc, il semblerait que je traite maintenant avec le cartel de Cali et ils ne sont pas aussi – je ne sais pas – sympathiques. En plus, comme tu le sais, on en trouve partout en Colombie, mais pratiquement pas ici...

Il fixa Reeve, sourit et ajouta :

– Grâce à Dieu.

– Combien ça coûte ?

Halliday le lui annonça.

– Est-ce que j'ai acheté toute la putain de récolte ?

– Tu en as acheté assez pour coucher avec les Dagenham Girl Pipers.

Rien dans le séjour, ni dans la maison, ne permettait de deviner que Tommy Halliday vendait de la drogue et des armes. Il n'y avait absolument rien de prohibé sur les lieux. Personne ne savait où se trouvait sa cache, mais Reeve soupçonnait que c'était une des raisons qui l'avaient amené à choisir cette partie du Pays de Galles. Il y avait de nombreuses petites routes, aux alentours, des montagnes et des forêts fréquentées par les randonneurs et les promeneurs... de nombreuses cachettes potentielles dans ce type de région.

Non, chez Tommy, seuls les appareils de détection d'écoute et le téléphone mobile pouvaient éveiller les soupçons. Tommy se méfiait de British Telecom et reliait un brouilleur portable au téléphone. Le brouilleur était celui des services secrets américains et Reeve supposa qu'il avait été « perdu » pendant la guerre d'Irak. Beaucoup de matériel militaire avait disparu pendant la campagne ; une grande quantité d'équipement irakien avait été discrètement récupérée, mise de côté puis revendue en Grande-Bretagne.

La plupart des armes que Tommy vendait, toutefois, venaient du bloc de l'Est : Russie et République tchèque principalement. Il avait eu une livraison d'armes chinoises, à une époque, mais avait eu beaucoup de mal à s'en débarrasser tant elles étaient peu sûres.

Halliday jeta un coup d'œil sur sa montre.

– On attend la fin du film, d'accord ?

– J'ai tout mon temps, Tommy, répondit Reeve.

Il n'en pensait pas un mot, mais trouvait que le temps passé chez Halliday était avantageusement employé. Il vida son esprit et détendit ses muscles, médita un peu, fit des exercices respiratoires que Joan lui avait enseignés. Il se calma. Et quand il eut terminé, il restait encore une demi-heure.

– Je peux utiliser ton matériel ? demanda-t-il.

– Tu sais où il est.

Il monta dans la chambre d'amis, où se trouvaient les haltères et les appareils de musculation de Tommy. Il s'activa jusqu'au moment où il fut en sueur. La sueur est le meilleur moyen d'évacuer les toxines, à supposer qu'on ne soit pas d'humeur à se fourrer deux doigts dans la gorge. Désormais, il suivrait un régime : faire de l'exercice quand il pourrait et bien manger. Afin que son esprit et son corps restent purs. Il supposait que Jay était resté en bonne forme physique. Il avait recruté dans un gymnase : ce n'était pas un accident. Il fréquentait probablement les gymnases. Il fallait que Reeve se prépare le mieux possible. Il envisagea de prendre des stéroïdes, mais y renonça rapidement ; leurs effets étaient brefs et leurs effets secondaires durables. En matière de forme physique, il n'y a pas de recette rapide. Reeve savait qu'il était en forme ; la vie de famille ne l'avait pas complètement détruit, elle l'avait simplement dépouillé d'un peu de volonté.

Joan... il fallait qu'il appelle Joan. Quand il descendit, le film était terminé et Halliday était devant son ordinateur. La machine était neuve et comportait un lecteur de CD-ROM. Halliday consultait une encyclopédie cinématographique ouverte à la page de *Mean Streets*.

– Regarde, dit-il en montrant fiévreusement l'écran. Maltin lui donne quatre étoiles ; « un chef d'œuvre » ; Ebert lui en donne quatre, Baseline lui en accorde quatre sur cinq. Même cette conne de Pauline Kael l'aime.

– Et alors ?

– Alors c'est un film sur deux connards, le premier plus futé que le deuxième, mais tous les deux visiblement dans le merdier dès le départ. Et c'est censé être du grand cinéma ?

– Qu'est-ce que tu penses de De Niro ?

– Il joue comme il joue toujours ces rôles, les yeux partout et un sourire dément.

– Tu crois qu'il est comme ça dans la vie ?

– Quoi ?

– Tu sais d'où il vient ?

Halliday ne comprit pas où cela conduisait, mais était prêt à apprendre.

– Un voyou des rues, un gosse de Brooklyn, quelque chose comme ça, comme Scorsese.

Il s'interrompit, puis demanda :

– C'est ça ?

Reeve secoua la tête.

– Cherche De Niro.

Halliday cliqua sur le nom de l'acteur, une biographie et une photo apparurent.

– Tu vois ? dit Reeve en montrant la ligne pertinente. Ses parents étaient peintres. Son père était un expressionniste abstrait. Ce n'est pas un gamin des rues, Tommy. C'est un type bien élevé qui voulait être acteur.

– Et alors ?

– Alors il t'a fait croire à son personnage. Tu ne peux pas deviner ses origines ; c'est parce qu'il les a enfouies. Qu'il est devenu un rôle. Jouer la comédie, c'est ça.

Reeve s'assura qu'il se faisait comprendre puis demanda :

– Je peux téléphoner ?

Halliday tendit un bras vers la fenêtre.

– Merci.

Reeve gagna la fenêtre.

– Comme ça tu t'y connais en cinéma ? cria Halliday.

– Non, Tommy, mais pour ce qui est de jouer la comédie, ça je m'y connais.

Il décrocha le téléphone et composa le numéro de la sœur de Joan. En attendant qu'on réponde, il écarta légèrement les rideaux et regarda la rue ordinaire d'un quartier petit-bourgeois. Il avait garé la Saab devant une autre maison : c'était une règle qu'il était facile de ne pas oublier. Quelqu'un répondit à son appel.

– Salut, dit-il en reconnaissant la voix de Joan.

Le soulagement fut sensible dans les propos de sa femme.

– Gordon, où es-tu ?

– Je suis chez un ami.

– Comment tu vas ?

– Je vais bien, Joan. Comment va Allan ?

Reeve regarda Halliday se lever et gagner la bibliothèque. Il cherchait quelque chose.

– Tu lui manques. Depuis quelque temps il ne t'a pratiquement pas vu.

– Tout va bien ?

– Sûr.

– Pas de coups de téléphone bizarres ?

– Non, répondit-elle d'une voix hésitante. Tu crois qu'ils risquent de nous trouver ici ?

– Vraisemblablement pas.

Mais serait-il difficile de faire des recherches sur la femme de Gordon Reeve, d'établir qu'elle avait un frère et une sœur, d'obtenir leurs adresses ? Reeve était certain que, s'ils avaient besoin d'un moyen de pression, ils ne reculeraient devant rien, prendraient sa famille en otage.

– Tu es toujours là ?

– Désolé, Joan, qu'est-ce que tu disais ?

– Je disais : ça va durer encore longtemps ?

– Je ne sais pas. J'espère que non.

La conversation ne se passait pas bien. Pas seulement parce que Halliday était dans la pièce, mais parce que Reeve redoutait d'en dire trop. Au cas où Joan s'inquiéterait. Au cas où quelqu'un écouterait. Au cas où ils la trouveraient et lui demanderaient ce qu'elle savait...

– Je t'aime, souffla-t-il.

– Moi aussi, répondit-elle avant de raccrocher.

Halliday se tenait près de la bibliothèque, un gros volume rouge à la main. C'était une encyclopédie. Reeve le rejoignit, constata que l'ouvrage était ouvert aux pages de l'histoire de l'art consacrées à l'expressionnisme abstrait. Reeve espéra qu'il n'avait pas poussé Halliday sur la voie de nouvelles explorations.

Il posa une main sur l'épaule de Halliday.

– Le birdy, dit-il.

Halliday ferma le livre.

– Le birdy, admit-il.

Ce qu'ils appelaient birdy était la *burundanga*, une drogue populaire au sein de la pègre colombienne. On la fabriquait avec la scopolamine extraite de la *datura arborea*, ou *borachero*, mais elle était aujourd'hui mélangée à de la benzodiazépine, ou composée uniquement de benzodiazépine, laquelle est moins toxique que la scopolamine, produit des effets secondaires moins nombreux et moins dangereux.

Reeve suivait la voiture de Halliday. Ce dernier se montrait très prudent. Il avait pris l'argent de Reeve et l'avait laissé dans la maison. Reeve avait effectué un gros retrait à la branche londonienne de sa banque. Il avait fallu appeler son agence, à Édimbourg, pour confirmation, et Reeve avait dû s'entretenir personnellement avec le directeur. Ils se connaissaient très bien. Le directeur avait participé à un des week-ends les moins éprouvants de Reeve.

– Je ne vous demande pas ce que vous allez en faire, dit le directeur, mais ne dépensez pas tout à Londres.

Cela les avait fait rire. C'était beaucoup d'argent, mais Reeve avait beaucoup d'argent sur son compte « dormant » – un compte dont il cachait l'existence à Joan et à tout le monde, y compris à son comptable. Non que l'argent du compte dormant fût sale, c'était seulement qu'il aimait avoir une réserve, de même que les membres du SAS emportaient souvent de l'argent quand ils partaient en mission derrière les lignes ennemies – généralement des souverains en or. De l'argent destiné à soudoyer, de l'argent en prévision de difficultés insurmontables. Les fonds du compte dormant jouaient le même rôle et il estima qu'il se trouvait dans une situation correspondant précisément à ce à quoi ils étaient destinés.

Il n'avait pas prévu que le birdy coûterait autant. Ça allait faire un gros trou dans sa réserve. Le reste de l'argent serait consacré aux difficultés éventuelles.

Cela fournirait un sujet de réflexion à la police, en plus, quand elle aurait établi le lien entre lui et ce qui s'était passé en France. Elle trouverait sans doute le compte – le directeur de sa banque ne mentirait pas – et s'interrogerait sur ce gros retrait effectué peu après les meurtres. Cela accentuerait ses soupçons. Elle serait très « impatiente » de s'entretenir avec lui, comme elle disait dans ses communiqués de presse.

Tommy Halliday avait maintenant une partie de cet argent. Et dès qu'il aurait fourni la poudre, ce serait au revoir. Reeve ne serait pas autorisé à retourner chez Halliday, pas avec de la drogue sur lui. Donc, Reeve avait posé ses questions avant. Notamment : est-ce que c'était de la scopo, de la benzo ou un mélange ?

– Comment je le saurais, bordel ? avait répondu Halliday. C'est dur de trouver de la scopo, par les temps qui courent ; donc, je suppose que c'est de la benzo.

Il réfléchit puis ajouta :

– Mais, tu sais, ces Colombiens ont de la bonne came, donc il y a peut-être dix ou quinze pour cent de scopo.

– De quoi envoyer quelqu'un à l'hôpital psychiatrique ?

– Pas question.

Le problème de la scopolamine était qu'il n'existe qu'un antidote – la physostigmine – et que les deux hommes ne savaient pas si les services d'urgence des hôpitaux en disposeraient, à supposer qu'ils puissent diagnostiquer une intoxication au *burundanga*. La drogue était peu connue et peu utilisée hors de Colombie ; et, même quand elle était utilisée hors de ce pays, c'était généralement par des Colombiens. Personne, au sein de l'armée britannique, n'aurait reconnu l'avoir utilisée pendant des interrogatoires. Personne, jamais, ne l'admettrait. Mais Reeve avait appris l'existence de cette drogue quand il était dans le SAS. Il avait vu quelqu'un s'en servir, alors qu'il était infiltré en Irlande du Nord, et il avait entendu dire qu'on l'avait employée pendant la guerre du Golfe.

– Il y a de la physostigmine avec ?

– Bien sûr que non.

Tommy Halliday gagna les montagnes. Il roula une demi-heure, peut-être un peu plus, puis s'arrêta sur le parking à moitié plein d'un hôtel. C'était un bel endroit, bien éclairé, attrayant. Mais le parking était dans le noir et Halliday se gara dans le coin le plus obscur. Reeve s'arrêta près de lui. Ils baissèrent leurs vitres afin de pouvoir parler sans descendre de voiture.

– Donnons-nous deux minutes, dit Halliday, par mesure de sécurité.

Ils attendirent, phares éteints, afin de s'assurer que personne n'entrait sur le parking à leur suite. Personne ne vint. Finalement, Halliday ralluma son moteur et se pencha par la vitre.

– Va au bar et restes-y une heure. Laisse ton coffre entrouvert. Est-ce qu'il se ferme à clé automatiquement ?

– Oui.

– Très bien. La came y sera. D'accord ?

– Une heure ?

Reeve jeta un coup d'œil sur sa montre.

– Synchronisons nos montres, dit Halliday avec un sourire. À la prochaine, Reeve.

Il dégagea la voiture en marche arrière et quitta le parking à faible allure.

Reeve eut vaguement envie de le suivre. Il aurait aimé savoir où se trouvait la cachette. Mais Halliday était trop prudent ; ce serait trop compliqué. Une heure. Il estima que la came ne se trouvait pas à plus de dix minutes. Mais Halliday allait prendre son temps pour y aller et le prendrait également pour revenir. Un homme très prudent ; un homme qui avait beaucoup à perdre.

Reeve ferma la voiture à clé, ouvrit le coffre et entra dans l'hôtel par la porte de derrière : chaleur, moquette rouge épaisse et murs lambrissés. La réception se trouvait en face de lui, mais le bar était à sa droite. Il entendit des éclats de rire. L'endroit n'était pas bondé, mais les habitués étaient bruyants comme seuls les habitués peuvent l'être. Reeve veilla à sourire et saluer de la tête puis commanda un demi de Theakston's Best. Il y avait un journal sur le comptoir, une édition du soir. Il l'emporta, avec son verre, jusqu'à une table située dans un coin.

Il pensait au long trajet en voiture qui l'attendait jusqu'à Heathrow, et cette perspective ne l'enchantait guère. Il aurait été agréable de s'accorder une nuit de tranquillité entre des draps propres, dans une chambre d'hôtel. Agréable mais dangereux. Il parcourut le journal. En page intérieure, il y avait une colonne de « brèves », sept ou huit articles d'un paragraphe. Celui qu'il redoutait se trouvait au milieu.

> **MEURTRE MYSTÉRIEUX DANS UNE FERME FRANÇAISE**
> La police a confirmé aujourd'hui que la voiture incendiée trouvée sur les lieux du meurtre était immatriculée au Royaume-Uni. Trois cadavres ont été découverts près d'une ferme située dans une région très boisée du Limousin. Une des victimes non identifiées a été tuée par un chien, qui appartenait à une des autres victimes, une journaliste de la région. La journaliste a été tuée d'une balle dans la tête et la troisième victime a été poignardée.

Reeve relut l'article. Ils n'avaient donc pas capturé Marie ou, s'ils l'avaient fait, ne l'avaient pas emmenée loin. La police avait sûrement commencé par abattre le chien. Reeve eut pitié de Foucault : Foucault lui avait sauvé la vie. Et Marie... eh bien, peut-être serait-elle morte de toute façon. Elle figurait presque sûrement sur une liste noire. La police avait vraisemblablement établi le rapport entre les morts et la Land Rover. Peut-être croirait-elle qu'un des cadavres était celui du propriétaire. Cela dépendrait de l'autre voiture, celle que Reeve avait endommagée. Il doutait que la police parvienne à remonter sa piste. Elle avait probablement été volée. Mais elle pourrait remonter la piste de sa voiture...

Il gagna le hall d'entrée à la recherche d'un téléphone. Il y en avait trois, chacun dans une cabine pourvue d'un tabouret et d'une tablette sur laquelle étaient posés un bloc et un stylo. Reeve appela Joan.

– Qu'est-ce qu'il y a ? demanda-t-elle.

– Il y a une chose que je dois te dire. J'espérais ne pas être obligé de le faire aussi vite.

– Quoi ?

– Il est possible que la police vienne te poser des questions. En fait, j'ai été obligé de laisser la Land Rover en France.

– En France ?

– Oui. Et quelques cadavres sont restés sur les lieux.

Il entendit Joan inspirer, ajouta :

– La police viendra demander où je suis.

– Oh, Gordon...

– Il lui faudra peut-être plusieurs jours pour te localiser. Tu devras dire que tu ne sais pas où j'allais, que tu sais seulement que je partais en voyage d'affaires. Que tu ignores ce que je faisais en France.

– Pourquoi ne m'as-tu pas dit ça avant ?

Elle ne pleurait pas, les larmes n'étaient pas son genre. La colère était son genre, la colère et la sensation d'avoir été trahie.

– Je ne pouvais pas. Je n'étais pas seul la dernière fois que j'ai appelé.

– Oui, mais tu aurais pu me le dire avant aujourd'hui. Tout ça concerne Jim ?

– Je crois.

– Dans ce cas pourquoi ne pas raconter ta version à la police ?

– Parce que ma version, dans les circonstances actuelles, ne vaut rien. Je n'ai ni indices ni preuves, je n'ai rien. Et la police risque d'avoir du mal à retrouver les hommes qui ont fait ça.

– Tu sais qui c'est ?

– Je sais qui en est responsable, répondit Reeve, qui n'avait pratiquement plus de monnaie. Écoute, contente-toi de dire à la police ce que tu seras obligée de lui dire. Elle croira peut-être qu'un des cadavres est le mien. Elle te demandera peut-être de l'identifier.

– Et je suis le mouvement, comme si on n'avait pas parlé ? Je suis obligée de regarder ce cadavre ?

– Non, tu peux dire que je t'ai téléphoné depuis et que ça ne peut donc pas être moi.

Elle gémit.

– Je crois vraiment que tu devrais aller voir la police, Gordon.

– Je vais aller voir la police.

Reeve s'accorda une esquisse de sourire.

– Quoi ?

– Mais pas ici.

– Où ?

– Je ne peux pas te le dire. Écoute, Joan, fais-moi confiance. Tu seras plus en sécurité si on procède ainsi. Contente-toi de me faire confiance, d'accord ?

Elle resta un long moment silencieuse. Reeve redouta que son crédit ne s'épuise avant la fin de ce silence.

– Très bien, dit-elle, mais, Gordon...

La dernière pièce tomba.

Quand il regagna le bar, personne n'avait touché à son verre ni à son journal. Il avait laissé ce dernier plié à la page des mots croisés, mais il l'ouvrit à nouveau et lut, fixa du moins, les gros titres. Il ne croyait pas que les aéroports seraient déjà surveillés, du moins pas par la police. Peut-être par Jay et son équipe, mais ils étaient, à son avis, probablement partis. S'étaient regroupés, attendaient les ordres. De leur point de vue, une mission était terminée ; un succès partiel. Il estimait qu'ils avaient regagné les États-Unis, peut-être San Diego.

Et c'était là qu'il se rendait.

Au terme de soixante minutes, il rejoignit sa voiture. Tout d'abord, il ne vit rien dans le coffre. Halliday avait placé la marchandise sous le rebord. Ce n'était rien, en fait, un petit paquet... du papier blanc plié. Reeve monta à l'intérieur et déplia prudemment la feuille A4. Il fixa la poudre d'un blanc légèrement jaunâtre. Cela représentait une petite cuillerée. Même à la faible lumière du plafonnier, la came ne semblait pas pure. Peut-être était-elle coupée avec du bicarbonate ou autre chose. Peut-être était-ce simplement un mélange de benzo et de scopo. Cependant, il y en avait assez. Reeve connaissait la quantité dont il avait besoin : un peu plus de deux milligrammes par dose. Trois ou quatre, pour mettre toutes les chances de son côté ; ou les risques, du point de vue de la personne qui les absorberait. Il savait que la substance se dissolvait dans l'eau, qui devenait juste légèrement opalescente. Il savait qu'elle n'avait ni goût ni odeur.

Elle était si parfaite que c'était comme si le diable en personne l'avait créée dans son labo, ou bien avait introduit la graine du *borachero* dans le jardin d'Éden.

Reeve replia la feuille et la mit dans la poche de sa veste.

– Formidable, dit-il en lançant le moteur de la voiture.

Sur la route, en direction du sud, il se dit que Tommy Halliday l'avait peut-être roulé, ou s'était peut-être fait rouler. La poudre pouvait aussi bien être un médicament contre le rhume, de l'aspirine. Reeve risquait de l'emporter aux États-Unis et de s'apercevoir, au moment crucial, qu'on lui avait vendu un placebo. Peut-être serait-il plus prudent de faire un essai.

Oui, mais pas ici. Cela pouvait attendre qu'il soit arrivé en Amérique.

– Une autre putain de nuit en voiture, marmonna-t-il.

Et, au bout, un autre avion.

15

Allerdyce avait pris une décision qui était pour lui capitale, sans précédent.

Il avait décidé de se montrer prudent vis-à-vis de Kosigin et de la Co-World Chemicals. En conséquence ces deux sujets ne seraient plus abordés dans l'enceinte d'Alliance Investigative – ni dans son bureau, ni dans les couloirs, ni même dans les ascenseurs. Désormais, Dulwater devait lui transmettre ses rapports, par téléphone ou de vive voix, chez lui.

Allerdyce avait toujours séparé sa vie professionnelle et sa vie personnelle. Aussi ne recevait-il jamais chez lui, et le personnel d'Alliance ne lui rendait jamais visite, pas même les directeurs les plus influents. Personne, hormis les maîtres-chiens. Il avait un appartement dans le centre de Washington, mais préférait regagner chaque jour sa maison au bord du Potomac.

Elle était située le long d'une « route panoramique » entre Alexandria et la demeure de George Washington à Mount Vernon. Si des flots de touristes passaient devant chez lui, Allerdyce ne s'en apercevait pas. Une haute haie de troènes et un mur dissimulaient la maison qui se trouvait derrière un vaste jardin et une pelouse. C'était une construction coloniale qui avait directement accès au fleuve et comportait un ponton auquel un bateau était amarré, des communs et une glacière du dix-neuvième siècle, qui était désormais la cave à vin d'Allerdyce. Ce n'était pas aussi imposant que Mount Vernon, mais Jeffrey Allerdyce s'en contentait.

S'il avait décidé d'y recevoir ses clients, la maison et le parc auraient pu tenir lieu de vitrine des systèmes de sécurité les plus perfectionnés du marché : portails électroniques avec identification par vidéo, rayons infrarouges autour de la maison, deux chiens très bien dressés et deux vigiles présents vingt-quatre heures sur vingt-quatre. La rive était la seule faille de la sécurité ; n'importe qui pouvait débarquer. De ce fait, les vigiles concentraient leur attention sur le fleuve, les chiens et les machines se chargeant du reste.

La sécurité dont bénéficiait la maison d'Allerdyce ne s'expliquait pas par la peur de l'assassinat, de l'enlèvement ou, tout bêtement, par la paranoïa, mais par la présence de ses secrets... de ses dossiers sur les grands et les puissants, d'informations dont il pourrait un jour se servir. Il y avait là des services dont il pourrait demander le remboursement ; des cassettes vidéo et des photos capables de détruire des politiciens, des juges et des chroniqueurs ; des enregistrements audio, des transcriptions, des notes griffonnées, des liasses de coupures de journaux et des informations plus intimes : copies de relevés bancaires et de chèques refusés, relevés de cartes de crédit, registres de motels, listes d'appels téléphoniques, rapports de police, résultats d'examens médicaux, analyses de sang, procès-verbaux. Et puis il y avait les rumeurs, classées avec le reste : rumeurs de liaisons, de relations homosexuelles, de dépendance à la cocaïne, de coups de couteau, de pièces à conviction falsifiées, de pièces à conviction disparues, de fonds volatilisés, de comptes numérotés aux Caraïbes, de liens avec la mafia, de liens avec Cuba, de liens avec la Colombie, de liens peu recommandables...

Allerdyce avait des contacts au plus haut niveau. Il connaissait des responsables du FBI, de la CIA et de la NSA ; des membres des services secrets, et quelques fonctionnaires influents du Pentagone. Une personne lui permettait d'accéder à une autre personne et le réseau grandissait. Elles savaient qu'elles pouvaient s'adresser à lui si elles avaient besoin d'un service et si ce service consistait à étouffer une liaison ou concernait une magouille puante, sordide, dans laquelle ils s'étaient fourrés... cela fournissait à Allerdyce exactement le moyen de pression dont il avait envie de disposer. Cela trouvait une place dans son livre des services rendus. Et les informations devenaient sans cesse plus nombreuses. Il en avait tant qu'il ne savait plus qu'en faire, une masse telle qu'il ne pourrait jamais les utiliser toutes de son vivant. Il ne savait pas ce qu'il ferait de son stock immense – en constante expansion – d'informations quand viendrait l'heure de sa mort. Le brûler ? Cela lui faisait l'effet d'un gâchis. Le léguer ? Oui... mais à qui ? Le candidat le plus logique serait son successeur à la tête d'Alliance. Après tout, grâce à ce stock d'informations, l'entreprise prospérerait sûrement. Mais Allerdyce n'avait aucun successeur en tête. Ses subordonnés n'étaient que ça ; les directeurs étaient vieillissants et confortablement installés. Il y avait deux ou trois jeunes cadres ambitieux, mais ils ne le satisfaisaient pas. Peut-être aurait-il dû avoir des enfants...

Assis dans la plus petite des deux salles à manger, il réfléchissait à cela en fixant le portrait de son grand-père qui, dans son souvenir, était un vieux salaud méchant, et violent en plus. Les gènes : on récupérait certains, d'autres pas. La cuisinière, femme peu avenante, lui apporta son entrée, apparemment la moitié d'un pain rond sur lequel étaient disposés du saumon, des crevettes et un peu de mayonnaise. Allerdyce venait de prendre sa fourchette quand le téléphone sonna. Une vingtaine de personnes tout au plus connaissaient son numéro personnel. Davantage avaient celui de son appartement, et il se tenait au courant en écoutant le répondeur matin et soir. Il posa sa serviette sur la table en noyer ciré et gagna le bureau ancien – français, du dix-septième, lui avait-on dit – sur lequel se trouvait le téléphone.

– Oui ? dit-il.

Il y eut un instant de silence. Il entendit, sur la ligne, des parasites et des échos, comme des voix fantomatiques au loin, puis une autre, beaucoup plus nette.

– C'est Dulwater, monsieur.

– Mmm.

– J'ai pensé que je devais vous informer de la situation.

– Oui ?

– J'ai surveillé la maison, mais personne ne s'en est approché. Donc j'ai décidé d'aller jeter un coup d'œil.

Allerdyce sourit. Dulwater était un cambrioleur efficace, et avait recouru à ce talent à plusieurs reprises par le passé. Allerdyce se demanda ce qu'il avait trouvé chez Gordon Reeve.

– Oui ? répéta-t-il.

– Ils sont apparemment partis pour un moment. Il y a une litière et de la nourriture pour chat, mais pas de chat. Ils ont dû l'emmener. Le nom du chat est indiqué sur son écuelle. Bakounine. J'ai cherché le nom, parce que ça me semblait un peu bizarre, et il s'avère que Bakounine était un anarchiste. J'ai vu, dans la chambre, des livres sur l'anarchie et la philosophie. Je crois qu'ils sont partis précipitamment ; l'ordinateur de la chambre du gamin est resté allumé. Les téléphones étaient sur écoute, pas de problème, mais difficile de dire qui y a posé des micros. Du matériel ordinaire, manifestement d'origine américaine.

Dulwater s'interrompit, attendit des compliments.

– Autre chose ? demanda sèchement Allerdyce.

Il sentait que Dulwater n'avait pas tout dit.

– Oui, monsieur. J'ai trouvé un carton de revues, de vieux numéros d'une publication intitulée *Mars and Minerva*.

Nouveau silence, puis :

– C'est le magazine officiel du SAS.

– Le SAS ? C'est une unité de l'armée britannique, n'est-ce pas ?

– Oui, monsieur, principalement affectée à la lutte contre le terrorisme : sauvetage d'otages, infiltration derrière les lignes ennemies en temps de guerre... Je me suis procuré des informations, ici, dans les bibliothèques.

Allerdyce examina ses ongles.

– Pas étonnant que Reeve se soit débarrassé aussi facilement des deux agents. Les avez-vous vus ?

– J'ai exposé clairement la situation à leur patron. Ils ont été virés.

– Bien. Est-ce tout ?

– Pas tout à fait. Des événements se sont produits en France, une journaliste a été tuée. Elle s'appelait Marie Villambard. J'ai reconnu le nom parce qu'il est apparu dans les recherches effectuées sur James Reeve. Il avait été en contact avec elle.

– Que s'est-il passé ?

– Je n'en suis pas tout à fait sûr. Des coups de feu ont apparemment été tirés. Deux voitures ont brûlé, dont une britannique. Mme Villambard a été exécutée, un type a eu le visage dévoré par un chien de garde. La dernière victime a été égorgée. On a trouvé d'autres taches de sang, mais pas de cadavre supplémentaire.

Allerdyce resta une minute sans parler. Dulwater eut le bon sens de ne pas rompre ce silence. Finalement, le vieil homme prit une profonde inspiration.

– Il semble que Kosigin ait choisi le mauvais adversaire... ou le bon, tout dépend de quel point de vue on se place.

– Oui, monsieur.

Allerdyce eut la conviction que Dulwater ne comprenait pas.

– Il semble peu probable que Reeve renoncera, surtout si la police remonte la piste de la voiture jusqu'à lui.

– À supposer que ce soit sa voiture, dit Dulwater.

– Oui. Je tente de me souvenir si nous avons un contact à Paris. Je crois que oui.

– Je pourrais y aller...

– Non, ce n'est pas la peine. Que pourriez-vous trouver ? Je vais demander à Paris de s'occuper de cela pour nous. Donc Reeve a appartenu à l'armée, hein ? À une unité spéciale. Ce qu'on pourrait appeler un dur à cuire.

– Il y a encore une petite chose, monsieur.

Allerdyce leva les sourcils.

– Encore ? Vous ne vous êtes pas tourné les pouces, Dulwater.

– C'est une supposition.

– Allez-y.

– Le gros bras que Kosigin utilise, celui de LA. Il est théoriquement anglais.

– Et alors ?

– Il est théoriquement passé lui aussi par le SAS.

Allerdyce sourit.

– Ça pourrait être intéressant. Vous avez fait un travail remarquable, Dulwater. Il faut que vous rentriez.

– Oui, monsieur.

– Et Dulwater ?

– Monsieur ?

– Prenez un billet en classe Club ; la société paiera.

– Merci, monsieur.

Allerdyce raccrocha et regagna la table, mais il était trop surexcité pour manger. Il ne savait pas où conduisait cette histoire, mais il était convaincu que son issue n'aurait rien de banal. Allerdyce prévoyait que Kosigin et la CWC auraient des problèmes. Peut-être auraient-ils encore besoin d'Alliance ; peut-être Kosigin aurait-il besoin d'un service. Il y aurait très vraisemblablement un service.

Il se demanda s'il n'avait pas sous-estimé Dulwater. Il se le représenta – un homme robuste, calme, pas vraiment séduisant, toujours bien habillé, un individu discret, sûr – et se demanda si une promotion était à l'ordre du jour. Et, surtout, si elle était nécessaire. Il termina son eau et attaqua la nourriture. Sa cuisinière arrivait déjà, poussant un chariot sur lequel se trouvaient trois plats couverts.

– Est-ce du poulet aujourd'hui ?

– Vous avez mangé du poulet hier, répondit-elle avec un fort accent irlandais. Aujourd'hui, c'est du poisson.

– Excellent, dit Jeffrey Allerdyce.

Sixième partie

PORTES FERMÉES

16

Reeve avait pris l'avion pour New York et atterri à JFK. C'était pratiquement la seule possibilité de départ immédiat. Cependant, il eut la chance de se voir proposer une place bon marché qui avait été annulée à la dernière minute. La femme du comptoir parut avoir pitié de lui. Il paya avec sa carte de crédit. Il ne pouvait savoir si Jay et ses hommes – ou les gens pour qui ils travaillaient – pouvaient accéder aux transactions par carte de crédit ou aux listes des passagers des avions ; si tel était le cas, son nom ne leur parviendrait que dans un ou deux jours. Et, à ce moment, il ne serait plus à New York.

Le contrôle des passeports, à JFK, avait duré longtemps et il avait dû répondre à de nombreuses questions. Il avait rempli sa fiche dans l'avion. Le douanier en avait agrafé la moitié sur son passeport et l'avait tamponnée. On avait procédé de même la fois précédente, mais personne n'avait vérifié son passeport à son retour. Le douanier lui avait demandé quel était le but de sa visite.

– Affaires et tourisme, avait répondu Reeve.

Le fonctionnaire indiqua qu'il pourrait rester trois semaines.

– Bon voyage, monsieur.

– Merci.

Et Reeve fut de retour aux États-Unis.

Il ne connaissait pas New York, mais il y avait, dans l'aérogare, un bureau d'information où on lui expliqua comment se rendre en ville et on lui indiqua l'existence d'un autre service, à l'extrémité opposée du hall, chargé d'aider les touristes à se loger.

Reeve changea de l'argent avant de prendre le bus de Manhattan. Le service d'information lui avait fourni un plan de poche où son hôtel était entouré en rouge. Il avait donc demandé un autre plan, vierge, puis avait déchiré le premier et l'avait jeté. Il ne fallait pas qu'on sache où il allait descendre. Avec le plan sur lequel l'hôtel était indiqué, il aurait suffi que quelqu'un jette un coup d'œil pardessus son épaule... Il se concentrait, se préparait à tout ce que l'adversaire risquait de lui faire subir. Et espérait qu'il pourrait peut-être lui faire subir quelque chose avant.

Il portait des chaussures de sport confortables achetées hors taxes à Heathrow. Il avait divisé le birdy en deux moitiés, qu'il avait ensuite enveloppées dans des morceaux de serviette en papier, puis glissées sous la semelle intérieure capitonnée des chaussures de sport. Il avait aussi acheté un polo et une veste de sport, le tout au moyen de sa carte de crédit. Il fallait qu'il ait l'air d'un touriste aux yeux des autorités de JFK mais, comme il n'avait pas envie qu'on le prenne pour un touriste dans les rues de New York, il avait conservé ses vieux vêtements afin de pouvoir se changer.

Son hôtel se trouvait dans la 34e Est, entre Macy's et l'Empire State Building. Il s'efforça de ne pas penser au prix. Ce n'était que pour une nuit, après tout, deux tout au plus, et il estimait mériter un peu de confort après ce qu'il avait subi. Dieu seul savait ce qui l'attendait. Le bus le déposa devant Penn-Central et il fit le reste du trajet à pied.

C'était le matin, même si son horloge interne indiquait le milieu de l'après-midi. La réceptionniste annonça qu'il ne pouvait prendre possession de la chambre avant midi, mais, lisant l'épuisement dans ses yeux, elle vérifia sur son ordinateur, puis téléphona au responsable d'étage. Il apparut qu'on pouvait finalement lui donner une chambre, où le ménage venait d'être fait. Il la remercia et monta. Il s'allongea sur le lit et ferma les yeux. La chambre tourna autour de lui dans le noir. Ce fut comme si le lit sur lequel il se trouvait était un tourne-disque réglé sur 17 tours minute. Le premier tourne-disque de Jimmy avait été un Dansette qu'on pouvait régler sur 17 tours minute. Ils passaient les disques de Pinky & Perky. Les voix des cochons ressemblaient à celles de gens ordinaires. Il suffisait de les ralentir.

Reeve se leva et fit couler un bain. La pression de l'eau était faible. Il imagina une douzaine de femmes de chambre rinçant la baignoire toutes en même temps, préparant les chambres à l'intention de nouveaux clients, des clients qui allaient et venaient, ne laissaient rien.

Il se souvint d'un passage d'un livre : quelque chose comme la vie est un fleuve et deux personnes qui le traversent ne le font jamais dans la même eau. S'il s'en souvenait, c'est que cela avait sans doute eu un sens, pour lui, à l'époque. Maintenant, il n'en était plus tellement sûr. Il examina son visage dans le miroir de la salle de bains. Il devenait laid, tendu et hostile. Il avait cet aspect dans les Forces spéciales : un visage auquel on se préparait quand on affrontait l'ennemi, une expression furieuse en permanence. Il l'avait perdue, avec le temps, il avait permis à ses muscles de se détendre, mais elle réapparaissait. Il constata qu'il bandait aussi les muscles de son estomac, comme s'il s'apprêtait repousser un coup de poing au ventre. Son corps tout entier picotait, et ce n'était pas seulement à cause du décalage horaire ; les sens entraient en action. On aurait pu parler de sixième sens, mais il n'y en avait pas qu'un seul. Il y en avait un qui indiquait si on était surveillé, un autre qui avertissait que quelqu'un se trouvait à proximité. Il y en avait un qui faisait plonger à droite ou à gauche pour éviter les balles.

Certains de ses collègues des Forces spéciales ne croyaient pas aux sens. Quand ils battaient le chronomètre, ils attribuaient cela à la chance. Pour Reeve, c'était l'instinct, c'était ouvrir une partie du cerveau qui restait normalement verrouillée. Il croyait que c'était ce à quoi Nietzsche pensait quand il parlait de « surhomme ». Il faut se déverrouiller, découvrir le potentiel caché. Et, par-dessus tout, il faut vivre dangereusement.

– Comment je m'en tire, vieillard ? dit Reeve à haute voix en entrant dans le bain.

Dans le Queens, l'accessoire à la mode le plus répandu était le regard hostile.

Reeve, qui portait ses vêtements fripés de non-touriste, fut néanmoins la cible de nombreux regards hostiles. Son plan du centre de Manhattan ne lui serait ici d'aucune utilité. C'était un quartier que l'on conseillait aux étrangers d'éviter. Il avait dû convaincre le chauffeur de taxi ; le *yellow cab* se trouvait devant l'hôtel, moteur tournant au ralenti, espérant une course à destination de Central Park ou de JFK s'il avait du pot, mais quand Reeve lui avait demandé de le conduire dans le Queens, l'homme s'était retourné et l'avait dévisagé comme s'il venait d'exiger qu'il l'emmène à Detroit.

– Le Queens ?

– Le Queens.

Le chauffeur avait secoué lentement la tête.

– Impossible.

– Mais si, il suffit de négocier le tarif.

Ils discutèrent donc le tarif.

Reeve avait consacré beaucoup de temps aux Pages Jaunes et, faute de trouver ce qu'il voulait à Manhattan, avait élargi ses recherches au Bronx et au Queens. La troisième boutique lui paraissant correspondre à ce qu'il cherchait, il avait demandé le chemin et noté les indications sur une feuille de papier à lettre de l'hôtel.

Assis sur la banquette arrière du taxi, il écoutait le dialogue échevelé, furieux, de la radio. De toute évidence, le dispatcheur du QG pétait les plombs. Il explosait toujours quand le taxi franchit Queensboro Bridge.

Le chauffeur se retourna une nouvelle fois.

– Dernière chance, mec.

Son accent, quel qu'il soit, était si prononcé que Reeve parvenait tout juste à identifier les mots.

– Non, dit-il, continuez.

Il répéta en espagnol, ce qui n'impressionna pas le chauffeur. Il appelait le central, le micro près des lèvres.

La rue qu'ils cherchaient, celle qu'il indiqua au chauffeur, ne se trouvait pas dans les profondeurs du Queens. Ils restèrent près de l'East River, comme si le chauffeur ne voulait pas quitter Manhattan des yeux. Quand le taxi s'arrêtait aux feux, des hommes qui traînaient dans les parages se penchaient et scrutaient la banquette arrière comme s'ils visitaient un aquarium, ou regardaient l'intérieur de la chambre froide d'un boucher, pensa Reeve. Il préférait l'idée de l'aquarium.

– C'est cette rue, dit Reeve.

Le chauffeur s'arrêta immédiatement. Il n'avait pas l'intention de rouler lentement à la recherche du magasin, il voulait simplement déposer Reeve et filer.

– Vous m'attendrez ? demanda Reeve.

– Si je m'arrête plus longtemps que la durée d'un feu rouge, les pneus disparaîtront. Merde, je disparaîtrai.

Reeve regarda autour de lui. La rue était crasseuse mais ne paraissait pas particulièrement dangereuse. Ce n'était pas un *Murder Mile*.

– Si vous me donniez votre carte, dit-il, pour que je puisse appeler un autre taxi ?

L'homme le regarda dans les yeux. Reeve avait payé et lui avait donné un pourboire. C'était un bon pourboire. Il soupira.

– Écoutez, je vais faire un tour dans le coin. Je ne promets rien, mais si vous êtes ici, exactement à cet endroit, dans vingt minutes, je passerai peut-être vous reprendre. Je ne promets rien, pigé ? Si je trouve un autre client, je le charge.

– Marché conclu, dit Reeve.

Vingt minutes devraient suffire.

Le magasin se trouvait de l'autre côté de la rue. La vitrine évoquait une brocante – ce que c'était en partie –, mais spécialisée dans les objets militaires et le matériel destiné aux survivalistes. Le colosse qui se tenait derrière le comptoir fermé par des cadenas ne risquait pas de se faire agresser. Ses épaules brunes et musclées distendaient son T-shirt collant dont le devant portait des emblèmes et des mots de style nazi. Ses bras s'ornaient de tatouages de couleurs diverses. Des veines épaisses y couraient comme les routes sur une carte. La grosse tête de l'homme était rasée, mais il portait une barbe et une moustache noires ainsi qu'un anneau en or à une oreille. Reeve pensa immédiatement à un pirate, le couteau entre les dents, dans un vieux film en noir et blanc. Il salua d'un signe de tête et jeta un coup d'œil circulaire dans le magasin. Le stock se trouvait essentiellement dans des boîtes mais la vitrine derrière laquelle le propriétaire – Reeve supposa que c'était le propriétaire – était assis contenait exactement ce qu'il était venu chercher : des poignards.

– C'est vous qui avez téléphoné ?

Reeve reconnut la voix de l'homme et acquiesça. Il gagna la vitrine. Les poignards étaient des armes de combat astiquées avec soin dont certains comportaient des tranchants dentelés carrément démoniaques. Il y avait aussi des machettes et des couteaux philippins... même un court sabre de samouraï. Des poignards plus anciens côtoyaient l'acier luisant ; souvenirs de guerre, objets de collection au passé douteux.

La voix de l'homme n'était pas aussi grave que sa stature aurait pu le laisser prévoir.

– C'est ce que je me disais ; on n'a pas beaucoup de clients en semaine. On travaille surtout sur commande. Vous voulez que je vous mette dans l'ordinateur ?

– Quel ordinateur ?

– Sur la liste des mailings.

– Je ne crois pas.

– Il y a quelque chose qui vous plaît ?

Beaucoup de choses plaisaient à Reeve. Il avait envisagé d'acheter un pistolet, mais ne savait pas comment s'y prendre. En outre, un poignard est tout aussi efficace du moment qu'on parvient à approcher. Et Reeve avait l'intention d'approcher très près...

– Rien qui corresponde exactement à ce que je cherche.

– Ce n'est qu'une sélection.

L'homme sortit de derrière le comptoir. Il portait un pantalon de survêtement, trop large de la taille aux chevilles, et des sandales dévoilant qu'il avait perdu un orteil. Il gagna la porte et la ferma à clé, retourna la pancarte de telle façon que « fermé » soit visible de la rue.

– Balle ou shrapnel ? demanda Reeve.

L'homme comprit à quoi il faisait allusion.

– Balle. Je roulais sur moi-même, j'essayais de me mettre à couvert, la balle a traversé ma putain de chaussure.

– Le renfort métallique aussi ?

– Je n'avais pas de renfort métallique, répondit l'homme avec un sourire. Ça ne m'est pas arrivé dans l'armée.

Il précédait Reeve dans le magasin. La pièce était étroite mais longue. Ils arrivèrent au rayon des vêtements : tenues de camouflage, uniformes verts ordinaires, le tout venant du monde entier. Il y avait aussi des rangers et beaucoup de matériel de survie : boussoles, réchauds, tentes, jumelles, bobines de fil destiné à tendre des pièges, lunettes de visée, arbalètes, cagoules...

Reeve comprit que les vingt minutes que le chauffeur de taxi lui avait accordées ne suffiraient pas.

– Pas d'armes à feu, dit-il.

– Je n'ai pas la licence.

– Pouvez-vous vous en procurer ?

– Peut-être, si je vous connaissais mieux. Vous êtes d'où ?

– D'Écosse.

– D'Écosse ? C'est vous qui avez inventé le golf !

– Oui, répondit Reeve en se demandant pourquoi le colosse était soudain si excité.

– Vous avez joué à St Andrews ?

– Je ne joue pas au golf.

Cela parut stupéfier le colosse. Reeve demanda :

– Vous jouez ?

– Foutre oui, j'ai un handicap de cinq. J'adore le golf. Mon vieux, je voudrais pouvoir faire quelques-uns des parcours de chez vous.

– Je serais heureux de vous aider.

– Mais vous ne jouez pas.

– Je connais des gens qui le font.

– Mon vieux, j'adorerais pouvoir faire ça un jour, c'est sûr...

Il déverrouilla la porte du fond du magasin. Elle comportait trois serrures, dont un cadenas maintenant en place une barre centrale.

– Ce ne sont pas les toilettes ? demanda Reeve.

– Non, les chiottes sont là-bas, mais il y a aussi plein d'autres trucs.

Ils entrèrent dans une petite réserve où il y avait à peine assez de place pour les deux hommes, et trois portes étroites devant lesquelles des cartons étaient empilés. Une boîte banale était posée sur une petite table occupant le centre de la pièce.

– J'ai déjà jeté un coup d'œil sur ceux-là, je me suis dit qu'ils vous conviendraient peut-être mieux.

Il souleva le couvercle de la boîte, de la taille d'un carton à chaussures. Elle contenait des couches de tissu gras et, entre les couches, des poignards.

– Bien équilibré, dit Reeve après en avoir pris un. Mais un peu trop court.

Après avoir testé les poignards, il les rendait au colosse, qui les lustrait. Presque parvenu au fond de la boîte, Reeve souleva un morceau de tissu et découvrit ce qu'il cherchait : une lame de vingt centimètres et une poignée de dix. Il testa son poids et son équilibre. L'arme lui fit l'effet d'être presque identique à son poignard allemand, son Lucky 13.

– Celui-ci me plaît, dit-il en le mettant de côté.

Il jeta un coup d'œil sur les armes restantes, mais aucune d'entre elles n'était à la hauteur.

– Non, dit-il, ce sera forcément celui-ci.

– C'est un bon poignard, reconnut le colosse, un poignard sérieux.

– Je suis quelqu'un de sérieux.

– Vous voulez un fourreau ?

Reeve réfléchit.

– Oui, un fourreau serait utile. Et il faut aussi que je jette un coup d'œil sur vos autres rayons.

Il passa une heure dans la boutique, acheta du matériel. Le colosse dit qu'il s'appelait Wayne et qu'il avait été catcheur professionnel, qu'il était même passé à la télé. Puis il demanda à Reeve s'il était toujours intéressé par une arme à feu.

Reeve hésitait. Il apparut que Wayne ne pouvait lui proposer qu'un revolver, un fusil à pompe et un fusil d'assaut. Reeve secoua la tête, heureux que la décision ait été prise à sa place.

Wayne lui donna des bandes de tissu qui lui permettraient de fixer le poignard sur son mollet, s'il voulait.

– Offert par la maison, dit-il.

Puis il fit le total et Reeve sortit son cash.

– Vous vous promenez dans le Queens avec une liasse de billets, dit Wayne en secouant la tête, pas étonnant que vous ayez besoin d'un poignard.

– Pouvez-vous m'appeler un taxi ? demanda Reeve.

– Sûr. Et, hé, notez votre adresse, au cas où j'irais chez vous.

Il poussa un bloc vers Reeve.

Reeve avait donné un faux nom. Donner une fausse adresse ne posa pas de problème.

Le reste de la journée fut calme. Reeve resta dans sa chambre, dormit aussi longtemps qu'il put, fit de la gymnastique quand il ne pouvait pas. Vers minuit, se sentant en forme, il se promena dans les rues proches de l'hôtel et monta jusqu'à Times Square. La ville semblait plus dangereuse de nuit, mais pas très dangereuse. Ce qu'il vit plut à Reeve. La nécessité avait contraint une partie des habitants à devenir plus primitifs, plus réactifs que ceux qu'on rencontre dans la majorité des villes britanniques et cela lui plaisait. Il semblait qu'ils eussent tous regardé l'abîme. Mais aussi qu'ils l'avaient injurié. On ne proposa pas de drogue à Reeve – ce n'était visiblement pas son genre – mais on lui proposa du sexe et d'autres attractions. Restant à la lisière du public, il regarda un joueur de bonneteau. Il trouva incroyable que les gens parient, mais ils le faisaient. Soit ils avaient de l'argent qui ne leur servait à rien, soit ils avaient réellement besoin d'argent. Ce qui, en gros, résumait parfaitement les gens qu'il voyait.

Il y avait des touristes qui avaient l'air de touristes. On s'intéressait beaucoup à eux. Reeve aimait à croire qu'il se fondait dans la masse au terme d'une journée dans la ville, qu'il attirait moins l'attention, les regards. Il était derrière les lignes ennemies. Il se demanda si l'ennemi était déjà au courant...

Le lendemain matin, il prit le bus à destination de Washington, six cents kilomètres plus au sud. C'était là que, d'après Porc-épic, se trouvait le siège d'Alliance Investigative. Le privé avait peut-être menti, mais Reeve ne le croyait pas.

Il y avait à Washington un hôtel appartenant à la même chaîne que celui où Reeve était descendu à New York, mais il aurait alors été trop facile de suivre sa piste. Il appela d'autres chaînes et finit par en trouver une qui disposait d'une chambre dans un hôtel de Washington.

Il gagna l'hôtel en taxi et demanda un plan de la ville à la réception. Dans sa chambre, il chercha Alliance Investigative dans l'annuaire, nota l'adresse et le numéro de téléphone. Porc-épic n'avait pas menti. Il repéra l'adresse sur son plan mais ne l'entoura pas, se contenta de la mémoriser. Il chercha ensuite Dulwater, mais en vain. Le contact de Porc-épic au sein d'Alliance était sur liste rouge. Sachant ce qu'il allait faire, Reeve posa les Pages Jaunes sur le lit et chercha la liste des détectives privés et des agences de détectives privés. Le choix était vaste. Alliance avait une annonce discrète indiquant qu'elle était spécialisée dans « les services aux entreprises ». Il se concentra sur les annonces moins prestigieuses, élimina celles qui mettaient leur « longue expérience » en avant. Il se dit que le milieu des privés était sûrement aussi fermé que celui des avocats ou des comptables. Il ne fallait pas qu'il s'adresse à un privé qui s'empresserait d'annoncer la nouvelle à Alliance.

Son choix se révéla, au bout du compte, excellent.

– Vous vous êtes adressé à la bonne personne, monsieur Wagner.

Reeve se faisait appeler Richard Wagner. Il était dans le bureau que louait Edward (s'il vous plaît, appelez-moi Eddie) Duhart. Duhart était heureux de s'entretenir avec un Européen. Il se vanta d'avoir effectué des recherches sur son nom et acquis la certitude que c'était, à l'origine, Du Hart, et qu'il était apparenté à une grosse distillerie de Bordeaux.

– Je crois que vous voulez sûrement dire un vignoble, avait déclaré Reeve.

Eddie Duhart avait à peine trente ans, était vêtu avec élégance mais semblait un peu mal à l'aise dans ses vêtements. Il changeait sans cesse de position sur son fauteuil, comme s'il n'y était pas confortablement installé. Reeve se demanda s'il sniffait de la coke. Duhart avait les cheveux blonds coupés court, les dents blanches et luisantes, les yeux bleu bébé. On devinait encore chez lui, sous son corps de joueur de football américain, l'enfant.

– Ouais, vignoble. Oui, je voulais dire vignoble. Vous voyez, je crois que ces Duhart sont venus ici pour, vous savez, développer leurs affaires. Je crois qu'ils y ont fait souche et (il ouvrit largement les bras) j'en suis le résultat.

– Félicitations, dit Reeve.

Le bureau était petit et sentait le provisoire. Il y avait une table de travail et un classeur, un fax et un portemanteau auquel était accroché un chapeau qui ressemblait, sans rire, à un feutre mou. Duhart n'avait pas de secrétaire, probablement parce qu'il n'en avait pas besoin. Il lui avait indiqué qu'il « débutait ». Il avait été flic pendant trois ans mais en avait eu assez, préférant être à son compte. Reeve dit qu'il savait ce que c'était. Duhart expliqua qu'il avait toujours aimé les romans et les films mettant des détectives privés en scène. Reeve avait-il lu Jim Crumley ou Lawrence Block ? Reeve reconnut cette lacune de sa culture.

– Mais vous avez vu les films, hein ? Bogart, Mitchum, Paul Newman...

– J'ai vu quelques-uns de ces films.

Duhart accepta cela comme si ça allait de soi.

– J'ai donc décidé de devenir privé, de voir si je m'en sortais. Et je m'en sors très bien.

Duhart s'appuya contre le dossier de son fauteuil qui grinçait, posa les mains sur une bedaine encore inexistante et ajouta :

– C'est pourquoi, comme je vous l'ai dit, vous vous êtes adressé à la bonne personne.

– Je ne suis pas certain de vous suivre.

Reeve avait reconnu qu'il voulait se renseigner sur Alliance Investigative.

– Parce que je ne suis pas stupide. Quand j'ai décidé de me lancer dans cette branche, j'ai lu, j'ai fait des recherches. Chat échaudé craint l'eau froide, hein ?

Reeve ne prit pas la peine de faire remarquer que le dicton n'était pas employé à bon escient. Il se contenta de hausser les épaules et de sourire.

– Donc je me suis demandé qui était le meilleur dans ce domaine. J'entends par là le plus riche, le plus connu.

Duhart lui adressa un clin d'œil et poursuivit :

– C'était Alliance, forcément. Donc j'ai étudié cette société. Je croyais que, grâce à elle, j'apprendrais des choses.

– Comment vous y êtes-vous pris ?

– Oh, je ne l'ai pas espionnée et je n'ai pas posé de questions, rien de tout ça. Je voulais seulement comprendre comment elle était devenue aussi importante. J'ai lu tout ce que j'ai pu trouver dans les bibliothèques et appris que le vieil Allerdyce était parti de rien, qu'il avait cultivé des amitiés dans les hautes sphères et les bas-fonds. Vous connaissez sa devise ? « On ne sait jamais quand on aura besoin d'un ami. » C'est tellement vrai.

S'il penchait davantage son fauteuil en arrière, il allait finir par basculer.

– Donc, poursuivit-il, si vous voulez des informations sur Alliance, vous avez trouvé le type qu'il vous faut. Mais il y a une chose que je me demande : pourquoi voulez-vous ces renseignements ? Est-ce que cette société vous a porté préjudice, monsieur Wagner ?

– Vous estimez que les propos de vos clients sont confidentiels, monsieur... Eddie ?

– Absolument. Règle numéro un.

– Bien, dans ce cas je peux vous dire que oui, je crois qu'elle m'a probablement porté préjudice. Si je parvenais à le prouver, nous pourrions nous trouver tous les deux dans une position intéressante.

Duhart jouait avec un stylo à bille bon marché comme si c'était un Cartier en or.

– Vous voulez dire que nous pourrions tirer tous les deux profit d'informations sur Alliance ?

– Oui, répondit simplement Reeve.

Duhart le dévisagea.

– Vous allez me dire ce qu'ils vous ont fait ?

– Pas tout de suite, plus tard. Il faut d'abord que je sache ce que vous savez.

Duhart sourit.

– Au fait, nous n'avons pas encore parlé de mes honoraires.

– Je suis sûr qu'ils conviendront.

– Vous voulez que je vous dise une chose, monsieur Wagner ? Bon sang, vous êtes mon premier client intéressant. Allons boire un café.

Comme le redoutait Reeve, le feutre mou n'était pas seulement un élément de décoration. Duhart le porta jusqu'au café du carrefour puis le posa sur la table à plateau en Formica, s'assurant auparavant qu'il n'y avait pas de taches de graisse ou de café. Il passait de temps en temps les ongles sur le bord du chapeau comme si c'était son talisman. Les yeux fixés sur la vitrine, il parla d'Alliance. Personne, apparemment, n'avait à se plaindre de la société. Elle travaillait proprement pour une clientèle comportant pratiquement toutes les entreprises et les personnes les plus en vue de la ville. C'était une institution.

– Et sa structure ? demanda Reeve.

Duhart en ébaucha les grandes lignes. Il avait effectivement effectué des recherches et se souvenait clairement de ce qu'il avait établi. Reeve se demanda si c'était à cause de sa formation de policier.

– Avez-vous entendu parler d'un employé d'Alliance nommé Dulwater ?

Duhart plissa le front et secoua la tête.

– Mais vérifier prendra deux minutes.

Il sortit un portable de la poche et demanda :

– Vous ne connaîtriez pas le numéro d'Alliance, par hasard ?

Reeve le lui donna. Duhart appuya sur les touches et but une nouvelle gorgée de café.

– Mmm, oui, dit-il finalement, monsieur Dulwater, s'il vous plaît.

Il attendit, les yeux fixés sur Reeve, puis :

– Vraiment ? Non, pas de message, merci madame.

Il coupa la communication et remit le téléphone dans sa poche.

– Alors ? demanda Reeve.

– Apparemment, il est absent aujourd'hui.

– Mais il travaille là-bas ?

– Oh, oui, il travaille là-bas. Et elle m'a dit autre chose.

– Quoi ?

– Son nom se prononce Doo-latter.

– Permettez-moi de vous raconter quelque chose, dit Reeve quand les deuxièmes cafés arrivèrent, accompagnés d'une part de tarte pour Duhart.

– Allez-y.

– Disons qu'Alliance veuille agir à l'étranger. Disons qu'elle engage deux privés appartenant à une société étrangère pour une surveillance.

– Mm...

Duhart porta un morceau de tarte à sa bouche.

– Qui aurait l'autorité permettant de monter une telle opération ?

Duhart réfléchit, fit passer la tarte avec une gorgée de café noir amer.

– Je comprends votre question, dit-il. Je ne peux vous donner qu'une déduction logique.

– Allez-y.

– Il faudrait que ça vienne de la direction et, dans ce cas, il est probable qu'il faudrait en référer au vieux en personne.

– Vous dites qu'il s'appelle Allerdyce ?

– Ouais, Allerdyce. Il a une poigne de fer, vous savez ? Il tient à être informé de tout ce que fait la société, de toutes les opérations. Je connais les noms des directeurs ; Dulwater n'en fait pas partie.

– Donc ce genre de chose aurait forcément l'aval d'Allerdyce ?

– J'en suis persuadé.

– Même s'il n'était pas nécessairement à l'origine du projet ?

Duhart acquiesça.

– C'est ce qui vous est arrivé, monsieur Wagner ? Enfin, je remarque votre accent et tout. Vous êtes britannique, hein ? Est-ce qu'ils s'en sont pris à vous ?

– Quelque chose comme ça, répondit Reeve, songeur. Bon, Eddie, si vous me disiez tout ce que vous savez sur Allerdyce ?

– Par quoi voulez-vous que je commence ?

– Commencez par l'adresse...

17

À tour de rôle, Reeve et Duhart surveillèrent les bureaux d'Alliance Investigative.

Ce ne fut pas facile. En premier lieu, le stationnement était limité au chargement et au déchargement. En outre, une personne seule ne pouvait tout surveiller : l'entrée principale donnait sur une rue mais la rampe d'accès au parking souterrain se trouvait au-delà du carrefour, dans une autre rue. Il leur fallut pratiquement une journée pour comprendre qu'Allerdyce n'entrait ni ne sortait jamais de l'immeuble à pied.

De plus, Reeve craignait de ne pas identifier la cible. Duhart ne lui avait montré que des photos, tirées de journaux et de revues, d'un visage renfrogné. Et puis Duhart et Reeve ignoraient quel était le véhicule préféré d'Allerdyce. Si une limousine noire gravissait lentement la rampe, parfait, c'était probablement le patron. Mais il pouvait s'agir d'un client. Les vitres teintées n'étaient pas plus significatives. Comme disait Duhart, si on se rendait chez Alliance et si on était « quelqu'un » à Washington, on n'avait probablement pas envie d'être reconnu.

Au bout du compte, ils changèrent de tactique et surveillèrent l'appartement d'Allerdyce, mais cela se révéla tout aussi vain.

– Ce salaud a une maison au bord du Potomac, reconnut Duhart ce soir-là, et il la préfère apparemment à l'appartement.

– Où se trouve-t-elle au juste ?

– Je ne sais pas.

– Est-ce qu'on pourrait aller jeter un coup d'œil ?

– C'est un quartier très élégant.

– Ce qui signifie ?

– Ce qui signifie plusieurs choses. Premièrement les noms ne sont pas indiqués sur les boîtes aux lettres – le facteur est censé connaître leurs noms. Deuxièmement, les propriétés sont entourées de pelouses sur lesquelles on pourrait organiser le Superbowl. On ne peut pas passer devant et regarder par les fenêtres.

Reeve réfléchit.

– C'est au bord du fleuve ?

Duhart acquiesça.

– Dans ce cas, pourquoi ne pourrait-on pas passer devant en bateau ?

Duhart ouvrit de grands yeux.

– En bateau ?

– Pourquoi pas ?

– Je ne suis jamais monté dans un bateau. À part quelques ferries.

– J'ai fait beaucoup de bateau. Je vous apprendrai.

Duhart parut sceptique.

– Ça vaut la peine d'essayer, dit Reeve. En plus, je paie, n'oubliez pas.

Logiquement, cet argument suffit à convaincre Eddie Duhart.

Le lendemain, sur le chemin de la société de location de bateaux, ils passèrent devant l'hôtel Watergate. Le loueur de bateaux était en réalité un club, et n'était pas censé louer, mais Eddie avait promis de régler discrètement en liquide et de ramener l'embarcation quelques heures plus tard. Le propriétaire exigea également une caution, qu'il fallut négocier. Mais tout le monde tomba finalement d'accord. Ils eurent leur bateau.

C'était une embarcation à moteur pour deux personnes, mais le moteur n'était pas très puissant. Il y avait un club d'aviron, à proximité, et Reeve craignit de se faire dépasser par les scullers. Leur plan indiquait qu'ils se trouvaient à environ vingt-cinq kilomètres de Mount Vernon. D'après Duhart, la maison se trouvait avant. Ils n'évoquèrent ni l'un ni l'autre comment ils identifieraient la demeure de Jeffrey Allerdyce. Reeve faisait confiance à son instinct. Et, au moins, ils faisaient quelque chose. La reconnaissance ne le gênait pas, quand il y avait quelque chose à reconnaître mais, jusqu'ici, ils n'avaient fait que regarder fixement de la fumée.

C'était une belle journée, soleil vif et dentelle de nuages filant rapidement en altitude. Ils descendaient le Potomac, une forte brise soufflant dans leur dos. Ils arrivèrent à la hauteur d'Alexandria, située sur leur droite, et Duhart dit qu'ils ne tarderaient pas à atteindre le quartier où se trouvait la maison d'Allerdyce. Reeve avait apporté de petites jumelles gainées de caoutchouc vert. Elles avaient coûté cher, mais Wayne avait dit que les Marines utilisaient ce modèle. Reeve les avait autour du cou et barrait, tournait de temps en temps la manette pour accélérer. Il portait son costume de touriste, ce jour-là, auquel il avait ajouté des lunettes de soleil achetées dans l'avion et un chapeau blanc emprunté au propriétaire du bateau.

Quand ils eurent laissé Alexandria derrière eux, Reeve ralentit.

– N'oubliez pas, dit-il, qu'on a deux occasions, donc ne vous inquiétez pas. Efforcez-vous d'avoir l'air naturel.

Duhart acquiesça. La brise avait changé de direction et secouait un peu le bateau. Duhart n'avait pas vraiment verdi, mais ne disait pas grand-chose, comme s'il se concentrait sur sa respiration.

Ils arrivèrent devant des demeures somptueuses, de deux ou trois étages, avec portique à colonnes, gloriette et ponton. Presque partout, des pancartes demandaient poliment de ne pas accoster. Reeve constata que les pelouses étaient parsemées de lampes à arc noires et rectangulaires, sans doute couplées à des détecteurs de mouvements. Il vit un homme d'un certain âge pousser une tondeuse sur un gazon qui évoquait du feutre vert. Duhart secoua la tête, afin de lui indiquer que ce n'était pas Allerdyce, comme s'il avait besoin de le lui dire.

Sur un des pontons en bois, un autre homme paressait, les pieds sur un tabouret et un verre sur l'accoudoir de son fauteuil. Derrière lui, sur une pelouse impeccable, un gros chien poursuivait un ballon rouge crevé qu'un deuxième homme lui lançait. Le chien saisit le ballon dans sa gueule et le secoua... mouvement classique destiné à briser la nuque. Reeve adressa un signe enjoué à l'homme installé sur le ponton. L'homme le lui retourna, trois doigts levés, tenant son verre entre le pouce et l'index, un geste empreint de beaucoup de condescendance. Je suis là, disait-il, et tu ne pourras jamais y être.

Mais Reeve n'en était pas certain.

Il regardait toujours les deux hommes et le chien quand Duhart dégueula.

Ce fut rose, partiellement digéré, un hamburger spécial et un Coca. Le brunch à 3,49 dollars flotta sur l'eau et Duhart posa le front sur le bord de l'embarcation. Reeve coupa le moteur et le rejoignit.

– Ça va ? demanda-t-il plus fort que nécessaire.

– Ça va aller... je me sens déjà mieux.

Reeve était accroupi près de lui, la tête inclinée comme s'il regardait le visage de son ami. Mais, derrière les verres noirs épais, il étudiait la disposition du jardin où l'homme et le chien jouaient toujours. Il vit un autre chien apparaître au coin de la maison, la truffe au niveau de l'herbe. Quand il s'aperçut qu'une partie de ballon était en cours, le deuxième chien se mit à galoper sur la pelouse. Cela ne parut pas enthousiasmer le premier et ils grondèrent, face à face, jusqu'au moment où l'homme au ballon aboya un ordre :

– Silence !

Et ils se couchèrent devant lui.

L'homme du ponton regardait toujours le bateau. Ce qui avait soudain été jeté à l'eau n'avait pas suscité un commentaire de sa part, pas une grimace. Reeve donna quelques tapes sur le dos de Duhart, regagna l'arrière du bateau et remit le moteur en marche. Il décida qu'il avait une bonne raison de rebrousser chemin et fit donc faire demi-tour au bateau, passant plus près de l'endroit où, maintenant, les deux chiens jouaient ensemble.

– Hé, cria l'homme aux chiens à son compagnon, c'est ton tour de vérifier si Blood a chié sur la pelouse !

C'était la confirmation dont Reeve avait besoin. Les deux hommes n'étaient pas les propriétaires – n'étaient même pas des invités – mais des vigiles, des employés. Aucune des autres maisons ne semblait s'enorgueillir d'un tel niveau de protection. On lui avait dit qu'Allerdyce tenait beaucoup à son intimité, jusqu'à l'obsession – le genre d'homme à avoir des vigiles et des chiens de garde, et peut-être pas seulement. Reeve scruta la pelouse mais ne décela aucun système de sécurité, ni fils ni caméras. Cela ne signifiait pas qu'il n'y en avait pas. Il ne pouvait expliquer pourquoi, mais il eut la sensation d'avoir trouvé la résidence d'Allerdyce.

Il compta les maisons situées entre celle d'Allerdyce et l'endroit où il n'y avait plus de constructions sur la rive : cinq. Après la sortie d'Alexandria, il passerait devant cinq portails. Le sixième serait celui du patron d'Alliance Investigative.

Reeve était impatient de faire sa connaissance.

Ils ramenèrent le bateau, puis allèrent chez Allerdyce en voiture. Duhart n'avait pas dit grand-chose ; il avait le teint encore un peu brouillé. Reeve compta les maisons, lui dit de s'arrêter. D'un côté du portail, il y avait un interphone surmonté d'une caméra. Derrière la grille, un chien d'attaque passa au galop. Les murs de pierre, de part et d'autre du portail, étaient hauts mais pas infranchissables. Il n'y avait rien, au sommet, ni fils, ni tessons de bouteille, ni pointes métalliques, ce qui fournit des informations à Reeve.

– On ne prendrait pas toutes les mesures de sécurité qu'on a vues pour laisser les murs sans protection, dit-il.

– Et alors ?

– Il doit y avoir des détecteurs.

– Il y a les chiens.

Reeve hocha la tête.

– Il y a les chiens, admit-il.

Mais en l'absence des chiens il y aurait d'autres dispositifs, moins visibles, plus difficiles à neutraliser.

– J'espère qu'ils sont tout le temps là, conclut-il.

Le canot pneumatique pouvait transporter une personne adulte et n'avait pas coûté cher.

Ce soir-là, Duhart conduisit Reeve à Piscataway Park, situé en face de Mount Vernon, sur la rive opposée du Potomac.

– Il y a une partie de moi qui a envie de vous accompagner, souffla Duhart au bord de l'eau.

– Je préfère l'autre partie, répondit Reeve.

Il était en noir – vêtements, cagoule et crème pour le visage achetés chez Wayne –, pas parce qu'il croyait en avoir besoin, mais en raison de l'effet que cela produirait sans doute sur Allerdyce. Ou sur n'importe qui. Il lui suffisait de traverser le fleuve à la rame, de remonter le courant sur un peu moins de deux kilomètres, en silence, à la faveur de la nuit, sans trahir sa présence. Il espéra qu'il n'y avait pas de garden-party, pas de dernier verre sur la terrasse. Il espéra aussi qu'il n'y avait pas beaucoup de bateaux sur le Potomac, au milieu de la nuit.

Il éprouvait ce qu'il avait ressenti au début de nombreuses missions : surexcitation, stimulation, détermination. Il se rappela alors pourquoi il avait aimé les Forces spéciales : il avait vécu pour le risque et l'adrénaline, la vie et la mort. Tout était d'une netteté extraordinaire, dans ces moments-là : le reflet instable d'un croissant de lune dans l'eau, le blanc humide des yeux de Duhart et les rides de sa joue quand il lui adressa un clin d'œil, le contact de la rame en plastique et des creux pour loger quatre doigts. Il entra dans l'eau et se hissa sur le canot. Duhart lui adressa un signe de la main. Le privé avait des instructions. Il devait aller dans un endroit où on le connaissait – un bar, peu importait, du moment qu'il était assez éloigné. Il devait y rester et se faire remarquer. Telles étaient ses instructions. Si les choses tournaient mal, Reeve ne voulait pas que Duhart se retrouve dans la merde.

Mais cela ne signifiait pas qu'il ne voulait pas que Duhart revienne – ou, plus précisément, qu'il se gare devant le portail d'Allerdyce – dans trois heures.

Il remonta le courant, longeant la rive opposée à celle des propriétés. Dans le noir, il était difficile de les distinguer : elles semblaient toutes avoir le même jardin immense, le même ponton, la même gloriette. Il remonta jusqu'à l'extrémité de la partie construite, puis compta jusqu'à la maison qu'il estimait être celle d'Allerdyce. Les propriétés voisines n'étaient pas éclairées. Reeve jeta un coup d'œil en amont et en aval. Un bateau remontait le courant. Il resta près de la rive, dans l'obscurité. Il y avait des gens sur le pont, mais ils ne pouvaient le voir.

Finalement, quand tout fut redevenu calme, il traversa le fleuve jusqu'à la maison située à droite de celle d'Allerdyce. Il descendit du canot, le dégonfla, le laissa partir au fil du courant, poussa la pagaie dans son sillage. Il était près du mur séparant les deux propriétés. C'était un haut mur de pierres couvert de plantes grimpantes et de mousse. Reeve se hissa au sommet et scruta l'obscurité. Il y avait de la lumière chez Allerdyce. Il entendit une toux, vit un filet de fumée s'échapper de la gloriette. Il attendit, aperçut un point rouge quand le vigile tira sur sa cigarette.

Reeve redescendit dans le jardin du voisin, sortit un paquet de sous sa veste, déballa les deux morceaux de bonne viande qu'il avait droguée avec un mélange de produits en vente libre dans les pharmacies. Il lança les deux tranches par-dessus le mur et attendit. Il était prêt à patienter un bon moment.

En réalité, le flair très sensible des chiens leur permit de localiser les morceaux de viande en à peine cinq minutes. Il les entendit saliver et mastiquer. Il n'y eut pas de bruits humains : l'autre vigile n'était pas avec eux. Ils pouvaient aller et venir librement dans la propriété. C'était une bonne nouvelle : cela signifiait que les projecteurs couplés à des détecteurs de mouvement et d'autres dispositifs étaient vraisemblablement désactivés. Ils ne servaient vraisemblablement qu'en l'absence des chiens. Les bruits de mastication cessèrent, puis il y eut des inspirations saccadées – les gourmands cherchaient d'autres morceaux –

et le silence. Il laissa passer cinq minutes supplémentaires, se hissa au sommet du mur et descendit dans le jardin de Jeffrey Allerdyce. Il n'y avait pas trace des chiens. Le mélange somnifère n'avait pas produit immédiatement son effet. Ils étaient sûrement ailleurs. Il espéra qu'ils seraient visibles.

Il resta près du mur, le sentant contre son dos, et se dirigea vers la gloriette. Le vigile était assis face au fleuve, tournant le dos à Reeve. Celui-ci traversa rapidement la pelouse, qui étouffa le bruit de ses pas. Il tenait la dague par son fourreau, manche à découvert et, d'un mouvement ample, l'abattit sur la tempe du vigile. L'homme fut étourdi, mais pas complètement assommé. Il se retournait, la bouche ouverte, quand le poing de Reeve s'abattit sur son visage. Le deuxième coup lui fit perdre connaissance. Reeve sortit du ruban adhésif, s'occupa des chevilles, des poignets et de la bouche du vigile, vérifia que le nez n'était pas cassé ou bouché, s'assura que l'homme n'étoufferait pas. Il le fouilla à la recherche d'une arme, mais ne trouva que de la monnaie et des cigarettes. Il ne reconnut pas le visage ; c'était logique... il devait y avoir deux équipes, peut-être même trois.

Il regarda autour de lui. Il y avait des portes-fenêtres sur l'arrière de la maison. Il se demanda si elles étaient fermées à clé. Il se demanda également où se trouvait le deuxième vigile. À l'intérieur ? Il courut, plié en deux, en direction des portes-fenêtres. De la lumière brillait à l'intérieur. Il regardait à travers la vitre quand un grondement retentit derrière lui. Un des chiens. Il semblait très vigilant. Trop vigilant. Un seul d'entre eux devait avoir trouvé la viande. Le chien courut dans sa direction et il braqua un doigt sur lui.

– Couché !

Le chien s'immobilisa brusquement, un peu troublé. Il reconnut le mot, mais pas la personne qui le prononçait. Cependant, il avait l'habitude d'obéir à plusieurs maîtres. Reeve plongea la dague, à deux mains, dans sa nuque. Les pattes du chien cédèrent et il s'effondra, Reeve maintenant la pression. Il jeta un coup d'œil à l'intérieur de la maison, afin de vérifier si quelqu'un avait entendu. Il ne vit que le reflet d'un homme complètement noir hormis le blanc de ses yeux, ses dents serrées et la dague qu'il serrait dans la main.

Il dégagea la lame et l'essuya sur le pelage du chien. Les portes-fenêtres n'étaient pas fermées à clé. Il ôta ses chaussures, les cacha au pied du perron et entra.

Ses chaussettes ne laissèrent pas de traces sur le tapis et son poids ne fit pas craquer le plancher, qui était en bon état. La pièce était une salle à manger. Il constata que le couvert n'était mis que pour une personne et qu'il n'y avait qu'une chaise. Il fut plus que jamais certain de se trouver au bon endroit.

Il ouvrit la porte sur un hall d'entrée octogonal sur lequel donnaient plusieurs portes. Un escalier aboutissait à un palier, également octogonal, sur lequel s'ouvraient d'autres portes. Il y avait de la musique, quelque part, derrière un des battants du rez-de-chaussée. Reeve se dirigea de ce côté, très conscient du fait qu'il serait visible si quelqu'un sortait d'une des pièces de l'étage. Il devait faire vite. Il regarda par le trou de la serrure, vit un homme qui, assis sur un canapé, lisait une revue et hochait la tête au rythme de la musique. C'était un baladeur, et le son devait être monté au maximum car, de l'endroit où il se trouvait, Reeve reconnut le morceau : *Don't fear the reaper*. L'homme était de petite taille et mince : il ne semblait pas être de l'étoffe dont on fait les gardes du corps.

Reeve comprit que la meilleure solution consistait à l'attaquer par surprise. Sa main se crispa sur la poignée de la porte. Dans la pièce, une pendule se mit à sonner. Reeve se précipita à l'intérieur.

Dans le miroir surmontant la cheminée, Reeve vit ce que l'homme put voir : un intrus puissant, grimaçant, armé d'un poignard ensanglanté avec lequel on aurait pu découper un bison. L'homme se leva, la bouche ouverte, le lecteur de CD tomba sur le sol, le casque qu'il portait sur les oreilles glissa.

– Pas de bruit, souffla Reeve, dont la voix couvrit les tintements de la pendule, allonge-toi par terre et mets les mains...

Une demi-seconde avant l'instant où l'homme passa à l'action, Reeve vit la transformation de son visage, constata qu'il avait surmonté sa surprise et qu'il n'avait pas l'intention de s'allonger. L'homme pivota, lança un pied puissant en direction de l'entrejambe de Reeve. Reeve pivota également, le pied l'atteignant à la cuisse et lui paralysant presque la jambe.

De petite taille, oui ; mince, certes. Mais ce type connaissait les arts martiaux. Le deuxième coup, un poing cette fois, arrivait déjà, visant à mettre la dague hors d'état de nuire. Blue Oyster Cult jaillissait toujours du casque. Il ne restait plus qu'un écho de la sonnerie de la pendule. Reeve esquiva le poing et frappa à son tour. Il regretta de ne pas avoir gardé ses chaussures. Le coup effleura la poitrine de l'homme. Le talon d'une chaussure s'abattit sur le pied sans protection de Reeve. L'autre était rapide et intelligent. Reeve feinta avec la dague et lança sa main libre en direction de la gorge de son adversaire. Ça allait mieux. Le visage et le cou de l'homme, qui tentait d'inspirer de l'oxygène, rougirent. Reeve lui donna ensuite un coup de pied dans le genou droit et se préparait à lui assener un coup de coude, mais l'homme plongea par-dessus le canapé et se remit rapidement debout. Ils n'avaient, jusqu'ici, pas fait beaucoup de bruit ; on n'en fait pas quand on se concentre. On n'a pas le temps de penser à hurler. Reeve espéra qu'Allerdyce n'appuyait pas, quelque part, sur le bouton d'une alarme. Il fallait agir vite.

Son adversaire avait d'autres projets. Il fit basculer le canapé, que Reeve dut esquiver : il l'acculait, entravait ses mouvements. Reeve bondit par-dessus le meuble et frappa l'homme au ventre, le projetant sur le tapis, puis il posa la pointe de la dague sur son estomac, juste sous la cage thoracique.

– Je te viderai comme un poisson, cracha-t-il, à genoux sur les jambes de l'homme. Demande-toi s'il te paie assez.

Le petit homme réfléchit. Il secoua la tête.

– Mets-toi à plat ventre, ordonna Reeve. Je vais simplement te ligoter.

L'homme obéit et Reeve sortit le ruban adhésif. Il était essoufflé, ses mains tremblaient légèrement. Et il fixait l'homme gisant sur le tapis ; il ne fallait pas que ce salaud tente quelque chose. Après lui avoir lié les poignets et les chevilles puis l'avoir bâillonné – utilisant deux épaisseurs pour les poignets et les chevilles –, il redressa le canapé, souleva le lecteur de CD par le casque qu'il plaça sur les oreilles de sa victime. Il le fouilla. Pas d'arme à feu.

Mais l'homme qui se tenait sur le seuil en avait une.

– Qui êtes-vous ? demanda-t-il.

Il portait une robe de chambre à pois dont la ceinture se terminait par des glands, un pyjama rose pâle et des pantoufles bordeaux. Il correspondait au signalement donné par Duhart.

– Monsieur Allerdyce ? dit Reeve comme s'ils venaient de se rencontrer dans un cocktail.

– Oui.

C'était un revolver de petit calibre semblable à ceux que les femmes fatales des romans chers à Duhart ont dans leur sac à main. Mais Allerdyce le tenait fermement.

– Je m'appelle...

– Commencez par vous débarrasser de la dague.

Reeve la lança sur le canapé. Il n'avait pas levé les mains mais Allerdyce agita son revolver et il le fit.

– Je m'appelle Reeve, Gordon Reeve. Je voulais vous voir.

– Vous auriez pu vous présenter à mon bureau, monsieur Reeve.

– Peut-être. Mais c'est personnel, pas professionnel.

– Personnel ? Je ne comprends pas.

– Bien sûr que si. Des hommes engagés par votre organisation m'ont suivi.

Reeve marqua une pause, puis ajouta :

– Êtes-vous sûr que vous voulez parler de cela devant témoins ?

Allerdyce parut découvrir la présence du vigile. La musique gueulait toujours, mais impossible de dire ce que le vigile pouvait entendre d'autre.

– Je devrais téléphoner à la police.

– Oui, monsieur, vous devriez, admit Reeve.

Allerdyce réfléchit. Reeve ne le quitta pas des yeux.

– À l'étage, dit enfin Allerdyce.

Reeve le précéda dans l'escalier.

Ils gagnèrent un petit salon. Allerdyce fit signe à Reeve de s'asseoir.

– Est-ce que je peux enlever ma chaussette ?

– Quoi ?

– Le type du rez-de-chaussée m'a frappé violemment sur le pied et il faut que j'évalue les dégâts.

Allerdyce acquiesça, restant à bonne distance. Reeve baissa sa chaussette. Le pied n'avait guère souffert, il était un peu enflé et il y aurait un bleu, mais rien n'était endommagé. Il agit comme si c'était plus grave, manipula ses orteils en grimaçant.

– Ça semble douloureux, dit Allerdyce.

– Ce salaud savait ce qu'il faisait.

Reeve remit sa chaussette. Il vit des bouteilles et des verres sur un meuble en noyer.

– Je peux boire un verre ?

Allerdyce réfléchit de nouveau, puis acquiesça.

Reeve gagna le meuble en boitillant, siffla en examinant les bouteilles.

– Royal Lochnagar... vous avez bon goût.

– Vous êtes écossais, monsieur Reeve ?

– Vous le savez très bien. Vous avez sûrement un gros dossier sur moi. Je voudrais savoir pourquoi.

– Je vous assure que j'ignore tout de vous.

Reeve tourna la tête et sourit.

– Vous en voulez un ?

– Pourquoi pas ?

Reeve servit l'alcool et se tourna vers Allerdyce.

– Laissez mon verre sur le meuble, dit Allerdyce.

Il attendit que Reeve ait regagné le canapé en boitillant puis se dirigea vers le meuble à reculons, le revolver toujours braqué. Peut-être l'arme n'était-elle pas chargée, mais Reeve ne voulait pas courir ce risque, pas encore. Allerdyce prit le verre, revint se placer face à lui.

– *Slainte*, dit Reeve, qui but une longue gorgée de whisky.

– *Slainte*, répéta Allerdyce comme si ce n'était pas la première fois qu'il employait ce mot.

– Vous allez appeler la police ? demanda Reeve.

– Je crois que ce serait préférable, pas vous ? Un homme s'est introduit chez moi, a mis mes chiens et mes vigiles hors de combat ; il me semble que c'est un homme qui devrait intéresser la police.

– M'autorisera-t-on à donner un coup de téléphone ?

– Pardon ?

– En Grande-Bretagne, on a droit à un coup de téléphone.

– Vous aurez votre coup de téléphone.

– Bien, je me demande quel journal j'appellerai.

Cela parut amuser Allerdyce.

– Voyez, poursuivit Reeve, les deux minables que vous avez chargés de me filer, en Écosse, ne m'ont pas simplement dit à moi qu'ils travaillaient pour vous, ils l'ont dit à tous les clients d'un pub. Des témoins, monsieur Allerdyce. Une denrée précieuse.

Il se remit à masser son pied meurtri.

Allerdyce but une autre gorgée de whisky.

– Je ne sais pas de quoi vous parlez.

– Non ? En êtes-vous bien sûr ? Si vous en êtes vraiment sûr, je vous dois des excuses. Mais il faudra d'abord que vous me parliez de la CWC.

– Pardon ?

– Co-World Chemicals. Ils ont assassiné mon frère. Ou bien ils ont chargé vos employés de le faire.

– Attendez, une minute...

– Ou vous vous êtes peut-être contentés de réunir un dossier sur lui. C'est votre spécialité, si j'ai bien compris. Ensuite, vous l'avez transmis et vous vous en êtes lavé les mains. Ne croyez-vous pas que vous auriez dû avertir la police ? Quand on a retrouvé le cadavre de mon frère. Oh, non, vous ne pouviez pas, n'est-ce pas ? La police aurait pu vous inculper de complicité. Mauvaise publicité pour Alliance Investigative.

Reeve finit son whisky.

– Votre frère..., commença Allerdyce d'une voix étranglée.

– Oui ? fit Reeve en levant les sourcils. Vous connaissiez son existence, n'est-ce pas ?

– Oui, je...

Allerdyce transpirait.

– Non, reprit-il, je n'ai jamais entendu parler de... votre frère.

Son visage avait blêmi et il avait du mal à se concentrer.

– Je crois que je..., fit-il.

Reeve se leva et alla se servir un deuxième verre. Allerdyce ne tenta pas de l'en empêcher. Il tenait mollement le pistolet contre sa cuisse, son verre vide dans son autre main.

– J'espère que je ne vous en ai pas trop donné, dit Reeve près du meuble en noyer.

– Trop... de... quoi ?

Reeve se tourna vers lui, à nouveau souriant.

– Trop de birdy, répondit-il. Il y en avait un petit paquet dans ma chaussette.

– De birdy ?

– Vous voulez que je vous dise ? Vous devriez tout savoir sur le birdy. Ça pourrait révolutionner votre secteur d'activité.

Reeve leva son verre plein et dit :

– *Slainte*.

Cette fois, le toast resta sans réponse.

Le *burundanga* n'est pas seulement un sérum de vérité. Il rend la victime totalement obéissante et manipulable. La victime devient un somnambule. Des hommes et des femmes ont été violés par des groupes après qu'on leur en eut administré. Ils reviennent à eux quarante-huit heures plus tard et ne se souviennent de rien. Amnésie. Ils peuvent avoir attaqué des banques, vidé leur compte, joué dans des films porno ou transporté de la drogue d'un pays à un autre. Ils font ce qu'on leur dit, sans scrupule, et n'éprouvent, en reprenant connaissance, qu'une sensation désagréable, la sensation que leur esprit ne leur appartient pas. C'est pour cette raison qu'il faut calculer la dose avec précision, afin de ne pas endommager l'esprit de la victime.

Ce n'était pas seulement un sérum de vérité, comme le penthotal de sodium... c'était bien mieux.

– Asseyez-vous, dit Reeve à Allerdyce. Posez vos fesses. Je vais jeter un coup d'œil. Il y a un endroit où je devrais regarder plus particulièrement ?

– Quoi ?

– Avez-vous des dossiers ici ? Des documents sur mon frère ?

– Tous mes dossiers sont ici.

Allerdyce semblait toujours troublé. Il fronçait les sourcils, comme un patient du service de gériatrie qui, face à ses enfants, ne les reconnaît pas.

– Pouvez-vous me montrer où ? dit Reeve.

– Bien entendu.

Allerdyce se leva. Il n'était pas très solide sur ses jambes. Reeve espéra qu'il n'avait pas eu la main trop lourde, qu'il n'avait pas donné au vieil homme une dose massive de scopolamine.

Ils sortirent de la pièce et prirent à gauche. Allerdyce glissa une main dans la poche de sa robe de chambre.

– Qu'est-ce qu'il y a là-dedans, monsieur Allerdyce ?

– Une clé, répondit Allerdyce qui, les yeux humides, battit des paupières. Cette pièce est toujours fermée à clé.

– D'accord, déverrouillez la porte.

Reeve jeta un coup d'œil par-dessus la rampe. Le hall d'entrée était vide et silencieux. Monsieur Blue Oyster Cult ne se faisait probablement pas le moindre souci. Il avait vu son patron braquer une arme sur l'intrus. Il attendait un coup de feu ou l'arrivée de la police.

Allerdyce poussa la porte. La pièce était à la fois une bibliothèque et un bureau. Il y avait beaucoup de plastique neuf et luisant – fax, photocopieuse, déchiqueteuse – mais aussi beaucoup de bois et de cuir anciens. Le fauteuil du bureau, en cuir rouge matelassé, était énorme, évoquant davantage un trône qu'un fauteuil. Il y avait un canapé assorti. Des livres couvraient les murs du plancher au plafond. Certaines étagères étaient vitrées et contenaient les volumes qui semblaient les plus précieux. Il n'y avait pas de classeurs, mais il y avait des dossiers. En quantité.

Ils formaient des tours qui menaçaient de s'effondrer d'un instant à l'autre, répandant du papier partout. Certaines, dans les coins, faisaient deux mètres de haut, répandaient dans la pièce une odeur de moisi, de renfermé. Il y avait également des dossiers sur le canapé, par terre devant lui, ainsi que d'autres près du bureau. Les plus anciens étaient rangés dans des cartons ordinaires, comme ceux qu'on se procure dans les supermarchés, dans lesquels sont conditionnés les haricots au chili, la poudre pour lave-vaisselle, les cacahouètes.

– Vous n'avez jamais entendu parler des ordinateurs, monsieur ? dit Reeve en regardant autour de lui.

– Je ne fais pas confiance aux ordinateurs. Grâce au matériel adapté, on peut pénétrer à distance dans un ordinateur. Pour accéder à tout ceci, il faudrait être vraiment très près.

– Vous avez raison. Où sont les dossiers concernés ?

– Le dossier. Singulier. Il est sur le bureau. Je le parcourais, le mettais à jour.

– Vous devriez vous asseoir sur le canapé, monsieur.

Mais il n'y avait pas de place. Allerdyce se contenta de fixer le canapé, tel un animal de compagnie à qui on aurait donné un ordre impossible à exécuter. Reeve écarta des dossiers afin qu'Allerdyce puisse s'asseoir. Puis il s'installa derrière le bureau.

– Vous savez ce qui est arrivé à mon frère ? demanda-t-il.

– Oui.

– Vos employés l'ont-ils tué ?

– Non.

– Dans ce cas qui l'a fait ?

– Rien ne prouve qu'il ne se soit pas suicidé.

– Faites-moi confiance, on l'a assassiné.

– Je ne suis au courant de rien.

Reeve accepta cela. Il ouvrit la chemise grise et sépara les feuilles rédigées à la main. Il y avait aussi des photos.

– Mais vous avez des soupçons ?

– Bien entendu.

– La CWC ?

– C'est possible.

– Oh, c'est possible, pas de problème. Qui est Dulwater ?

– Il travaille pour moi.

– Pourquoi m'avez-vous fait filer ?

– Je voulais mieux vous connaître, monsieur Reeve.

– Pourquoi ?

– Pour voir à qui Kosigin était confronté.

– Kosigin ?

– Vous lisez son dossier.

Reeve prit une photo. Elle représentait un homme au visage juvénile, qui portait des lunettes à monture métallique et avait les cheveux poivre et sel. Il tourna le cliché vers Allerdyce, qui hocha lentement la tête.

Marie Villambard avait parlé de Kosigin, raconté qu'il avait truqué l'enquête concernant Preece et les autres. Reeve croyait qu'il serait plus âgé.

– Que pouvez-vous me dire sur Kosigin ?

– Tout est dans son dossier.

Reeve le lut.

– Vous l'avez filé, dit-il.

– Oui.

– Pourquoi ?

– Je le veux.

– Je ne comprends pas.

– Je veux qu'il fasse partie de ma collection.

Allerdyce jeta un regard circulaire.

Reeve hocha la tête.

– Vous êtes maître chanteur ? C'est votre hobby ?

– Pas du tout, j'aime simplement collectionner les gens, les gens qui pourraient m'être utiles.

– Je vois.

Reeve poursuivit sa lecture. Puis il en arriva à d'autres photos. L'une d'elles représentait deux hommes sur une marina, des mâts de voiliers dressés derrière eux. Un des deux hommes était Kosigin.

L'autre était Jay.

– Gagné, dit Reeve.

Il se leva, alla jusqu'au canapé et montra le cliché à Allerdyce.

– Vous connaissez cet homme ? demanda-t-il.

– Kosigin l'a chargé d'un travail quelconque. Je crois qu'il s'appelle Jay.

– C'est exact. Jay.

– Je ne sais pas grand-chose d'autre. On raconte qu'il a appartenu au SAS.

Son regard se fit un peu moins vague et il ajouta :

– Vous aussi, monsieur Reeve, vous avez appartenu au SAS.

Reeve sursauta.

– Comment le savez-vous ?

– Dulwater s'est introduit chez vous. Il a trouvé des revues.

– *Mars and Minerva* ?

– Oui, c'est ça.

– Y a-t-il caché des micros ?

– Non, mais il en a trouvé.

– À votre avis, qui m'avait mis sur écoute ?

– Kosigin, je présume.

Reeve regagna le bureau et reprit place sur le fauteuil.

– Dulwater surveille-t-il toujours ma maison ?

– Non, il savait qu'elle était vide. Votre femme et votre fils sont ailleurs.

Reeve sursauta de nouveau.

– Savez-vous où ?

Allerdyce secoua la tête.

– Cela ne m'intéresse guère. C'est Kosigin qui m'intéresse.

– Dans ce cas on est dans le même camp... du moins pour le moment.

Reeve jeta un coup d'œil sur sa montre, puis demanda :

– Et vous, monsieur Allerdyce ? demanda-t-il.

– Quoi, moi ?

– Avez-vous des secrets ? Des squelettes ?

Allerdyce secoua lentement mais fermement la tête.

– Où est Dulwater ?

– Je ne sais pas au juste.

– Vraiment ?

– Absolument. Il vient de rentrer du Royaume-Uni, donc il dort probablement chez lui.

Reeve jeta un nouveau coup d'œil sur sa montre.

– Monsieur, je voudrais que vous fassiez quelque chose pour moi.

– Bien entendu.

– Pourriez-vous allumer votre photocopieuse et copier ce dossier ?

Allerdyce se leva et alla allumer la machine.

– Il faut qu'elle chauffe.

– Très bien. Je reviens dans une minute.

Reeve sortit sur le palier et s'aperçut que monsieur Blue Oyster Cult traversait le hall d'entrée en rampant. Il s'immobilisa quand il vit que Reeve le regardait. Reeve sourit et s'engagea dans l'escalier. L'homme progressait plus vite maintenant, tentait d'atteindre la porte. Reeve marcha près de lui sur un ou deux mètres, puis arma une jambe et le frappa violemment du talon sur la tempe. Il traîna l'individu sans connaissance dans la pièce, l'attacha à la table la plus lourde avec du ruban adhésif, puis récupéra la dague.

Dehors, il mit ses chaussures et chercha le chien drogué. Il gisait devant des buissons, près du portail. N'importe quel passant aurait pu le voir mais, dans ce quartier, personne ne marchait. Reeve le traîna dans l'ombre et lui ligota les pattes, puis enroula de l'adhésif autour de sa gueule. Il dormait profondément, ronflait presque.

À l'arrière de la maison, le vigile de la gloriette s'était apparemment débattu pendant un bon moment. C'était du ruban adhésif de bonne qualité – les postes américaines s'en servaient pour fermer les colis. Il était renforcé de fil de nylon. On pouvait le couper avec un couteau ou avec les dents, mais impossible de le déchirer. Cela n'avait pas empêché le vigile d'essayer.

Reeve l'assomma à nouveau.

Quand il regagna le bureau d'Allerdyce, celui-ci avait presque fini de photocopier le dossier. Reeve mit les feuilles encore chaudes dans une chemise.

– Monsieur Allerdyce, dit-il, je crois que vous devriez vous habiller.

Puis ils gagnèrent la chambre du vieil homme. C'était la pièce la plus petite que Reeve eût vue jusque-là, plus petite même que la salle de bains adjacente.

– Vous êtes vraiment un triste vieux salaud, hein ?

Reeve se parlait à lui-même, mais Allerdyce entendit une question.

– Je ne pense jamais à la tristesse, dit-il. Ni à la solitude. Quand on les maintient à l'écart de son vocabulaire, on les maintient à l'écart de son cœur.

– Et l'amour ?

– L'amour ? J'ai aimé quand j'étais un jeune homme. Cela prend beaucoup de temps et n'est pas très productif.

Reeve sourit.

– Inutile de mettre une cravate, monsieur.

Allerdyce remit la cravate à sa place.

– Comment s'ouvre le portail ?

– Électroniquement.

– Nous sortons. Avons-nous besoin d'une télécommande ?

– Il y en a une dans le tiroir, en bas.

– Où, en bas ?

– Dans la table chinoise qui se trouve près de la porte.

– Bien. Nouez vos lacets.

Allerdyce était comme un enfant. Il s'assit sur son lit et noua les lacets de ses chaussures à cinq cents dollars.

– Prêt ? Laissez-moi vous regarder. Ça va, allons-y.

Fidèle à sa parole, Duhart était revenu. La voiture était garée dehors, devant le portail. Il resta bouche bée quand il vit les battants s'ouvrir et Reeve sortir, vêtu comme Rambo, Jeffrey Allerdyce derrière lui.

– Montez à l'arrière, monsieur, ordonna Reeve.

– Bon sang, Reeve ! Vous ne pouvez pas l'enlever ! Qu'est-ce que c'est que ce bordel ?

Reeve s'assit sur le siège du passager.

– Je ne l'ai pas enlevé. Monsieur Allerdyce, veuillez dire à mon ami que vous m'accompagnez librement.

– Librement, marmonna Allerdyce.

Duhart faisait toujours l'effet d'être en plein cauchemar.

– Merde, mon vieux, qu'est-ce qu'il a pris ?

– Contentez-vous de conduire, dit Reeve.

Dans la voiture, Reeve se nettoya un peu. Ils allèrent chez Duhart, où il compléta sa toilette et se changea. Allerdyce resta assis dans un fauteuil, dans un salon qui était probablement plus petit et moins bien rangé que toutes les pièces qu'il avait connues au cours de sa vie adulte. Tout cela inquiétait Duhart : son idole, son dieu était là, chez lui... et Reeve jurait qu'Allerdyce ne se souviendrait de rien.

– Allez chercher le matériel, ordonna Reeve.

Duhart eut un autre rire nerveux, se passa une fois de plus les mains sur le visage.

– Allez chercher le matériel.

Reeve commençait à regretter de ne pas avoir également donné une dose de birdy à Duhart.

– Très bien, dit finalement Duhart mais, parvenu à la porte, il se retourna et jeta un dernier coup d'œil sur la scène : Reeve dans son costume de touriste et Allerdyce assis, les mains sur les genoux, telle une marionnette de ventriloque attendant qu'on passe la main dans son dos.

En l'absence de Duhart, Reeve posa quelques questions supplémentaires à Allerdyce et tenta de déterminer ce qu'il devait faire maintenant, comment il fallait le faire. Allerdyce ne se souviendrait de rien, ce qui n'était pas le cas des vigiles. Et puis, il faudrait expliquer le cadavre du chien. Reeve était convaincu que monsieur Blue Oyster Club n'avait pas entendu grand-chose de son dialogue avec Allerdyce. Ils sauraient seulement que quelqu'un s'était introduit dans la propriété, un intrus qui avait tripatouillé l'esprit d'Allerdyce. Ils se demanderaient ce qu'il avait tripatouillé d'autre.

Duhart revint une heure plus tard avec une boîte à chaussures. Reeve l'ouvrit. Dans du coton, comme la collection d'œufs d'oiseaux d'un écolier, se trouvait du matériel d'écoute.

– Tout fonctionne ?

– La dernière fois que je l'ai utilisé, oui, dit Duhart.

Reeve fouilla le fond de la boîte.

– Vous avez les magnétophones correspondants ?

– Dans la voiture. Et Dulwater ?

– Il faut que vous gardiez un œil sur lui.

Duhart secoua la tête.

– Dans quoi suis-je engagé ?

– Eddie, quand ce sera terminé, vous aurez tellement de saloperies sur notre ami qu'il sera obligé de vous donner un poste de direction. Je le jure.

– Vous jurez, hein ? fit Duhart, les yeux fixés sur Allerdyce.

Duhart arrêta sa voiture devant la rampe du parking de l'immeuble d'Alliance Investigative. Reeve lui dit de rester dans le véhicule, mais de ne pas laisser le moteur tourner au ralenti. Il ne fallait pas que des flics fouineurs l'arrêtent. Il était quatre heures du matin : il aurait du mal à s'expliquer.

– Je ne peux pas venir avec vous ? Mon vieux, je ne suis jamais allé à l'intérieur.

– Vous voulez devenir une vedette de *La caméra invisible*, Eddie ?

Reeve, qui occupait le siège du passager, se retourna. Allerdyce était si silencieux, sur la banquette arrière, qu'il était facile de l'oublier.

– Monsieur Allerdyce, votre immeuble dispose-t-il de caméras de sécurité ?

– Oh, oui.

Reeve se tourna à nouveau vers Duhart.

– Peu importe qu'on me voie ; Allerdyce m'en voudra de toute façon. Vous voulez qu'il vous en veuille, Eddie ?

– Non, répondit Duhart d'une voix morne.

– Très bien, dit Reeve, qui prit son grand sac en plastique et descendit de voiture.

Il ouvrit la portière arrière à l'intention d'Allerdyce.

– Comment entrez-vous, en général ?

– Par le parking et l'ascenseur.

– Pouvez-vous ouvrir le parking ?

Allerdyce glissa une main sous sa veste et sortit une chaîne sur laquelle se trouvait attachées plusieurs clés.

– Allons-y, dit Reeve.

Il expliqua ce qu'il voulait à Allerdyce tandis qu'ils gagnaient l'entrée du parking.

– Si quelqu'un pose des questions, je suis un ami venu d'Angleterre. On a passé la moitié de la nuit à boire, essayé en vain de dormir. Je vous ai demandé de me faire visiter les bureaux. Au cas où quelqu'un poserait des questions.

Reeve répéta tout cela.

– Il n'y a qu'un vigile, dans le hall d'entrée, dit Allerdyce, et il a l'habitude de me voir arriver à toute heure. Je préfère que l'immeuble soit vide ; je n'aime pas mon personnel.

– Je suis sûr que ce sentiment est partagé. On y va ?

Ils s'arrêtèrent devant la porte basculante du parking. Sur un côté, un pilier en béton comportait un interphone, une fente destinée aux cartes magnétiques et une serrure permettant de passer outre les autres systèmes. Allerdyce tourna la clé et la porte s'ouvrit. Ils s'engagèrent sur la rampe et entrèrent dans l'immeuble d'Alliance Investigative.

Allerdyce avait raison : il n'y avait pas de vigiles, mais des caméras. Reeve prit Allerdyce par les épaules et rit d'une blague que le vieil homme venait de lui raconter.

– Les caméras, dit-il. Les moniteurs se trouvent-ils dans le hall d'entrée ?

– Oui, répondit Allerdyce.

Reeve sourit une nouvelle fois aux caméras.

– Et est-ce que les images sont également enregistrées ?

– Oui.

Cela contraria Reeve. Quand l'ascenseur arriva, ils y entrèrent et Allerdyce glissa une clé dans une serrure.

– À quoi sert-elle ?

– À accéder aux étages de la direction... les deux derniers. Il faut une clé.

– Bon, fit Reeve alors que les portes se fermaient.

Reeve supposa que le vigile regarderait les moniteurs de l'ascenseur. La cabine s'arrêta à l'avant-dernier étage, les portes s'ouvrirent et ils en sortirent. La porte du bureau d'Allerdyce était défendue par une serrure à combinaison. Il tapa quatre chiffres et l'ouvrit.

Reeve se mit au travail. Il n'y avait pas de caméras de sécurité, là. Les directeurs n'aimaient apparemment pas être espionnés. Reeve plaça un micro dans le téléphone et en colla un autre sous la table de travail. Le téléphone sonna soudain et il sursauta. Il décrocha. C'était la réception.

– Bonsoir, dit Reeve d'une voix traînante, comme s'il avait bu.

– Monsieur Allerdyce est là ? demanda l'homme, agréable mais également méfiant.

– Voulez-vous lui parler ? Jeffrey, quelqu'un veut te parler.

Allerdyce prit le combiné.

– Oui ? dit-il.

Il écouta et Reeve, près de lui, aussi.

– Non, ce n'est qu'un vieil ami. On a bu, on ne pouvait pas dormir. Je lui fais visiter l'immeuble.

Un silence, puis :

– Oui, je sais que vous devez vérifier. C'est pour ça que je vous paie. Pas de problème, bonne nuit.

Reeve prit le combiné et le reposa sur l'appareil.

– Très bien, Jeffrey, dit-il.

– Ces vigiles, dit Allerdyce en bâillant. Je les paie trop. Ils restent toute la nuit assis sur leur cul et ils appellent ça travailler.

– On a terminé ici, dit Reeve.

Puis il vit le papier à en-tête posé sur le bureau, reprit :

– Non, attendez... Asseyez-vous, monsieur. Il faut que vous écriviez quelque chose. Vous voulez bien ?

Il prit un stylo et le tendit à Allerdyce, puis posa une feuille de l'élégant papier devant lui.

– Écrivez ce que je dicte, poursuivit-il : « J'ai invité M. Reeve chez moi et je lui ai fait visiter les bureaux de ma société. J'ai fait ces choses librement, sans subir ni contrainte ni coercition. » C'est tout, datez et signez.

Reeve prit la feuille et la plia en quatre. Ce n'était pas grand-chose – il n'était même pas sûr qu'elle puisse constituer une justification – mais si les flics venaient effectivement poser des questions, il pourrait placer Allerdyce dans une situation difficile.

Ils descendirent deux étages et gagnèrent le bureau que Dulwater partageait avec d'autres employés. La porte était verrouillée, mais Allerdyce avait la clé.

– Vous avez la clé de tous les bureaux ?

– Évidemment.

– Vous arrive-t-il de venir ici, la nuit, et de fouiller les tiroirs de tout le monde ?

– Pas ceux de tout le monde.

– Pas étonnant que vous soyez détective privé.

Reeve ouvrit son sac, en sortit la boîte à chaussures, ses outils et se remit au travail. Un micro dans le téléphone, un autre sous la table de travail de Dulwater et un troisième, pour faire bonne mesure, sous celle de son collègue. Il n'y avait rien, dans la pièce, sur James ou Gordon Reeve, rien sur Kosigin ou la CWC, ce qui était prévisible. Allerdyce avait indiqué que Dulwater ne dépendait que de lui. Seul le minimum indispensable était noté.

Ils redescendirent. Reeve eut une autre idée. Il donna des instructions à Allerdyce, puis appuya sur le bouton du hall d'entrée. Les deux hommes gagnèrent la réception. Le vigile se leva et remit de l'ordre dans ses vêtements ; Allerdyce l'impressionnait visiblement. Allerdyce voulut dire quelque chose, mais bâilla à s'en décrocher la mâchoire.

– Longue soirée ? demanda le vigile avec un sourire.

Reeve haussa vaguement les épaules.

– Donald, dit Allerdyce, je voudrais la vidéo de cette nuit.

– L'enregistrement, monsieur ?

– Allan ne s'est jamais vu à la télé.

Le vigile se tourna vers « Allan ». Reeve haussa une nouvelle fois les épaules et lui adressa un large sourire. Allerdyce tendit la main.

– S'il vous plaît, Donald.

Le vigile déverrouilla la porte qui se trouvait derrière lui, laquelle donnait sur une pièce sans fenêtre ne contenant que des moniteurs et des magnétoscopes. L'homme éjecta une cassette, la remplaça par une neuve, sortit et referma la porte derrière lui.

– Merci, Donald, dit Allerdyce.

Reeve mit la cassette dans son sac.

– Merci, Donald, répéta-t-il.

Pendant qu'ils regagnaient les ascenseurs, Reeve entendit le vigile marmonner :

– Je m'appelle Duane...

Dehors, Duhart les attendait.

– Des problèmes ? demanda Reeve.

– Non. Et vous ?

Reeve secoua la tête.

– J'espère que ces micros fonctionnent.

Duhart sourit et leva un magnétophone à cassette. Il appuya sur « Play ».

– Bonsoir ?

C'était la voix de Reeve, métallique mais claire.

– M. Allerdyce est là ?

– Vous voulez lui parler ? Jeffrey...

Reeve adressa un sourire honnête à Duhart, qui se mit à rire.

– Je n'arrive pas à croire qu'on y soit arrivés, dit-il finalement en essuyant ses larmes. Je n'arrive pas à croire qu'on écoute ceux qui écoutent !

Reeve secoua la boîte à chaussures.

– Il en reste quelques-uns.

Il se tourna vers la banquette arrière, ajouta :

– Raccompagnons M. Allerdyce chez lui...

Ils savaient, bien entendu, que l'on faisait systématiquement la chasse aux micros dans l'immeuble d'Alliance, à intervalles réguliers. Ils le savaient parce que M. Allerdyce le leur avait dit en réponse à une question. La dernière fouille avait eu lieu la semaine précédente. Une nouvelle recherche serait effectuée, évidemment, si Allerdyce découvrait qu'il s'était rendu dans ses bureaux au milieu de la nuit... mais seulement si le vigile mentionnait cette visite. Allerdyce lui-même ne se souviendrait de rien, ne saurait même pas qu'il était sorti de chez lui. Et peut-être le vigile de nuit, Duane, ne mentionnerait-il pas l'incident. Il était peu probable que le personnel d'Alliance apprenne qu'Allerdyce avait été drogué et manipulé de cette façon.

Non, Allerdyce voudrait que personne ne soit au courant.

Reeve ne voulait pas que les vigiles de la propriété d'Allerdyce voient Duhart, mais ils ne pouvaient laisser trop longtemps la voiture dehors. Une patrouille privée passait toutes les heures, avait indiqué Allerdyce, de sorte qu'ils rentrèrent la voiture. Duhart les accompagna dans la maison et Reeve lui ordonna de ne pas entrer dans une pièce bien précise du rez-de-chaussée, de se taire et de ne pas laisser d'empreintes digitales. Duhart fit le geste de fermer ses lèvres avec une fermeture Éclair.

Ils conduisirent Allerdyce à l'étage, dans sa chambre.

– Monsieur Allerdyce, dit Reeve, vous devez être épuisé. Déshabillez-vous et remettez votre pyjama. Couchez-vous. Dormez bien.

Ils fermèrent la porte de la chambre et gagnèrent le bureau, que Reeve déverrouilla. À l'intérieur, ils posèrent des micros dans le téléphone, sous la table de travail, sous la photocopieuse et derrière un des pieds du canapé.

Au rez-de-chaussée, ils posèrent des micros dans les téléphones, mais pas dans les pièces... ils n'en avaient plus. Ils remontèrent dans la voiture et s'engagèrent sur le chemin.

– Qu'est-ce que c'est ? s'écria Duhart.

C'était le chien, dont les pattes et la gueule étaient ligotés avec de l'adhésif, qui rampait sur la pelouse en direction du chemin.

Reeve appuya sur le bouton de la télécommande et le portail s'ouvrit silencieusement. Quand ils furent sortis, il referma les battants grâce à la télécommande, puis baissa la vitre et lança l'appareil par-dessus le mur de pierres.

Il espéra qu'il ne tomberait pas sur le chien.

Septième partie

CONFESSIONAL

18

Reeve n'attendit pas le choc en retour.

Il prit l'avion pour Los Angeles ce matin-là, monta dans un taxi à l'aéroport et dit au chauffeur qu'il avait besoin de louer une voiture bon marché.

– Le loueur le moins cher que je connaisse est Dedman's Auto, déclara le chauffeur, heureux de faire étalage de son savoir. Les voitures sont correctes... c'est pas des limousines, seulement des conduites intérieures propres.

– Dead Man's ?

Le chauffeur épela.

– C'est pour ça que ses prix restent bas. Ce n'est pas le genre de nom qui sauterait aux yeux dans les Pages Jaunes.

Il eut un rire étouffé et ajouta :

– Bon sang, avec un nom comme ça, est-ce que vous loueriez des voitures ?

Reeve examinait la carte professionnelle du chauffeur, fixée sur le tableau de bord.

– Je suppose que non, monsieur Plotnik.

Il apparut que Marcus Aurelius Dedman, l'homme le plus noir que Reeve eût jamais vu, gérait une casse automobile et que la location de voitures n'était qu'une activité annexe.

– Voyez, monsieur, dit-il, je vais être franc avec vous. Les voitures qui m'arrivent ne sont pas toujours de vraies épaves. Je leur consacre beaucoup de temps et d'argent, les remets en état de reprendre le combat. Je déteste vendre les voitures auxquelles je me suis consacré corps et âme, donc je les loue.

– Et si les clients les accidentent, vous les hospitalisez à nouveau ?

Dedman eut un rire grave. Il faisait à peu près un mètre quatre-vingt-dix et se tenait droit comme un i. Ses courts cheveux étaient défrisés et plaqués sur son crâne comme une perruque à la Cab Calloway. Reeve estima qu'il avait un peu plus de cinquante ans. Il employait une demi-douzaine d'adolescents noirs qui démantelaient les voitures, sortaient leurs entrailles.

– Personne ne démonte les voitures aussi efficacement que les gamins des cités, dit Dedman. Et ce sont des mécaniciens foutrement futés. Voici les solutions disponibles.

Il tendit un bras de basketteur vers une douzaine de spécimens poussiéreux qui correspondaient tous parfaitement aux besoins de Reeve. Il lui fallait une voiture ordinaire, qui ne le distinguerait pas de la foule. Ces voitures avaient des cicatrices et des blessures de guerre – pare-brise fendu, pare-choc manquant, bande de rouille à l'endroit où la baguette d'une portière avait été arrachée, bas de caisse réparé avec du mastic et repeint.

– Choisissez, dit Dedman. Elles sont toutes au même prix.

Reeve choisit une Dodge Dart à deux portes et à suspension en caoutchouc. Elle était d'un vert éteint, le temps ayant érodé le brillant de la peinture métallisée. Dedman lui montra le moteur (fiable), l'intérieur (la banquette à l'avant est bien pratique quand on a une amie) et le coffre. Reeve hocha la tête d'un bout à l'autre. Finalement, ils allèrent conclure définitivement le marché dans le bureau. Reeve eut l'impression que Dedman ne voulait pas que les gamins des cités, aussi forts en mécanique fussent-ils, voient de l'argent changer de mains. Peut-être cela leur donnerait-il des idées.

Le bureau se trouvait dans un bâtiment délabré en parpaings mais Reeve constata avec étonnement que l'intérieur était parfaitement propre, clair, frais grâce à l'air conditionné et high-tech. Il y avait un vaste fauteuil en cuir derrière une table qui semblait neuve. Dedman posa une feuille de papier sur le fauteuil, avant de s'asseoir, afin de ne pas salir le cuir avec son bleu de travail. Un ordinateur était posé sur le bureau. Reeve aperçut également une photocopieuse, un fax et un répondeur, une télé couleur portable et, même, un distributeur de boissons chaudes.

– Prenez un café, si vous en avez envie, dit Dedman.

Reeve glissa deux pièces de vingt-cinq *cents* dans la machine, la regarda produire un gobelet en plastique marron et un liquide en plastique marron. Il jeta un autre coup d'œil dans le bureau. Il n'avait pas de fenêtre ; l'éclairage était fourni par l'électricité. La porte était en métal.

– Je comprends pourquoi vous la fermez avec des cadenas, dit Reeve.

Dedman avait ouvert trois cadenas, chacun maintenant une barre métallique en place, pour qu'ils puissent pénétrer dans la pièce.

Dedman secoua la tête.

– Ce n'est pas pour empêcher les gamins de voir ce qu'il y a ici, si c'est ce à quoi vous pensez. Merde, ce sont eux qui m'apportent tout ce matériel. Leurs grands frères le leur fournissent. Qu'est-ce que je suis censé faire d'un ordinateur et d'une photocopieuse ?

Dedman secoua une nouvelle fois la tête, ajouta :

– Mais ils se vexeraient si je ne montrais pas que j'apprécie leurs efforts.

Reeve s'assit et posa le gobelet sur le plancher, craignant de tacher la surface du bureau. Il sortit une liasse de dollars de sa poche.

– Je suppose que vous ne prenez pas les cartes de crédit, dit-il.

– Votre supposition est correcte. Et il n'y a pas de contrat, O.K. ? Ces trucs m'emmerdent.

Dedman écrivit quelque chose sur une feuille de papier, reprit :

– Voilà mon nom, l'adresse d'ici et le numéro de téléphone. Si on vous arrête, les flics ou n'importe qui, ou si vous avez un accident, vous avez emprunté la voiture avec mon autorisation.

– L'assurance ?

– Elle est assurée.

– Et si je tombe en panne ?

– Bon, dit Dedman, qui s'appuya contre le dossier de son fauteuil, pour trente dollars de plus vous avez le dépannage vingt-quatre heures sur vingt-quatre.

– Même à San Diego ?

Dedman regarda la liasse de billets.

– Je ne pense pas que ça posera un problème. C'est là que vous allez ?

– Oui. Je vous dois combien ?

Dedman réfléchit, puis annonça un chiffre que Reeve trouva confortablement bas. Il compta les billets, les tendit, interrompit son geste.

– La Dart n'est pas recherchée, hein ?

Dedman secoua énergiquement la tête.

– Absolument pas. Elle est officielle et légale.

Il prit les billets et les compta, trouva la somme satisfaisante. Il fixa Reeve et sourit :

– Je ne loue jamais de voiture recherchée à un touriste.

Dedman avait averti Reeve qu'il risquait de se perdre deux ou trois fois en sortant de Los Angeles, estimation correcte de la première heure de Reeve au volant de sa nouvelle voiture. Il savait qu'il lui suffisait de suivre la côte et de prendre l'I-5, mais trouver la côte fut le problème initial et ne pas s'en éloigner se révéla compliqué par la suite. Les autoroutes entourant Los Angeles étaient comme une blague de Dieu aux dépens du cerveau humain. Plus Reeve se concentrait, moins les choses semblaient sensées. Il finit par laisser son esprit vagabonder et se retrouva comme par magie sur la bonne route dans la bonne direction. Il n'était pas sur la côte, il était à l'intérieur des terres, sur l'I-5, mais ça allait. L'I-5 allait.

Il avait baissé les vitres et regrettait de ne pas avoir de radio. Un des mécaniciens de Dedman lui en avait proposé une pour cinquante dollars installation comprise, mais il aurait fallu qu'il reste une heure de plus à la casse et il était pressé de se mettre en route. Il regrettait maintenant de ne pas avoir accepté la proposition de l'adolescent. La Dart marchait bien, mais les essieux avaient quelque chose. Le volant vibrait quand il dépassait quatre-vingts et le problème semblait trouver son origine dans les essieux, à l'avant ou à l'arrière. Il espérait qu'une roue n'allait pas se détacher et partir sous ses yeux.

Une fois sur l'Interstate, il arriva rapidement à San Diego. Il sortit près de l'aéroport et gagna le centre par Kettner Boulevard. Il ne voulait pas retourner à l'hôtel où il était descendu lors de sa première visite, il cherchait quelque chose de plus central, de plus proche de l'immeuble de la CWC. Le premier qu'il visita, le Marriott, avait une chambre. Reeve déglutit quand on lui en donna le prix, mais il était trop fatigué pour aller voir ailleurs. La nuit précédente, après tout, avait été longue. Il monta son sac dans la chambre, tira les rideaux, emplissant la pièce de lumière et dévoilant une vue spectaculaire sur la baie, puis il s'assit sur le lit.

Ensuite il décrocha le téléphone et appela Eddie Duhart.

Il ne s'annonça pas. Il se contenta de demander :

– Qu'est-ce qui se passe ?

Duhart n'avait qu'une envie : raconter.

– Il se passe tout un tas de choses ! Allerdyce cavale comme s'il avait un cactus dans le cul alors que tous les proctologues sont à Hawaii. Il sait qu'il lui est arrivé un truc, la nuit dernière, mais il ne sait pas quoi.

– Il est redevenu lui-même ?

– Apparemment. Il a commencé par virer les gardes du corps. Puis il a décidé que c'était trop indulgent et ils font à nouveau partie du personnel jusqu'au moment où il trouvera un châtiment plus féroce. Il faudrait que vous l'entendiez ! Mon vieux, il est hors de lui. Il est allé en urgence dans une clinique. Il a fait faire des examens. Il a fait tout ce qu'il pouvait. Il s'est dit qu'on l'avait peut-être hypnotisé et il a convoqué un spécialiste de l'hypnose chez lui dans l'espoir qu'il parviendrait à l'aider.

– Hmm, il a peut-être mis le doigt sur quelque chose.

– Vous croyez que les hypnotiseurs peuvent lui rendre ses souvenirs ?

– Je ne sais pas. À ma connaissance, personne n'a essayé.

– Merde, j'espère qu'il ne se souviendra de rien. Il est venu chez moi !

– Ne vous inquiétez pas, Eddie. Est-il allé à son bureau ?

– Non, et les micros du bureau de Dulwater n'ont rien donné, sauf que son voisin a un problème de flatulences.

– Allerdyce n'a pas tenté de contacter Dulwater ?

– Il a passé plusieurs coups de fil qui sont restés sans réponse, donc il a peut-être essayé de le joindre.

– Et il n'a pas pris contact avec la police ?

Duhart eut un rire étouffé.

– Non, pas de flics.

– Ce qui autorise une déduction.

– Ouais : un homme tel que Jeffrey Allerdyce n'a pas besoin des flics. Il sait que quelqu'un est entré chez lui par effraction la nuit dernière ; il ne va pas tarder à chercher des indices. Il trouvera les micros.

– Peu importe.

– Et vous, comment ça va ?

– Ça va.

– Où êtes-vous ?

– Il est préférable que vous ne le sachiez pas. N'oubliez pas, si... quand les micros auront été découverts, soyez discret. C'est à ce moment-là que vous abandonnerez l'enquête.

– Ouais, vous me l'avez dit.

– Je suis sérieux. Allerdyce sera plus méfiant que jamais. Il saura qu'on l'a surveillé. Prenez vos distances et laissez tomber.

– Et ensuite ?

– Attendez que je reprenne contact avec vous. Vous avez d'autres clients, hein ? Vous travaillez sur d'autres affaires ?

– Évidemment, mais quand bien même je vivrais jusqu'à cent soixante-dix ans, jamais je ne retomberais sur une affaire comme celle-ci. Et si j'ai besoin de vous contacter ?

– Je vous appellerai deux fois par jour, le matin et le soir.

– Ouais, mais...

Reeve coupa la communication. Il n'était pas certain qu'il rappellerait Duhart.

Le soleil bas de la fin de l'après-midi illuminait le centre de San Diego, jetait des ombres entre les blocs et éclairait les fenêtres des immeubles. Les rues étaient pleines de gens qui rentraient chez eux après avoir fait des courses et attendaient, les épaules basses, aux arrêts d'autobus et de tram. Pas d'employés de bureau... c'était samedi. Reeve but un expresso dans un café situé en face de l'immeuble de la CWC. Il y avait une boutique de bureautique près du café. On y vendait des ordinateurs et d'autres machines, ainsi que du matériel de téléphonie mobile. Une affichette, dans la vitrine, proposait également des appareils en location.

Reeve avait loué un téléphone cellulaire, guère plus gros que la paume de sa main. Il avait payé avec sa carte de crédit et laissé une caution en liquide. Il ne présenta aucun document mais cela ne parut pas troubler le vendeur. C'était peut-être parce qu'il traitait souvent avec des hommes d'affaires étrangers. Ou alors parce qu'il savait qu'il pouvait toujours annuler le numéro de Reeve, rendant ainsi le petit appareil noir totalement inutilisable. La connexion au réseau était immédiate.

C'est pourquoi, dans le café, Reeve composait des numéros. Il commença par appeler chez Eddie Cantona, mais n'obtint pas de réponse. L'annuaire ouvert devant lui sur le comptoir qui longeait la vitrine, il essaya les bars que Cantona disait fréquenter. Au deuxième appel, la personne qui décrocha grogna le nom de Cantona. Eddie prit l'appareil.

– Aaaallô ?

– Alors, on vous a libéré ?

Cantona eut une rapide inspiration et sa voix se mua en marmonnement.

– Tout de suite après votre départ. Un gentil policier a dit que je pouvais m'en aller, mais qu'il ne fallait plus que je fréquente des inconnus.

– C'était Mike McCluskey ?

– Exactement. Où vous êtes ?

– Vous croyez qu'on vous surveille ?

– Merde, ça ne serait pas difficile. On n'a passé que deux jours ensemble, la dernière fois, et combien de temps avez-vous mis à me retrouver ?

– Trois coups de téléphone. C'est le troisième.

– Voilà ! Il faut que je vous avoue, Gordon, que je bois régulièrement et sérieusement depuis plusieurs jours. Je me dis que c'est à la mémoire de Jim... une veillée funèbre solitaire et itinérante. Mais c'est peut-être parce que tout ça m'a fichu un coup.

– Je ne veux pas vous impliquer. Je veux seulement vous engager pour un jour ou deux.

– Oh, c'est tout ? dit Cantona, sa voix traînante lourde de sarcasme. Vous n'avez peut-être pas entendu ce que je viens de dire.

– J'ai entendu.

La voix se mua une nouvelle fois en murmure.

– J'étais terrifié, là-bas, monsieur Reeve.

– Je ne vous demande pas de faire quelque chose de dangereux.

Reeve avait posé sa main libre devant sa bouche et le micro. Personne, dans le café, ne semblait s'intéresser à lui ; les gens achetaient du café à emporter avant de gagner l'arrêt d'autobus. La circulation passait dans un grondement et la climatisation claquait comme des dents sur une tasse. Reeve ne risquait pas d'être entendu.

– Je veux seulement que vous passiez quelque temps dans un café. Je veux que vous surveilliez quelqu'un. Si vous voyez un homme correspondant au signalement que je vous donnerai, téléphonez-moi. C'est tout.

– Vous voulez que je le suive ?

– Non.

– Vous voulez seulement savoir s'il sort de l'immeuble ?

Cantona ne semblait pas du tout convaincu.

– J'aimerais mieux savoir quand il y entrera. Allez, à qui d'autre puis-je faire confiance dans cette ville ? Tout ce que vous risquerez, c'est l'empoisonnement à la caféine et l'expresso décaféiné est très bon, ici.

– Pas d'alcool ?

– Pas d'alcool. Il faut que vous soyez sobre, hein ?

– Je ne travaille pas quand je suis soûl !

– D'accord, d'accord. Alors, qu'est-ce que vous en dites ?

– On peut se voir ? On pourrait peut-être en parler devant une bière ?

– Vous savez que ce n'est pas une bonne idée.

– Au cas où je serais surveillé, c'est ça ?

– Ou au cas où je le serais. Il est préférable qu'on ne se voie pas.

– Vous avez raison. O.K., essayons.

Il communiqua par téléphone les détails à Cantona. Il donna l'adresse du café, indiqua les heures d'ouverture, puis il décrivit Kosigin, fermant les yeux et se représentant les photos du dossier d'Allerdyce. À tout hasard, il décrivit également Jay. Enfin, il dicta son numéro de mobile à Cantona et vérifia qu'il y avait une cabine téléphonique dans le café et qu'elle fonctionnait.

– Lundi matin à sept heures trente, dit Cantona. Je serai en position. Je crois qu'il vaudrait mieux que j'aille dessoûler chez moi.

– Merci.

– Hé, vous feriez la même chose pour moi, hein ?

Reeve n'en était pas certain. Il appela ensuite la police de San Diego. McCluskey n'était pas à son bureau et on dit à Reeve qu'il était impossible de lui faire passer les appels.

– Pouvez-vous lui remettre un message ? Il l'intéressera, croyez-moi.

– Allez-y, je verrai ce que je peux faire.

La femme avait une voix stridente et plaintive, totalement dénuée de personnalité.

– Dites-lui que Gordon Reeve voudrait lui parler.

Il épela son nom. Il dut s'y reprendre par trois fois.

– Je rappellerai.

– Sûr.

– Merci beaucoup.

La jeune femme responsable du café fut remplacée par l'équipe suivante. Elle semblait furieuse, peut-être parce qu'elle était seule et qu'il y avait eu beaucoup de travail. Deux jeunes gens de son âge – un garçon et une fille – la remplacèrent et se répartirent bientôt les tâches. L'un prenait les commandes et l'argent, l'autre s'occupait de la machine. Quand la file d'attente eut été servie, la jeune femme se dirigea vers Reeve, une verseuse à la main, et lui proposa du café. Reeve lui sourit et secoua la tête, puis la regarda s'éloigner, débarrassant deux des petites tables en chemin. Il savait que de nombreux établissements des États-Unis proposaient gratuitement du café, mais il y vit également une gentillesse et, depuis quelque temps, sa vie était absolument dénuée de gentillesse. Il prit conscience de défenses érigées en lui, des barricades dressées en hâte. Elles vacillèrent pendant un instant, mais tinrent bon. Il pensa une nouvelle fois à Bakounine et à Wagner côte à côte sur les barricades de Dresde. Bakounine l'anarchiste, et Wagner... l'ami de Nietzsche. Nietzsche, le premier « amoraliste » autoproclamé. Quand cela s'était révélé nécessaire, quand les événements l'avaient exigé, ils avaient combattu côte à côte. Les anarchistes y verraient la preuve de la théorie de l'assistance mutuelle. Ils diraient que cela infirmait la théorie de Nietzsche, à savoir que la volonté de pouvoir est tout. Les opposés se rencontraient, oui, mais provisoirement. Voyez le rôle de la Russie dans la Deuxième Guerre mondiale : ce qui s'est passé ensuite a été une descente dans la méfiance et l'égoïsme. Être alliés ne signifie pas qu'on ne se hait pas.

– Jay, souffla Reeve, regardant fixement au-delà de la vitre crasseuse de la façade, où « Donuts'n'Best Coffee » était écrit en lettres d'un rouge terne.

Il appela de nouveau McCluskey et eut la même femme au bout du fil.

– Oh, oui, monsieur Reeve. Il a dit qu'il fallait que vous lui donniez votre numéro, qu'il vous rappellerait.

– Non, dit Reeve, qui coupa une nouvelle fois la communication.

Il se leva dans l'intention de sortir du café et, sentant ses jambes engourdies, s'aperçut qu'il était resté très longtemps assis. En passant devant la caisse, il repéra un verre à moitié plein de pourboires, qui ne dépassaient pas vingt-cinq *cents*. Il se dit que les serveurs étaient sûrement des étudiants et déposa un dollar dans le verre.

– Bonne soirée, dit la jeune femme qui s'apprêtait à glisser une cassette dans le lecteur.

– Vous de même.

Reeve traversa aux feux, avec les autres piétons, et regarda son reflet dans le pare-brise d'un autobus à l'arrêt. Il n'était pas différent des autres. Il régla son pas sur celui d'une femme de petite taille dont les talons hauts claquaient, de sorte qu'il semblait presque qu'ils étaient ensemble mais ne se connaissaient pas très bien. Il marchait un demi-pas derrière elle quand ils passèrent devant la porte à tambour du hall d'entrée de l'immeuble de la CWC. Au-dessus, le logo de la CWC était gravé sur le verre. On aurait dit qu'un enfant capricieux l'avait tracé, une seule ligne formant les trois lettres, à l'instar du sigle de CNN dans un mauvais jour.

La femme finit par le foudroyer du regard, croyant qu'il tentait de la draguer sans lui adresser la parole et, au carrefour suivant, il prit à droite alors qu'elle continuait tout droit. Un demi-bloc plus loin, il s'aperçut que quelqu'un marchait dans ses traces. Il ne se retourna pas, n'établit pas de contact visuel ; il fixa le trottoir et put de ce fait regarder les pieds de l'homme : chaussures marron cirées à semelle en cuir, pantalon gris anthracite au-dessus. Reeve prit une nouvelle fois à droite, s'engagea dans une rue plus calme. Les chaussures et le pantalon le suivirent.

Il a dû commencer à me suivre devant l'immeuble de la CWC, pensa-t-il. C'est forcément Jay ou un de ses hommes. Le problème est qu'ils sont trop près pour qu'il s'agisse d'une simple filature. Ils ne veulent pas seulement me suivre, ils veulent entrer en contact. Reeve se mit à respirer à petits coups rapides, oxygénant son sang, décontracta les épaules et ferma les poings. Il marchait d'un pas vif, espérant pouvoir agir le premier. Un couple de piétons se dirigeait vers lui. Il les fixa comme s'il cherchait à sonder leur âme. Il tentait de repérer des complices. Mais le couple ne vit qu'un homme furieux et obliqua.

L'instant en valait bien un autre. Reeve s'immobilisa brusquement et pivota sur les talons.

Il ne s'était pas rendu compte que l'homme au costume gris anthracite avait ralenti l'allure quelques mètres plus tôt et était maintenant immobile, apparemment détendu, les mains levées dans un geste apaisant. Il était de haute taille, avec des cheveux noirs brillants, légèrement moins fournis sur les tempes. Il avait un visage anguleux, les joues creuses et les paupières légèrement plissées des gens qui portent des lentilles de contact.

– C'est exactement à cet endroit que j'aurais décidé de passer à la confrontation, disait-il.

– Quoi ?

Reeve regarda autour de lui et au-dessus de lui, chercha le canon du fusil d'un assassin, une voiture aux vitres teintées roulant lentement, chercha des indices de danger. Mais il n'y avait que cet homme de haute taille, élégant, apparemment aussi à l'aise que s'il avait tenté de lui vendre un deuxième gilet assorti à son costume.

– Qui êtes-vous ? gronda Reeve.

– J'étais sûr que vous reviendriez. C'est pourquoi je suis venu directement, pour gagner du temps. Ne me demandez pas pourquoi j'en étais sûr, c'était simplement une intuition.

– Vous êtes voyant ?

– Non, monsieur Reeve. J'étudie les personnalités, c'est tout.

Reeve battit des paupières.

– Dulwater ?

L'homme inclina légèrement la tête.

– Je surveille l'entrée de la CWC depuis trois heures.

– Vous auriez dû boire un café.

– Ah, vous étiez dans le café ?

– Qu'est-ce que vous voulez ?

– Vous semblez savoir qui je suis. Je suppose que vous savez ce que je veux.

– Dites-le tout de même.

Dulwater avança d'un pas.

– Je veux savoir ce que vous avez fait à mon employeur.

Reeve plissa le front, prit un air déconcerté.

Alfred Dulwater se contenta de sourire.

– Puis-je proposer une déduction ? dit-il.

– Allez-y.

Dulwater eut une moue songeuse.

– Je crois qu'on appelle ça *burundanga*.

Reeve s'efforça de ne pas paraître impressionné.

– J'en ai entendu parler, poursuivit Dulwater, mais je n'avais jamais vu quelqu'un y recourir.

– Je ne sais pas de quoi vous parlez.

– M. Allerdyce m'a joint par téléphone il y a une heure. Il m'a raconté une histoire très étrange. Les deux agents de Londres vous ont-ils donné mon nom ?

Reeve garda le silence, ce qui n'étonna apparemment pas Dulwater, qui reprit :

– Ils m'ont dit qu'ils ne l'avaient pas fait, mais je ne les ai pas crus.

Reeve regardait Dulwater dans les yeux mais sa vision périphérique explorait ses vêtements. L'homme n'était pas armé et ne semblait pas particulièrement dangereux. Il était grand, dépassait Reeve d'une tête, mais, alors que la ruse et l'intelligence transparaissaient sur son visage, il n'y avait rien d'autre sur celui-ci, rien de physique. Reeve estima qu'il pourrait l'étendre pour le compte. Il ne se relâcha pas, mais se sentit un peu mieux.

– Je sais ce que vous pensez, dit Dulwater.

– Quoi ?

– Vous envisagez la violence. Plus précisément, vous pensez à la violence que vous pourriez exercer sur moi. Il serait préférable de renoncer à cette idée.

Dulwater sourit à nouveau, ajouta :

– J'ai lu le rapport psychiatrique.

Reeve se souvint que Dulwater était entré chez lui. Il savait de quoi l'homme parlait. Il évoquait l'avertissement. En cas de nouveaux accès de violence, Reeve risquait d'être interné.

– Je veux dire, poursuivit Dulwater, après ce qui s'est passé dans le bar...

– Vos hommes ont commencé. J'ai des témoins.

– Ils étaient dans un très sale état... et vous, monsieur Reeve, vous n'avez pas une égratignure. À propos, comment va votre pied ? Kaprisky affirme qu'il a violemment frappé le pied nu de l'intrus.

Reeve soutint le regard de Dulwater.

– Mes deux pieds vont très bien, merci.

– J'en suis heureux.

– Et maintenant ?

– Maintenant ? Maintenant, nous allons quelque part et nous parlons. Nous avons beaucoup de choses en commun, voyez-vous. Nous recherchons tous les deux des informations sur Kosigin. Et, de plus...

– Oui ?

Dulwater sourit.

– Nous n'apprécions guère Jeffrey Allerdyce.

Ils allèrent dans un bar. Peut-être était-ce un établissement que Jim Reeve fréquentait, Gordon Reeve ne s'en souvenait pas. Pendant que Dulwater était aux toilettes, il appela une nouvelle fois la police. Cette fois, il eut McCluskey, qui semblait essoufflé, au bout du fil.

– Salut, Gordon, dit-il comme s'il s'adressait à un vieux copain. Où êtes-vous ?

– Près de San Diego.

– Ouais ? Il y a une raison particulière ?

– Je ne fais rien sans raison, McCluskey. Il faut qu'on parle.

– Sûr, pas de problème. Je vais prendre votre...

– En fin de soirée.

Une serveuse arrivait avec les bières qu'ils avaient commandées. Dulwater, qui se frottait les mains, la suivait.

– Disons à minuit.

– À minuit ? C'est une drôle...

– À La Jolla, vous vous souvenez de l'endroit où on a bu un verre le jour où vous m'avez montré où mon frère avait été assassiné ?

– Écoutez, Gordon, vous savez qu'il n'y a pas l'ombre d'une preuve...

– Devant cet endroit, à minuit. Si vous n'êtes pas seul, je ne me montrerai pas.

Dulwater s'assit alors que Reeve coupait la communication.

– Qu'est-ce que vous faisiez ? demanda-t-il

– Je préparais le terrain, répondit Reeve en prenant un verre.

Il avala deux centimètres de bière, se passa la langue sur les lèvres et poursuivit :

– Alors, pourquoi buvons-nous tranquillement ce verre, monsieur Dulwater ? Pourquoi ne suis-je pas ligoté dans une caisse et en route pour Washington ?

Dulwater leva sa bière, mais ne but pas.

– J'aime mon travail, Gordon, je l'aime bien. Mais j'ai de l'ambition, comme tout le monde.

– Vous voulez vous installer ?

Dulwater secoua la tête.

– Je veux une promotion.

– Si vous me livrez à Allerdyce, je suis sûr que vous serez bien placé...

– Non, Allerdyce ne fonctionne pas ainsi. Il voudrait simplement davantage. En outre, que représentez-vous pour lui ? Vous êtes une contrariété d'une nuit, une réaction allergique bénigne. Vous n'êtes pas le gros lot.

– Kosigin ?

Dulwater acquiesça.

– J'ai l'impression que, si je reste près de vous, j'aurai Kosigin.

– Ensuite vous livrerez Kosigin à Allerdyce ?

– Mais pas d'un coup. Il ne serait pas reconnaissant si je me contentais de lui livrer ce salaud. Morceau par morceau.

Reeve secoua la tête. Tout le monde voulait quelque chose : Duhart voulait quelque chose sur Allerdyce ; Dulwater voulait un moyen de pression sur Allerdyce ; Allerdyce voulait Kosigin ; Kosigin et Jay voulaient Reeve.

Et que voulait Gordon Reeve ? Il pensa de nouveau à Nietzsche : la volonté de puissance, la peur de perdre de la puissance. Reeve ne participait pas à ce jeu. Il était sur un autre plateau, avec des pièces différentes. Il voulait se venger.

– Vous savez, dit-il, je ne suis même pas sûr que je devrais parler avec quelqu'un qui s'est introduit chez moi.

Dulwater haussa les épaules.

– Je n'étais pas le premier. Ce n'est pas Alliance qui y avait placé des micros, mais les hommes de Kosigin. En outre, que risquez-vous de perdre en coopérant ? Vous ne croyez sûrement pas que vous pouvez nuire seul à Kosigin.

– Je ne suis pas seul.

– Vous avez de l'aide ?

Dulwater réfléchit pendant une petite seconde, reprit :

– Cantona ?

Reeve ne parvint pas à cacher son étonnement.

– Cantona est un minable. Vous croyez que vous pouvez l'opposer à Kosigin ?

– Comment connaissez-vous l'existence de Cantona ?

– Vous oubliez que Kosigin a chargé Alliance de réunir des informations sur votre frère. Nous sommes très rigoureux, Gordon. Non seulement nous avons fait des recherches sur lui, y compris sur sa famille, mais nous l'avons également filé pendant deux semaines. Nous étions présents quand il a fait la connaissance de Cantona.

– Ensuite, vous avez tout transmis à Kosigin, qui a fait assassiner mon frère.

– Rien ne prouve...

– C'est ce que tout le monde me dit et me répète !

Dulwater n'avait toujours pas touché à sa bière. Il passa le doigt sur le bord du verre.

– Une bonne raison de me laisser vous aider. Les tribunaux ne serviront à rien. Vous n'aurez jamais assez de preuves pour aller devant un tribunal. Vous pouvez simplement espérer que quelqu'un fasse un enfer de la vie de Kosigin. Kosigin vit pour le pouvoir, Gordon. Si quelqu'un exerce un pouvoir sur lui, c'est la pire torture qu'il puisse imaginer, et elle durera jusqu'à la fin de sa vie.

Il s'appuya contre le dossier de sa chaise, démonstration terminée.

Reeve soupira. Et mentit :

– Vous avez peut-être raison. Bon, qu'est-ce que vous proposez exactement ?

Dulwater le fixa, prit la mesure de sa sincérité. Reeve se concentra sur la bière.

– Pourquoi êtes-vous revenu ? demanda Dulwater.

– Je voulais m'entretenir avec plusieurs personnes. J'ai l'intention d'en voir une ce soir. Vous pouvez m'aider.

– Comment ?

– De deux façons : premièrement, j'ai besoin d'une caméra vidéo, une bonne, et de deux magnétoscopes, plus si possible. Je dois faire des copies d'une cassette vidéo.

– Il vous faut ça ce soir ?

Reeve acquiesça.

– D'accord, ça ne devrait pas poser de problème. Et ensuite ?

– Il faudrait que vous fassiez le guet.

– Où ?

– À La Jolla.

Reeve s'interrompit, puis reprit :

– À trois ou quatre kilomètres de l'endroit où je me trouverai.

– Je ne vous suis plus.

– J'expliquerai plus tard. Vous êtes sûr de pouvoir vous procurer le matériel ?

– Absolument. Ça nécessitera peut-être plusieurs coups de fil. Il faudra peut-être le faire venir de LA. Avez-vous une chambre d'hôtel ici ?

– Je suis au Radisson, comme la dernière fois.

– Je suis au Marriott, indiqua Dulwater.

Le visage de Reeve demeura de marbre.

– C'est plus central. Nous installerons le matériel dans ma chambre, si cela vous convient.

– Parfait, répondit sèchement Reeve.

Dulwater but enfin une gorgée de bière. Il feignit de la savourer tout en préparant une nouvelle question.

– Qu'allez-vous filmer au juste ?

– Une confession, répondit Reeve. Un homme débarrassant son âme d'un fardeau.

– Séance à onze heures, fit Dulwater avec un sourire.

19

Reeve gara la Dart à deux rues de sa destination.

Une camionnette de livraison de pizzas était arrêtée contre le trottoir, petit véhicule trapu à trois roues probablement équipé d'un moteur électrique. Il n'y avait personne à l'intérieur quand il était passé devant et il n'y avait toujours personne. Il attendit encore quelques minutes. Le livreur manquait peut-être de monnaie. Mais il savait qu'il n'y avait pas de livreur en réalité. Il y avait en fait un flic en planque qui surveillait le pavillon, à qui l'on avait demandé d'accomplir une autre mission, à quelques kilomètres de là. Le moteur électrique ne lui permettant pas de s'y rendre, ses potes étaient passés le prendre.

Reeve jeta un coup d'œil sur sa montre. Il était minuit moins le quart. Il n'avait pas beaucoup de temps. Ayant déjà repéré la camionnette de livraison, il n'avait pas pris la peine d'emporter la caméra vidéo. Elle était dans le coffre de la Dart. Il alla jusqu'au bout de la rue, puis la remonta sur l'autre trottoir. Il n'y avait personne, ni patrouille de résidents ni groupe de lutte contre la délinquance. Reeve s'arrêta un instant près de la camionnette de livraison. Elle était équipée d'une radio et d'un micro. Il comprit alors pourquoi ils avaient utilisé ce type de véhicule : qu'il soit équipé d'une radio n'avait rien d'étonnant. Cela permettait au chauffeur de rester en contact avec le central.

Et, en réalité, c'était exactement ça.

Il y avait de la lumière dans le pavillon, mais elle n'était pas forte. Une lampe de lecture, peut-être. Les rideaux étaient tirés et la lumière n'était visible que sur le pourtour de la fenêtre. Reeve ouvrit la barrière en bois et des clochettes suspendues à une ficelle tintèrent. Il s'approcha du pavillon et sonna. Il espérait qu'il y avait quelqu'un. Le journaliste étant mort, il était prêt à parier qu'on avait autorisé le scientifique à rentrer chez lui. Il entendit le bruit d'une chaîne. Une chaîne de sécurité. La porte s'entrouvrit de quelques centimètres et Reeve recula afin de la frapper du plat du pied. Il dut s'y reprendre à deux fois pour l'ouvrir.

Il voulait que le vieillard soit choqué, surpris, terrifié. Il fut les trois.

– Docteur Killin ? dit-il à la silhouette tassée sur elle-même dans le petit couloir, un livre sur la tête – le titre du livre avait trait à la biologie moléculaire.

Le vieillard leva la tête, battit des paupières sur des yeux d'épagneul. Reeve le frappa juste assez fort pour lui faire perdre connaissance.

Il laissa le corps à l'endroit où il se trouvait et ressortit. Il n'y avait toujours personne. De hautes haies séparaient les maisons. On aurait pu le voir depuis le pavillon d'en face, mais il était dans l'obscurité et, de plus, la camionnette cachait l'entrée de la maison de Killin. Reeve sauta par-dessus la barrière au lieu de prendre la peine de l'ouvrir et gagna sa voiture au petit trot. Il la gara devant chez Killin, près de la camionnette. Le vieillard n'était pas lourd et il fut facile de le porter jusqu'à la Dart. Reeve le déposa sur la banquette arrière, retourna dans la maison, éteignit la lampe allumée près du fauteuil de Killin et tira la porte d'entrée. Dans l'ombre du perron couvert, c'était à peine si on voyait le bois brisé du chambranle. Depuis le trottoir, on ne le voyait pas du tout.

Reeve monta dans la Dart et prit la direction du nord sur une route secondaire qui semblait parallèle à l'I-5, mais était plus proche de l'océan Pacifique. Au sud de Del Mar, il s'arrêta sur une aire de repos invisible depuis la chaussée mais d'où l'on découvrait l'océan. On ne voyait pas grand-chose mais, la vitre baissée, Reeve entendait le ressac. Il descendit de voiture, ouvrit le coffre, en sortit la caméra vidéo et le successeur de Lucky 13. De retour sur le siège du conducteur, il se tourna vers Killin. Puis il alluma le plafonnier de la voiture. Dulwater et lui avaient évoqué le problème de l'éclairage, mais cette caméra était efficace dans une faible lumière et disposait même d'un projecteur. Toutefois, l'utiliser épuiserait rapidement la batterie. Reeve mit la caméra en marche, retira le cache-objectif et posa l'œil sur le viseur. Le vieillard bougea. L'aiguille du viseur indiqua que la lumière était faible mais suffisante. Reeve posa la caméra et saisit le poignard. Ce fut la première chose que le docteur Killin vit quand il reprit connaissance.

Il se redressa, visiblement terrifié. Reeve se demanda un instant si l'arme suffirait à le contraindre à dire la vérité.

– Que se passe-t-il ? demanda Killin d'une voix tremblante. Où suis-je ? Qui êtes-vous ?

– Ce poignard, dit tranquillement Reeve, pourrait vous couper en deux du crâne au scrotum aussi facilement que si vous étiez une motte de beurre.

Le scientifique déglutit et se passa la langue sur les lèvres.

– J'ai des questions à vous poser, poursuivit Reeve. Je veux que vous y répondiez. Vous êtes surveillé, protégé vingt-quatre heures sur vingt-quatre. Pourquoi ?

– C'est absurde. Pourquoi me surveillerait-on ?

Reeve eut un sourire sans joie.

– Vous avez travaillé pour la Co-World Chemicals, n'est-ce pas ? Avez-vous connu le docteur Owen Preece ?

– Je regrette, je voudrais pouvoir vous aider, mais je ne connais pas ce nom.

Reeve inclina le poignard et la lumière se refléta sur la lame, forçant Killin à plisser les paupières. Le scientifique se passa derechef la langue sur les lèvres.

– Il arrive que la peur produise cet effet, lui dit Reeve. Elle empêche la salive d'arriver dans la bouche.

Il glissa la main dans la poche gauche de sa veste et tendit à Killin une petite bouteille d'eau minérale. Killin prit la bouteille et la fixa des yeux.

– On ne peut pas répondre aux questions quand on a la bouche sèche, dit Reeve.

Il sortit une bouteille identique de sa poche droite, ajouta :

– On ne peut pas davantage les poser.

Il dévissa le bouchon, cassant la bague en plastique. Killin le regardait toujours fixement.

– Vous n'en voulez pas ? demanda Reeve. Vous voulez la mienne ?

Killin réfléchit, puis secoua la tête et dévissa le bouchon, cassant également la bague. Il but une petite gorgée d'eau, la goûtant, puis en avala une longue gorgée. Reeve mit sa bouteille sur le siège du passager et leva la caméra vidéo. Cela l'obligea à poser le poignard.

– Bon, dit-il, j'espère que vous avez remarqué que cette voiture n'a pas de portières arrière. Vous ne pouvez sortir qu'en me passant sur le corps et je ne crois pas que vous ayez intérêt à essayer.

– Écoutez, je répondrai à vos questions, si je peux, mais il faut que je sache ce qui se passe.

Killin devenait plus irritable ou plus confiant... confiant parce qu'il ne croyait plus que Reeve le tuerait.

– Je vais vous expliquer, dit Reeve. Je veux des informations sur la Co-World Chemicals. Je veux des renseignements sur le docteur Owen Preece et ce qu'il a fait pour le compte de la CWC. Je veux des informations sur un nommé Kosigin, qui est à l'origine de toute cette affaire, ainsi que sur les pesticides, docteur. Je veux savoir ce que vous savez.

Killin prit son temps avant de répondre.

– Il est vrai que j'ai travaillé pour la CWC, dit-il, la bouteille à la main. J'ai dirigé le service Recherche et Développement pendant quatre ans, mais j'avais précédemment été employé quinze ans par la société. Un nommé Kosigin travaille également à la CWC, mais je ne sais pas exactement quel poste il occupe. Il n'y est peut-être plus ; je ne suis plus en contact avec la CWC et je crois que les directeurs, dans la plupart des sociétés, vont d'un poste à l'autre en fonction du montant du salaire. Voilà, conclut-il, tout ce que je sais.

– Un nommé Reeve vous a-t-il rendu visite ?

– Je ne m'en souviens pas, répondit Killin sur un ton impatient.

– Un journaliste britannique. Il est venu chez vous afin de vous poser des questions.

– Si tel est le cas, je ne l'ai pas laissé entrer.

Il se toucha le front, poursuivit :

– Ma mémoire n'est plus ce qu'elle...

Ses doigts s'attardèrent sur son front, frottèrent les gouttes de sueur qui s'y formaient. Il battit énergiquement des paupières, comme si sa vision n'était pas nette.

– Je ne me sens pas bien, ajouta-t-il. Il faut que vous sachiez que j'ai eu de petits problèmes cardiaques. Il y a des cachets, chez moi...

– Vous allez bien, docteur. Vous êtes drogué, c'est tout.

Reeve n'avait pas commencé à filmer, mais il avait l'œil sur le viseur. Même en couleurs, le visage de Killin était gris, comme s'il jouait dans un film en noir et blanc.

– Il est inutile de briser la bague du bouchon pour injecter quelque chose dans une bouteille en plastique. Il suffit de boucher le trou avec un point de colle.

– Quoi ?

Le scientifique perdit pendant quelques instants l'aptitude à la parole. Reeve lui retira la bouteille droguée et lui donna la sienne.

– Tenez, buvez ça, ça vous fera du bien.

– Je me sens mal.

– Vous vous sentirez beaucoup mieux quand vous aurez soulagé votre conscience. Le birdy vous aidera à le faire. Où en étions-nous ? Oui, la Co-World Chemicals.

Reeve commença à filmer, demanda :

– Vous me disiez, docteur, que vous avez été employé par la CWC pendant... dix-neuf ans ?

– Dix-neuf ans, admit Killin d'une voix morne et métallique.

– Et, les dernières années, vous dirigiez le service Recherche et Développement ?

– C'est exact.

– Avez-vous connu un nommé Owen Preece ?

– Le docteur Preece, oui, c'était un psychiatre.

– Respecté ?

– On aurait pu inventer le mot « éminent » pour le lui appliquer.

– A-t-il travaillé pour la CWC ?

– Oui, il a dirigé une équipe chargée d'étudier les pesticides.

– Plus précisément ?

– Plus précisément leurs effets secondaires.

– Et ces pesticides étaient ?

– Organophosphorés.

– Donc il étudiait les PrP ?

– L'équipe s'est penchée sur tous les aspects de très nombreux pesticides. Ses conclusions ont été publiées dans plusieurs revues.

– Et ces conclusions étaient exactes ?

– Non, elles étaient falsifiées.

Le scientifique jeta un coup d'œil par la lunette arrière de la voiture, puis reprit :

– Est-ce que c'est l'océan ? Est-ce qu'il est en colère ?

– Oui, dit Reeve.

– Il a des raisons de l'être. On y déverse trop de saletés dangereuses. Nos rivières y emportent du mercure et d'autres poisons. On ne croirait pas qu'il soit possible de tuer l'océan, n'est-ce pas ? Mais nous le ferons un jour. Nous sommes négligents à ce point.

– La CWC est-elle négligente ?

– Monstrueusement.

– Pourquoi n'avez-vous rien dit ?

– Tout d'abord pour protéger ma carrière. J'ai découvert, au début de ma vie professionnelle, que j'étais lâche, moralement lâche. Il m'arrivait de bouillir à l'intérieur, mais je ne faisais rien pour modifier la situation. Plus tard, après avoir pris ma retraite, j'aurais pu faire quelque chose, mais cela serait également revenu à reconnaître mon silence. Preece était un psychiatre, pas un scientifique ; il lui était aisé de croire que la cause de certaines maladies résident dans l'esprit lui-même. Aujourd'hui encore, il y a des gens qui refusent l'existence de l'EM en tant que maladie proprement dite. Ils disent qu'elle est psychosomatique. Mais l'équipe de Preece, les scientifiques... nous avions la preuve d'une relation de cause à effet entre les pesticides et certaines maladies neurologiques.

– Vous en aviez la preuve ?

– Et nous les avons laissés la cacher.

– Qui sont-ils ?

– La CWC.

Il s'interrompit, rassembla ses pensées, reprit :

– Principalement Kosigin. Je n'ai jamais su avec certitude si ses supérieurs étaient au courant, et même s'ils le sont aujourd'hui. Il fonctionne en circuit fermé. Ses supérieurs lui laissent de la marge... Peut-être soupçonnent-ils ce qu'il est et veulent-ils prendre leurs distances.

– Quel genre d'homme est-ce, docteur ?

– Il n'est pas mauvais, ce n'est pas ce que je veux dire. Je ne crois même pas qu'il soit obsédé par le pouvoir. À mon avis, il croit sincèrement que tout ce qu'il fait sert les intérêts de la société. Il est dévoué à l'entreprise, voilà tout. Il fera tout son possible – tout ce qui est nécessaire – pour éviter qu'il arrive malheur à la CWC.

– Lui avez-vous parlé de ce journaliste, James Reeve ?

– Oui. J'avais peur.

– Et il a chargé des gens de vous protéger ?

– Oui, puis il m'a dit de prendre des vacances.

– Il y a encore quelqu'un qui surveille votre maison, n'est-ce pas ?

– Plus pour très longtemps. La menace a disparu.

– Kosigin vous a dit cela ?

– Oui, il m'a dit de cesser de me faire du souci.

– Les personnes chargées de cette surveillance travaillent-elles pour la CWC ?

– Oh, non, ce sont des policiers.

– Des policiers ?

– Oui. Kosigin a un ami au sein de la police.

– Vous connaissez son nom ?

– McCluskey. En cas de difficulté, de problème, je peux toujours téléphoner à ce McCluskey. Vous voulez que je vous dise une chose ? J'habite à moins d'un kilomètre de l'océan, mais je ne l'ai jamais entendu aussi furieux.

– Ce ne sont que des déferlantes, docteur.

– Vous êtes injuste avec elles, dit-il en buvant une gorgée d'eau. Nous le sommes tous.

– Permettez-moi de bien préciser les choses. Vous affirmez que vous avez participé à une machination initiée par Kosigin ?

– C'est exact.

– Et vous ignorez si les échelons supérieurs de la CWC étaient au courant à l'époque ou le sont aujourd'hui ?

Le vieillard acquiesça, les yeux fixés sur la vitre. Reeve filma son visage de profil, l'image d'un vieillard triste, qui n'avait guère de raisons d'être fier de sa vie.

– Nous empoisonnons tout. Nous empoisonnons jusqu'à la nourriture que nous mangeons. Dans le monde entier, les plus grosses exploitations agricoles, comme les plus petites, sont liées aux entreprises chimiques, des entreprises telles que la CWC. Dans les pays les plus riches et dans les plus pauvres. Et nous mangeons ce que cette association produit, le pain quotidien et les beaux steaks saignants. Tout est souillé. C'est comme l'océan : on ne peut voir les dégâts à l'œil nu. De ce fait, il est facile de cacher le problème, de la cacher et de nier, nier, nier.

Lentement, méthodiquement, Killin se mit à frapper son front contre la vitre.

– Allons, dit Reeve en l'en éloignant. Ce n'est pas votre faute.

– Mais si, c'est ma faute !

– Écoutez, tout va s'arranger. Vous oublierez tout ça.

– Je ne peux pas oublier.

– Peut-être pas, mais faites-moi confiance. Et Agrippa ? Quel est le lien entre Agrippa et tout cela ?

– Le lien est très étroit, ne comprenez-vous pas ? Agrippa a plusieurs brevets d'organismes génétiquement modifiés, et en aura beaucoup plus dans l'avenir. Imaginez-vous ce qu'ils vont rapporter ? Je ne crois pas qu'il soit exagéré de parler de milliards. La génétique est l'industrie de l'avenir, aucun doute là-dessus.

Reeve acquiesça, parce qu'il comprenait.

– Et si les magouilles de Kosigin apparaissent en pleine lumière, les autorités délivrant les licences risqueraient de ne pas apprécier.

– La CWC pourrait perdre ses brevets et la possibilité de poser sa candidature pour d'autres. C'est pourquoi la dissimulation est impérative.

– Parce que c'est l'intérêt de la société, marmonna Reeve.

Il s'apprêta à éteindre la caméra.

– Vous n'allez pas m'interroger sur Preece ?

– Comment ?

– Preece. C'était de lui que le journaliste voulait s'entretenir avec moi.

Reeve fixa Killin, puis posa à nouveau l'œil sur le viseur, regarda l'objectif refaire le point sur le vieillard.

– Allez-y, docteur. Parlez-moi de Preece.

– Preece avait une réputation dont il fallait tenir compte. Croyez-vous qu'il aurait travaillé pour Kosigin, tout dissimulé et signé des mensonges de son nom s'il avait pu faire autrement ?

– Il ne pouvait pas faire autrement ?

– Kosigin avait des informations sur Owen. Il avait chargé des gens de faire des recherches. Ils ont découvert des informations sur Preece et ses patients. Ceux de l'hôpital du Canada.

– Que s'est-il passé ?

– Preece, à une certaine époque, a été partisan d'une sorte de traitement de choc sexuel. Le sexe en tant que moyen de concentrer l'esprit, de le ramener à la réalité.

Gordon Reeve déglutit.

– Êtes-vous en train de me dire qu'il violait des patients ?

– Il a eu des relations sexuelles avec certains d'entre eux. C'était... expérimental. Il n'a rien publié, bien entendu. Cependant, ça n'a jamais été un secret bien gardé. Ces malades étaient imprévisibles. Preece devait en outre charger des aides-soignants de les maintenir.

– Nom de Dieu !

– Le milieu psychiatrique l'a appris, et les histoires se sont répandues jusqu'au moment où des gens comme moi en ont été informés.

– Et personne n'a dénoncé le scandale ?

– Ces patients étaient enfermés. Ils ne pouvaient pas s'opposer aux expériences.

– Donc Kosigin s'est procuré ces informations et s'en est servi ?

– Oui. Il a demandé à un détective privé d'enquêter sur la vie de Preece.

– Alliance Investigative ?

– Je ne sais pas...

– Un nommé Jeffrey Allerdyce ?

– Ce nom me semble familier.

Reeve réfléchit pendant quelques instants.

– Mon frère était au courant ?

– Votre frère ?

– Le journaliste.

– Oui, il possédait quelques informations.

– Comment se les était-il procurées ?

– Je crois qu'il a interviewé des gens. Comme je l'ai dit, ce n'était pas un secret très bien gardé. Si le journaliste effectuait des recherches sur le passé d'Owen, il est logique qu'il ait eu connaissance de ces événements. Enfin, il aurait forcément appris ce qui était arrivé entre Owen et ses patients.

Et il aurait additionné deux et deux, pensa Reeve. Jim ne voulait pas simplement faire éclater le scandale des pesticides, l'affaire était devenue plus personnelle. Il voulait faire tomber Kosigin, le manipulateur et le maître chanteur. Kosigin ne protégeait pas la CWC, il se protégeait lui-même. Reeve fit pivoter la caméra, la braqua sur lui, attendit que l'autofocus fasse le point sur son visage. Puis il parla :

– Ceci est conservé en sécurité, à bonne distance de vous, dit-il. J'ai drogué le vieil homme, c'est pour cette raison qu'il a parlé. La drogue s'appelle *burundanga* ; elle est colombienne. Vous pouvez vous renseigner. Peut-être même votre service de Recherche et Développement pourrait-il s'y intéresser. Mais écoutez bien : s'il arrive quelque chose au docteur Killin, j'en serai informé et la police recevra une copie de cette cassette. Et je ne pense pas à la police de San Diego. Nous savons que vous contrôlez une bonne partie de cette bande, Kosigin. Compris ?

Reeve éteignit la caméra. Il rembobina la bande et appuya sur « Play ». Les yeux fixés sur le viseur, il vit son visage, flou mais identifiable. La voix sortait d'un petit haut-parleur intégré.

– Vous pouvez vous renseigner. Peut-être même votre service de Recherche et Développement pourrait-il...

Satisfait, il éteignit la caméra, puis la posa sur le siège du passager.

– Docteur Killin, dit-il, je vais vous raccompagner.

Il roulèrent en silence, Killin somnolant sur la banquette arrière, sa tête glissant de plus en plus bas contre le dossier. Reeve s'arrêta à trois rues du pavillon de Killin, ouvrit la portière du passager, fit basculer le siège. Puis il secoua Killin pour le réveiller.

– Descendez de voiture, docteur. Vous reconnaîtrez le quartier. Rentrez chez vous et couchez-vous. Dormez.

Killin descendit de voiture en vacillant comme s'il était ivre. Il se redressa, vacilla à nouveau, regarda autour de lui comme s'il se trouvait sur la lune.

– Regardez les étoiles, dit-il.

Le ciel en était rempli.

– Elles sont si nombreuses, poursuivit-il, on ne peut pas imaginer qu'il soit possible de toutes les empoisonner.

Il se pencha à l'intérieur de la voiture et ajouta :

– Mais il suffit de nous en fournir l'occasion pour que nous le fassions. Il y a déjà des centaines de tonnes de déchets spatiaux en orbite autour de la Terre. C'est un bon début, n'est-ce pas ?

Reeve ferma la portière du passager et démarra.

Assis sur son lit, Dulwater avait les yeux fixés sur l'écran de télévision. Il avait augmenté la luminosité, réglé la couleur et le contraste. Il était inutile d'ajuster le son. Dulwater regardait la cassette pour la troisième fois et disait « putain, c'est incroyable ! » pour la septième ou la huitième.

La cassette était simultanément enregistrée sur la troisième cassette vierge d'une boîte de cinq.

– Putain, c'est incroyable ! répéta Dulwater.

Reeve regardait le compteur du magnétoscope. La chambre de Dulwater était trois étages plus bas que la sienne. Il était inquiet, à son arrivée, mais les membres du personnel ne l'avaient pas reconnu. C'était, après tout, un hôtel comportant de très nombreuses chambres et il n'avait rien fait pour qu'on se souvienne de lui.

– Bien entendu, dit Dulwater, vous ne pourrez pas utiliser cela devant un tribunal. De toute évidence, Killin a été drogué.

– Vous avez dit que nous ne parviendrions pas à faire juger Kosigin.

– C'est également vrai.

– Je n'ai pas vraiment envie qu'il soit jugé. Je veux seulement qu'il sache que je suis en possession de ce document.

Ils en étaient arrivés au moment où Killin demandait à Reeve s'il voulait qu'il lui parle de Preece.

– De toute façon, dit Reeve, qu'est-ce que ça peut vous faire ? Vous avez ce que vous vouliez. Votre patron a réuni un de ses célèbres dossiers sur la face cachée de la vie d'Owen Preece et cela a exposé Preece au chantage.

– Oui.

– Vous devriez être content. Vous avez un moyen de pression sur votre patron.

– Je suppose.

Dulwater se leva et gagna la table. Une bouteille de whisky était posée dessus et il se servit un autre verre. Reeve avait déjà refusé deux fois et ne s'en verrait pas proposer une troisième.

– Et vous ? demanda Dulwater entre deux gorgées. Qu'est-ce que vous allez faire de ces cassettes ?

– Il y en a une pour moi et une pour Kosigin.

– Pourquoi lui en envoyer une ?

– Pour qu'il sache que je sais.

– Et alors ? Il lancera cette ordure de Jay à vos trousses.

Reeve sourit.

– Exactement.

– Ce salaud n'a pas de nom de famille ?

Dulwater semblait passablement ivre.

– Jay est son nom de famille.

– Donc vous le connaissez vraiment.

– Je le connais. Racontez-moi encore ce qui s'est passé devant le bar.

Dulwater sourit.

– Il y avait au moins la moitié de cette putain de brigade de police. Vous avez dit à McCluskey que vous vouliez le voir seul à seul ? Vous auriez été seul contre cent. Voitures, camionnettes, tout le monde armé jusqu'aux dents. Mon vieux, il était vraiment prêt à vous recevoir. Vous auriez dû voir à quel point il était furieux quand il a compris que vous ne viendriez pas. Et ses potes lui en voulaient.

– Ce sera pire quand il apprendra que j'ai pu entrer chez Killin parce qu'il a rappelé l'homme chargé de le surveiller.

– Ouais, ça va lui donner des boutons. Et ensuite, Kosigin s'occupera de lui.

– Je l'espère.

La cassette arrivait à sa fin et le visage de Reeve était sur l'écran. Dulwater vida son verre et s'accroupit devant le magnétoscope.

– Vous savez, Gordon, j'ai appelé le Radisson. Je trouvais stupide de descendre à l'hôtel où vous étiez déjà descendu. Mais vous n'êtes pas stupide à ce point, n'est-ce pas ?

– Non, répondit Reeve.

Il se tenait derrière Dulwater, les bras écartés, quand Dulwater se redressa. L'homme se retourna, lentement à cause de l'alcool. Reeve joignit les mains, comme pour les claquer avec force, mais les oreilles de Dulwater se trouvèrent sur leur chemin. Une violente douleur crispa le visage de Dulwater, qui perdit l'équilibre. Il rebondit sur le lit et tomba sur le plancher, tentant de se relever rapidement.

Reeve lui donna un coup de pied sur la tempe et il perdit connaissance.

– Non, répéta-t-il, dominant Dulwater de toute sa taille.

Il ne croyait pas avoir frappé assez fort pour percer les tympans. Mais on ne pouvait pas prétendre que c'était une science exacte. La phrase de Nietzsche lui vint à l'esprit : « Faut-il briser leurs oreilles pour leur apprendre à écouter avec les yeux ? » Peut-être était-il, après tout, un des gentlemen de Nietzsche.

Il mit quelques minutes à tout préparer, puis il appela McCluskey.

– Salut, McCluskey, dit-il.

– Fils de pute, où étiez-vous ? J'ai attendu des heures.

– Au moins, vous aviez de la compagnie.

Il y eut un silence.

– Comment ça ?

– Je pense à tous vos amis.

Nouveau silence, puis un soupir.

– Très bien, Gordon, je le reconnais, mais, écoutez, et c'est maintenant un ami qui vous parle, vous êtes recherché par Interpol, mon vieux. La notification est arrivée après notre conversation. La police française veut vous interroger sur des meurtres. Merde, quand j'ai vu ça, je me suis demandé ce qu'il fallait en penser.

– Jolie petite histoire, McCluskey.

– Attendez...

– Je vous laisse.

Reeve laissa tomber le combiné sur le lit. Il entendit McCluskey demander s'il y avait toujours quelqu'un au bout du fil. Reeve monta le volume de la télé, arrêtée sur la chaîne de télé-achat des insomniaques. McCluskey aurait besoin de temps pour localiser l'appel, quand il aurait compris que le téléphone était décroché. Du temps qui permettrait à Reeve de quitter cet hôtel pour un autre. Il prit des copies de la vidéo, n'en laissa qu'une.

Il savait que, s'ils regardaient la cassette ensemble, McCluskey et Dulwater décideraient vraisemblablement qu'il était préférable de la détruire. Ou, plutôt, McCluskey voudrait la détruire et dirait à Dulwater que, s'il ne le laissait pas faire, M. Allerdyce risquait d'être informé de la situation, à savoir que Gordon Reeve avait téléphoné depuis la chambre de Dulwater et que ce dernier avait joué un rôle dans la réalisation de la vidéo.

Donc, au bout du compte, Reeve estimait qu'il lui en fallait trois exemplaires. Un pour lui, un pour Kosigin.

Et un pour inciter Allerdyce à la prudence.

20

Reeve quitta la ville par l'I-5, en direction du nord, indiquant au Marriott qu'il devait partir à cette heure inhabituelle en raison d'un « problème familial ». En venant de Los Angeles, il avait repéré plusieurs motels miteux, près de l'I-5, au bord de la route côtière. Il garda un œil sur le kilométrage, tout en roulant, et sortit de l'Interstate près de Solana Beach. Il était à trente-cinq kilomètres du Marriott. Il se gara sous une enseigne au néon rouge qui bourdonnait. La réception était fermée, mais une pancarte attirait l'attention sur une machine placée contre le mur. On aurait dit un distributeur de billets, mais c'était en réalité une réception automatisée. Reeve glissa sa carte de crédit dans la fente et suivit les instructions de l'écran. La clé qui sortit d'une autre fente était une mince carte en plastique percée de trous. La machine afficha un dernier message disant qu'elle lui souhaitait bonne nuit. Reeve souhaita à son tour bonne nuit à la machine.

Les chambres se trouvaient du côté opposé du bâtiment. Reeve roula lentement, trouva le numéro de sa chambre dans la lumière des phares. Il y avait quatre voitures et une vingtaine de chambres. Reeve estima que les affaires du Motel de la Plage n'étaient pas florissantes. Il supposa en outre que « plage » ne correspondait pas à la réalité ; le motel fournissait un endroit où dormir aux automobilistes fatigués, rien de plus. La construction de parpaings, datant des années cinquante, ne pouvait abuser personne. Elle se trouvait dans une dépression, plus près de l'I-5 que de l'océan.

Mais les serrures des portes étaient neuves. Reeve introduisit la carte dans la fente, tourna la poignée et retira la carte. Il avait son sac, qu'il posa sur une chaise. Il jeta un coup d'œil à la chambre, malgré sa fatigue... une porte et une fenêtre. Il alluma la climatisation et constata sans étonnement qu'elle ne fonctionnait pas. L'ampoule de l'applique fixée au mur au-dessus du lit était grillée, mais il la remplaça par une de celles du lustre. Il ressortit, fermant sa porte à clé, et explora les environs. Il y avait une petite pièce bien éclairée, à l'extrémité du bâtiment. Elle n'avait ni fenêtre ni porte et le sol était de béton brut. Elle contenait des machines ronronnantes : un distributeur de boissons, un autre de nourriture et un troisième de glace. Quand il eut soulevé le couvercle, il constata qu'il n'y avait pas de glace, seulement une petite pelle au bout d'une chaîne. Il piocha des pièces de vingt-cinq *cents* dans sa poche, alla en chercher d'autres dans la Dart. De quoi acheter une boîte de Coca, une barre de chocolat et des chips. Il emporta son butin dans la chambre et s'assit sur le matelas mou. Il avisa sur la table voisine de la télé une lampe hideuse qu'il plaça là où il ne pouvait la voir. Puis il alluma la télé et la fixa pendant un moment en mangeant, buvant et réfléchissant.

Quand il se réveilla, les émissions de la matinée avaient commencé et une femme de ménage poussait un chariot grinçant devant sa porte. Il s'assit et se frotta la tête. Sa montre indiquait dix heures. Il avait dormi pratiquement six heures. Il fit couler une douche tiède et se déshabilla. Il resta longtemps sous la douche, laissant l'eau fouetter ses épaules et son dos tandis qu'il se savonnait la poitrine. Il s'était endormi en réfléchissant et il réfléchissait toujours. Dans quelle mesure voulait-il se débarrasser de Kosigin ? Voulait-il vraiment se débarrasser de Kosigin ? Peut-être Dulwater avait-il raison : le tourment adapté pour Kosigin consistait à donner à quelqu'un – Allerdyce en l'occurrence – prise sur lui. C'était un tourment convenable et juste, quelque chose que Dante aurait pu placer dans un cercle de ses enfers.

Seulement Reeve n'appréciait pas plus Allerdyce que Kosigin. Il aurait voulu disposer d'une solution, de quelque chose qui les effacerait tous. Mais la vie n'est jamais aussi simple, n'est-ce pas ?

Pour rendre sa chambre de motel, il lui suffit de glisser sa clé dans une boîte. Il y était resté pratiquement huit heures et n'avait pas vu âme qui vive, n'avait entendu que la femme de ménage. Il n'aurait pas pu rêver mieux.

Il supposait que McCluskey fouillait toutes les chambres d'hôtel de la ville. Il voudrait savoir quelle voiture Reeve conduisait, mais Dulwater ne pourrait pas l'aider, et personne d'autre ne le pourrait. S'il consultait la fiche de l'hôtel Marriott, il constaterait que Reeve avait donné un faux numéro d'immatriculation correspondant à une Pontiac Sunfire tout aussi inexistante. Reeve gagna une plage en voiture et se gara. Il ôta ses chaussures et ses chaussettes, alla au bord de l'océan. Il marcha sur la plage pendant un moment, puis se mit à courir. Il n'était pas seul : d'autres hommes, essentiellement plus âgés que lui, couraient à la limite du ressac. Mais aucun n'allait aussi vite que Reeve. Il courut jusqu'au moment où, trempé de sueur, il ôta sa chemise et se remit à courir.

Finalement, il se laissa tomber sur le sable et resta immobile, le ciel vacillant au-dessus de lui, les déferlantes rugissant à ses oreilles. Il y avait des toxines dans le ciel et dans l'océan. Il y avait des toxines dans son corps. Tant pis pour le surhomme. Tant pis pour l'assistance mutuelle. Reeve passa le reste du dimanche sur la plage, somnola, marcha, réfléchit. Il laissait McCluskey et Dulwater mariner. Il estimait qu'ils ne contacteraient pas Kosigin, pas tout de suite. Ils tenteraient d'abord de trouver Gordon Reeve. McCluskey, en tout cas, le ferait. Reeve s'interrogeait sur Dulwater ; c'était le plus imprévisible des deux.

Ce soir-là, il dîna dans un restaurant de routiers. La serveuse n'en revint pas quand il commanda de la soupe, une salade et un jus d'orange.

– C'est tout ?

– C'est tout.

Il se demanda tout de même s'il y avait des additifs dans le jus d'orange, des produits chimiques dans le bouillon et des résidus dans les légumes de la salade. Il se demanda s'il aurait à nouveau, un jour, plaisir à manger.

Après une bonne nuit de sommeil dans un autre motel, Reeve retourna à San Diego. À la suite de sa journée sur la plage, son visage le démangeait. La circulation était dense. C'était le début d'une nouvelle semaine de travail. Reeve finit par gagner le bord de mer, se gara et marcha.

Il se rendit au Gaslamp Quarter. Il aborda le premier mendiant qui ne lui parut pas dément et lui expliqua ce qu'il voulait. Le mendiant fit monter les enchères du prix d'un verre à celui d'un repas et d'un verre, mais Reeve se dit qu'il ne manquait pas d'argent. Le mendiant l'accompagna jusqu'à Fifth Avenue et jusqu'à l'immeuble de la CWC. Reeve lui donna le colis.

Il était très rudimentaire : un sac en plastique fermé avec de l'adhésif, sur lequel M. KOSIGIN : PERSONNEL ET CONFIDENTIEL était écrit au feutre en lettres d'imprimerie.

– Je vous aurai à l'œil, donc faites ce que je vous ai dit, indiqua-t-il à son messager.

Puis il se posta du côté opposé de la rue, au carrefour, près du café. Il vit Cantona, à l'intérieur, qui trempait un donut dans sa tasse. Mais Cantona ne pouvait le voir et Reeve ne se montra pas. Il tenta de repérer Dulwater ou quelqu'un d'autre, mais Dulwater n'avait probablement pas fini de régler ses problèmes. Utiliser le café comportait un risque. Dulwater savait, après tout, que Reeve y avait recouru et il connaissait Cantona de vue. Mais Reeve estima qu'il était en sécurité. Pendant ce temps, le mendiant était entré au siège de la CWC.

Reeve attendit quelques minutes puis se rendit dans un autre endroit où il attendit encore. Personne ne sortit du siège de la CWC. Comme il l'avait prévu, une voiture de police banalisée s'arrêta devant l'entrée dans un hurlement de pneus. McCluskey en descendit et Kosigin en personne vint à sa rencontre sur les marches.

C'était la première fois que Reeve voyait Kosigin en chair et en os. C'était un homme de petite taille, mince, qui portait son costume comme s'il le présentait dans un spot publicitaire. À cette distance, il semblait à peu près aussi dangereux qu'un hamburger. Mais, compte tenu de ce que Reeve avait appris depuis quelque temps, les hamburgers étaient peut-être très dangereux.

Kosigin précéda McCluskey dans l'immeuble. McCluskey semblait fatigué, il avait mauvaise mine. Il venait de vivre deux très longues journées. Reeve se demanda si le détective avait fermé l'œil. Il espérait que non. Il savait que le mendiant était à l'intérieur, vraisemblablement entre deux vigiles. Ils l'interrogeraient. Ils lui prendraient peut-être son argent ; ou menaceraient de le faire s'il ne donnait pas un signalement convaincant de son bienfaiteur.

Le mobile de Reeve sonna. Il le colla à son oreille. Logiquement, la voix de Cantona résonna, forte et claire.

– Hé, dit-il, votre type vient de sortir de l'immeuble. Mais seulement jusqu'au milieu des marches, où il a été rejoint par ce putain de détective. Ils sont rentrés tous les deux.

Reeve sourit. Cantona faisait son travail.

– Merci, dit-il. Continuez la surveillance.

– Sûr. Hé, comment je fais pour prendre ma pause-déjeuner ?

– Quoi ? Alors que vous venez de manger un donut ?

Il y eut un silence. Quand Cantona reprit la parole, il parut amusé.

– Putain de connard, où êtes-vous ?

– Je m'en vais.

Reeve rangea le téléphone, tourna les talons et prit la direction des rues commerçantes.

Il commença par se faire couper les cheveux. Puis il acheta des vêtements très ordinaires qui le rendirent pratiquement invisible. Le coiffeur l'avait également rasé. S'il n'avait pas craint pour sa vie, Reeve se serait senti en pleine forme. Il trouva un bon restaurant à la lisière du Gaslamp et déjeuna en compagnie d'employés de bureau. Sa table se trouvait près de la vitrine, face à une autre table pour deux occupée par une femme seule. Elle lui sourit de temps en temps et il lui rendit son sourire. Il lui sembla qu'elle ne flirtait pas avec lui mais qu'elle manifestait son droit – et aussi le sien – de déjeuner seule. Elle se pencha à nouveau sur son livre et Reeve regarda la rue. Quand il en fut au dessert, il vit passer son messager, une expression ébahie et hostile sur le visage. Le monde lui avait une fois de plus fait une vacherie et il tentait de comprendre comment cela lui était arrivé. Reeve se promit, s'il le revoyait, de lui donner un dollar sans s'arrêter.

Merde, il lui en donnerait peut-être deux.

Il accorda deux heures à Kosigin avant de le joindre avec son mobile. Il supposait qu'on tenterait de localiser tous les appels destinés à Kosigin. Reeve s'assit sur un banc du centre commercial et téléphona.

– M. Kosigin, s'il vous plaît.

– Ne quittez pas.

La standardiste lui passa la secrétaire.

– M. Kosigin, s'il vous plaît.

– De la part de qui ?

– Je m'appelle Reeve. Croyez-moi, il prendra mon appel.

– Je vais voir s'il est là, monsieur Reeve.

– Merci.

La secrétaire le mit en attente, une musique agaçante passant en boucle. Il calcula le temps qui s'écoulait. Il les imagina installant un deuxième poste pour que McCluskey puisse écouter, vit McCluskey, sur une autre ligne, tentant de localiser l'appel. Reeve coupa la communication au bout de trente secondes. Il gagna un café et acheta un double *latte* décaféiné à emporter. Il souleva le couvercle en plastique juste assez pour pouvoir boire et fit du lèche-vitrine. Puis il s'assit sur un autre banc et rappela.

– M. Kosigin, s'il vous plaît.

– Ne quittez pas.

Puis à nouveau la secrétaire de Kosigin, qui parut vaguement vexée.

– C'est encore Reeve, dit-il. Je déteste attendre.

– Veuillez ne pas quitter.

Quinze secondes plus tard, une voix masculine dit :

– Monsieur Reeve. Kosigin à l'appareil.

La voix était aussi impeccable que le costume.

– Que puis-je faire pour vous ?

– Que pensez-vous de la vidéo ?

– De toute évidence, le docteur Killin était drogué et délirait. Je dirais qu'on lui a lavé le cerveau pour lui faire raconter cette histoire démente. L'enlèvement est un délit très grave, monsieur Reeve.

– Qu'en pense McCluskey ?

Cela fit hésiter Kosigin.

– Bien entendu, j'ai averti la police.

– Avant d'avoir vu la vidéo, affirma Reeve. C'est un peu étrange, n'est-ce pas ? Presque comme si vous vous attendiez à quelque chose. Je présume que vous enregistrez cet appel et que c'est pour cette raison que vous jouez les innocents. Parfait, continuez votre comédie. Vous ne savez pas qui recevra une cassette par la poste, un beau jour. On acceptera peut-être votre version, mais on préférera peut-être celle de Killin.

Nouveau silence. Kosigin recevait-il des instructions ? Peut-être de McCluskey ?

Peut-être de Jay.

– Il faudrait peut-être qu'on se voie, monsieur Reeve.

– Ouais ? Seul à seul, comme le soir où je devais rencontrer McCluskey ? McCluskey est venu avec sa petite armée personnelle mais vous, Kosigin, vous viendriez seul, c'est ça ?

– Exactement.

– À part Jay, évidemment, braquant un viseur laser sur mon front.

Nouveau silence.

Reeve s'amusait.

– Je rappelle dans dix minutes, dit-il à Kosigin avant de raccrocher.

Hors du centre commercial, il retrouva l'après-midi ensoleillé et la brise côtière chaude. Il eut l'impression de ne s'être jamais senti aussi vivant. Il donna le coup de téléphone suivant devant la poste principale.

– Alors, Kosigin, vous avez réfléchi ?

– À quoi ? Il paraît que vous êtes recherché en Europe, monsieur Reeve ? Ce n'est pas une situation confortable.

– Mais vous pourriez faire quelque chose, n'est-ce pas ?

– Vraiment ?

– Oui, vous pourriez livrer Jay aux autorités françaises, vous pourriez leur dire qu'il m'a tendu un piège.

– Vous vous connaissez, n'est-ce pas ?

– Vous pouvez me croire sur ce point.

– Et il y a de l'inimitié entre vous ?

– Il ne vous a pas raconté ? Demandez-lui de vous exposer sa version. Elle est probablement si fausse qu'on pourrait en faire une attraction à Disneyland.

– Je voudrais connaître votre version.

– Je n'en doute pas, et le plus longuement possible, hein ?

– Écoutez, Reeve, cela ne nous mène nulle part. Pourquoi ne dites-vous pas simplement ce que vous voulez ?

– Je croyais que c'était évident, Kosigin. Je veux Jay. Je vous donnerai plus tard les détails par téléphone.

Reeve regagna à pied la boutique de fournitures de bureau, rendit le mobile, signa des documents et récupéra sa caution.

– Tous les appels seront prélevés sur votre carte de crédit, dit le vendeur.

– Merci, répondit Reeve.

Il entra dans le café. Cantona lisait un journal froissé. Reeve prit deux cafés.

– Merde, s'écria Cantona, je ne vous ai pas reconnu.

Reeve glissa la main dans sa poche et en sortit un petit flacon de whisky.

– Voilà de quoi vous réconforter.

– J'étais sérieux, Gordon.

Les yeux de Cantona étaient injectés de sang et cela faisait plusieurs jours qu'il ne s'était pas rasé. Sa repousse de barbe était poivre et sel.

– Je ne bois pas quand je travaille.

– Mais vous ne travaillez plus. Je m'en vais.

– Où allez-vous ?

Cantona n'obtint pas de réponse.

– Il est préférable que je ne le sache pas, c'est ça ?

– C'est ça.

Reeve lui donna le montant de la caution du mobile.

– Pourquoi ?

– Parce que vous vous êtes occupé de Jim et que vous avez eu des emmerdes, à cause de moi, la dernière fois que je suis venu.

– Allons, Gordon, ce n'était rien.

– Mettez ça dans votre poche, Eddie, et buvez votre café.

Reeve se leva pratiquement sans avoir touché sa tasse. Cantona jeta un coup d'œil dehors. C'était devenu un réflexe.

– Voilà McCluskey, dit-il.

Reeve regarda le flic monter dans sa voiture. Il n'avait pas l'air heureux. Reeve ne quitta pas l'immeuble des yeux. Si Jay apparaissait, il réglerait le problème immédiatement. Il sortirait du café, traverserait la rue en courant et buterait ce salaud.

Mais Jay n'apparut pas.

– Rentrez chez vous, dit Reeve à Cantona.

Ce fut comme s'il se le disait à lui-même.

Il regagna LA en voiture.

Il mit longtemps à trouver la casse de Marcus Aurelius Dedman. Il avait téléphoné, et Dedman l'attendait.

Dedman inspecta rapidement la voiture.

– Elle marche bien ? demanda-t-il.

– Très bien.

– Pas de problème ?

– Aucun.

– Dans ce cas, dit Dedman, je pourrais aussi bien vous accompagner avec.

Dedman avait accepté d'emmener Reeve à l'aéroport. Il tint à conduire et Reeve ne vit aucun inconvénient à se reposer sur le siège du passager. Pendant le trajet, Dedman parla voitures dans une langue que Reeve ne comprit qu'à moitié. Sa formation au sein du SAS comportait un cours de mécanique, mais il s'agissait de vieilles Land Rover et d'un simple survol du sujet. Cela lui parut très vieux.

Reeve serra la main de Dedman à l'aéroport et le regarda s'en aller. Jamais ils n'imagineraient qu'il puisse partir si vite. Kosigin attendrait le coup de téléphone suivant. Reeve fit le tour de l'aérogare à la recherche du tableau d'affichage. Il griffonna un mot au dos d'une serviette en papier qu'il avait prise au café, la plia en deux, y inscrivit un nom en grosses capitales, puis la punaisa sur le tableau d'affichage.

Ensuite, il prit une place dans le premier vol disponible et gagna directement la porte d'embarquement. Il n'y avait pas grand-chose à faire, à LAX ; ce n'était pas Heathrow, qui évoquait désormais davantage un supermarché qu'un aéroport. Reeve mangea une pizza et but un Coca. Il acheta une revue qu'il ne lut pas. Il n'y avait pas de boutiques hors taxes, si bien qu'il resta assis devant les cabines téléphoniques jusqu'au moment où son vol fut annoncé.

Il téléphona alors à Kosigin.

– Oui ? dit Kosigin sur un ton impatient.

– Désolé de vous avoir fait attendre.

– Je n'aime pas les jeux, Reeve.

– C'est dommage parce que nous sommes en train de jouer. Demandez à quelqu'un – de préférence à Jay – d'aller à LAX. Il y a un tableau d'affichage, dans le hall des départs, près du comptoir des renseignements. Il y a un mot dessus.

– Écoutez, on ne pourrait pas...

Reeve raccrocha. On annonçait son vol.

Il avait probablement obtenu une des dernières places. Il était près de l'allée, dans une rangée centrale de trois sièges. Ses voisins étaient un couple d'Australiens qui se rendaient en Irlande à la recherche des ancêtres de madame. Ils montrèrent à Reeve des photos de leurs enfants.

– Ce sont de vieux clichés, ils sont grands maintenant.

Cela ne gêna pas Reeve. Il commanda un whisky et regarda le ciel d'un bleu dur. Il était simplement heureux d'être loin de San Diego. Il était content de rentrer chez lui. Quand le film commença, il plaça le coussin de telle façon qu'il soutienne ses lombaires, puis ferma les yeux.

De vieilles images... il y en avait beaucoup, dans sa tête : de vieilles images qu'il n'oublierait jamais, des images qui lui revenaient autrefois toutes les nuits en rêve, le réveillant, trempé de sueur.

Des images de feux d'artifice en Argentine.

Huitième partie

STALWART

21

C'était la troisième nuit et l'activité de l'ennemi augmentait encore. Il y avait sans cesse des patrouilles qui tiraient des fusées éclairantes roses dans le ciel. Un ordre retentissait et une patrouille mitraillait une zone. Reeve et Jay connaissaient la tactique. Les soldats argentins tentaient de les exaspérer, de les forcer à se découvrir. Ils essayaient de les faire craquer.

Reeve comprenait les ordres et secouait la tête, à l'intention de Jay, indiquant qu'il n'y avait pas de raison de s'inquiéter. Mais ils étaient nerveux tous les deux. Les patrouilles les avaient si complètement acculés qu'il leur avait été impossible d'envoyer des informations supplémentaires au navire ; cela s'était passé ainsi pendant l'essentiel de la journée. Ils avaient été repoussés vers l'intérieur, loin de la base aérienne, de sorte qu'ils ne voyaient plus la piste ni les bâtiments, que les avions qui décollaient et se posaient paraissaient des mouches.

En réalité, ne pas émettre était la seule chose qui les maintenait en vie. Les patrouilles étaient si proches qu'il leur aurait fallu juste quelques secondes pour trianguler l'équipe de deux hommes. Reeve et Jay restèrent d'un bout à l'autre totalement silencieux. Reeve était incapable de se rappeler quand ils avaient parlé pour la dernière fois. Ses muscles étaient crispés au terme de nombreuses heures d'immobilité. Sa nuque était terriblement douloureuse et il n'osait pas faire craquer les vertèbres. Les doigts qui serraient son M16 semblaient arthritiques et avaient été par deux fois sujets à des crampes.

Chaque fois qu'il jetait un coup d'œil sur Jay, Jay le regardait. Il s'efforçait d'interpréter l'expression de ses yeux. Ils semblaient dire, avec beaucoup d'éloquence : « on est foutus », et ils avaient probablement raison. Mais cette idée rendait Jay de plus en plus nerveux et Reeve eut la sensation qu'il était sur le point de céder à la panique. C'était désormais une question de nerfs ; s'ils ne parvenaient pas à les contrôler, la seule issue possible consistait à « prendre le taureau par les cornes », tirer sur tout et n'importe quoi jusqu'au moment où on n'avait plus de munition, où on prenait une balle.

Reeve tripota les deux seringues de morphine qu'il portait au cou. Elles lui faisaient l'effet d'une boucle de corde. Il espéra qu'il n'aurait pas à les utiliser. Il préférerait se tirer une balle dans la tête, même si le régiment considérait que c'était l'issue des lâches. La règle était de combattre jusqu'à la mort et de faire tout son possible pour s'évader si on n'était pas tué mais capturé. Les deux hommes étaient entraînés à résister à diverses techniques d'interrogatoire, mais les Argentins connaissaient peut-être des trucs dont Hereford n'avait pas entendu parler. Improbable, mais la torture est un vaste sujet. Reeve s'estimait capable de supporter de nombreux mauvais traitements physiques et même les pressions psychologiques. Cependant il savait qu'il ne supporterait pas – que personne ne supporterait – les formes chimiques de la torture, les drogues qui agissent sur l'esprit.

La solution consistait à battre la montre. Les noms des membres du SAS tués en opération étaient écrits sur la pendule du régiment, à Hereford. En raison de la guerre des Malouines, il avait déjà fallu ajouter beaucoup de nouveaux noms. Reeve n'avait pas envie que le sien en fasse partie.

Quand il regarda à nouveau Jay, ce dernier le fixait toujours. De la tête, Reeve lui fit signe de reprendre la surveillance. Ils étaient allongés côte à côte mais faisaient face à des directions opposées, et les rangers de Jay se trouvaient à deux centimètres de l'oreille de Reeve. Quelques instants auparavant, Jay avait tapé un message en morse, du bout des doigts, sur la chaussure de Reeve :

« On va tous les tuer ». Il avait répété le message trois fois. On va tous les tuer.

Le sol était froid, humide, et Reeve savait que la température de son corps baissait comme elle l'avait fait la nuit précédente. Encore deux nuits comme celle-ci et ils seraient confrontés à de graves problèmes, moins à cause de l'ennemi qu'en raison des limites de leur corps. Ils ne mangeaient que du chocolat et ne buvaient que de l'eau depuis trente-six heures, et le peu de sommeil dont ils avaient bénéficié avait été agité et bref.

Même lorsqu'ils avaient préparé l'itinéraire de leur retraite, ils n'avaient pas prononcé un mot, s'étaient allongés, tête contre tête, la carte déployée sur le sol devant eux. Reeve avait montré les deux solutions possibles – s'il leur fallait quitter le terrain d'opération pendant une fusillade, ils seraient vraisemblablement séparés – puis indiqué un rendez-vous d'urgence. Ensuite, d'un doigt sale, Jay avait suivi une ligne allant du point de rendez-vous à la frontière chilienne, dévoilant ainsi que tel était l'itinéraire qu'il choisirait.

Reeve hésitait. Le commandement argentin croirait-il qu'il irait vers la frontière ou vers la côte ? Ils étaient toujours plus près de la côte que de la frontière, donc la frontière était peut-être la meilleure solution. En outre, il ne servait à rien d'atteindre la côte si aucun navire n'était informé de leur situation. Ils ne pourraient pas envoyer un message radio pendant qu'ils joueraient le tout pour le tout et, s'ils se trouvaient contraints de battre en retraite, ils allégeraient leur fardeau, abandonneraient les Bergen et, très vraisemblablement, l'émetteur. Reeve avait fait l'inventaire de son sac à dos et décidé qu'il n'avait besoin que de quelques rations supplémentaires. Il sentit que la mission approchait de sa fin parce que ce type de pensée lui traversait l'esprit. Il aurait, plus tard, le temps de se demander pourquoi elle avait échoué, à supposer qu'il soit encore en vie après tout ça. La côte était plus proche : Reeve ne pouvait chasser cette idée de son esprit. Il avait une balise d'urgence. S'ils parvenaient à trouver un bateau et à gagner la haute mer, ils pourraient mettre la balise en marche et espérer que quelqu'un capte le signal. Le problème, c'est qu'il pouvait très bien s'agir d'un avion argentin rentrant à la base.

Le ciel devint à nouveau rose, se mit à grésiller et crépiter quand la fusée éclairante commença sa descente ralentie par un parachute. Reeve vit une patrouille de quatre hommes, à cinq cents mètres sur sa droite. Reeve et Jay se planquaient sous un filet et de la végétation locale et il faudrait que la patrouille soit beaucoup plus proche pour les repérer, même avec l'aide de la fusée éclairante. Un coup de sifflet strident, comme celui d'un arbitre de football, retentit soudain.

– Mi-temps, souffla Jay.

Il avait brisé la règle du silence, mais il avait aussi brisé la tension. Reeve s'aperçut qu'il souriait, qu'il refoulait le rire qui jaillissait de son ventre. À en juger par les mouvements saccadés de ses pieds, Jay riait aussi. Cela devint presque incontrôlable. Reeve prit une profonde inspiration et chassa lentement l'air retenu dans ses poumons. La patrouille s'éloignait rapidement... et cela n'avait rien de drôle.

Puis la première roquette explosa plusieurs centaines de mètres sur la gauche de Reeve. La terre souleva son corps et son visage heurta violemment le sol.

– Merde, dit Jay, se foutant d'être entendu.

S'en foutant parce qu'il savait, comme Reeve, que personne ne risquait d'entendre : on avait demandé aux patrouilles d'évacuer la zone.

Une autre roquette toucha le sol, plus loin cette fois. Puis une autre et une autre. Deux coups de sifflet. Reeve devina qu'on envoyait les patrouilles dans la zone récemment bombardée, à la recherche de cadavres ou de survivants en fuite.

– Qu'est-ce que tu en dis ? souffla Jay.

– On ne bouge pas, répondit Reeve.

Sa bouche en mouvement lui fit un effet bizarre.

– On peut tout aussi bien être touché par une roquette quand on court que quand on reste immobile, ajouta-t-il.

– Tu crois ?

Jay semblait en douter. Reeve hocha la tête et reprit sa surveillance. La sueur, au creux de ses reins, coulait jusqu'à la ceinture de son pantalon. Son cœur battait très fort dans ses oreilles. Puis il entendit, au loin, un mégaphone, une voix avec un fort accent.

– Rendez-vous ou nous vous tuerons. Vous avez deux minutes.

Les deux minutes passèrent beaucoup trop vite. Reeve souleva le cache du cadran de sa montre et suivit la progression de la trotteuse.

– Très bien, dit le mégaphone.

Puis un nouveau coup de sifflet. Reeve vit Jay tenter de s'enterrer plus profondément dans le trou qu'ils avaient creusé.

Des roquettes passèrent en sifflant à droite et à gauche, leurs impacts provoquant des explosions assourdissantes. De grosses mottes de terre retombèrent sur les deux hommes. Nouveaux projectiles, nouvelles détonations terrifiantes. Entre les impacts, Reeve n'entendait que le fort bourdonnement de ses oreilles. Il avait posé les mains dessus trop tard et en subissait les conséquences. Il sentit des doigts sur sa jambe, se retourna partiellement, vit que Jay s'agenouillait.

– Couche-toi ! cracha Reeve.

– Il y en a marre, filons !

– Non.

De nouvelles explosions les jetèrent sur le sol, mais Jay se redressa aussitôt après, de la terre, de l'herbe et des morceaux d'écorce s'abattant comme de grosses gouttes de pluie.

– S'ils envoient une patrouille vérifier ce carré, ils nous repéreront forcément, ajouta-t-il.

– Non.

– Il faut filer.

– Non. On ne peut pas craquer maintenant.

La fusée éclairante monta dans le ciel, les deux coups de sifflet retentirent et Reeve tira Jay à terre. Jay se débattit, ne laissant à Reeve que deux solutions : le laisser partir ou l'assommer. Jay prit sa décision avant lui, lui assena un coup de crosse sur la tempe. Reeve saisit l'arme, lâchant Jay, et Jay se leva, dégagea le fusil que Reeve serrait entre ses mains.

Reeve jeta un coup d'œil autour de lui. Les patrouilles étaient vraisemblablement en route. De la fumée tourbillonnait autour d'eux mais, quand elle se dissiperait, ils seraient aussi visibles que des cibles de fête foraine.

Jay braquait son M16 sur Reeve, l'index tout près de la détente. Il ricanait comme un singe, visage noirci, yeux dilatés et blancs. Il y avait un projectile de 40 mm dans le lance-grenade 203. Jay leva l'arme au-dessus de la tête de Reeve et tira la grenade. Le 203 n'a pas de recul et ne produit pas de détonation, mais seulement un claquement.

Reeve ne gaspilla pas de précieuses secondes à suivre la trajectoire de la grenade. Il se leva et se mit en mouvement. C'était fait, maintenant : Jay avait indiqué à l'ennemi où ils se trouvaient. Ils étaient désormais devenus le gibier des Argentins. Reeve abandonna son sac à dos. Il ne chercha pas à savoir si Jay laissait le sien, ni même s'il abandonnait l'émetteur. Il fallait filer... et vite. Derrière eux, la grenade toucha le sol et explosa.

Tenant son fusil devant lui, Reeve se mit à courir.

– Où tu vas ? cria Jay, qui tirait dans la direction où l'ennemi s'était mis à couvert en attendant qu'il ait vidé son chargeur.

Reeve comprit que son équipier avait craqué. Il avait toujours douté de Jay et, maintenant, ses pires craintes se réalisaient. Tout ce que faisait Jay allait à l'encontre des procédures normales, de toutes les procédures. Reeve se demanda s'il était justifié d'abattre Jay. Il chassa immédiatement cette idée.

– On se reverra au Chili ! cria Jay.

Reeve ne se retourna pas, mais la voix lui indiqua que Jay courait et prenait une direction différente de la sienne.

Cela lui convenait parfaitement.

Il connaissait les premières centaines de mètres, il aurait pu les couvrir les yeux fermés. Il les fixait depuis environ douze heures, depuis que Jay et lui avaient inversé leurs positions. Ils changeaient de place afin de rester lucides et vigilants. On risque de se déconcentrer quand on fixe trop longtemps le même point.

Mais Reeve avait consacré toute son attention à l'itinéraire, son itinéraire de retraite. Il ignorait ce qu'il y avait derrière la première crête mais, au-delà de celle-ci, il serait à l'abri des balles ainsi que des lunettes de vision nocturne et tel était le premier objectif : se mettre à l'abri. Il savait, pour l'avoir vérifié plus tôt sur la boussole, qu'il courait en direction du nord-est. S'il continuait, il atteindrait la route côtière au nord de Rio Grande. Il prenait un risque parce qu'il lui faudrait, de ce fait, contourner le nord de la base aérienne. Cependant on ne s'attendait pas à le trouver dans ce secteur, n'est-ce pas ? Mais, surtout, il aurait à franchir deux obstacles : une grande route et le Rio Grande.

Il ne savait pas pourquoi il avait choisi la côte et si Jay se dirigeait vers le Chili, tant pis. Jay l'attendrait environ une heure au rendez-vous d'urgence, puis poursuivrait son chemin. Qu'il se démerde, nom de Dieu.

Ce salaud.

Reeve franchit la crête à quatre pattes, au cas où de mauvaises surprises l'attendraient. Mais le bombardement argentin lui avait rendu un grand service en évacuant les patrouilles. Il descendit le versant opposé, glissa sur les pierres instables et les cailloux. Ce n'était ni une carrière ni une décharge de pierraille et de gravats dont on voulait se débarrasser, ça ressemblait davantage aux éboulis glaciaires que Reeve avait rencontrés dans les montagnes d'Écosse. Finalement, il descendit le reste de la pente sur le derrière. Au moment où il se disait que la glissade n'aurait pas de fin, il se retrouva sur une piste qu'il traversa rapidement sans oublier d'abord de se retourner, au cas où on le traquerait avec des torches. Les empreintes de ses pas indiqueraient l'endroit d'où il venait. Du côté opposé de la piste, il pivota une nouvelle fois sur lui-même, attaqua une deuxième pente au pas de course et gagna le sommet. Il entendit des coups de feu, derrière lui, des coups de feu, des roquettes et des grenades. Le ciel était plein de fumée rose, comme lors d'un feu d'artifice. L'odeur de la poudre pénétra dans ses narines.

Quel con.

Il y avait quelqu'un à sa droite, à soixante-dix ou quatre-vingts mètres. C'était apparemment Jay.

– Jay ! appela Reeve.

Jay sursauta.

– Continue ! cracha-t-il.

Reeve continua donc. Et le ciel, au-dessus de lui, devint d'un blanc éclatant. Jay avait tiré une grenade au phosphore. Le phosphore crée un écran de fumée efficace, mais on ne l'utilise que lorsqu'on décroche. Puis Reeve comprit ce que Jay avait fait et son estomac se crispa. Jay avait lancé la grenade dans la direction de Reeve, puis s'était éloigné du côté opposé. Il transformait Reeve en appât, attirait les Argentins sur lui tandis qu'il prenait la fuite.

Fumier !

Puis Reeve l'entendit siffler un air qu'il reconnut.

Row, row, row, your boat,
Gently down the stream...

Après quoi, le silence. Jay était parti. Reeve aurait pu le suivre, mais il aurait fallu franchir le rideau de fumée et Dieu seul savait ce qu'il y avait au-delà. Donc il accéléra, continua de courir dans la direction qu'il avait choisie. Il se demanda comment Jay s'y était pris pour partir dans une direction puis se retrouver sur une trajectoire proche de celle de Reeve. C'était dingue, le sens de l'orientation de Jay ne pouvait pas être mauvais à ce point...

Sauf si... sauf s'il était revenu intentionnellement. L'ennemi n'avait entendu qu'une voix, essuyé le feu que d'un fusil d'assaut et que d'un lance-grenades.

Ils ne savent pas qu'il y a deux hommes !

Reeve comprit. La solution la plus sûre consistait à se faire discret et à laisser l'ennemi capturer son équipier. Mais cela ne fonctionnait que si l'équipier se faisait prendre. Jay s'assurait que tel serait le cas. À Hereford, ce serait la parole d'un homme contre celle de l'autre... à supposer qu'ils rentrent tous les deux.

Au sommet de la crête, le terrain se fit plus plat. Reeve pourrait progresser plus rapidement, mais il serait aussi plus facile à repérer. Il crut entendre des rotors, derrière lui : un hélico, peut-être plus d'un, probablement équipé de projecteurs. Il fallait qu'il se mette à couvert. Non, il fallait continuer à progresser, distancer ses poursuivants. Débarrassé de son sac et de l'essentiel de son matériel, il eut l'impression que ses chevilles avaient été soulagées d'un grand poids. Cette idée lui fit penser aux fers et l'image des fers lui donna une énergie nouvelle. Ses oreilles étaient toujours bouchées ; elles sifflaient toujours. Il n'entendit ni moteurs de véhicules, ni ordres ni coups de feu. Seulement des rotors, de plus en plus proches...

Carrément plus proches.

Reeve se jeta sur le sol au passage de l'hélicoptère. Il était sur sa droite et allait trop vite pour pouvoir le repérer. C'était un premier passage. Ils couvriraient une distance supérieure à celle qu'il pouvait avoir parcourue, puis reviendraient, lentement, en braquant le projecteur sur le sol.

Il devait se mettre immédiatement à couvert.

Mais c'était impossible. Il mit une grenade dans le 203 et se remit à courir. Il ne tenait plus le fusil à deux mains mais devant lui : maintenant, il était dans sa main droite et il avait retiré la sécurité. Il lui suffirait d'une seconde pour faire basculer le canon dans sa main gauche, viser et tirer.

Le faisceau décrivait un arc de cercle qui passerait sur lui quand l'hélico serait plus près. Reeve mit un genou en terre, essuya la sueur qui coulait dans ses yeux. Ses genoux étaient douloureux, raides. L'hélico se déplaçait régulièrement, quadrillait le terrain. Les Argentins ne se dépêchaient pas. Ils agissaient méthodiquement, comme Reeve l'aurait fait dans la même situation.

Quand l'appareil fut à soixante-quinze mètres, Reeve visa, posant le coude sur le genou afin d'assurer sa stabilité. Dès que l'hélicoptère passa en stationnaire, Reeve tira la grenade. Il la regarda, telle une balle démesurée, jaillir du 203 et filer vers le ciel, mais il n'attendit pas le résultat. Il courait, plié en deux, quand le ciel explosa en une boule de feu, les pales du rotor se tordant et tombant sur le sol. Quelque chose de brûlant toucha le bras de Reeve. Il s'assura que ce n'était pas du phosphore, seulement un morceau de métal, qui resta collé sur son bras. Il dut le frotter sur le sol pour le faire tomber et il emporta un morceau de chair brûlée avec lui.

– Nom de Dieu ! hoqueta-t-il.

L'hélicoptère s'était écrasé derrière lui. Il y eut une autre explosion, qui le jeta presque sur le sol. D'autres morceaux de métal et de verre le touchèrent. Peut-être aussi des morceaux de chair. Il ne prit pas la peine de regarder.

Son bras ne lui faisait pas mal ; l'adrénaline et la peur, les meilleurs analgésiques du monde, y veillaient provisoirement.

Mais il avait été terrifié pendant une seconde, parce qu'il avait redouté que la brûlure de son bras fût du phosphore. Ce produit était mortel, il l'aurait complètement brûlé, le rongeant petit à petit.

Bon, pensa-t-il, si l'écran de fumée de Jay a laissé entendre que j'étais là, l'hélicoptère était une putain d'invitation.

Il entendit un moteur emballé : une Jeep, probablement sur la piste qu'il avait traversée un instant plus tôt. Si elle déposait des hommes, ceux-ci seraient derrière lui en quelques minutes, pas davantage. Impossible de s'arrêter, impossible de ralentir. Il n'avait pas le temps de mesurer sa progression, comme il aurait dû le faire afin de pouvoir déterminer la distance parcourue quand il aurait l'occasion de s'arrêter et d'effectuer une reconnaissance. La technique consiste à compter les pas puis à multiplier par la longueur du pas. C'était très bien pendant les exercices, très bien quand les explications étaient données dans une salle de classe...

Mais ici, c'était du matériel qu'il fallait abandonner.

Il ignorait totalement où se trouvait Jay. La dernière fois qu'il l'avait vu, il disparaissait derrière l'épaisse fumée blanche, comme un magicien exécutant son numéro. Les magiciens disposent toujours d'une trappe et c'était désormais ce que Reeve cherchait : une porte derrière laquelle il pourrait disparaître. Une petite explosion retentit derrière lui. Peut-être était-ce l'hélicoptère, ou Jay lançant une autre grenade, ou encore l'ennemi reprenant son bombardement.

Quoi qu'il en soit, elle était éloignée et ne l'inquiéta guère. Il n'entendait plus la Jeep. Il se demanda si elle s'était arrêtée. Il crut percevoir d'autres bruits de véhicules au loin. Le grondement des moteurs correspondait exactement à ce que ses oreilles bouchées pouvaient discerner. De gros moteurs... tout de même pas des chars d'assaut ? Des transports de troupes ? Il n'avait pas vu d'autres projecteurs que celui de l'hélicoptère. Peut-être en demandait-on un à la base aérienne, mais si les hommes d'équipage étaient intelligents, ils prendraient leur temps, sachant ce qui était arrivé à leurs camarades.

De nombreuses choses traversaient l'esprit de Reeve, qui s'efforçait de mettre de l'ordre dans le chaos de ses pensées. En réalité, il tentait de penser à n'importe quoi sauf aux mouvements de ses jambes. Pendant une marche éprouvante, il faut transcender la réalité. C'était le mot que son premier instructeur avait employé : transcender. Quelqu'un avait demandé s'il entendait ce terme dans le sens de la méditation transcendantale, dans l'espoir de susciter un sourire.

– D'une certaine façon, avait répondu l'instructeur avec le plus grand sérieux.

Ce jour-là, Reeve avait commencé à comprendre qu'être un bon soldat était davantage un état d'esprit, une question d'attitude qu'autre chose. Même si on était en pleine forme et fort, si on avait des réflexes rapides et si on connaissait toutes les procédures, ce n'était pas suffisant ; il y avait aussi la partie psychologique de l'équation. Celle-ci était liée à l'esprit et c'était peut-être ce à quoi l'instructeur avait fait allusion.

Il arriva soudain au bord de la grande route qui reliait Rio Grande, situé sur la côte est, à la frontière chilienne. Il se cacha, regarda des camions militaires passer à toute vitesse et, quand la chaussée fut enfin déserte, la traversa comme une créature nocturne parmi d'autres.

L'obstacle suivant n'était pas éloigné et lui donna le choix : il pouvait traverser le Rio Grande à la nage – ce qui l'aurait obligé à abandonner une nouvelle fois du matériel, y compris, peut-être, son fusil – ou emprunter le pont, situé à huit cents mètres en aval, d'après la carte. Reeve prit la direction du pont, se demandant s'il serait gardé. Les Argentins, sachant depuis quelque temps qu'il y avait des forces ennemies dans la région, auraient peut-être posté des sentinelles. Mais s'attendraient-elles à ce que Reeve et Jay soient parvenus jusque-là ?

La question de Reeve obtint rapidement une réponse : deux hommes montaient la garde sur le pont. Ils étaient debout en son milieu, éclairés par les phares de leur Jeep. À cette heure, il ne passait pas de véhicules susceptibles d'être arrêtés et contrôlés, de sorte qu'ils bavardaient et fumaient. Ils regardaient au loin, dans la direction d'où Reeve était venu. Ils avaient entendu les explosions, vu la fumée et les flammes. Ils étaient heureux d'être loin de tout ça.

Reeve jeta un coup d'œil sur la rivière noire et large, sur l'eau qui semblait glaciale. Puis il scruta le dessous du pont et prit sa décision. Il gagna le bord de l'eau et s'engagea sous la structure métallique dont les poutrelles entrecroisées formaient une arche au-dessus du courant. Il fit basculer son fusil sur son dos, saisit les deux premières poutrelles et se hissa. Il monta lentement, silencieusement, invisible depuis la terre, mais les occupants d'un bateau équipé d'un projecteur n'auraient pu manquer de le voir. Autant que possible, il prit appui sur ses pieds et ses genoux mais, quand il eut monté, il se retrouva simplement suspendu par les mains au-dessus du courant, avançant une main puis l'autre, alors que ses jambes, inutiles, se balançaient dans le vide. Il pensa aux exercices au cours desquels il avait franchi de cette façon une étendue d'eau ou de boue – mais jamais sur une telle distance, jamais dans ces conditions. La partie supérieure de sa poitrine le faisait souffrir et le métal rouillé déchirait les jointures de ses doigts. Il avait l'impression que les articulations de ses bras allaient se déboîter. La sueur lui piquait les yeux. Au-dessus de lui, les soldats riaient. Il aurait pu se hisser sur le pont et les abattre, puis voler leur Jeep ou franchir le reste du pont à pied. Mais il laisserait des traces s'il agissait ainsi, et il ne le fallait pas. L'ennemi ne devait pas savoir quelle direction il avait prise. Il continua donc sa progression, se concentrant sur une main puis sur l'autre, les yeux fermés et les dents serrées. Du sang coulait sur ses poignets. Il eut l'impression qu'il n'y arriverait pas. Il s'imagina lâchant prise, tombant dans l'eau, laissant le courant l'emporter jusqu'à la côte. Il secoua la tête pour s'éclaircir les idées. On l'entendrait tomber dans l'eau ; et, même si tel n'était pas le cas, quelles seraient ses chances ? Il fallait qu'il continue.

Il put enfin prendre appui sur ses pieds. Il était parvenu à l'extrémité de l'arche et les poutrelles s'inclinaient en direction de la rive. Il mima « Nom de Dieu ! » en silence quand il put transférer son poids sur ses pieds et ses jambes, soulager ses paumes en lambeaux. Il se sentait épuisé quand il entama la descente, et s'effondra quand il atteignit le sol, hoqueta et haleta, à croupetons, sa tête touchant la terre. Il s'accorda trente précieuses secondes pour reprendre son souffle. Il pressa de hautes herbes sur ses paumes et ses doigts en guise de compresses.

Puis il se redressa et s'éloigna de la rive en direction du nord-est. Il ne pouvait pas suivre la rivière : d'abord, elle conduisait à la base aérienne ; ensuite, le risque de rencontrer des civils était plus grand près de l'eau. Tomber sur un pêcheur n'était pas en tête de la liste de ses envies.

Reeve courait comme on le lui avait enseigné : il ne sprintait pas car le sprint consomme trop rapidement les ressources. Sa course était mesurée, contrôlée, régulière, une sorte de trot rapide. Le secret consistait à ne pas s'arrêter, à ne pas faiblir, et c'était ce qu'il y avait de plus difficile. Il l'avait constaté, à Beacon Hills, pendant les courses ardues de l'entraînement. Il avait alors dépassé des hommes qu'il croyait en meilleure forme physique que lui, plus forts. Debout, pliés en deux, les mains sur les genoux, ils vomissaient. Ils n'osaient pas s'asseoir, parce qu'avec la quantité de matériel qu'ils portaient, ils n'auraient pas pu se relever. Et s'ils s'arrêtaient trop longtemps, ils seraient victimes de crampes. C'est quelque chose que les joggers savent. On les voit courir sur place en attendant que le feu passe au rouge.

Ne jamais s'arrêter, ne jamais faiblir.

Reeve continua de courir.

Le terrain se mit à ressembler à ce qu'il était sur l'autre berge : collines aux pentes caillouteuses séparées par des vallées peu profondes. Il ne prit pas la peine de compter ses pas, se contenta d'avancer, de s'éloigner du cours d'eau. Il savait qu'il ne pouvait pas distancer des véhicules, mais ce terrain, inhospitalier pour les hommes, serait carrément fatal pour tout véhicule, hormis le plus résistant. Les Jeep ne pourraient gravir ces pentes et les motos déraperaient sur la pierraille. L'hélicoptère était le meilleur espoir de l'ennemi, mais Reeve avait sans doute provisoirement dissuadé l'ennemi d'y recourir. Cette conviction lui donna des forces.

Il montait à nouveau, s'efforçant d'oublier ses mains douloureuses, franchissait la crête puis se laissait glisser. Au pied de la pente, il se redressa et fit quatre pas.

Puis il s'arrêta net.

Il ne voyait rien, mais un sixième sens lui avait dit de s'immobiliser. Il comprit pourquoi : c'était le néant qui l'avait averti. Il ne voyait pas le sol, devant lui, même pas trois mètres devant lui. Il avança prudemment, sondant le sol, jusqu'au moment où un pied rencontra le vide.

– Nom de Dieu !

Il recula de deux pas, se mit à quatre pattes et scruta les ténèbres. Il était au bord d'une ravine... Non, pas une simple ravine, les parois verticales disparaissaient dans le noir. Un ravin, un abîme. À supposer qu'il parvienne à descendre jusqu'au fond, rien ne permettait d'affirmer qu'il réussirait à remonter de l'autre côté. Il risquait d'être pris au piège. Il allait devoir le contourner et cela risquait de prendre des heures. Bordel de merde. Il tenta de voir quelque chose, n'importe quoi, au fond, un indice susceptible de lui indiquer ce qui l'attendait. Il prit la lunette de vision nocturne suspendue à sa ceinture et la porta à ses yeux. Sa portée était limitée, mais il crut distinguer des formes au fond du ravin, des rochers, probablement. Les parois étaient verticales, plus proches l'une de l'autre au fond. De jour, s'il n'était pas pressé, il pourrait vraisemblablement trouver des prises susceptibles de lui permettre d'escalader la paroi opposée. Mais de nuit, alors que l'ennemi le poursuivait...

Il éloigna la lunette de vision nocturne de ses yeux et se trouva à nouveau confronté aux ténèbres du ravin. Il le narguait. Tout le monde, même les gens très compétents, a besoin de chance, lui disait-il. Et tu n'en as plus.

– Connerie, fit-il en accrochant la lunette de vision nocturne à sa ceinture.

Les muscles de ses jambes protestèrent. Il fallait qu'il prenne rapidement une décision, pour toutes sortes de raisons. À droite ou à gauche ? À droite, il serait vaguement dans la même direction que Jay ; à gauche, il atteindrait probablement la côte. Était-ce juste ? Il ferma les yeux et se concentra. Non, il atteindrait probablement la côte s'il prenait à droite. Il fallait qu'il prenne à droite.

Il courut plus lentement, resta près du bord du ravin, afin que son extrémité ne lui échappe pas. Mais, si près du bord, il n'osait pas accélérer. S'il trébuchait, il risquait d'y tomber. Le terrain était déjà très dangereux. Il repensa à la piste et à l'éboulis, aux roches au fond du ravin.... C'était une carrière ! La topographie prenait un sens. Et, s'il avait raison, il pourrait contourner la fosse sans grande difficulté. La dimension des carrières a une limite. Peut-être même y aurait-il des cachettes ou, en dernier recours, un véhicule qu'il pourrait voler.

Il entendit des voix devant lui et s'arrêta, décrocha sa lunette de vision nocturne. Une patrouille de deux hommes. Ils étaient parvenus à le précéder et c'était grave. Il y en avait peut-être un grand nombre entre lui et la route côtière. Un homme avait dit à l'autre qu'il s'arrêtait pour uriner, et son compagnon poursuivait son chemin. Ils tournaient tous les deux le dos à Reeve. Il avança silencieusement, plié en deux ; et quand il fut assez près, posa son fusil sur le sol. Il serrait déjà Lucky 13 dans sa main droite.

L'homme, qui avait dû poser son fusil, remontait la fermeture Éclair de sa braguette quand Reeve approcha. Reeve se tendit et bondit, une main sur la bouche de l'homme, la lame plongeant dans la gorge exposée. L'homme leva les mains, mais trop tard. Reeve continua de taillader le cou, le sang chaud coulant sur lui. Il posa le corps par terre et récupéra son propre fusil. L'autre sentinelle appelait son compagnon. Reeve émit un grognement affirmatif et se mit à trotter, comme pour rattraper son retard. Ses yeux brûlaient le dos de l'ennemi. Le soldat parlait d'établir un contact par radio quand Reeve lui saisit la tête et fit jouer son poignard. Nouveau flot de sang. Nouveau cadavre.

Il les avait tués comme on lui avait appris à le faire. Vite et en silence.

Il balança les deux cadavres dans la carrière puis se remit à courir. Il n'avait pas le temps d'analyser, ni de ressentir de choc ; il remit simplement le poignard dans son fourreau et courut. Il restait environ quatre heures d'obscurité.

Il atteignit le côté opposé de la carrière sans incident. L'attitude décontractée des deux hommes qu'il avait tués l'amena à conclure que personne ne s'attendait qu'il aille aussi loin. La patrouille n'était pas préparée à un contact inattendu. De l'autre côté de la carrière, Reeve sortit sa boussole. Il irait désormais vers l'est, droit sur la côte. D'après ses souvenirs de la carte, les cinquante kilomètres situés au nord de Rio Grande ne comportaient aucune agglomération. Il faudrait traverser la route côtière et il espéra qu'elle serait le dernier obstacle. Il entendit un hélicoptère, mais il tourna et s'éloigna. Peut-être Jay avait-il été vu. Il espéra que l'hélicoptère n'avait pas trouvé les cadavres de la carrière, pas déjà.

Il se sentait à nouveau bien. Il s'accorda le temps de réfléchir aux meurtres. Ils avaient été nécessaires, il en était convaincu. Ils ne pèseraient pas sur sa conscience ; il n'avait même pas vu les visages des hommes. Un instructeur avait dit qu'on était hanté par les yeux, par le dernier regard fixe avant l'oubli, qu'il ne fallait jamais regarder les yeux quand on tuait, qu'il fallait concentrer son attention sur une autre partie du visage, si on y était obligé, qu'il était préférable de ne pas regarder du tout. Parce que la personne que l'on tue voit la mort en face et que l'on est, de ce fait, la Mort. Ce n'est pas un rôle qu'on a envie de jouer, mais c'est parfois une nécessité des conflits.

Le sang était poisseux sur les mains de Reeve. Il dut décoller ses doigts du canon de son fusil. Il n'y pensa pas du tout.

Il atteignit la route côtière avant l'aube, profita pendant quelques instants d'un sentiment de joie tout en se reposant, scruta la chaussée à la recherche de sentinelles, de patrouilles et de circulation. Il ne vit rien, mais il entendait l'océan et sentait son odeur. Il s'assura, grâce à la lunette de vision nocturne, que la route était déserte, puis il se redressa et traversa la chaussée, ses semelles en caoutchouc faisant peu de bruit sur le revêtement. Il distingua, devant lui, le ressac ainsi qu'un ruban de sable et de galets. Les lumières, au sud, lui fournirent les indications dont il avait besoin : il était à une dizaine de kilomètres au nord de Rio Grande, donc à une quarantaine de kilomètres au sud de la première agglomération relativement importante. Reeve savait de quoi il avait désormais besoin ; il avait besoin d'un bateau. Il ne croyait pas pouvoir en trouver un entre cet endroit et la ville suivante. Il faudrait qu'il aille en direction de Rio Grande et, si près de l'océan et de la route, il était difficile de se mettre à couvert, c'était le moins qu'on puisse dire.

Il devrait profiter de l'obscurité.

Et faire vite.

Il accéléra le pas alors que tous les muscles de son corps protestaient et que son cerveau lui disait de s'endormir. Il prit deux cachets de caféine avec le reste de l'eau de sa gourde. La chance ne l'abandonna pas. Après un peu plus d'un kilomètre, il atteignit une petite crique où il y avait des barques à rames. Elles servaient probablement à la pêche, un seul pêcheur et des lignes ou un filet. Certaines se balançaient sur l'eau, amarrées à de grosses bouées, d'autres étaient échouées sur les galets. À la lumière d'une lanterne, un vieillard chargeait son matériel dans une embarcation échouée. Reeve regarda autour de lui, mais ne vit personne d'autre. Le jour se lèverait bientôt et les autres pêcheurs arriveraient. Le vieillard évitait l'heure de pointe.

Il leva la tête quand il entendit le crissement des pas de Reeve sur les galets. Il voulut sourire et faire remarquer qu'il n'était pas le seul lève-tôt, mais ses yeux se dilatèrent et sa bouche s'ouvrit quand il vit que le soldat braquait son fusil sur lui.

Reeve s'adressa à l'homme en espagnol, butant sur les mots, ce qu'il mit sur le compte de la fatigue. L'homme parut comprendre. Il ne pouvait détacher son regard du sang séché qui maculait les mains et la poitrine de Reeve.

C'était un homme qui avait déjà vu du sang et malgré la couleur de rouille de celui-ci, qui était sec, il comprit ce qu'il avait devant les yeux.

Reeve expliqua de quoi il avait besoin. Le pêcheur le supplia de prendre un autre bateau, mais Reeve avait besoin de lui. Il ne pouvait pas le laisser donner l'alerte dès l'arrivée des autres pêcheurs. Et il était trop fatigué pour ramer, ce qu'il se garda bien d'expliquer. Il n'y avait pas de lumière dans le ciel, mais la nuit n'était plus aussi noire. Reeve n'avait plus de temps à perdre. Il braqua son fusil sur le pêcheur, supposant que le poignard ne suffirait pas à terrifier un homme qui vidait les poissons. Le vieillard leva les mains. Reeve lui dit de mettre le bateau à l'eau. L'homme obéit. Puis ils montèrent dans l'embarcation et le vieillard manœuvra les rames, trouva finalement un rythme, rama avec force. Ses yeux étaient pleins de larmes, pas seulement à cause du vent. Reeve répéta qu'il ne le tuerait pas. Qu'il voulait seulement qu'il le conduise au large.

Plus ils s'éloignaient, plus Reeve se sentait à la fois plus en sécurité et plus vulnérable. Il commençait à douter que la barque puisse aller assez loin pour qu'une vedette de secours parvienne à faire la jonction. Il sortit le cylindre métallique contenant la balise et le déboucha. La balise était facile à utiliser. Reeve l'activa, regarda le témoin rouge qui se mit à clignoter et la posa sur le banc, près de lui.

Le pêcheur demanda s'ils allaient loin. Reeve reconnut qu'il ne le savait pas.

– Il paraît qu'il y a eu des coups de feu près de l'aéroport, dit le vieux.

Sa voix était éraillée par le tabac.

Reeve acquiesça.

– Vous nous envahissez ?

Reeve secoua la tête.

– Reconnaissance, répondit-il, c'est tout.

– Vous avez gagné la guerre, vous savez, dit l'homme sans amertume.

Reeve le dévisagea et s'aperçut qu'il le croyait.

– Je l'ai vu à la télévision. Elle finira aujourd'hui ou demain.

Reeve s'aperçut qu'il souriait, puis riait, puis secouait la tête. Il était resté isolé pendant soixante-douze heures. Quelle mission, pensa-t-il. Quelle foutue mission !

Ils se mirent à bavarder aimablement. Peut-être le pêcheur croyait-il qu'un homme souriant ne pourrait pas le tuer. Il parla de sa jeunesse, de sa famille, de la pêche, de la folie qui avait amené des alliés comme la Grande-Bretagne et l'Argentine, des pays immenses et riches, à faire la guerre à cause d'un endroit tel que les Malvinas. La conversation fut majoritairement unilatérale ; Reeve avait appris à ne rien laisser paraître. Quand il prenait la parole, ses propos restaient généraux et il lui arrivait même de ne pas répondre aux questions.

– D'habitude, je ne vais pas plus loin, dit le pêcheur à un moment donné.

– Continue, ordonna Reeve.

Le vieillard haussa les épaules. Plus tard, il dit :

– La mer forcit.

Comme si Reeve ne s'en était pas aperçu. Les vagues secouaient l'embarcation, il était obligé de se cramponner à deux mains et le vieux avait du mal à tenir les rames. Reeve serrait la balise entre ses genoux.

– Elle va devenir plus forte.

Reeve ne sut quoi répondre. Regagner des eaux plus calmes ? Ou rester ici et risquer de chavirer ? Il ne savait pas dans combien de temps le signal de la balise serait capté. Cela prendrait peut-être toute la journée, ou même plus, si un dernier assaut était lancé sur les Malouines. Personne ne voudrait le manquer.

Au bout du compte, le pêcheur prit sa décision. Il regagna des eaux agitées mais pas dangereuses. Reeve voyait la terre, au loin.

– D'autres bateaux viendront-il jusqu'ici ?

– Oui, les bateaux à moteur.

Reeve ne vit aucun signe d'activité sur l'eau.

– Quand ?

Il élaborait une idée. Il s'arrangerait pour que la barque paraisse en difficulté et, quand une embarcation motorisée viendrait à son secours, il s'en emparerait grâce à son fusil et irait au large.

– Quand ? répéta le vieux en haussant les épaules. Qui sait ? Dans une heure. Deux heures ?

Il haussa de nouveau les épaules.

Reeve avait froid. Il était mouillé et proche de l'épuisement. La température de son corps baissait à nouveau. Il demanda au vieillard s'il y avait des vêtements à bord. Un ciré était rangé sous le banc de Reeve. Il l'enfila et se sentit aussitôt mieux protégé de la forte brise. Par gestes, le vieillard lui indiqua qu'il y avait à boire et à manger dans le sac de toile. Reeve le fouilla, y trouva du pain, des pommes, du chorizo et une bouteille dont le contenu sentait l'alcool. Le vieillard en but une gorgée et dit à Reeve qu'il pouvait manger ce qu'il voulait. Reeve mangea une pomme et la moitié du saucisson pimenté. Le pêcheur tira les rames et les posa sur le fond de l'embarcation, dans cinq centimètres d'eau. Puis il prit une de ses lignes et l'appâta.

– Autant pêcher, dit-il, puisqu'on est ici. Est-ce que je peux te demander ce qu'on attend ?

– Des amis, répondit Reeve.

L'autre rit, bizarrement, et appâta une deuxième ligne.

Un homme pêchant avec deux lignes et un autre, tassé sur lui-même, enroulé dans un ciré jaune. Tel fut le spectacle que découvrirent les secours.

Reeve entendit le moteur. C'était un hors-bord. Il scruta les vagues, mais il se trouvait derrière lui. Il tourna la tête, vit un canot pneumatique glissant sur l'écume. Il n'avait pas de nom et les trois hommes qui l'occupaient ne portaient pas d'uniforme, n'avaient aucun insigne. Reeve braqua son fusil sur le bateau et deux des occupants de ce dernier pointèrent leur arme sur lui. Quand les deux embarcations furent à six mètres l'une de l'autre, le barreur posa une question en espagnol.

– Qu'est-ce que vous faites ici ?

– Je pêche, répondit simplement le vieux.

Il avait roulé et allumé une cigarette. Elle resta collée sur sa lèvre quand il parla.

– Qui êtes-vous ? s'enquit le barreur.

– Des pêcheurs.

L'homme qui commandait le bateau pneumatique se tourna vers Reeve. Reeve soutint son regard. L'homme sourit.

– Tu es dans un sale état, dit-il en anglais. On va te ramener au navire.

Le débriefing eut lieu pendant que la garnison argentine capitulait officiellement, dans la nuit du 14 juin. Reeve avait subi un examen médical approfondi puis avait été autorisé à manger, dormir et se laver, dans l'ordre qui lui convenait. Le commandant du 22e bataillon, Mike Rose, n'était pas à bord du navire. Reeve fut initialement interrogé par deux de ses officiers puis, plus tard, par deux barbouzes. Il y aurait un autre débriefing le lendemain.

Ils l'interrogèrent sur Jay et il dit la vérité. Elle ne leur plut pas. Ils lui firent recommencer son récit à plusieurs reprises, sondèrent divers détails comme des dentistes cherchant des caries minuscules. Reeve se contenta de leur dire la vérité. Cela n'alla pas plus loin. Un officier supérieur vint le voir seul à seul.

– Tu auras une citation, annonça-t-il, probablement une médaille.

– Oui, mon colonel.

Reeve s'en foutait.

– Mais le régiment lave son linge sale en famille.

– Oui, mon colonel.

– En ce qui concerne Jay, personne ne doit savoir.

– Compris, mon colonel.

L'officier sourit et hocha la tête, incapable de cacher son soulagement.

– Tu auras droit à une longue permission, Gordon.

– Je veux démissionner, annonça Reeve à l'officier, calmement mais fermement. Je veux quitter le régiment et quitter l'armée.

L'officier le dévisagea puis battit des paupières.

– Très bien, nous verrons. Tu devrais peut-être prendre le temps d'y réfléchir, hein ?

– Oui, mon colonel.

Des jours et des semaines passèrent. Jay ne réapparut pas... ni au Chili ni ailleurs. Il fut finalement considéré comme mort, même si les autorités militaires argentines nièrent l'avoir capturé ou tué. Ce fut comme s'il avait réellement disparu derrière cet écran de fumée, ne laissant derrière lui qu'une bribe de chanson enfantine sifflée sans élégance.

Une chanson que Reeve, depuis ce jour, haïssait.

Et un homme qu'il haïssait aussi.

22

À LAX, Jay portait son faux costume Armani. Son ampleur lui plaisait : on pouvait fixer un holster sur la cheville, coller un poignard sur sa cuisse, et personne ne s'en apercevait. On pouvait porter un semi-automatique sous la veste, un Ingram ou une Kalachnikov à crosse rétractable, surtout si une poche spéciale était ménagée dans la doublure, ce qui était le cas. Le tailleur de Singapour avait effectué la transformation après avoir pris les mesures de Jay. Jay avait dessiné ce qu'il voulait et ce pour quoi il le voulait. Le tailleur avait ouvert de grands yeux et réduit de quelques dollars l'estimation initiale. C'était une tactique à laquelle Jay avait recouru depuis, avec le même succès.

Il avait, à l'aéroport, un Heckler & Koch MP5 dont la crosse était complètement rétractée. Il portait un petit revolver à canon court sur la cheville et avait des cartouches dans la poche. Il mâchait du chewing-gum et arborait des lunettes de soleil Harley Davidson. Son costume était jaune, ses mocassins marron et ses chaussettes bleu clair. Il se fondait dans la masse.

Il n'avait ni talkie-walkie ni téléphone, mais une oreillette. Trois de ses hommes étaient postés dans l'aérogare et deux autres à l'extérieur. Même s'il ne prévoyait pas de problème. Il souriait, comme souvent depuis quelque temps, même s'il était seul à savoir pourquoi. Il tenta de faire une bulle, mais le chewing-gum ne convenait pas. Il était devenu difficile de trouver du chewing-gum convenable. Jay sifflota un air, certain qu'il plairait aux types qui l'entendraient. Il se demanda quel coup mijotait Gordon Reeve. Il aurait fallu buter ce con en France. Bizarre comme le destin vous jette au visage de vieilles ombres qui cachent le soleil. À... où était-ce ? Oui, à Singapour, quand il avait acheté le costume. À Singapour, il était tombé sur un type qu'il avait connu dans les paras, avant d'entrer dans les Forces spéciales. Jay buvait du rhum dans un bar, vers trois heures du matin, et ce type l'avait carrément heurté. Chacun avait pris la mesure de l'autre, prêt à se battre, puis l'homme avait reculé d'un pas, baissé les bras.

– Jay, avait-il dit. Nom de Dieu, c'est toi.

Ils avaient bu un verre – plusieurs verres en fait – puis Jay avait emmené le type, qui s'appelait Bolter ou Boulter, quelque chose comme ça, dans un bordel qu'il connaissait. Ce n'était qu'un appartement de deux chambres, au-dessus d'une boutique d'électricité, mais il faisait de si bonnes affaires qu'ils durent attendre dans un couloir crasseux, où on leur servit de la bière coupée avec Dieu sait quoi, pendant vingt minutes, jusqu'au moment où Jay défonça une porte et vira un gogo vautré sur une des filles. Ensuite, le service fut meilleur ; après, ils avaient vraiment pris du bon temps. Puis Jay et son pote allèrent faire un tour sur les quais. D'innombrables petits bateaux se balançaient sur l'eau. Il était presque six heures du matin et, même si les deux hommes étaient claqués, ils n'avaient pas envie de dormir.

– Tiens, ça va t'aider, avait dit Jay en plongeant la lame étroite d'un poignard dans la nuque de son collègue.

Il avait traîné le corps derrière des poubelles, pris sa montre, son argent ainsi que tous ses papiers d'identité. Il s'en débarrassa sur le chemin de l'hôtel. Il ne fallait pas qu'on sache qu'il était toujours en vie ; il avait déserté et le SAS voudrait des explications. On tiendrait absolument à le voir, et pas pour parler du bon vieux temps. Jay ne savait pas ce que Reeve avait raconté, s'il avait ou non dit la vérité ; il espérait ne jamais être obligé de savoir.

Le plus bizarre est que lorsqu'il retourna à Singapour et dans le bordel, une des filles dit que son ami lui avait refilé l'herpès. Donc Bolter ou Boulter avait laissé quelque chose derrière lui. Comme tout le monde.

Jay aimait la vie qu'il menait maintenant, une vie qu'il s'était forgée seul en Amérique. Ça n'avait pas été facile. En réalité, ç'avait été foutrement dur... surtout les premières semaines en Amérique du Sud. En cavale, un abattoir ambulant. Il avait tué trois soldats argentins pendant la première nuit, un pour chaque homme mort sur le glacier, mais cela n'avait pas suffi à effacer le souvenir de cette mission catastrophique. Jay avait vu quelque chose sur le glacier, quand ses yeux scrutaient le brouillard givrant. Il avait vu le visage blanc et inexpressif de la mort. C'était une absence, un vide indifférent, et d'autant plus inquiétant, hypnotique. Il l'avait fixé longtemps, sans prendre la peine d'utiliser des jumelles. Quand on l'avait hissé dans l'hélicoptère, il était aveugle. Mais quand la cécité avait disparu, une vision plus claire l'avait remplacée, la certitude de l'impuissance et la volonté de pouvoir. Elles lui avaient permis de traverser la Terre de Feu et d'atteindre le Chili.

Il avait tué un malheureux parce qu'il avait besoin de vêtements civils, et un autre pour lui voler sa moto qui était logiquement tombée en carafe au bout de cinquante kilomètres, le forçant à marcher pendant quelque temps. Foutrement grand pays, le Chili... en tout cas du nord au sud. Il était resté sur la côte ouest, avait tué un randonneur australien barbu pour lui voler son passeport. Nom de Dieu, faire de la rando dans cette connerie de Chili, c'était chercher les problèmes.

Il était entré au Pérou, souriant aux douaniers comme l'homme de la photo du passeport, se frottant le menton et riant, pour montrer qu'il avait rasé sa barbe depuis l'époque où le cliché avait été pris. Cela ne les dérida pas, mais ils le laissèrent passer. On ne trouverait jamais le corps du randonneur, du moins pas tant qu'il y aurait de la peau sur les os ; on découvrirait peut-être un jour le squelette. Il avait contourné l'Équateur et gagné la Colombie. Les Péruviens le lui avaient déconseillé, mais il ne voyait pas pourquoi il ne le ferait pas... et heureusement qu'il ne les avait pas écoutés, parce que la Colombie se révéla un endroit formidable et qu'il y trouva son premier boulot civil. Il avait rencontré des durs, à Cali, et avait travaillé plusieurs fois pour eux. Il fit la connaissance du boss, Edouard, et

Edouard lui dit qu'il y avait toujours du travail pour ceux qui acceptaient de prendre des risques.

– Tu n'imagines pas les risques que j'ai pris, avait répondu Jay, même s'il avait déjà raconté à Edouard ce qui s'était passé à Rio Grande, exagérant un peu et faisant mourir Reeve dès le début.

Finalement, Edouard avait confié à Jay une tâche impliquant des contacts avec des Américains. Les Américains l'emmenèrent au Vénézuéla, puis à la Jamaïque, où il décida de rester un peu et trouva logiquement un nouvel employeur. Il apprenait vite ce qu'on attendait de lui et à déterminer si le paiement proposé était ou non une arnaque. Il resta plus d'un an en Jamaïque et parvint à économiser de quoi acquérir une identité américaine. Plus tard, victime du mal du pays, il acheta également un passeport britannique et, maintenant, il avait aussi des papiers canadiens... tous sous des noms différents. Bien entendu, aucun d'eux n'était le sien.

Quand la police jamaïcaine se mit à poser des questions sur un cadavre sans tête et sans mains découvert dans une décharge des faubourgs de Kingston, Jay quitta l'île, non sans regrets, gagna les États-Unis et se sentit immédiatement chez lui à Miami. Nom de Dieu, quelle maison de fous ! Ce fut à Miami qu'il se mit à parler comme un Américain, même si la plupart de ses interlocuteurs le prenaient toujours pour un Australien. Jay ouvrit boutique à Miami, mais eut du mal à trouver du travail. Celui-ci était bien organisé, essentiellement en fonction des frontières claniques : il n'était pas cubain et les Cubains ne voulaient pas de lui ; il n'était pas portoricain et les Portoricains ne lui faisaient pas confiance. Ils disposaient d'hommes de main et, s'ils avaient besoin d'extras, ils pouvaient recruter, dans les rues, des centaines de gamins qui avaient quelque chose à prouver et rien à perdre.

Jay prit contact avec Edouard, qui l'adressa à un de ses vieux amis. Edouard avait beaucoup aidé Jay, et Jay l'appréciait. Il y avait une affinité entre eux, deux hommes qui préféraient avoir juste un prénom. Le seul contrat que Jay eût jamais refusé était lancé contre Edouard.

Le vieil ami d'Edouard emmena Jay à LA. Il s'appelait Flesser et Jay avait travaillé pour monsieur Flesser – c'était ainsi qu'il fallait l'appeler, monsieur Flesser ; Jay se disait parfois que sa femme elle-même le faisait sans doute – pendant trois ans avant de se mettre à son compte. Les revenus réguliers lui plaisaient, mais il était impatient d'être son propre patron. Ce fut dur, au début, mais devint plus facile après deux ou trois boulots. Il y avait, en réalité, tellement d'argent que Jay prit l'habitude de sniffer de la poudre blanche, habitude à laquelle il ne pouvait renoncer que grâce à l'alcool. À beaucoup d'alcool. À cause de l'alcool, il avait pris un peu de poids dont l'exercice physique semblait incapable de le débarrasser, mais il estimait que cela ne gâtait pas sa silhouette et, grâce à l'ampleur de son costume, personne ne s'en apercevait, hein ?

Jay surnommait Los Angeles LA-LA Land. Il avait trouvé ce surnom dans un livre sur les *snuff movies*. Le terme l'avait frappé et il prétendait l'avoir inventé, même face à des gens qui savaient que tel n'était pas le cas.

Il aimait LA-LA Land. Il aimait être son propre patron. Il aimait surtout travailler pour les grosses sociétés, qui payaient bien et vous laissaient une marge de manœuvre appréciable. Les détails, les procédures ne les intéressaient pas... elles voulaient simplement que le boulot soit fait. Pas de problèmes, pas d'erreurs et un minimum de documents. La couverture de Jay était une société de « conseil en restructuration industrielle » et il était allé jusqu'à lire des livres sur ce sujet. Enfin, des articles. Il achetait le *Wall Street Journal* de temps en temps, et lisait avec avidité certains articles de *Time*. Il avait du papier à en-tête et connaissait un type capable de taper une note de frais ou une facture si l'employeur en avait vraiment besoin. Ces documents étaient des œuvres d'art, grouillaient de termes tels que « analyse prospective des postes de travail », « suivi de la fluidité du capital », des trucs que Jay ne comprenait pas, mais le type jurait qu'ils avaient un sens.

Kosigin ne ressemblait en rien aux gens avec qui Jay avait travaillé. D'abord, il voulait tout savoir, tous les détails. Et il demandait à Jay de raconter l'histoire plusieurs fois. Jay se demandait toujours si Kosigin cherchait à le surprendre en flagrant délit de mensonge ou si ce que Jay lui racontait lui permettait de prendre son pied. Assurément, même si Jay exagérait l'aspect sanglant des détails, Kosigin ne grimaçait jamais, ne manifestait aucune émotion. Il restait simplement planté devant la fenêtre de son bureau ou assis à sa table de travail, les mains jointes comme dans une prière, l'extrémité de ses doigts touchant son menton. Ce salaud était inquiétant, aucun doute là-dessus.

Mais Jay se disait que M. Kosigin pouvait lui apprendre le savoir-vivre. Son style lui plaisait. Kosigin portait du Brooks Brothers au travail et du L.L. Bean dans les moments de détente, il était aussi raide qu'une chemise amidonnée. Il ne se serait jamais senti à l'aise dans un costume Armani, même un vrai. Il était hautain, mais cela ne faisait que renforcer l'impression de puissance qui émanait de lui. Jay aimait lui rendre visite dans son bureau. Il aimait l'étudier.

Ce fut comme un message quand Kosigin lui confia le travail qui finit par lui apporter Reeve sur un plateau. Ce fut comme un rêve. Jay aurait pu, depuis, buter Reeve une douzaine de fois, de très nombreuses façons différentes, mais il voulait un face-à-face. Il voulait savoir ce qui était arrivé à Reeve et ce qu'il avait raconté aux galonnés. Seulement pour sa satisfaction personnelle.

Ensuite, il le tuerait.

Et si Reeve refusait de le lui dire, ou s'il agissait le premier de façon inconsidérée... Jay l'abattrait sans hésitation.

– Où est ce putain de tableau d'affichage ? marmonna-t-il en traversant l'aérogare bondée.

C'était comme une course infernale de chariots à bagages et de groupes de troisième âge avec des déambulateurs, des parapluies, des sacs de golf et des imperméables pliés sur des bras squelettiques couverts de taches brunes. Des parapluies à La-La Land ! C'était une maison de fous et les déments dirigeaient les choses depuis si longtemps que personne ne prenait plus la peine de mettre le système en question.

– J'aime cette ville, dit-il à haute voix en contournant un nouvel obstacle.

Il vit enfin le kiosque des renseignements, même s'il faisait de son mieux pour se fondre dans le paysage. Il passa devant deux de ses gars sans leur adresser de signe mais, quand il arriva près du tableau d'affichage, il s'arrêta et pivota sur lui-même, regarda autour de lui, examina ce qui se passait au-delà de la baie vitrée – embouteillage de taxis et de minibus parmi lesquels un flic agitait frénétiquement les bras. Le flic avait un sifflet dans la bouche, comme un arbitre. Jay se souvint de l'instant, dans le trou, où il avait compris qu'il fallait qu'il se lève et se batte, faute de quoi il exploserait, parce qu'il était resté trop longtemps allongé et silencieux. Il savait que, dans le jargon technique, il avait « craqué », mais rien à foutre. Reeve était si coincé qu'il serait resté là et aurait laissé une bombe lui exploser dessus. Si Jay ne s'était pas levé et n'avait pas fui, ils ne seraient probablement plus en vie ni l'un ni l'autre. C'était également une chose qu'il avait envie de dire à Reeve ; il voulait que Reeve le remercie de les avoir tirés de cette situation. Il méritait, d'après lui, un peu de respect.

Il regarda une nouvelle fois alentour, puis au plafond, et rien ne lui fit l'effet d'un piège.

Ensuite, il examina le tableau d'affichage, d'un côté et de l'autre, et il sourit à l'employé du kiosque des renseignements, au cas où il jouerait un rôle dans l'affaire. Puis il reporta son attention sur les messages, notamment la serviette en papier sur laquelle était écrit JAY. Il la toucha du doigt, passa la paume de la main dessus, cherchant une bosse, peut-être une machine infernale minuscule capable d'arracher un ou deux doigts, de crever un œil.

Mais il n'y avait rien. Il souleva un coin de la serviette, mais les couches se séparèrent et il dut écarter la couche suivante pour distinguer ce qui était écrit dessus. Il se passa la langue sur les lèvres et prit la serviette d'un geste rapide, de sorte que l'employé lui adressa un regard interrogateur.

– Tout va bien, dit Jay.

Puis il déplia le message qui lui disait d'aller à Londres. Il indiquait le nom d'un hôtel, où un message devait arriver à son intention au nom de Rowe.

Rowe : joli.

Un de ses hommes le rejoignit en ôtant son oreillette.

– Alors ?

– Alors rien, seulement un putain de mot.

Ils étaient tous sur les dents. Ils avaient été informés de la réputation de Reeve. Jay voulait qu'ils soient prêts à tout. Ils seraient frustrés, tendus, auraient besoin de décompresser.

– Tout le monde dans les voitures, dit Jay. On retourne au gymnase, après on ira peut-être dans un bar. Il faut seulement que je donne un coup de téléphone.

Il gagna les cabines et appela Kosigin.

– Alors ? s'enquit Kosigin.

Jay lui lut le mot.

– Que voulez-vous que je fasse ? demanda-t-il quand il eut terminé.

– Personnellement, dit Kosigin, je veux que vous suiviez les instructions.

– Et si je tombe dans un piège ?

– Je croyais que vous étiez assez intelligent pour éviter les pièges ?

– Je le suis, je m'arrange aussi pour ne pas tomber dedans.

– Dans ce cas, qu'est-ce que vous suggérez ?

– J'irai, mais il me faut des hommes. Ça ne sera pas bon marché.

– Ça ne l'est jamais.

– Vous voulez venir ?

– Absolument pas.

– Vous voulez toujours que j'y aille ?

– Absolument, répondit Kosigin avant de raccrocher.

Leur conversation s'était déroulée conformément à ce que Jay avait prévu.

Il chercha le comptoir de vente de billets des yeux, puis gagna le kiosque des renseignements.

– Quelles compagnies desservent Londres ?

Il devrait peut-être en essayer plusieurs. Trouver plusieurs places dans un délai si bref risquait de se révéler difficile.

Neuvième partie

TRAQUES

23

Il y avait des policiers à Heathrow, beaucoup d'uniformes. Reeve était prêt à parier qu'il y en avait aussi en civil. Peut-être le recherchaient-ils. Dans cette situation, il ne pouvait compter que sur la chance. Tout le monde a droit à un coup de chance par mission. Ils avaient peut-être son signalement, mais antérieur à sa nouvelle coupe de cheveux. Ils ne pouvaient pas avoir de photo récente. Depuis son passage au SAS, Reeve ne se laissait pas photographier. Les soldats du week-end voulaient parfois un souvenir et il ne refusait pas. Mais, avant de poser devant l'objectif, il mettait une cagoule et des lunettes de soleil. Les soldats du week-end adoraient.

Reeve devait faire de nombreux préparatifs. Il hésitait à récupérer la Saab de Jim, qu'il avait laissée dans un parking longue durée proche des terminaux de Heathrow. Il s'interrogeait sur l'intelligence de la police ; il doutait qu'elle fût parvenue à remonter sa piste jusqu'à la Saab, mais ne pouvait en être certain. En outre, la voiture était un poids, risquait de tomber en panne. Mais il n'avait pratiquement pas d'autre solution. Il n'était pas question de louer une autre voiture. Cela l'aurait obligé à se servir de sa carte de crédit et il supposait que la police serait avertie s'il l'utilisait. Elle ne connaissait sûrement pas l'existence de son compte en banque secret et, même si elle en était informée, ne l'avait certainement pas gelé : s'il retirait du liquide ou faisait un chèque, elle disposerait d'un moyen de suivre ses déplacements.

Les employés du parking longue durée, en revanche, ne connaissaient que le faux nom qu'il leur avait donné. Il avait payé d'avance avec des billets ; il n'y aurait vraisemblablement pas de problème. Mais Reeve n'entra pas immédiatement dans le bureau. Il commença par jeter un coup d'œil sur le parking. Il vit la Saab, aisément repérable parmi les Jag, les BMW et les Rover flambant neuves. La société l'avait cachée derrière des véhicules plus luxueux, sans doute persuadée qu'ils étaient plus propres à attirer les clients potentiels. Reeve ne lui en voulut pas, soulagé en fait que la Saab n'ait pas été exposée aux regards pendant son absence.

Il entra dans le bureau.

– Avez-vous fait bon voyage ? demanda la jeune femme qui se tenait derrière le comptoir.

– Oui, merci, répondit-il.

Il y avait du café sur une table, et il s'en servit une tasse. Confronté au lait en poudre, il préféra le boire noir. Il était amer, mais le réveilla un peu.

– Monsieur Fleming, vous n'avez pas indiqué la date de votre retour et nous n'avons donc pas pu la laver.

– Pas grave. Sans la crasse, elle tomberait en morceaux.

Elle sourit et finit de remplir le formulaire, qu'il dut signer. Il ne se souvenait pas du prénom qu'il avait donné, mais il était indiqué en haut de la feuille. Jay. Il avait indiqué qu'il s'appelait Jay Fleming.

– Voici vos clés, dit la réceptionniste en les lui tendant.

– Je crois qu'il faudra déplacer quelques voitures.

– Ah, vous êtes bloqué. Je vais demander à Tom de s'en occuper.

Tom était dehors et portait une flasque à sa bouche. Il était vêtu d'un bleu de travail, d'un imperméable et de bottes en caoutchouc. C'était sans aucun doute le voiturier. Reeve le regarda déplacer une BMW 635 rutilante et une Rover 200 gris métallisé. Il le remercia puis, au volant de la Saab, sortit lentement du parking et s'intégra dans la circulation. C'était le début de vingt-quatre longues heures.

Il prit la route du nord, ne s'arrêta que pour prendre de l'essence, boire du café et lire tous les journaux. Il maudit l'absence d'autoradio : il avait besoin de savoir si la police avait établi un lien entre lui et le meurtre de Marie

Villambard. McCluskey avait affirmé qu'Interpol le recherchait, mais peut-être bluffait-il. Cependant, quand il s'arrêta près de la frontière et acheta des journaux écossais, il trouva le premier article consacré à l'affaire, en page intérieure. La police « souhaitait contacter Gordon Reeve, instructeur écossais de stages de survie, dans les meilleurs délais ». Il n'y avait pas de signalement, mais peut-être avait-il été publié précédemment. Il s'arrêta dans un Little Chef afin de restaurer son taux de caféine, et appela la sœur de Joan. Joan décrocha.

– Joan, Bob Plant à l'appareil, des nouvelles de Gordon ?

Elle reconnut immédiatement sa voix. Il y eut un bref silence, le temps qu'elle comprenne ce qui se passait. (Il y avait eu une époque où elle avait été amoureuse de Robert Plant, de Led Zeppelin.)

– Bob, dit-elle. Désolée, j'ai la tête à l'envers, en ce moment.

– Ça va, Joan ?

– Ça va. Je suis un peu sous le choc, à cause de la police et de tout.

– Elle t'a interrogée ?

Sa voix fut celle d'un ami compatissant.

– Elle veut savoir où est Gordon. Tu sais qu'on a retrouvé sa voiture en France, dans un endroit où on a également découvert trois cadavres, dont celui d'une femme ?

– Bon sang !

– Ils surveillent la maison, ici, au cas où il viendrait.

– Ils croient qu'il est impliqué dans les meurtres ?

– Qu'est-ce que tu croirais, à leur place, Bob ? La Land Rover de Gordon a brûlé et il a disparu sans laisser de traces.

– Tu as sûrement raison.

– Bob, je me fais du souci pour lui.

– Gordon est capable de se débrouiller, Joan.

– Oui, je sais, mais...

– Est-ce qu'il aurait pu retourner sur l'île ?

– Je ne sais pas. La police surveille les ferries.

– Une vraie chasse à l'homme, hein ?

– Peut-être même qu'on surveille la maison.

– Peu probable qu'il y retourne.

– Oui, je suppose. Mais que pourrait-il faire d'autre ? Où pourrait-il aller ?

– Tu le connais mieux que moi, Joan.

– Je croyais le connaître, Bob.

Silence.

– Joan, dit Reeve en regardant les dîneurs – principalement des familles –, il va s'en tirer. Je suis sûr qu'il n'a rien fait de mal.

– Essaie de dire ça à la police.

– Il a peut-être besoin de preuves, avant de revenir, je veux dire.

– De preuves ?

– De son innocence.

Joan renifla. Il comprit qu'elle pleurait.

– Je rappellerai, dit-il.

– Je regrette, fit-elle en s'essuyant le nez.

– Je n'aurais peut-être pas dû téléphoner.

– Non, je suis heureuse que tu l'aies fait. Il y avait longtemps, Bob.

– Ouais. Allan va bien ?

– Son papa lui manque. Mais en même temps – je sais que ce n'est pas bien – l'idée que son papa est un homme recherché semble beaucoup lui plaire.

Elle rit.

Reeve sourit, battit des paupières pour empêcher les larmes de couler. À une des tables, un père faisait la leçon à son fils, dont l'assiette était encore pleine de nourriture. Le gamin avait neuf ou dix ans. L'homme parlait à voix basse, mais ses yeux lançaient des éclairs.

– Au revoir, Joan, dit-il.

– Au revoir, Bob.

Il laissa le combiné contre son oreille quand elle eut raccroché et entendit un double cliquetis évoquant un éternuement étouffé. Les salauds écoutaient, comme il l'avait prévu. Pas Jay ou Kosigin, cette fois, mais la police. Il repassa la conversation dans sa mémoire, constata avec satisfaction qu'il n'avait rien trahi. Et qu'il avait appris beaucoup.

– Merci, chérie, souffla-t-il en regagnant sa table, où on lui avait servi un nouveau café.

Si la police surveillait les ferries, elle surveillait Oban et Tarbert, points de départ de lignes directes : Oban South Uist et Tarbert North Uist. Les deux îles sont séparées par une île plus petite, Benbecula, et toutes les trois sont reliées entre elles par des ponts. Peut-être les flics surveillaient-ils aussi Uig, un petit port de Skye. Mais, pour atteindre Skye, il lui faudrait effectuer une brève traversée de Kyle à Lochalsh et emprunter le pont jusqu'à Kylerhea, ou bien prendre le ferry à Mallaig, d'où la traversée était beaucoup plus longue. Sauf s'il y avait du personnel en surnombre, Reeve doutait que Mallaig fût surveillé.

C'est pour cette raison qu'il renonça à Oban, gagna directement Fort Williams puis Mallaig, sur la côte. Il n'y a pas de ferry direct de Mallaig aux Hébrides extérieures.

En même temps, il ne pouvait pas se permettre de se détendre. Son visage était connu dans la ville et quelques habitants connaissaient même son nom. Il y aurait des policiers dans la région, peut-être pas à Mallaig, mais à proximité. Et si les journaux avaient publié son signalement...

Il venait voir un de ceux qui connaissaient son nom, un vieux filou appelé Kenneth Creech. « Creech, abréviation de *creature* », disait parfois Kenneth quand il se présentait, et ce n'étaient pas des paroles en l'air. Il évoquait principalement, aux yeux de Reeve, un lézard ; il ne lui manquait que la peau verte.

Kenneth Creech avait un visage étroit, anguleux, qui fuyait en direction de deux pointes distinctes : son menton et l'extrémité proéminente de son nez. De face, ses narines étaient invisibles. Ses yeux étaient globuleux et sa langue, qui sortait d'un ou deux centimètres entre ses phrases, était aussi effilée que son visage. Il trichait aux cartes, siphonnait de l'essence dans les réservoirs qui n'étaient pas verrouillés, se déplaçait parfois, à cet effet, avec un bidon de cinq litres, vide au début de la soirée, avait un langage ordurier en présence du sexe opposé alors qu'il ne jurait pratiquement jamais en compagnie d'autres hommes.

Les gens se tenaient à distance de Kenneth Creech. Reeve avait fait sa connaissance un jour où il lui avait escroqué de l'argent destiné à payer le transport de matériel de North Uist à la côte. Creech possédait deux petits bateaux, des paniers de pêche et des casiers à homard. Il ne s'en servait jamais mais était parvenu à obtenir de la Communauté européenne une « subvention de développement » qui avait payé le deuxième bateau et lui permettait de vivre confortablement.

En été, il persuadait parfois des touristes d'entreprendre, à bord d'un de ses bateaux, une agréable promenade d'une journée parmi les « belles Hébrides ». En réalité, il gagnait directement les eaux les plus agitées et les détroits les plus exposés au vent, les touristes le suppliant aussitôt de les ramener au port. Il leur annonçait alors qu'il ne remboursait pas. S'ils protestaient énergiquement, Creech leur rendait leur argent puis les déposait sur la côte ouest de Skye en leur expliquant qu'ils étaient un ou deux kilomètres au sud de Mallaig.

Reeve aimait bien Creech. Il l'appréciait tellement qu'il lui avait permis de garder l'argent qu'il lui avait escroqué.

Creech haïssait l'humanité, mais aimait assurément l'argent. Reeve comptait là-dessus.

Kenneth Creech avait un hangar à bateaux au nord de la ville. Il était six heures de l'après-midi quand Reeve y arriva, après avoir traversé l'agglomération sans s'arrêter. À l'ouest, au-dessus de Skye et du Minch, le ciel était une palette de roses et de gris, de minces traînées d'argent et de rouges lumineux. Reeve accorda une seconde de son temps à ce spectacle, puis donna des coups de pied dans la porte du hangar.

La porte était fermée à clé, mais cela ne signifiait pas que Creech n'était pas là. Finalement, un verrou joua et le battant fut tiré.

– Tu rembourseras les dégâts, dit sèchement Creech, examinant la porte puis son visiteur.

Ses lèvres formèrent un O quand il reconnut Reeve.

– Gordon, dit-il. Qu'est-ce qui t'amène ici ?

– L'argent, répondit Reeve en montrant une liasse conséquente de billets. Plus précisément, mon désir de t'en donner.

Creech était incapable de quitter les billets des yeux.

– Bon, Gordon, dit-il, sa langue sortant de sa bouche et y rentrant, tu dois avoir besoin d'un bateau.

– Comment tu as deviné ?

Creech garda le silence, se contenta de le faire entrer. L'arrière du hangar donnait sur le Sound of Sleat. Reeve vit la pointe sud de Skye. Le plus grand des deux bateaux était amarré ; il avait deux rangées de bancs et pouvait transporter une douzaine de passagers. Au milieu du pont se dressait un poste de pilotage, comportant un petit gouvernail, qui évoquait le volant d'une voiture de sport. En réalité, si on y regardait de plus près, on constatait que le logo de MG était fixé au centre du gouvernail. Creech l'avait volé sur une voiture accidentée au sud de la ville. Quand les enquêteurs de l'assurance étaient arrivés sur place, le véhicule n'était pratiquement plus qu'une coquille vide.

L'autre bateau de Creech était plus petit mais disposait d'un moteur hors-bord et était de ce fait beaucoup plus rapide. On l'avait sorti de l'eau et il était suspendu par des treuils au-dessus du plancher en bois. De vieux journaux étaient déployés sous la coque, que Creech était en train de repeindre.

– Tu peins les bernaches, fit remarquer Reeve.

Creech s'essuyait les mains avec un chiffon. La boîte indiquait qu'il s'agissait d'une peinture vinylique satinée ordinaire. La couleur, selon le couvercle de la boîte, était taupe.

– C'est beaucoup plus facile que de les gratter.

Reeve acquiesça et sourit à Creech, qui semblait plus agité que d'habitude. Il secouait sans cesse la tête et battait des paupières sur ses yeux globuleux.

– Tu sais ce qui m'arrive ? demanda Reeve.

Creech commença par nier, nier étant instinctif, comme respirer. Mais il y renonça, comprenant que Reeve savait.

– On m'a raconté des trucs, admit-il finalement, comme si cela ne le troublait pas du tout.

Reeve jeta un regard circulaire dans la pièce.

– Il n'y a pas le téléphone, ici, Kenneth ?

Creech secoua lentement la tête, puis répondit prudemment :

– Je ne te dénoncerais pas, Gordon.

– C'est extrêmement gentil de ta part, Kenneth. Quel est le problème ? Il n'y a pas de récompense ?

L'expression des yeux de Creech indiqua à Reeve qu'il n'avait pas envisagé cette possibilité avant cet instant.

– Ne le fais pas, conseilla Reeve.

Creech retrouva l'usage de ses jambes, gagna le bateau et ramassa son pinceau. Il l'avait posé au bord du journal et la peinture avait goutté sur le plancher. Il l'essuya avec son chiffon, mais cela ne fit qu'étaler les taches.

– Je repeins ce bateau, dit-il.

– Jamais je n'aurais deviné.

Reeve s'interrompit puis ajouta :

– Mais c'est le bateau dont j'ai besoin.

Creech se tourna vers lui.

– Maintenant ?

Reeve acquiesça.

– Ça ne peut pas attendre que j'aie fini ?

– Non.

Le mot avait été prononcé après un long silence.

– Mais tu ne veux tout de même pas partir de nuit ?

Creech laissa passer quelques instants puis reprit :

– Non, attends, c'est ce qu'il faut que tu fasses, évidemment. Tu risques moins de te faire repérer de nuit.

– Bravo, Kenneth. Combien de policiers y a-t-il ?

Creech envisagea de mentir, mais regarda de nouveau l'argent, les billets que Reeve avait toujours dans la main.

– Ils ont des petits frères, dit Reeve.

Creech passa la langue sur ses lèvres déjà luisantes.

– Il n'y en a pas à Mallaig, répondit-il, mais il paraît qu'il y a deux visages inconnus à Skye.

– Ailleurs ?

– Oui, il y en avait hier à Oban.

– Et à Tarbert ?

– Je ne sais pas.

– Et à South Uist ?

– J'ai entendu dire qu'ils étaient allés deux ou trois fois chez toi. On parle beaucoup de toi, dans le coin, Gordon.

– Je n'ai rien fait, Kenneth.

– Je n'en doute pas, je n'en doute pas, mais la police de Glasgow a une devise : on n'arrête pas d'innocents. S'ils te prennent, ils se décarcasseront pour trouver quelque chose contre toi, même s'il faut qu'ils fabriquent des preuves.

Reeve sourit.

– Tu as l'air de savoir de quoi tu parles.

– J'ai eu pas mal de problèmes dans ma jeunesse. Je suis de Patrick, n'oublie pas. Un coup d'œil sur ma figure – je sais qu'elle n'est pas belle – et la police m'arrêtait.

Creech cracha dans l'eau.

– Tu vas m'aider ?

Creech réfléchit. Ses épaules se détendirent.

– Je suis peut-être trop sentimental, dit-il. Je t'aiderai, évidemment.

Et il tendit la main vers l'argent.

Reeve l'aida à pousser le bateau au-dessus de l'eau, puis à le faire descendre jusqu'à la surface, où il heurta la coque de l'autre embarcation, laissant des taches de peinture sur le bois. Creech alla s'assurer que les portes du hangar étaient fermées à clé. Quand il eut terminé, Reeve se tenait devant l'établi, lui tournant le dos. Creech se passa la langue sur les lèvres et avança silencieusement. Quand Reeve pivota sur lui-même, Creech ne put s'empêcher de sursauter violemment. Reeve tenait dans une main le poignard le plus long que Creech eût jamais vu. Dans son autre main, il serrait une des meilleures cordes de Creech.

– Qu'est-ce... qu'est-ce que tu as l'intention de faire ? demanda Kenneth.

Reeve le lui montra. Il coupa le robuste cordage comme si c'était de la ficelle, laissa un des deux morceaux tomber sur le sol.

– Je vais te ligoter, dit-il à Creech.

– Ce n'est pas la peine, Gordon. Je viendrai avec toi.

– Et tu m'attendras dans le bateau ? Tu ne partiras pas – simple exemple – à toute vitesse, dès que j'aurai mis pied à terre, en direction du téléphone le plus proche ?

– Non, répondit Creech. Tu sais que je ne ferais pas ça.

Mais Reeve secouait la tête.

– Comme ça, on saura tous les deux où on en est.

Et il fit asseoir Creech par terre, le dos à l'établi, puis lui attacha les mains derrière un des pieds massifs de la structure. Pour faire bonne mesure, il coupa un second morceau de corde – « Ce truc coûte une fortune », protesta Creech – et lui lia les chevilles. Il envisagea de lui fourrer le chiffon dans la bouche, mais il voulait l'immobiliser, rien de plus. Il doutait que Creech ait de la visite pendant son absence. Creech n'avait pas d'amis et personne ne s'inquiéterait ; il passait l'essentiel de son temps dans le hangar à bateaux et y avait même construit une cloison afin de pouvoir y dormir. Reeve jeta un coup d'œil dans la « chambre » afin de s'assurer qu'il n'y avait effectivement pas de téléphone. Il n'avait pas vu de fil, dehors, mais il était préférable de vérifier. Il ne vit qu'un matelas et un duvet sur le plancher, une bougie, une bouteille de whisky vide et une revue pornographique.

Satisfait, il alla chercher son sac dans la voiture et se mit au travail, enfila des vêtements noirs et une cagoule, se noircit le visage. L'expression de Creech lui indiqua qu'il avait obtenu l'effet recherché. Une lune presque pleine brillait dans un ciel clair. La navigation ne poserait pas de problème ; il connaissait très bien les îles et les obstacles potentiels. Il avait le choix entre deux itinéraires : le premier passait par le Sound of Eriskay et conduisait sur la côte ouest de South Uist. L'avantage de cette possibilité était que le trajet à pied serait plus court, deux ou trois kilomètres, mais elle l'obligerait à naviguer beaucoup plus longtemps que la seconde, qui le conduirait à Lock Eynort, un fjord d'eau de mer. Dans ce cas, il toucherait terre plus loin de Stoneybridge, à une quinzaine de kilomètres. Cela le contraindrait à une marche plus longue au cours de laquelle il risquerait davantage d'être vu. En outre, s'il était forcé de battre en retraite, il lui faudrait courir beaucoup plus longtemps pour rejoindre le bateau.

Il décida finalement de prendre par Loch Eynort. Si tout se passait bien cela lui permettrait de gagner plusieurs heures, la traversée étant plus courte. Il n'était toujours pas certain de pouvoir accomplir la mission avant la fin de la nuit, mais plus il partirait tôt plus ses chances seraient grandes. Il chargea du carburant supplémentaire dans le bateau, prit une des meilleures combinaisons étanches de Creech ainsi qu'une torche et une corde. Ensuite, il coupa un morceau de cordelette, y fit des nœuds à quelques centimètres les uns des autres.

Enfin, il rejoignit Creech, qui n'avait pas cessé de se plaindre d'avoir mal aux bras.

– Je pourrais les amputer, dit-il en lui montrant le poignard.

Cela réduisit l'autre au silence.

– À ton avis, comment sera la mer ce soir dans le Minch ?

– Froide et mouillée.

Reeve approcha la lame de Creech, qui céda rapidement, donna à Reeve les vents dominants et les prévisions : il y aurait des rafales, mais ce serait navigable. Peut-être mentait-il, bien entendu, mais Reeve ne le croyait pas : il avait intérêt à ce que Reeve revienne. Il risquait de mourir de faim, dans le cas contraire, vu qu'il s'écoulait parfois une semaine sans que quelqu'un approche de son hangar. En outre il aimait trop ses bateaux. Il ne voulait pas que l'un d'eux chavire et coule dans une tempête, surtout celui qui disposait du moteur hors-bord puissant financé par la Communauté européenne.

– Prends soin de lui, supplia Creech.

– Merci de te faire du souci pour moi, répondit Reeve qui descendit l'échelle et embarqua.

La traversée fut plus éprouvante que prévu, mais c'était typique de Little Minch : on croyait qu'il avait montré le pire de lui-même et il en rajoutait un peu. Il fut heureux de ne pas avoir à négocier les bras de mer ; Eriskay était parfois particulièrement terrifiant. Il était étonné qu'aucun parc d'attractions n'ait tenté de l'imiter... il fallait sérieusement se cramponner. Peut-être ne se cramponnait-il pas tout à fait assez en manœuvrant péniblement le moteur hors-bord. Le seul avantage était qu'il ne pleuvait pas. Cependant il était heureux de porter la combinaison étanche en raison de la quantité d'embruns qui se déversait sur lui. Il longea la côte de Skye aussi longtemps que possible avant de s'engager dans le Little Minch proprement dit. Il choisit l'itinéraire le plus direct, espérant atteindre la côte au bon endroit. Compte tenu du vent, et comme il ne disposait que de sa petite boussole, il savait qu'il pouvait être dévié de cinq ou six kilomètres, ce qui allongerait d'autant son trajet à pied s'il décidait d'accoster.

Il vit deux bateaux, dont les feux clignotants indiquaient la présence, mais ils ne le virent pas et ne purent assurément l'entendre. Il faisait souvent passer l'accélérateur du moteur d'une main dans l'autre, mais regretta de ne pas avoir pensé à prendre des gants. Il soufflait sur ses doigts pour les réchauffer, puis les glissait dans la poche de la combinaison étanche et les frottait pour les assouplir.

Il était concentré sur la traversée elle-même. Il ne pouvait pas se permettre de penser à autre chose.

Il vit enfin la terre et, se tournant vers le sud, aperçut la petite île de Stuley, ce qui lui indiqua qu'il était au sud de Loch Eynort. Il avait modifié son cap en fonction du vent et constata avec satisfaction qu'il avait correctement estimé sa dérive. La mer était déjà beaucoup moins agitée et le vent tomba quand il entra dans le loch. Il alla aussi loin que possible. Sauter à terre fut un soulagement et une sensation étrange. Il eut l'impression que ses pieds n'étaient pas complètement reliés au sol, comme si la pesanteur ne s'exerçait plus. Il savait que cette impression ne durait pas. C'était un mauvais tour que lui jouait son cerveau.

Reeve saisit son sac et prit la route.

Il y avait deux ou trois petites fermes, dans les environs, mais elles étaient dans le noir. À cette heure, seuls quelques moutons, les oiseaux et les animaux nocturnes ne dormaient pas. La route qu'il suivait rejoindrait bientôt l'A865. S'il restait sur la route, il contournerait le sud de

Loch Ollay et atteindrait un carrefour. S'il prenait à gauche, il se dirigerait vers Ormiclate ; à droite vers Stoneybridge et chez lui. Il avait regardé l'heure en mettant pied à terre : il fallait qu'il sache combien durait le trajet. Tous les cent pas, il faisait glisser un nœud entre le pouce et l'index. À l'extrémité de la cordelette, il pourrait multiplier par la longueur de son pas et obtenir une estimation approximative de la distance parcourue, ce qui lui permettrait de calculer sa vitesse.

Il n'avait pas vraiment besoin de cette information. Mais il avait besoin de se remettre dans la peau d'un soldat. Parce qu'il ne tarderait pas à affronter Jay, d'une façon ou d'une autre, et qu'il devrait être mentalement prêt. En un temps réduit, il ne pouvait guère améliorer sa forme physique – les années avaient prélevé leur tribut. Compte tenu de ce qu'il avait vu de Jay, ce dernier serait plus fort que lui : le défi physique ne pouvait constituer une solution. Il fallait que Reeve devienne fort mentalement : il fallait qu'il affûte son attitude et ses instincts, qu'il élabore un plan et des procédures. Et qu'il s'y mette tout de suite.

Comme il connaissait les routes, le trajet ne lui prit pas trop longtemps. Il aurait pu gagner quelques minutes en coupant à travers champs mais il aurait davantage risqué de s'égarer et courir sur la route était moins éprouvant pour les muscles.

Il prit son temps pour s'approcher de la maison.

Il en fit le tour à une distance de huit cents mètres, puis avança et recommença. Si quelqu'un le guettait, il était bien caché. Il connaissait des policiers et savait qu'ils ne recevaient pas ce type de formation. Ils aimaient leur confort et n'avaient pas la patience nécessaire. Il y avait peut-être quelqu'un dans la maison, mais il était prêt à jurer qu'il n'y avait personne dehors.

Il pénétra silencieusement dans la propriété, plié en deux, restant dans l'ombre des murs. Coller aux murs comportait un autre avantage : le chemin était gravillonné, donc bruyant, mais il longeait une bande de terre de soixante centimètres, concession à Joan, qui y avait planté des fleurs et des plantes grimpantes. Reeve les écrasa silencieusement.

Il avait les clés de l'abattoir dans sa main libre. Mais la police était passée par là. Elle avait attaqué la porte à la masse, et elle semblait avoir bravement résisté. Le battant pivota quand il le poussa. Il se demanda ce que les policiers avaient pensé quand ils avaient découvert les douilles vides éparpillées sur le sol et les mannequins tenant lieu d'otages. Il s'agenouilla devant la plinthe et braqua sa torche dessus. Elle semblait intacte. Reeve l'écarta, glissa la main dans la cachette, toucha les chiffons huileux, perçut le métal qu'ils couvraient.

Et il sourit.

Il dégagea le Beretta, trouva la boîte de munitions correspondantes, en mit dans ses poches et chargea l'arme. Il glissa une nouvelle fois la main dans la cachette et en sortit un paquet de plastic avec tous les accessoires. L'explosif était récent : il s'en était servi pour déclencher des explosions destinées à maintenir ses soldats du week-end en état d'alerte. Reeve vérifia qu'il y avait bien des détonateurs, du fil et une pince ; tout ce dont il avait besoin se trouvait dans le paquet, y compris les pinces crocodile qui tenaient lieu de détente. Il fourra le tout dans son sac puis remit la plinthe en place et s'assura qu'il n'avait pas laissé d'empreintes de pas.

Il traversa la cour, lentement, sur le gravillon et les cailloux. Il regarda par la fenêtre de la cuisine et ne vit rien. Il fit le tour de la maison, regarda par toutes les fenêtres : toujours rien. Il ne pouvait voir l'étage. Il était possible qu'une sentinelle dorme dans une des chambres. Les rideaux de celle d'Allan étaient tirés, mais peut-être avait-il simplement oublié de les ouvrir avant de partir.

Reeve déverrouilla la porte et pénétra dans l'entrée. Il n'eut pas besoin de couper l'alarme : la police l'avait sûrement fait. Il se demanda combien de temps elle avait retenti avant que les flics trouvent le moyen de l'arrêter. Mais, ici, ça n'avait guère d'importance ; la ferme la plus proche n'était pas à portée de voix.

Il vérifia les pièces du rez-de-chaussée, puis gagna l'escalier. La deuxième marche craquait, donc il l'évita, tout comme il évita le milieu de la troisième en partant du haut. Il ne toucha pas la rampe de peur de faire du bruit. Sur le palier, il retint son souffle et écouta. Pas un son. Il resta trois minutes immobile : les dormeurs font généralement un bruit quelconque à peu près toutes les trois minutes. Reeve supposait qu'un policier respecterait un minimum la propriété privée et que le garde, s'il y en avait un, se trouverait dans la chambre d'amis. Il ouvrit lentement la porte et glissa le pistolet dans l'ouverture. Les rideaux n'étaient pas tirés et le clair de lune éclairait la pièce. Le lit était fait. Des coussins et des poupées en costume étaient posés dessus. L'œuvre de Joan. Elle avait passé beaucoup de temps à décorer amoureusement une chambre que personne n'utilisait.

Il traversa le palier, ouvrit la porte de la chambre d'Allan. La pièce était sens dessus dessous : draps sur le plancher, pyjama posé sur le pied du lit, bandes dessinées partout ; le témoin de l'ordinateur, jaune citron, brillait dans le noir. Soit Allan l'avait laissé allumé, soit les policiers avait examiné son contenu et oublié de l'éteindre. Reeve sortit de la pièce, visita rapidement la chambre qu'il partageait avec Joan et même la salle de bains.

Puis il poussa un soupir de soulagement.

Au rez-de-chaussée, il y avait du lait dans le frigo, mais il était périmé. Il y avait un carton neuf de jus d'orange. Il l'ouvrit avec des ciseaux et but. Le frigo contenait également un paquet de jambon. Il en sortit deux tranches, qu'il roula et fourra dans sa bouche. De retour dans le séjour, il fit le point sur la visite de la police. Les flics avaient relevé les empreintes digitales, probablement pour joindre les siennes au dossier qu'ils ouvraient sur lui. Ils avaient apparemment tout déplacé sans remettre les objets exactement à leur place. Sans doute cherchaient-ils des indices. Il dévissa les combinés téléphoniques. Les micros n'y étaient plus. Il estima que c'était plutôt l'œuvre de Dulwater que celle de la police.

Il ne croyait pas que la maison fût placée sur écoute. Il gagna donc l'étage et prit une douche rapide, se félicitant d'avoir fait installer un chauffe-eau instantané. Il n'alluma pas dans la salle de bains, mais il n'aurait su dire pourquoi. Peut-être parce que cela lui donna l'impression de suivre la procédure.

Il se sécha puis chercha des vêtements propres et, surtout, chauds. Il lui fallait plusieurs autres choses, mais elles se trouvaient dans son atelier. Il retourna dans la chambre d'Allan, nerveux, incapable de s'asseoir. Le témoin jaune attira son attention. L'écran était noir mais s'éclaira quand il toucha la souris, afficha le menu des jeux enregistrés sur le disque dur. Il y avait deux ou trois bons jeux, et d'autres, qui devaient être postérieurs à la dernière fois qu'Allan et lui avaient joué ensemble.

Puis Reeve vit le jeu qu'Allan avait copié sur le CD que Jimmy lui avait envoyé. Il s'appelait Prion.

– Nom de Dieu, souffla Reeve.

Prion comme PrP, comme les produits chimiques toxiques qui étaient à l'origine de ce cauchemar. Sa main fut très ferme quand il plaça la flèche sur Prion et double-cliqua pour ouvrir le jeu.

Cependant, quand l'écran du titre apparut, il n'indiquait pas Prion. C'était apparemment un jeu Arcade ordinaire intitulé Gumball Gulch et Reeve se souvint que c'était ce nom qu'Allan avait mentionné. Quel écran l'enfant avait-il été incapable de dépasser ? Le cinquième ? Le sixième ?

Reeve mit un moment à suivre les instructions et à entrer dans le jeu. Il s'agissait apparemment d'une tortue qui venait d'être nommée shérif de Gumball Gulch, une ville de l'Ouest sauvage. Dans le premier écran, elle arrivait en ville et était élue shérif après avoir abattu trois méchants qui venaient de descendre l'ancien shérif pour faire sortir leur camarade de prison. Dans le deuxième écran, il fallait faire échouer l'attaque d'une banque. Le dessin, autant que Reeve pouvait en juger, était très bon, ainsi que les effets sonores, qui comportaient des voix.

Au bout d'environ une heure, il était parvenu au quatrième écran. Au troisième écran, il lui avait été possible d'engager un adjoint unijambiste et porté sur la boisson. Reeve avait accepté « Stumpy », qui gardait à présent les méchants de l'attaque de la banque.

Reeve s'interrompit soudain.

– Qu'est-ce que je suis en train de faire ? se demanda-t-il.

Mais il continua.

Le quatrième écran était difficile. La réélection approchait et la popularité de Reeve n'était que de quarante pour cent, deux des pilleurs de banque s'étant échappés et un passant innocent ayant été tué pendant la fusillade. Reeve accorda une nouvelle licence au Brawlin'Barroom, ce qui fit monter sa popularité à cinquante pour cent. Mais le nombre de bagarres augmenta et les cellules furent bientôt pleines à craquer. Reeve choisit d'engager un deuxième adjoint, un jeune homme au visage ouvert.

– C'est *Rio Bravo*, marmonna-t-il.

Les vrais problèmes commencèrent au cinquième écran. Il y eut une tentative d'évasion collective dans la prison. Stumpy s'enferma à l'intérieur. Il ne laissait personne entrer, même pas le shérif, et Reeve se retrouva dehors avec le jeune adjoint, une population nerveuse et une foule envisageant de lyncher les détenus. Dans un petit moment, les pilleurs de banque évadés reviendraient en ville pour se venger. Les armes et les munitions de Reeve se trouvaient, naturellement, dans la prison.

Et Stumpy demandait le mot de passe.

Reeve essaya deux ou trois choses évidentes, d'autres que seul connaîtrait un fana de *Rio Bravo*. Puis il croisa les bras et réfléchit. Jim avait rebaptisé le jeu Prion. Pourquoi ? Soudain, tout devint clair. Comme l'avait dit Marie Villambard, Jim était journaliste de la tête aux pieds. Il avait conservé des dossiers. Il disposait de sauvegardes et les avait bien cachées.

Reeve comprit alors la raison d'être du mot de passe. Il tapa CWC, mais cela ne marcha pas. Il essaya Co-World, PrP puis Prion... en vain. Il proposa Killin et Preece. Rien.

Puis il tapa Kosigin.

Et, soudain, ce ne fut plus Gumball Gulch. Le bas de l'écran lui indiqua qu'il lisait la page 1 sur 28. La taille de la police était réduite, l'interligne simple. En haut, il y avait un message en gras :

Je te laisserai bientôt retourner au jeu, Gordon. Je suppose que c'est toi qui lis ceci et, si tu le lis, je suis probablement mort. Si je suis mort et que tu lis ceci, tu

as probablement fouiné et je te remercie de l'avoir fait. Ce qui suit pourra peut-être t'aider. J'aimerais beaucoup que ce soit publié. Une amie, Marie, qui vit en France, pourra peut-être t'aider, je te donnerai son adresse à la fin. Mais, tout d'abord, il faut que je te raconte une histoire...

Et quelle histoire ! Reeve la connaissait, bien entendu, mais personne n'imaginait que Jim eût autant d'informations. Il y exposait le passé de Preece, sa théorie « révolutionnaire » de choc sexuel, et indiquait que Kosigin avait chargé Alliance Investigative d'effectuer des recherches sur cette affaire. Le chantage exercé sur Preece par Kosigin était implicite, mais le récit de Jim le rendait explicite, parce qu'il avait interviewé deux ex-enquêteurs d'Alliance ayant participé aux recherches ainsi que des membres de l'équipe de chercheurs dirigée par le psychiatre.

Dont le docteur Eric Korngold.

Jim avait eu deux entretiens très cordiaux avec Korngold. C'était Korngold qui avait reconnu le chantage. Preece s'était confié à lui, à l'époque. Mais le docteur Korngold était mort et Jim s'était retrouvé bloqué jusqu'au moment où il pourrait obtenir une confirmation. Le seul membre de l'équipe de chercheurs qu'il connût était le docteur Killin. Il avait donc entrepris de harceler Killin et Killin avait averti Kosigin.

Et Kosigin avait décidé qu'il fallait éliminer le journaliste.

Les recherches de Jim étaient impressionnantes, et effrayantes. Il dressait la liste des pays du monde où les maladies neurologiques étaient en augmentation et montrait que ces augmentations correspondaient à l'introduction des herbicides et des pesticides de la CWC dans l'agriculture de ces nations. Il y avait des extraits d'interviews de fermiers et de médecins, de spécialistes de l'industrie chimique et d'écologistes. Partout, de plus en plus de fermiers tombaient malades. Le stress, disaient les sceptiques. Mais Jim avait fait des constatations différentes. Et quand la police commençait effectivement à s'intéresser aux effets secondaires des pesticides, la CWC changeait simplement de sphère, se concentrait sur les pays du tiers-monde.

Jim avait trouvé une corrélation avec les producteurs de tabac qui, lorsque les marchés occidentaux s'étaient réduits après les campagnes alarmantes de santé publique, avaient simplement ouvert de nouveaux marchés sans défiance... l'Afrique, l'Asie... La CWC agissait de même dans le domaine de la chimie. De plus, au moment où il écrivait, Jim apprenait l'existence de coups tordus permettant d'introduire les pesticides dans les pays du tiers-monde. Des accords étaient trouvés avec les gouvernements, les régimes et les dictateurs, de l'argent aboutissant sur des comptes secrets et les barrières douanières disparaissant soudain. Jim faisait allusion à des liens entre la CWC et la CIA, du fait que la CIA voulait être présente dans les pays où la CWC prenait pied. C'était un complot global impliquant les gouvernements, la communauté scientifique et tous les gens qui doivent manger.

Jim avait travaillé dur et vite pour élaborer son argumentation. Il avait agi ainsi pour une raison simple, qu'il exprimait à la fin du dossier : « Je crois que des gens tueraient pour garder ce secret car, alors que divers éléments sont parfaitement connus, assurément parmi les groupes de pression écologistes, personne n'a été en mesure de les lier globalement. On dit qu'on est ce qu'on mange. Dans ce cas, nous sommes du poison. »

À la fin, Jim donnait l'adresse de Marie Villambard et, dessous, des instructions. Elles indiquaient à Reeve où il trouverait les « preuves concrètes ». Jim avait caché les documents... transcriptions, notes, archives et cassettes des interviews. Il y avait une boîte dans la ferme de Jilly Palmer, près de Tisbury. Jilly Palmer : Reeve se souvint de sa longue natte de cheveux châtains, de ses joues roses. Josh Vincent l'avait présentée à Jim, qui lui avait immédiatement fait confiance. Il lui avait demandé de garder un carton et de n'en parler à personne, sauf si on lui disait qu'on avait appris son existence sur le disque.

« Je conserve une partie de la documentation sur moi, concluait Jim. Ainsi, en cas de cambriolages soudains et mystérieux, ils croiront avoir trouvé ce qu'ils sont venus chercher. »

Puis un ultime message : « Pour accéder au niveau suivant du jeu, appuyer sur ctrl+N. Pour quitter, appuyer sur Echap. »

Reeve appuya sur « Echap » et éteignit l'ordinateur. L'histoire était là depuis le début, sous son toit. Il n'était pas très solide sur ses jambes quand il se leva. Il ne pouvait réfléchir, ne pouvait se concentrer que sur son frère. Il descendit à la cuisine et parvint à préparer une boisson chaude, puis il s'assit à la table et but lentement, le regard fixe.

La tasse était aux trois quarts vide quand il se mit à pleurer.

Il avait prévu de téléphoner à Jay dans la soirée, ce qui lui donnait toute la journée pour se préparer. Dormir figurait en haut de la liste, mais il devait d'abord retourner au bateau.

La mer était calme, en ce début de matinée, et l'aube facilita la navigation. Le trajet jusqu'à Mallaig fut relativement rapide. Il constata que Creech avait dormi, mais il était réveillé et avait l'air pitoyable. Néanmoins, il étudia attentivement le bateau.

– Pas une égratignure, dit Reeve, qui débarqua avec ses affaires.

Il examina les poignets de Creech. Ils étaient rouges et éraflés par endroits.

– Tu as essayé de t'échapper, hein ?

– Tu ne le ferais pas ? cracha Creech.

Reeve ne pouvait pas contester.

– Un homme de mon âge et de ma condition, ligoté comme une dinde de Noël.

Reeve le libéra et lui dit de mettre de l'eau à chauffer. Reeve posait des billets de banque sur l'établi quand Creech revint.

– C'est pour quoi ? demanda-t-il en s'efforçant de ne pas avoir l'air intéressé.

– J'ai besoin de ton aide, Kenneth. Je regrette d'avoir dû te ligoter mais, franchement, je n'avais pas d'autre solution. Si je t'avais emmené, il aurait fallu que tu marches du Loch Eynort à Stoneybridge et retour. Mais maintenant il faudrait que tu m'aides. Si tu le fais, tu empocheras cet argent, pour commencer.

Creech lorgna sur les billets.

– Comment ça, pour commencer ?

– Je te procurerai des passagers. Ils paieront ce que tu voudras. Ils voudront simplement utiliser un de tes bateaux, peut-être les deux. Comme je l'ai dit, tu pourras fixer ton prix.

L'eau bouillait mais Creech n'éteignit pas la bouilloire.

– Qu'est-ce qu'il faut que je fasse ? demanda-t-il.

Il y avait de vieilles planches, dans le hangar à bateaux. Il ne fut pas difficile d'en trouver deux ou trois qui avaient la taille convenable, ainsi que des pieux. Ils tracèrent des mots sur les planches avec la peinture taupe et, quand elle fut sèche, la décollèrent par endroits avec le décapeur thermique. Creech alla chercher de la terre et en passa sur les planches. Au bout du compte, elles parurent tout à fait authentiques.

Puis Reeve sortit de son sac un paquet de poudre rouge qu'il avait pris dans son atelier. C'était comme de la peinture en poudre mais, additionnée d'eau, elle produisait un liquide épais ressemblant beaucoup au sang. Parfois, pendant les week-ends, il s'en servait pour laisser une piste à l'intention de ses soldats. Il ne dit pas à Creech ce que c'était ni à quoi cela servait.

Ils burent du thé. Creech posait sans cesse des questions sur les hommes qui loueraient ses bateaux. Comment Reeve les avait-il connus ? Quand arriveraient-ils ?

– Je te le dirai plus tard, répondit Reeve en se levant. Il faut d'abord que j'emprunte ton matelas pendant une heure ou deux, d'accord ?

Creech hocha énergiquement la tête. Reeve sortit le Beretta de son sac, l'agita sous le nez de Creech et emporta son thé avec lui jusqu'au matelas.

Creech décida de rester assis à table jusqu'au réveil de Gordon Reeve, même si cela devait prendre longtemps.

Reeve emmena Creech quand il alla donner le coup de téléphone. Pas parce qu'il ne lui faisait pas confiance mais parce que Creech se méfiait de lui.

Ils se serrèrent dans une cabine téléphonique située au bout d'un chemin conduisant à une ferme et Reeve appela.

La réceptionniste d'un hôtel répondit et Reeve demanda la chambre de M. Rowe. Jay décrocha à la première sonnerie.

– C'est moi, dit Reeve sur un ton glacial.

– Qui d'autre ? Il faut que je te remercie, philosophe. Il y avait longtemps que je rêvais d'un prétexte permettant de revenir au pays. Tous frais payés, en plus.

– Kosigin est généreux. Tu ne redoutais pas qu'il te dénonce au régiment ?

– Je ne crois pas que c'est ce que tu veux.

– Tu as raison.

– Quand et où se voit-on ?

– Sur une île. Pas très loin de chez moi.

– Tu veux avoir l'avantage du terrain, hein ? Je ferais la même chose. Donne-moi les détails.

– Va à Mallaig.

Reeve épela le nom, puis reprit :

– Au nord de la ville, il y a un hangar à bateau près duquel une vieille Saab est garée. Tu trouveras très facilement. Le propriétaire du hangar à bateau est un nommé Creech.

Il épela également le nom, puis conclut :

– Il te louera une embarcation.

– Une embarcation ? Hé, il ne faudra pas que je rame, comme dans la chanson ?

Reeve ne releva pas.

– Auras-tu besoin d'un seul bateau ?

Jay rit.

– Ce n'est que toi et moi, philosophe.

– Je n'en doute pas. Creech saura où aller. Il te donnera des indications. Évidemment, il faudra payer la location.

Reeve regarda Creech, dont la langue apparut un instant entre ses lèvres.

– Évidemment. Je suis impatient de te revoir. Nous avons beaucoup de choses à nous raconter.

Reeve battit des paupières pour chasser la brume rose. Bientôt, se dit-il. Bientôt. Mais il ne fallait pas qu'il se laisse dominer par la colère. Il fallait qu'il la contrôle.

– Apparemment, Kosigin veut absolument ces cassettes.

Jay se contenta de rire.

– Allons, philosophe. On sait, toi et moi, que ce n'est pas une question de cassettes. Rien à foutre de Kosigin. Rien à foutre des cassettes. C'est entre toi et moi, pas vrai ?

– Tu es intelligent, Jay.

– Pas autant que toi, philosophe, mais je fais de mon mieux.

Reeve raccrocha et sortit de la cabine.

– Il vient ? demanda Creech.

– Il vient.

– Quand ?

– Le temps de faire le trajet. Amène-toi.

– Où on va ?

– Au hangar à bateaux. Il faut que tu me déposes quelque part.

– Sur une île ?

– Oui.

– Laquelle ?

Reeve le lui dit.

24

Jay et ses hommes quittèrent Londres dans trois voitures.

Ils roulèrent régulièrement, dans un silence presque complet. La voiture de tête avait une carte. Les trois véhicules disposaient de matériel de transmission : radios, téléphones mobiles, récepteurs de poche.

– Et si tout ça ne marche pas, avait dit un des hommes, on pourra toujours siffler.

Il y avait en tout dix hommes. Jay les répartit en deux patrouilles de quatre et une patrouille de deux. La sienne était celle de deux hommes. Son second était un ancien flic de LA nommé Hestler. Hestler était très bon ; Jay avait déjà travaillé avec lui. Cependant, Jay avait dû organiser la mission en hâte, trouver des hommes rapidement, et quelques-uns des autres membres du groupe lui étaient inconnus. Deux d'entre eux n'étaient pratiquement que des gamins des rues, d'anciens membres de gangs. Ils avaient l'air mauvais, mais l'apparence compte très peu. Reeve pourrait s'approcher d'eux par-derrière et les éliminer. Quand il découvrirait leur air mauvais, leurs yeux seraient déjà vitreux.

Jay et son équipe n'étaient pas allés directement à Heathrow. Il savait que la douane est parfois rigoureuse. Ils étaient donc allés à Paris, avaient chargé un agent français de leur fournir des voitures et avaient traversé la Manche par le ferry. Ce fut lent, mais cela leur permit de s'assurer que personne ne s'intéresserait au contenu des grosses caisses métalliques qu'ils apportaient de France.

Les caisses étaient en aluminium poli, semblables à celles où on transporte le matériel de cinéma. Il aurait pu y avoir des caméras vidéo, à l'intérieur, mais tel n'était pas le cas. Elles contenaient un matériel identique à celui qu'ils avaient utilisé lors de la mission Villambard.

Tout le monde était fatigué, Jay le savait. Ils venaient juste de s'installer à l'hôtel quand Reeve avait téléphoné. Reeve jouait probablement sur ce facteur. Il maintenait Jay en mouvement, l'empêchait de dormir. Jay avait envisagé de rester à Londres, de prendre du repos et de partir le lendemain matin. Mais il était impatient d'en finir. Il était prêt. Il aurait le temps de dormir ensuite.

Il savait que tout le monde ne partageait pas son enthousiasme. Les passagers des voitures tentaient de dormir. Ils changeaient de chauffeur d'heure en heure, s'arrêtaient toutes les trois heures pour se dégourdir les jambes et boire du café. La carte, un atlas routier Collins, indiquait que Mallaig se trouvait dans les Scottish Highlands, très loin de Londres mais tout près de chez Reeve. Reeve les attirait sur son territoire. Mallaig était une ville côtière mais ne se trouvait pas dans une région complètement déserte. Cela ne gênait pas Jay. Quand il ne travaillait pas, il aimait s'échapper de LA, filer à l'est dans les forêts et les montagnes de San Gabriel et de San Bernardino. Il en connaissait tous les coins. Il était bon skieur, bon alpiniste et bon coureur. À l'automne précédent, il avait passé quinze jours dans une région sauvage, sans voir âme qui vive. Il savait que Reeve organisait des stages de survie, mais doutait qu'ils fussent aussi durs que l'entraînement qu'il s'imposait. En outre, bien entendu, Jay avait suivi la même formation que Reeve, les mêmes marches épuisantes dans les marécages et les montagnes. Il ne croyait pas que les Highlands le déstabiliseraient.

Mais il n'en allait pas de même de ses troupes. Il s'agissait essentiellement de citadins, habitués au combat de rue et à la loi des armes à feu. Seuls deux d'entre eux, hormis Jay, avaient servi dans les forces armées. Le premier était Hestler, le second un Amérindien robuste mais ventru, nommé Choa, dont l'activité principale était videur dans une boîte de Sunset Boulevard. Un acteur y était mort, il y avait quelque temps, mais le nom de Choa n'avait pas été mentionné...

Reeve s'en était tiré jusque-là. Il s'était très bien débrouillé. Mais il s'était contenté de frapper rapidement puis de disparaître. Jay ne croyait pas que la confrontation lui serait aussi favorable. Jay avait toujours l'avantage et autrement, il n'aurait pas accepté le face-à-face.

Ils arrivèrent à Mallaig à dix heures du matin. Il pleuvait depuis qu'ils avaient franchi la frontière. Les essuie-glaces étaient au maximum mais cela suffisait à peine. Il n'y avait pratiquement pas de route au nord de Mallaig, et le village suivant, Mallaigvaig, était le terminus. Arrivé là, on ne pouvait que faire demi-tour et regagner Mallaig.

Mais juste avant d'atteindre Mallaigvaig, ils virent le hangar à bateaux et la Saab.

– Hestler avec moi, dit Jay.

À la dernière station-service, ils avaient ouvert les caisses métalliques et quand les deux hommes descendirent de la voiture de tête, chacun avait un Heckler & Koch MP5 réglé sur une rafale de trois coups. Ils gagnèrent la porte du hangar au pas de course et Jay frappa à coups de pied. Ils se postèrent de part et d'autre de l'embrasure, puis attendirent qu'on ouvre.

Quand le battant s'entrouvrit, Jay le poussa d'un coup d'épaule, projetant Kenneth Creech sur le dos, qui se trouva confronté à la gueule d'un pistolet-mitrailleur.

– Tu es Creech ?

– Mon Dieu.

– *Tu es Creech ?*

Creech parvint finalement à acquiescer. Hestler, qui avait fait le tour du hangar, annonça :

– Personne.

Puis il gagna la porte et fit signe aux autres de les rejoindre.

– Tu connais un nommé Reeve ?

Creech acquiesça derechef.

– Qu'est-ce qu'il t'a dit ?

– Il a dit que... que vous auriez besoin d'un bateau.

– Pour aller où ?

– À Skivald. C'est une petite île près de South Uist.

Jay se tourna vers Hestler.

– Demande à quelqu'un d'apporter la carte.

Il se tourna à nouveau vers Creech, ajouta :

– Je constate que tu t'es pissé dessus.

Une tache, sur le pantalon de Kenneth Creech, grandissait rapidement. Jay sourit, reprit :

– Ça me plaît. Maintenant, Creech, quelle est la superficie de Skivald ?

– Elle fait environ deux kilomètres et demi sur un kilomètre.

– Petite.

– Oui.

Choa donna l'atlas routier à Jay, qui le posa par terre, s'accroupit et le feuilleta. Le MP5 resta braqué entre les yeux de Creech.

– Je ne la trouve pas, dit finalement Jay. Montre-la-moi.

Creech se redressa et regarda la carte. Il montra du doigt la position de Skivald, au nord du Loch Eynort.

– Il n'y a rien.

– Non, répondit Creech, elle n'est pas indiquée. Vous ne la trouverez pas sur les cartes.

Jay plissa les paupières.

– Qu'est-ce qui se passe, Creech ?

L'extrémité de l'arme toucha le haut de l'arête du nez de Creech. Creech ferma les yeux, qui pleuraient.

– Bon sang, Creech, tu fuis par tous les orifices.

Les hommes, qui s'étaient réunis autour d'eux, rirent. Leur présence ne le rassura pas, au contraire, il se sentit encore plus mal.

– Il est moche, dit un des jeunes.

Il avait porté son uniforme – T-shirt noir aux manches coupées et gilet en jean – pendant l'essentiel du voyage, mais il les avait convaincus de s'arrêter dans une station-service, au sud de Carlisle, pour acheter quelque chose de plus chaud. Les autres étaient restés dans les voitures.

– Ça m'étonnerait que les magasins d'ici vendent des vêtements, avait marmonné Jay.

Mais le jeune était revenu avec une veste en cuir marron à doublure de laine. Jay ne lui demanda pas où il l'avait trouvée. Il savait qu'il aurait dû se mettre en colère ; dépouiller quelqu'un de sa veste revenait à annoncer publiquement leur présence. Mais il doutait que la victime aille se plaindre à la police, qui ne prendrait sûrement pas au sérieux la présence d'un voyou américain dans les rues de Carlisle...

– Putain, mec, je hais les gens moches, dit le jeune en traînant des pieds.

– Tu as entendu, Creech ? demanda Jay. Il te hait. Tu devrais peut-être m'aider à le calmer, sinon on ne sait pas ce qu'il pourrait faire.

Comme en guise de réponse, le jeune, qui s'appelait Jiminez, ouvrit adroitement un couteau philippin doré.

– Reeve m'a obligé à le conduire sur l'île, bredouilla Creech.

– Ah oui ? Quand ?

– Hier soir.

– Est-ce qu'il a un moyen de quitter l'île ?

Creech secoua la tête.

– Tu en es sûr ?

– Absolument. Il pourrait le faire à la nage, c'est tout.

– Autre chose, Creech ?

Creech se passa la langue sur les lèvres.

– Non.

Jay sourit et se redressa.

– Vas-y, ordonna-t-il.

Jimenez n'attendait que ça. Le couteau dessina un éclair sur la cuisse de Creech, qui grimaça, y posa la main. Du sang apparut entre ses doigts.

– On pourrait te faire passer un très mauvais quart d'heure, Creech, dit Jay en faisant le tour du hangar. Tu as de beaux outils, qui nous seraient bien utiles. Il suffit d'un peu de... créativité.

Il prit le décapeur à air chaud, ajouta :

– Où y a-t-il une prise ?

– Je le jure devant Dieu ! dit Creech.

– Qu'est-ce qu'il a emporté, Creech ? demanda Jay. Tu dis que tu l'as conduit sur l'île, tu as forcément vu ce qu'il a pris.

– Il avait un sac. Une sorte de fourre-tout. Il avait l'air lourd.

– Et ?

– Et il avait... il avait une arme.

– Comme celle-ci ? demanda Jay en agitant le MP5.

– Non, un simple pistolet.

– Un pistolet ? C'est tout ?

– C'est tout ce que j'ai vu.

– Mmm. Tu n'as rien vu d'autre ? Pas de pièges ?

– Des pièges ?

– Oui, pour capturer les animaux.

– Je n'ai rien vu de tel.

Jay avait fait le tour de la pièce. Il s'accroupit à nouveau devant Creech. C'était son heure de gloire. Il se donnait en spectacle autant pour Creech – qui était de toute façon terrifié depuis le début – que pour ses hommes. Il fallait qu'il impressionne ceux qui ne le connaissaient pas. Il avait besoin de leur respect, de leur loyauté et, dans une certaine mesure, de leur peur. C'est ainsi qu'on commande.

– Autre chose, Creech ?

Il savait que, s'il continuait de poser des questions, Creech continuerait de répondre. Il irait jusqu'à dévoiler les détails les plus minuscules, certain de saigner à nouveau s'il ne le faisait pas.

– Bon, dit Creech, il a fabriqué des pancartes.

– Des pancartes ? répéta Jay, le front plissé. Quel genre de pancartes ?

– Il s'est arrangé pour qu'elles aient l'air vieilles. Elles avertissaient de dangers, de dangers sur l'île.

– De quels dangers exactement.

– Elles disaient qu'il ne faut pas aller sur l'île. Qu'elle est infectée par l'anthrax.

Jay se redressa et rit.

– C'est dingue, dit-il.

Il se tourna vers Hestler, qui souriait sans avoir compris. Hestler avait de courts cheveux noirs, une longue barbe noire et un visage dont les marbrures rouges disparaissaient sous un bronzage permanent.

– Tu sais ce qu'il fait ? demanda Jay.

Hestler reconnut qu'il ne savait pas.

– Il va disséminer ces pancartes, à moitié cachées, comme s'il les avait déterrées. Quand on les trouvera, on sera censés paniquer. Et pendant qu'on paniquera, il nous abattra avec son pistolet.

– Qu'est-ce que c'est que l'anthrax ? demanda un des Chicanos.

– Un poison, répondit Jay. Un dixième de millionième de gramme est mortel. L'armée l'a effectivement expérimenté dans les années 1950.

Il se tourna vers Creech.

– Pas vrai ?

Creech acquiesça.

– Mais l'île à laquelle vous pensez est au nord d'ici.

– Et elle n'est pas sur les cartes ?

Creech acquiesça une nouvelle fois.

– Oui, c'est peut-être ce qu'il a pensé. Il choisit une île que les cartographes n'ont pas pris la peine de mentionner et s'arrange pour qu'on la croie infectée. Trop compliqué, Gordon. Beaucoup trop compliqué.

Il se tourna vers Choa et ajouta :

– Prends Watts et Schlecht et apportez le matériel ici.

Choa entraîna les deux hommes dehors. Watts était de haute taille et sec comme un coup de trique, mais étonnamment fort. Jay lui avait été opposé dans un concours de bras de fer, au gymnase, avait parié trois cents dollars qu'il le battrait en moins d'une minute. Watts l'avait vaincu en onze secondes.

Schlecht était une relation de Watts et c'était pratiquement tout ce que Jay savait. De petite taille, il avait des biceps énormes et un cou de taureau. Tel Ollie face à Watts, qui évoquait Stan Laurel. Schlecht avait même la moustache de Hardy, mais son visage bosselé, couvert de cicatrices et méchant faisait penser à un animal.

Les trois autres membres de l'équipe avaient été proposés par Hestler, ce qui convenait parfaitement à Jay. Ils étaient frères : Hector, Benny et Carl. Pour une raison quelconque, ils ne dévoilèrent pas leur nom de famille. C'étaient apparemment les maillons les plus faibles, ouvrant de grands yeux pendant le vol, émerveillés dans les hôtels, à Paris et à l'agence de location de voitures, comme si l'Europe était un parc d'attractions à thème géant. L'un d'eux avait même apporté un appareil photo, que Jay avait immédiatement confisqué.

Hestler admettait qu'ils se comportaient comme des enfants, mais il les avait vus se battre. Quand ils étaient lancés, d'après lui, c'étaient de vraies terreurs. Il croyait que leur formation morale reposait sur les jeux vidéo et les westerns spaghetti.

Il fallut faire plusieurs voyages pour apporter le matériel. Tout le monde était mouillé et ça ne plaisait à personne.

– Déballez, ordonna Jay.

Hestler se tourna vers lui.

– On y va maintenant ?

– Pourquoi pas ?

– Il pleut des cordes !

– Hestler, on sera dans un putain de bateau. On se mouillerait même si le ciel était aussi bleu que le matin en Caroline du Nord. Je parie que tu es du genre à sortir de la piscine quand il se met à pleuvoir.

Cela déclencha de nouveaux rires. Hestler n'apprécia pas la vanne de Jay, mais cessa de contester ses décisions.

Jay se tourna vers Jiminez.

– Essaie de trouver des cirés.

Jiminez acquiesça et se mit au travail. Choa, Watts et Schlecht s'occupaient de l'armement. Chaque homme avait une mitraillette, un MP5 ou un Cobray M11. Ils reçurent également un pistolet, des munitions et un poignard. Jiminez refusa le poignard, préférant le sien. Seuls Hestler et Jay reçurent des grenades... ordre de Jay. Même si les autres avaient été lanceurs de base-ball professionnels, il ne leur aurait pas confié des grenades.

– On prend ces trois sacs, dit Jay en montrant ceux auxquels il pensait. Si vous avez des vêtements secs, mettez-les dans un sac à dos.

Watts et Schlecht distribuèrent les sacs à dos. Ils ne pouvaient contenir que des vêtements de rechange et quelques provisions. Ensuite, ce furent les ceintures et les holsters. C'était à peine si Creech en croyait ses yeux. Il ne se sentait plus aussi coupable d'avoir donné Reeve. Après tout, Reeve ne lui avait pas dit dans quoi il s'engageait.

Creech n'espérait plus qu'une chose, en sortir vivant.

Jiminez avait trouvé des vêtements étanches, mais il n'y en avait pas assez pour tout le monde. Jay examina les deux bateaux, un seul étant assez grand pour transporter tout le monde. Il décida d'utiliser les deux ; une solution de rechange ne pouvait nuire.

– Est-ce qu'ils sont prêts à prendre la mer ? demanda-t-il à Creech.

– Ils ont peut-être besoin d'essence, répondit Creech, essayant de se rendre utile.

– Occupe-t'en. Hector, surveille-le. Benny et Carl, allez déplacer les voitures, essayez de les cacher.

Les trois frères acquiescèrent. Jay était toujours incapable de les distinguer. Songeur, il se mordilla la lèvre inférieure. La mission coûtait cher à Kosigin ; il ne fallait pas qu'il y ait la moindre bavure.

– Hé, Hestler, tu sais barrer ?

– Un peu, répondit Hestler.

Hestler avait pratiquement tout fait, dans sa vie ; c'était une des raisons de son utilité.

– O.K., dit-il, tu prends le petit bateau. Les trois frangins iront avec toi. Nous, on prendra l'autre.

Il regarda Creech, qui descendait, avec un bidon d'essence, la courte échelle métallique permettant d'accéder aux embarcations.

– Tu barreras le gros, Creech.

Creech se força à acquiescer.

– Euh..., fit-il.

Mais il avala sa salive. Il était sur le point de demander ce qu'il toucherait mais, quand il regarda Jay dans les yeux, cela lui parut soudain sans importance.

Ce n'était pas un jour où il faisait bon naviguer. Le Minch était célèbre de toute façon, mais ce type de journée ajoutait simplement à sa réputation. Les deux bateaux restaient en contact radio car, même s'ils n'étaient qu'à dix mètres l'un de l'autre, les cris ne se seraient pas entendus et les gestes eux-mêmes auraient présenté des difficultés, puisque les hommes se cramponnaient à deux mains pour éviter de passer par-dessus bord.

– Je crois qu'on devrait rentrer, dit plus d'une fois Hestler à Jay.

Jat s'était contenté de secouer la tête, sans se soucier de savoir si Hestler, depuis l'autre bateau, le voyait ou non. Le Chicano, dont Jay avait oublié le nom, dégueulait pardessus bord, le visage presque vert. Jiminez ne paraissait pas très en forme mais regardait droit devant lui, refusant de reconnaître qu'il avait un problème. Watts et Schlecht avaient déjà navigué « mais jamais sans transporter de la dope ». Choa fixait la mer comme si sa fureur pouvait la contrôler, comme elle lui permettait de contrôler les gens. Il apprenait une leçon très ancienne.

– Qu'est-ce qui se passe si on chavire ? glapit le Chicano et s'essuyant la bouche du dos de la main. Qu'est-ce qui se passera ?

Jay dit quelque chose que le jeune homme ne comprit pas. Jiminez répéta à l'intention de son ami.

– On se replie.

– On se replie ? On se replie où ?

Le Chicano recommmença à vomir et cela mit un terme à la conversation.

– Le vent tombe, annonça Creech.

Il était pâle, mais pas à cause du mauvais temps.

– D'après la météo, ça devait s'arranger en fin d'après-midi, ajouta-t-il.

– On aurait dû attendre, gronda Choa.

Jay le dévisagea, puis se tourna à nouveau vers la mer. Elle était du même gris que les navires de la Marine et de hautes traînées d'embruns jaillissaient des crêtes des vagues. Oui, il aurait dû attendre. Désormais, en arrivant sur l'île, il ne serait pas cent pour cent prêt à la bataille. Il se demanda si le philosophe avait prévu cela...

Hestler essuya l'eau qui lui piquait les yeux ; il pensait la même chose que Jay.

Jiminez et son ami fixaient Jay, s'interrogeaient.

– Qu'est-ce qu'il fout ? demanda l'ami de Jiminez.

– Il chante, répondit Jiminez.

Jay chantait *Row, row, row your boat* à pleine voix.

Personne ne se joignit à lui.

– La voilà ! dit finalement Creech. Voilà l'île.

Il était aussi soulagé que les autres, même s'il éprouvait aussi une certaine terreur. Les mains se crispèrent sur les armes, les yeux scrutèrent la côte.

– On ne peut débarquer que sur ce petit bout de plage.

La plage était une mince bande de sable si noir qu'il aurait pu s'agir de poussier. Les alentours étaient érodés et il semblait n'y avoir qu'une marche abrupte de la plage à la terre et à l'herbe.

– Qu'est-ce que je fais ? demanda Creech.

– Échoue le bateau.

– Il n'est pas fait pour ça.

– Conduis-nous aussi près que possible et jette l'ancre. Ensuite, on gagnera la plage. Otez vos chaussures !

Choa examinait la plage pas plus grande qu'un mouchoir de poche. Jay lui demanda à quoi il pensait.

– Il est là depuis hier soir, répondit Choa. Il est prêt. À sa place, je nous abattrais pendant le débarquement.

– Je ne le vois pas.

– Comme j'ai dit, il a eu le temps de se préparer.

– Tu penses au camouflage ?

Jay accepta cette éventualité et porta ses jumelles à ses yeux. Il scruta l'horizon lentement, soigneusement.

– Il n'est pas là, dit-il à Choa en lui donnant les jumelles.

Choa regarda.

– Il faudrait peut-être, dit-il, faire le tour de l'île en bateau, voir si on remarque quelque chose. Il a peut-être piégé la plage. Pas d'empreintes de pas, mais avec ce vent et cette pluie, ce n'est pas étonnant. Les empreintes de pas sont effacées en quelques minutes.

Choa avait une voix grave et rocailleuse, semblait connaître son affaire ; il était issu, après tout, d'une race de chasseurs et de trappeurs.

Mais Jay secoua la tête.

– Il ne s'y prendra pas comme ça.

Il n'aurait su dire pourquoi, mais il en était absolument sûr.

Il attachèrent le petit bateau au gros puis jetèrent l'ancre.

– Tu viens avec nous, dit Jay à Creech. Il ne faut pas que tu te barres et que tu nous abandonnes.

Creech parut résigné.

Les jambes de pantalon roulées, ils gagnèrent la rive, les chaussures autour du cou, les sacs sur le dos, les premiers braquant leurs armes sur la plage, les derniers transportant les trois caisses.

La pluie était presque horizontale quand Jay réunit ses troupes autour de lui.

– N'oubliez pas, dit-il. Il y a des pancartes qui indiquent une contamination à l'anthrax. C'est du bluff, donc ne vous étonnez pas si vous en rencontrez une, même si elle est bien cachée. D'accord ? Quittons la plage.

Il regarda autour de lui, ses yeux s'immobilisant sur le Chicano sans nom.

– Reste ici avec Creech. Ne le laisse pas approcher des bateaux, compris ?

– Compris.

Les autres se dirigèrent vers le chemin étroit qui débouchait sur la plage. Il se divisait en deux et Jay répartit ses hommes en deux unités.

Le Chicano adressa un signe de la main à son collègue et braqua son arme sur Creech.

– C'est un pays horrible.

– On s'y habitue, répondit Creech, qui alla se mettre à l'abri de l'aplomb.

Il coupait le vent et, assis au pied, on était complètement à l'abri. Le Chicano ne s'assit pas près de lui – il fallait qu'il monte la garde – mais ne s'éloigna pas trop non plus. Il fit les cent pas sur la plage, guettant Reeve et gardant un œil sur Creech. Il savait qu'ils finiraient par l'éliminer, probablement dès qu'ils auraient regagné la côte. Le jeune homme frissonna et haussa les épaules. Il s'était aperçu que la laine de sa veste en cuir marron était synthétique, inutile. Il remarqua que celle de Creech semblait chaude.

– Hé, dit-il, t'as pas besoin de ça. Donne-le-moi.

Et il chargea son arme de dire « s'il te plaît ». Creech ôta sa veste en velours marron. Le Chicano était obligé de poser son arme pour l'enfiler par-dessus celle qu'il portait déjà.

– Tu bouges, je te tue, dit-il à Creech, qui leva pacifiquement les mains.

Le Chicano posa son arme sur le sable et se redressa.

À cet instant, il vit quelque chose d'incroyable. La terre s'ouvrit, au sommet du talus, et un homme jaillit, tel un zombie. L'homme se jeta sur le Chicano, qui tomba à la renverse. Il tenta de sortir son pistolet de son étui puis s'immobilisa soudain, les yeux fixés sur le manche du poignard fiché dans sa poitrine.

Creech se leva d'un bond, la bouche ouverte en un hurlement silencieux.

Gordon Reeve se redressa et regarda le jeune homme dont les mains s'agitaient convulsivement autour du manche comme des papillons autour d'une flamme. Il posa un pied sur l'estomac du mourant et retira la lame, du sang jaillissant de l'entaille. Creech avait tourné la tête et vomissait sur le sable. Les yeux du Chicano se fermaient quand Reeve essuya la lame sur la veste de Creech.

Il avait mis longtemps à trouver l'endroit idéal, plus longtemps encore à creuser le trou. Il s'était servi d'une pelle pliable, qui provenait de son atelier, commençant par gratter une couche d'humus et d'herbe de dix centimètres d'épaisseur. Quand le trou fut terminé, et Reeve installé dedans, il avait remis la couche d'herbe en place, convaincu d'être invisible.

Il y était resté pratiquement dix heures, redoutant des engelures aux pieds alors que l'eau montait et que la pluie ne cessait pas.

– Et d'un, dit-il.

– Ils sont dix, bredouilla Creech en s'essuyant les lèvres.

– Je sais, je vous ai vus arriver, dit Reeve en le regardant fixement. Et j'ai entendu ce que Jay a dit à propos des pancartes.

– Il fallait bien que je lâche quelque chose. Je crevais de trouille, je dois le reconnaître.

– Pas de problème, Kenneth. Je savais que Jay apprendrait leur existence.

– Quoi ?

– Il s'attendait à un piège et tu lui en as fourni un. Il n'était pas préparé à l'autre. Viens.

– Où ?

– On retourne au bateau.

Creech parvint à pousser un cri de soulagement. Ils entrèrent dans l'eau et étaient à mi-chemin du bord quand un rugissement retentit sur l'île. Jiminez était venu voir comment son ami se débrouillait. Il courait maintenant en direction du corps, hurlant quelque chose en espagnol de toutes ses forces.

– Vite ! dit Reeve.

Comme si Creech avait besoin qu'on le lui dise. Ils se cramponnèrent au plat-bord du grand bateau et s'y hissèrent, Creech redécouvrant une énergie qu'il n'avait pas connue depuis des années. Une explosion retentit soudain derrière eux et Reeve tourna la tête, vit de la fumée monter vers le ciel, de la terre retomber tout autour.

– Apparemment, quelqu'un a marché sur une de mes surprises.

Il avait tendu des fils en travers des deux chemins. Les charges étaient capables d'éliminer deux hommes, peut-être trois s'ils étaient proches les uns des autres. Une seule explosion, cependant ; l'autre groupe s'était arrêté avant le fil. Il avait dû entendre le hurlement et reprendre le chemin de la plage. Les hommes apparurent. Ils coururent jusqu'au bord de l'eau en tirant.

Creech lança le moteur. Il était chaud et démarra immédiatement. Reeve s'occupa de l'ancre, coupa la corde d'un seul coup de poignard.

– Allons-y ! cria-t-il.

Ils partirent, traînant l'autre bateau derrière eux. Quand ils furent hors de la portée des balles, Reeve ordonna à Creech de couper le moteur. Il fallut le lui dire deux fois ; mais, même la seconde fois, il n'en crut pas ses oreilles.

– Pourquoi ?

– Parce que je veux regarder.

Reeve avait un sac à dos, dont il sortit une paire de puissantes jumelles. Jay semblait parler à ses hommes, qui se tenaient autour du cadavre. À l'expression de leurs visages, Reeve comprit qu'il avait remporté une victoire importante. Ils n'étaient pas furieux ou décidés à se venger ; ils étaient horrifiés. Le doute pénétrerait désormais dans leur esprit. Ils étaient quatre, y compris le jeune Latino qui était arrivé le premier sur la plage. Quatre. Ce qui signifiait qu'une unité composée des cinq hommes restants avait déclenché l'explosion. Le Latino s'était repris et engueulait Jay, agitant les bras d'un air accusateur. Des larmes roulaient sur son visage.

Reeve déplaça les jumelles et vit les survivants de son piège regagner la plage. Ils étaient couverts de sang et gravement blessés. Un homme avait une branche fichée dans la jambe, l'autre semblait avoir perdu une oreille. Seuls deux revinrent.

Reeve prit le temps de se rechausser avant de porter à nouveau les jumelles à ses yeux. Jay, sur la plage, braquait également des jumelles sur Reeve.

Et il souriait.

Le sourire parut attiser encore la colère du jeune Latino. Il fit pivoter Jay, de sorte qu'ils se trouvèrent face à face. Reeve vit ce que le jeune homme, tout près de Jay, ne pouvait remarquer. Il vit la main de Jay se poser sur l'étui, le vit sortir le pistolet. Il le vit reculer d'un pas, lever sa main armée, tirer une balle dans le front du garçon. Puis Jay se tourna à nouveau vers Reeve.

Reeve comprit le message.

– Qu'est-ce qu'ils font ? dit Creech. Ils s'entretuent ?

– Il se débarrasse de l'excès de bagage, rectifia Reeve sur un ton morne.

À travers les jumelles, il vit Jay ordonner aux deux hommes indemnes d'ouvrir une des caisses. Les deux autres, blessés par l'explosion, étaient assis sur le sable, serrés l'un contre l'autre. Jay les regarda, mais sans la moindre intention de les réconforter. Il s'intéressait davantage à la caisse métallique. Reeve comprit alors pourquoi et vit aussi pourquoi Jay avait été heureux que Reeve et Creech restent.

Un lance-grenades.

– Merde, dit-il.

– Qu'est-ce que c'est ? demanda Creech en le rejoignant. Qu'est-ce qu'ils font ?

– Éloigne le bateau, dit Reeve.

Sa voix tomba quand il vit le contenu des autres caisses.

Deux petits canots pneumatiques et leurs pagaies.

Creech était à la barre. La plage faisait face à la côte de South Uist et Creech se dirigeait vers elle aussi directement que possible.

– Ils peuvent nous toucher à cette distance ? cria-t-il.

– Ça dépend du modèle de lance-grenades. Connaissant Jay, c'en est un bon.

Reeve ne pouvait que regarder. Cela ne servirait à rien, mais il regretta de ne pas avoir pris le Cobray du mort.

Le succès de son « piège » l'avait amené à sous-estimer Jay. Ce salaud n'était pas stupide.

– Préparation, marmonna Reeve.

Jay avait pris le lance-grenades. Il était au bord de l'eau, un genou dans le sable, les yeux fixés sur le viseur.

– Elle arrive, dit Jay, qui vit le filet de fumée au moment où la grenade fut lancée. Elle passa au-dessus du bateau et tomba cent mètres plus loin.

– Ça répond à ta question, dit Reeve à Creech, qui virait frénétiquement de bord, projetant Reeve d'un côté et de l'autre.

Une deuxième grenade arriva, n'atteignit pas le bateau mais tomba en plein sur la barque. Il y eut une explosion, du bois, du métal et un nuage de fumée noire étant projetés vers le ciel.

Creech poussa un cri strident. Reeve crut qu'il paniquait, mais il vit le morceau de bois fiché dans son épaule. Reeve alla l'aider, mais le bateau se mit à décrire des cercles. Il fallait qu'ils se mettent hors de portée. Il arracha le morceau de bois sans cérémonie, puis il écarta Creech, saisit la barre, redressa leur trajectoire.

Une autre grenade atteignit le bateau, toucha l'arrière, perça la coque. L'eau s'engouffra à l'intérieur.

– Tu sais nager ? demanda Reeve à Creech, qui acquiesça, les dents serrées à cause de la douleur.

– Même avec un bras ?

– Ça ira. On est loin de la terre ?

Reeve leva la tête. La réponse était un peu moins de huit cents mètres. Il ôta une nouvelle fois ses chaussures et les mit dans son sac à dos, qu'il ferma hermétiquement. Il était étanche et léger. En dernier recours, il s'en débarrasserait et ferait confiance à son poignard, glissé dans le fourreau fixé sur sa jambe.

– Viens, dit-il à Creech. Allons nager.

Ils s'éloignèrent du bateau qui coulait. Creech ne put s'empêcher de regarder la coque basculer, vit des bernaches et du bois qui aurait eu besoin d'être repeint.

Ils nagèrent côte à côte. Reeve ne pouvait voir, mais il supposa que Jay mettait les canots à l'eau, y embarquait avec ses deux hommes restants. Reeve avait éliminé sept hommes.

Mais il l'avait payé cher.

Il y avait du courant et la distance paraissait trois fois plus longue. Creech fut rapidement épuisé et Reeve dut l'aider. Formidable, pensa-t-il, exactement ce qu'il me faut. Toute la nuit allongé dans un trou et, maintenant, huit cents mètres à la nage en tirant un blessé.

Pendant ce temps, Jay pagayait tranquillement. La situation tournait au désavantage de Reeve.

Il tira enfin Creech sur le rivage. Creech voulut s'allonger et se reposer, mais Reeve l'obligea à se lever et le gifla deux fois.

– Il faut que tu files ! cria-t-il.

La plaie de la jambe de Creech, celle que le Chicano lui avait infligée, s'était rouverte. Ils étaient à une douzaine de kilomètres du village le plus proche, mais Reeve savait qu'il y avait une ferme, au sud, à quatre ou cinq kilomètres.

– Suis la côte, dit-il. N'essaie pas de franchir les collines. D'accord ?

Il attendit que Creech ait acquiescé. L'homme voulut s'en aller mais Reeve le saisit par le bras.

– Kenneth, je suis désolé de t'avoir entraîné là-dedans.

Creech se dégagea et se mit en route. Reeve le regarda partir, s'efforça d'éprouver quelque chose. Mais le soldat avait pris le dessus. Creech était une victime ; cela ne signifiait pas qu'on pouvait consacrer du temps aux fleurs et à la compassion. Comme pour tout le monde, c'était nager ou couler. En réalité, Reeve n'aurait même pas dû l'aider à gagner la rive. Il aurait dû économiser son énergie, ce qu'il fit alors. Il ôta ses vêtements mouillés, les tordit, les étendit pour qu'ils sèchent. Ils n'auraient pas le temps de sécher complètement, mais le vent serait un avantage. Le contenu de son sac à dos était presque complètement sec, ce qui était une chance. Il braqua les jumelles sur les canots. Il y avait deux hommes dans le premier, un dans le second. Le compagnon de Jay avait le visage fermé et une longue barbe noire, l'homme seul était apparemment un Amérindien. Reeve scruta les embarcations à la recherche d'armes : pistolets et mitraillettes ; apparemment pas de lance-roquettes. Rien de lourd. Mais il y avait quelque chose sur les genoux de Jay... Il avait cru que c'était un émetteur, mais il constata que c'était un radiocassette.

– Qu'est-ce qu'il va faire de ça ? se demanda-t-il.

Il examina ce qui l'entourait. Il connaissait très bien la région, ce qui lui donnait un avantage. La chaîne de collines comportait deux points culminants, l'Hecla au nord et le Beinn Mhor au sud, l'un et l'autre dépassant sept cents mètres. Reeve, recherché par une douzaine d'hommes, était parvenu à rester invisible pendant tout un week-end, alors qu'il ne disposait que d'une partie de cette région sauvage. Mais il devait maintenant supposer qu'il était confronté à des professionnels.

Cette fois, il jouait réellement sa vie.

Creech avait disparu. Reeve savait que Jay ne se soucierait pas de lui : il ne pouvait se permettre de perdre un tiers de son équipe. Mais, au cas où, Reeve attendit que Jay et ses hommes puissent le voir distinctement. Il enfila son pantalon, ses chaussettes et ses chaussures, noua autour de son cou les manches de sa chemise, qui battit comme une cape. Ainsi, elle sécherait plus vite. Puis il ramassa son sac à dos et son pistolet, et se dirigea vers les collines en s'assurant que ses poursuivants voyaient la direction qu'ils prenait.

Une balle heurta la terre derrière lui, mais il ne ralentit pas. Ses poursuivants avaient des MP5 ; Reeve savait que ces armes sont aussi précises d'un fusil jusqu'à environ trois cents mètres, mais il était beaucoup plus loin. Ils gaspillaient des munitions et s'en aperçurent rapidement. Ils étaient maintenant près de la rive. Il avait quatre ou cinq minutes d'avance.

Il se mit à courir.

25

Jay attendit le tout dernier moment pour sauter du canot sur la terre ferme. Il était encore pratiquement sec et entendait le rester. Les autres n'hésitèrent pas à débarquer alors qu'ils avaient encore de l'eau jusqu'aux genoux, à escalader les rochers pour gagner la terre. Ils tirèrent les canots pneumatiques sur la plage et les lestèrent avec des pierres afin que le vent ne les pousse pas jusqu'à la mer.

– On se sépare ? demanda Choa.

– Restons ensemble, dit Jay. Si c'est nécessaire plus tard, on pourra se séparer.

Il avait arraché une page de l'atlas routier – celle des Hébrides – mais c'était une carte routière, pas une carte des chemins de randonnée. Elle lui fournissait peu d'informations sur le terrain, à ceci près qu'ils étaient loin de la civilisation.

– Allons-y, dit-il en pliant la carte et en la mettant dans sa poche. Choa, vérifie ton chargeur.

C'était Choa qui avait canardé Reeve, partant du principe qu'on ne doit pas se priver de tirer sur sa cible quand on la voit. C'était la première fois que Choa se servait du MP5. L'arme lui plaisait tellement qu'il était impatient de tirer à nouveau. Il était prêt à s'en servir, sécurité dégagée.

– Éloignons-nous les uns des autres, dit Jay à ses deux compagnons. Il ne faut pas qu'on forme une cible facile. Choa surveille nos arrières au cas où il nous contournerait.

– Tu ne crois pas qu'il va simplement fuir ? demanda Hestler.

– Ça serait logique, reconnut Jay. Il est mouillé et très probablement fatigué. Il connaît l'enjeu. Mais je ne crois pas qu'il fuira. Il veut en finir autant que moi.

– Peu importe qui gagne ?

Jay se tourna vers Hestler.

– Peu importe qui gagne, dit-il. C'est participer au jeu qui compte.

Ensuite, ils marchèrent en silence, Jay donnant des instructions par signes à ses compagnons quand il estimait qu'ils étaient trop près les uns des autres. Ils ne marchaient pas en file, mais déployés selon un schéma irrégulier qu'un ennemi trouverait difficile à cibler. Jay se demanda si Reeve avait un plan. La maison de Reeve se trouvait à sept ou huit kilomètres ; logiquement, comme il organisait des stages de survie, il connaissait les collines mieux qu'eux. Peut-être même les connaissait-il très bien.

Jay savait qu'ils étaient trois contre un mais, tout bien considéré, la situation n'était pas idéale. Il regrettait de ne pas avoir de carte d'état-major, qui lui aurait permis de se faire une idée plus précise de ce qui les attendait. Mais il ne disposait que de ses yeux et de son instinct.

Et de la certitude que Gordon Reeve avait failli les faire tuer tous les deux.

La pluie se remit à tomber, comme des aiguilles acérées perçant la peau. Ils avançaient face à elle. Jay savait que Reeve n'allait pas se déplacer en ligne droite ; cela risquait de le conduire trop vite à la civilisation. Il tournerait, à un moment donné, vers le Hecla ou le Beinn Mhor. Si Jay avait disposé de trois hommes, il aurait divisé le groupe, une patrouille de deux dans chaque direction, mais il ne lui en restait que deux. Il ne regrettait pas d'avoir tué le Chicano, pas un instant, mais un autre homme aurait été utile. Benny et Carl lui avaient assuré que leur frère, Hector, ainsi que Watts et Schlecht avaient été tués par l'explosion. Jay avait promis d'aller chercher les deux blessés. Il n'était pas certain de tenir sa promesse.

Il avait eu raison sur un point : les fausses pancartes avertissant de la présence d'anthrax étaient dingues. Le philosophe savait ce qu'il faisait. Creech avait été mis au courant et avait parlé à Jay... et Jay avait cru à tort disposer d'une information importante. Elles constituaient une ruse, rien de plus, le véritable piège était les fils. Il supposa que son groupe s'était arrêté juste avant d'en rencontrer un.

Bien, Gordon... très bien.

Jay et ses deux hommes arrivèrent sur une éminence et regardèrent la vallée profonde qui s'étendait au-dessous. Il n'y avait pas trace de Reeve et aucune cachette visible. Mais Choa, grâce à ses yeux de chasseur, remarqua quelque chose, une forme sombre au flanc d'une colline. Ils avancèrent prudemment, mais ce n'était qu'une tranchée d'une trentaine de centimètres de profondeur sur environ deux mètres de long.

– C'est un trou d'homme, dit Jay.

– Un quoi ? demanda Hestler.

– Une cachette. Tu creuses et tu te caches dans le trou. Tu étends un filet sur toi et, de loin, on ne peut pas te voir.

Jay regarda autour de lui, prit conscience de la situation, ajouta :

– Il organise ses stages de survie dans cette zone. Il y a sûrement eu une chasse à l'homme à un moment donné. Il y a peut-être des dizaines de trous comme celui-ci dans les collines.

– Donc il pourrait se cacher ?

– Oui.

– Donc on est peut-être passés tout près de lui ; il est peut-être déjà derrière nous.

Hestler ôta la sécurité de son arme, reprit :

– Il faut qu'on se sépare, on couvrira ainsi davantage de terrain. Sinon, on risque d'y passer la nuit.

– C'est peut-être ce qu'il veut, fit remarquer Choa. S'arranger pour qu'on ait froid et qu'on s'égare, qu'on soit mouillés et affamés. Peut-être qu'il nous traque en attendant que notre concentration baisse.

– Il est seul, gronda Hestler.

Il regardait toujours autour de lui, mettant tout au défi de bouger. Jay constata que le MP5 de Hestler était réglé sur automatique.

– Très bien, dit-il, allez vers le nord, j'irai vers le sud. Il y a deux sommets. On en fait le tour et on se retrouve aux canots. On reste en contact par radio. Ça risque de prendre plusieurs heures. La nuit ne sera pas tombée quand on terminera. S'il n'y a pas de résultat, on réfléchira.

– Ça me va, dit Hestler en se mettant en route. Plus vite on commence, plus vite on aura fini.

Choa adressa un regard dubitatif à Jay mais suivit son équipier.

Après leur départ, Jay décida de gagner le sommet du Beinn Mhor. Il serait plus exposé mais découvrirait l'ensemble de la région.

– Vas-y, dit-il en commençant l'ascension.

– Putain, c'est incroyable, dit Hestler à Choa. On était dix au départ, merde, comment on en est arrivés là ?

– Aucune idée.

– Dix contre un. Il nous a bien baisés. J'ai envie de lui faire un deuxième trou du cul.

– Tu crois qu'il lui en faut deux ?

Hestler se tourna vers Choa.

– Il va sûrement tellement se chier dessus qu'il en aura peut-être besoin.

Choa garda le silence. Il savait que les mots sont gratuits ; en conséquence, les gens parlent trop. Il y a des gens capables de se persuader qu'ils sont surhumains. Parler peut rendre fou.

Ils virent Jay qui gravissait une pente abrupte à quatre pattes. Puis ils contournèrent la colline et le perdirent de vue.

– Ce temps, c'est la fin de tout, dit Hestler.

Choa approuva en silence. La dernière fois qu'il avait connu quelque chose de comparable, c'était dans l'Oregon, dans les montagnes. Une pluie si dense qu'on ne voyait rien. Mais, ensuite, un parfum merveilleux avait émané des arbres, des aiguilles de pin et des mousses sur lesquelles il marchait. Il n'y avait pas beaucoup d'arbres, ici. Il n'y avait pratiquement pas de cachettes, hormis ces trous. Ces cachettes invisibles ne lui plaisaient pas.

– On est loin de Los Angeles, souffla-t-il.

Hestler eut un rire étouffé.

– Tuer c'est tuer, dit-il. Peu importe où on le fait et pour qui on le fait.

– Regarde, dit Choa, le bras tendu.

Il avait de bons yeux. Il avait vu le trou et venait de remarquer une petite tache sur le sol. Quand ils arrivèrent près d'elle, ils constatèrent qu'elle était mouillée et grasse au toucher. C'était du sang.

– Ce salaud est blessé ! dit Hestler.

– Avertissons Jay par radio.

– Pas question, ce salaud est peut-être tout près. On y va.

Hestler partit, mais Choa ne bougea pas. Il prit la radio suspendue à sa ceinture.

– On a trouvé quelque chose, dit-il.

Puis, comme Hestler était sur le point de disparaître :

– Hé ! Attends une minute !

Mais Hestler poursuivit son chemin.

– Qu'est-ce qu'il y a ? demanda Jay.

Il semblait un peu essoufflé, mais pas beaucoup.

– Du sang, très frais.

– Impossible.

– Puisque je te dis...

– Je ne crois pas qu'il soit blessé.

– Une grenade, peut-être ?

– Compte tenu de la façon dont il a nagé jusqu'au rivage, non. Je le regardais, n'oublie pas. Il a gravi la première pente comme une chèvre sauvage.

– Bon, c'est du sang.

Choa en frotta un peu entre le pouce et l'index. Il était collant et froid.

– Goûte-le, dit Jay.

– Quoi ?

Choa n'en crut pas ses oreilles.

– Mets-en un peu sur ta langue, ordonna Jay.

Choa regarda ses doigts.

– Fais-le !

Choa posa le bout de la langue sur le sang. Il ne perçut aucun goût. Il le lécha, perçut son goût, le cracha.

– Alors ?

Choa répondit, par radio :

– Ça a un goût bizarre, dit-il.

– C'est métallique, comme devrait être le sang ?

Choa dut reconnaître que tel n'était pas le cas.

– Plutôt crayeux, dit-il.

– Comme de la peinture ? supputa Jay.

– Comment as-tu deviné ?

– C'est du faux. Il fabrique une fausse piste.

Choa regarda devant lui. Hestler avait disparu.

– Hestler ! cria-t-il. Reviens !

Puis il y eut un coup de feu. Choa comprit qu'il ne devait pas courir dans sa direction, mais il ne resta pas immobile. Il descendit la pente et contourna la colline en direction du bruit. Il avait coupé la radio pour éviter qu'elle trahisse sa position. Il était prêt à se servir de sa mitraillette.

Devant lui, un cadavre gisait dans une ravine. Hestler avait apparemment pris un raccourci. Au lieu de contourner la ravine, il y était descendu, constituant une proie facile pour un homme posté sur la crête. Quelle était l'expression ? Comme un éléphant dans un corridor.

Choa ne voulut pas prendre le risque de descendre dans la ravine. En outre, le trou situé à l'arrière du crâne de Hestler était assez grand et significatif. Il porta la radio à la hauteur de ses lèvres.

– Qu'est-ce qu'il y a ? demanda Jay à voix basse.

Il avait entendu le coup de feu.

– Hestler est mort, répondit simplement Choa.

– Qu'est-ce qui s'est passé ?

– Quelqu'un lui a fait une deuxième bouche du mauvais côté de la tête.

Choa coupa la radio. Il avait besoin de tenir son arme à deux mains. Reeve était à proximité. Il contourna la ravine. Le paysage comportait de nombreux creux et bosses, de sorte qu'il ne voyait pas au-delà de vingt-cinq mètres dans toutes les directions. Reeve pouvait être à vingt-cinq mètres.

À part la pluie et le vent, il n'y avait aucun bruit. Ni oiseaux ni bruissements de feuilles. Le ciel était comme une plaque d'ardoise.

Choa arriva à une décision qui lui parut immédiatement bonne : regagner les canots pneumatiques, en prendre un et partir. Cette perspective le rassura. C'était le combat de Jay, pas le sien. Il avait l'impression que Reeve le surveillait, même s'il ne voyait absolument rien. Sous la pluie, son acuité visuelle faiblissait. Un orage se trouvait juste au-dessus de l'île. Choa lâcha son MP5 et son pistolet puis se mit en marche, les mains levées bien haut. Il estima qu'il avait pris la bonne direction ; tourner le dos à cet endroit semblait être exactement la bonne direction.

Reeve le vit partir.

Il était nu, hormis ses chaussures. Ses vêtements étaient dans son sac à dos, au sec. Il resta à guetter pendant dix minutes, puis alla chercher les armes. Il descendit la pente à quatre pattes et déchargea rapidement les armes de Hestler, les laissant près du corps mais prenant les munitions. Puis il trouva les deux grenades et les prit également. La situation lui parut alors plus équilibrée. Il savait que l'Indien avait renoncé au combat, ce qui était une attitude intelligente.

Puis il entendit la musique. Elle venait de loin, mais des bribes parvenaient à ses oreilles entre les rafales de vent. C'était Jay, qui chantait cette foutue chanson. Reeve se dirigea vers le bruit, mais prit son temps. Il savait que ce n'était pas vraiment Jay... que c'était le magnétophone à cassette. Jay s'était enregistré, sa voix devenant de plus en plus forte.

Reeve devait traverser la large vallée séparant les deux pics et savait qu'il y serait vulnérable. Il n'y avait pas trace de Jay, seulement la musique, qui se rapprochait. Il alla dans sa direction par un chemin détourné, à quatre pattes, parfois à reculons, restant autant que possible à l'abri des pentes. Jusqu'à la dernière pente. La musique venait du côté opposé de la crête. Reeve monta en rampant, plaqué sur le sol.

Il y avait, derrière la crête, une dépression en forme de soucoupe et le magnétophone à cassette était posé au centre. Reeve resta immobile plusieurs minutes, jusqu'au moment où il lui fut impossible de supporter la musique plus longtemps. Il visa avec le MP5 et toucha l'appareil en plein milieu.

Il explosa, des flammes jaillissant dans toutes les directions. Piégé. Maintenant, Jay viendrait peut-être voir.

Il y eut soudain une deuxième explosion, beaucoup plus proche de Reeve. Le sol trembla et des mottes de terre tombèrent sur lui. Pendant une fraction de seconde, il se retrouva dans le trou, en Argentine, au moment où Jay était sur le point de craquer.

Une autre explosion, toute proche. Il comprit ce qui se passait. Jay était caché et, grâce au coup de feu, avait approximativement localisé Reeve. Il lançait maintenant des grenades dans cette direction et elles ne tombaient pas loin de leur cible. Reeve se redressa dans l'espoir de voir les grenades pendant leur trajectoire. Un vent fort dispersait la fumée des explosions mais des filets odorants s'échappaient encore des restes en plastique du magnétophone à cassette.

Soudain une silhouette se dressa du côté opposé de la dépression. Nue, corps et visage enduits de terre, dents d'un blanc éclatant sur le fond de ce camouflage improvisé.

Jay.

À vingt mètres et tirant, l'arme à la hanche.

Deux balles touchèrent Reeve, le jetèrent sur le sol. Il roula sur la pente, parvint cependant à ne pas lâcher son arme. Il s'immobilisa au fond de la ravine, mais comprit qu'il n'avait pas le temps de faire l'inventaire des dégâts. Il fallait qu'il sorte de la ravine. Il gravit la pente opposée, atteignit la crête alors que Jay n'était pas encore apparu. Ce fut de justesse. Il courut, la pluie lui piquant les yeux et ses pieds glissant dans la boue. Nouvelle vallée étroite, ruisseau... il savait où il allait, savait où il aboutirait. Une balle l'avait atteint à l'épaule droite, l'autre entre l'épaule et la poitrine. Les plaies brûlaient. Le fourreau était toujours fixé à sa jambe droite, mais le ralentissait. Il dénoua les lanières et dégaina le poignard, se débarrassa du fourreau.

– Hé, philosophe ! appela Jay d'une voix démente. Tu aimes jouer à cache-cache ? Tu as toujours été lâche, philosophe ! Rien dans le ventre.

Reeve comprit ce que faisait Jay : il tentait de lui faire perdre sa lucidité. La colère rend fort dans certains cas, affaiblit dans d'autres.

Mais il n'y avait pas de brume rose, rien dans le cœur de Reeve, à part le calme de la procédure et la brûlure de la douleur. Il franchit deux crêtes avant d'atteindre le ravin, crevasse qui barrait le paysage et allait jusqu'à la mer. À marée haute, une eau bruyante, très dangereuse, emplissait le fond de la cavité. Mais ce n'était pour le moment qu'une succession de rochers escarpés et mouillés. Il faisait noir, au fond, à toute heure et par tous les temps. Un endroit d'ombre et de secrets qui ne recevaient jamais la lumière. Reeve gagna le bord. Il n'en avait pas peur – il lui était trop familier –, mais il avait vu ses soldats du week-end se tasser sur eux-mêmes face à lui. Il choisit l'endroit qui lui convenait et attendit, prit le temps d'examiner ses plaies. Il saignait beaucoup. Avec du temps, il aurait pu fabriquer des pansements de fortune...

– Hé, philosophe ! cria Jay. C'est du vrai sang ?

Un silence, puis :

– Au goût, c'en est ! Tu veux que je te dise quelque chose, philosophe ? Pendant ces années, j'ai beaucoup réfléchi à l'Opération Stalwart. Je me suis demandé pourquoi on nous avait choisis. Je déconnais, après le fiasco du glacier. On n'aurait jamais dû m'autoriser à quitter le navire, moins encore m'envoyer derrière les lignes. Je n'avais qu'une envie : tuer ces salauds. Et toi... bon, tu n'étais pas populaire, philosophe. Tu avais trop d'idées dans la tête, y compris les tiennes. Tu étais le Philosophe, tu lisais trop, tu te transformais en anarchiste, tout ça. Du point de vue des galonnés, il était possible que tu sois en train de devenir l'ennemi. Tu vois, philosophe, on était tous les deux dans le même cas... imprévisibles, susceptibles d'être sacrifiés. De toute façon c'était une mission sans retour et c'est ce qui serait arrivé si je n'avais pas sauvé nos peaux.

La voix semblait être à une centaine de mètres. Deux tiers de mètre par pas... Reeve se mit à compter tout en rampant en direction du haut de la pente, guettant tout indice sur le trajet emprunté par Jay. Il estima qu'il suivrait simplement les taches de sang.

Reeve était maintenant juste sous la crête. Il entendit un grognement quand Jay se mit à monter. Dans quelques secondes, il arriverait en haut, Reeve du côté opposé, pressé contre le sol. Reeve cessa de respirer. Jay était très près, à moins de soixante centimètres.

Reeve concentra toute son énergie, ferma un instant les yeux, prit finalement une profonde inspiration.

– Hé, Philo...

Il leva son bras valide, plongea le poignard dans la chaussure et le pied de Jay. Pendant que Jay hurlait, Reeve tira sur ses chevilles, le précipita dans la pente. Jay vit ce qu'il y avait au bout de la glissade, tenta de planter les talons, les coudes, les doigts, mais le sol était mouillé et il continua simplement sa descente. Reeve glissait, lui aussi. La force de son élan, quand il avait fait basculer Jay au-dessus de la crête, l'avait fait rouler sur lui-même. Son épaule heurta violemment le sol et il faillit perdre connaissance. Sous lui, il vit la partie inférieure du corps de Jay basculer dans le précipice, ses mains cherchant désespérément une prise. Reeve roulait droit sur lui. Ils tomberaient ensemble dans le ravin.

Reeve frappa le sol de la main droite, la main qui serrait toujours le poignard. La lame s'enfonça dans la terre, mais la trancha, ralentissant à peine la descente de Reeve. Il la fit pivoter de façon qu'elle offre sa partie plate au sol mouillé. Ce fut comme freiner. Il s'arrêta, les jambes dans le vide. Il parvint à poser ses genoux sur le bord et se hissa, mais une main saisit une de ses chevilles. Puis l'autre main de Jay lâcha le bord du ravin, lui permettant de mieux assurer sa prise sur Reeve puis de se hisser sur les jambes glissantes de ce dernier. La somme de leurs poids amena le poignard à trancher de nouveau la terre, de sorte que Reeve glissait sur le bord du précipice à mesure que Jay montait.

Il attendit que Jay s'apprête à progresser de nouveau vers le haut ; au moment où il fut en déséquilibre, Reeve roula sur le flanc, faisant basculer Jay, lui assenant en même temps des coups de pied. Pendant un instant, ils furent côte à côte, comme pendant la dernière nuit, en Argentine, les visages si proches l'un de l'autre qu'il sentit le souffle de Jay sur sa joue.

– C'est pas mignon, haleta Jay en se forçant à sourire. Rien que nous deux, comme si c'était notre destin.

– Tu aurais dû mourir à Rio Grande, cracha Reeve.

– Si on était restés dans ce foutu trou, on serait morts, cracha Jay. Tu es mon débiteur, philosophe !

– Ton débiteur ?

Reeve enfonçait les doigts de sa main gauche dans le sol et la douleur cisaillait son épaule. Quand sa prise fut solide, il commença à tirer le poignard hors de la terre.

– Oui, mon débiteur, disait Jay, se préparant à les précipiter tous les deux dans le ravin.

Reeve leva l'arme et la plongea dans la nuque de Jay. Du sang jaillit de la bouche de Jay tandis que, les yeux dilatés par la stupéfaction, une de ses mains se dirigeait vers la plaie. Il lâcha prise et glissa dans le précipice.

Reeve le regarda, sa tête disparaissant en dernier, les yeux toujours grands ouverts. Il n'entendit pas le corps heurter le fond. Reeve poussa un rugissement qui rebondit sur les parois du ravin et monta jusqu'au ciel. Pas un rugissement de souffrance ou de victoire.

Un simple rugissement.

– Toutes les dettes sont remboursées, dit Reeve, qui enfonça de nouveau le poignard dans la terre. Et bizarrement, à cet instant, il vit Jim, satisfait, en imagination.

Puis, lentement, prudemment, il entreprit de remonter la pente dangereuse, ne se détendit qu'au sommet, la tête et le tronc du côté opposé de la crête. Il ferma les yeux et pleura, insensible à la douleur de son épaule et au froid humide du sol, qui lui volait sa température centrale, opiniâtrement, degré par degré.

26

Il y avait encore beaucoup de choses à éclaircir : Gordon Reeve le savait. La police accepterait ou non son récit. Il semblait assez peu vraisemblable, à la réflexion. Mais il avait le dossier de l'ordinateur et bientôt, quand il pourrait aller à Tisbury, il aurait les documents correspondants.

En ce qui concernait la CWC et Kosigin, il ne savait pas ce qui se passerait. Il savait seulement qu'il arriverait quelque chose. Allerdyce et Alliance Investigative étaient dans le même cas. Il ne s'en souciait plus vraiment. Il avait fait son possible.

Il retourna péniblement chez lui et entra dans la maison. Il savait qu'il aurait dû nettoyer ses plaies, faire des pansements, appeler un médecin. Mais il s'assit à la table de la cuisine. Il voulait téléphoner à Joan, lui dire que tout était arrangé, qu'Allan et elle pouvaient rentrer à la maison. Il le voulait plus que tout.

Il ne savait pas ce qu'ils feraient ensuite. Reprendraient-ils la vie d'avant ? Peut-être. Ou bien il défricherait un peu de terre, la transformerait en jardin potager, deviendrait bio et, de ce fait, s'inquiéterait moins. Mais il ne le croyait pas.

Il se mit à rire, posa la tête sur les avant-bras.

– Je suis un des gentlemen de Nietzsche, se dit-il, je trouverai quelque chose.

Composition réalisée par PCA

Impression réalisée sur CAMERON
par BRODARD ET TAUPIN
La Flèche
en mai 2007

Imprimé en France
Dépôt légal : juin 2007
N° d'édition : 88672/01 – N° d'impression : 41768